Angela Elwell Hunt

BRÜDER

cmf

Verlag C. M. Fliß
Lütt Kollau 17, 22453 Hamburg

1. Auflage 1999
Originaltitel: Brothers
Übersetzung: Friedemann Lux
Umschlag: image design, Landsberg
Satz: Convertex, Aachen
Druck: Printed in Germany

ISBN 3-931188-29-9

Soweit nicht anders vermerkt, wurden die Bibelzitate der revidierten Elberfelder Bibelübersetzung entnommen.

Wer von uns kennt seinen Bruder?
Wer blickte je in seines Vaters Herz?
Wer bliebe nicht für immer ein Gefangner,
nicht für immer Fremder und allein?

Thomas Wolfe
Look Homeward, Angel!

Inhalt

Vorbemerkung

Als erstes muß ich die Werke von Thomas Mann erwähnen, insbesondere sein Romanwerk *Joseph und seine Brüder.* Auch wenn meine Bücher den seinen natürlich nicht das Wasser reichen können, hat er mir die Augen geöffnet für mehrere Ideen und Möglichkeiten, auf die ich sonst nicht gekommen wäre. Für diesen Band stehe ich auch in der Schuld von Donald W. McCullough und seinem Buch *The Trivialization of God* (NavPress, 1995), ohne das ich nie geglaubt hätte, daß Götzendienst heute noch so weit verbreitet ist.

Reginald Heber, der Dichter des bewegenden Liedes »Heilig, heilig, heilig«, schrieb einmal: »In blindem Wahn der Heide vor Holz und Stein sich neigt.« In Römer 1,20-23.25 führt die Bibel dies weiter aus:

> Denn Gottes unsichtbares Wesen, das ist seine ewige Kraft und Gottheit, wird seit der Schöpfung der Welt ersehen aus seinen Werken, wenn man sie wahrnimmt, so daß sie keine Entschuldigung haben. Denn obwohl sie von Gott wußten, haben sie ihn nicht als Gott gepriesen noch ihm gedankt, sondern sind dem Nichtigen verfallen in ihren Gedanken, und ihr unverständiges Herz ist verfinstert. Da sie sich für Weise hielten, sind sie zu Narren geworden und haben die Herrlichkeit des unvergänglichen Gottes vertauscht mit einem Bild gleich dem eines vergänglichen Menschen und der Vögel und der vierfüßigen und der kriechenden Tiere ... (Sie haben) Gottes Wahrheit in Lüge verkehrt und das Geschöpf verehrt und ihm gedient ... statt dem Schöpfer, der gelobt ist in Ewigkeit. Amen. (Luther-Übers.)

Als ich die altägyptische Religion studierte, fiel mir auf, wie ähnlich sie in manchen Dingen dem christlichen Glauben war. In den alten Dynastien waren die Ägypter Monotheisten, die an einen allmächtigen unsichtbaren Gott glaubten, der die Welt aus dem Wasser heraus erschaffen hatte. (Ägypten wurde ursprünglich von Nachkommen des Noah-Sohnes Ham besiedelt.) Sie glaubten fest an ein Leben nach dem Tod und daran, daß ihr Pharao, der als Inkarnation eines Gottes galt, sein Leben stellvertretend für sein Volk hingeben und im Jenseits wieder auferstehen konnte, um für ewig auf seinem Thron zu sitzen.

Obwohl sie anfangs die Wahrheit gekannt haben müssen, hatten sie schon nach relativ kurzer Zeit den unsichtbaren ewigen Gott vergessen und begannen, selbstgemachte Götter zu verehren. Sie tauschten die unendliche Wahrheit gegen eine perverse Lüge ein.

Aber schauen wir nicht zu schnell auf die Ägypter herab! Noch heute ersetzen die Menschen Gott durch selbstgemachte Götzen; nicht selten findet man sie selbst im Leben der Frömmsten. Rein äußerlich haben die falschen Götter unserer Generation wenig gemeinsam mit den Holz- und Steinfiguren des alten Ägyptens, aber ein waches Auge erkennt, daß sie die gleiche Funktion erfüllen: Ersatz für Gott zu sein.

In den Jahren, die ich dem allmächtigen Gott, den ich durch die Gemeinschaft seines Sohnes kenne, schon nachfolge, habe ich manchmal sein Bild in meinem Herzen durch selbstgemachte Götzen verdunkeln lassen: durch meinen Wissens- und Erkenntnisdurst, meine Sehnsucht nach Glück und Wohlergehen, das Streben nach »Erfolg«, wie die Welt ihn versteht, ja selbst durch die lieben Gesichter meines Mannes und meiner langersehnten Kinder. Es ist nur allzu menschlich, unseren Blick von Christus abzuwenden und ihn auf Ersatzdinge zu heften, die, wie schön und kostbar sie auch sein mögen, nie dafür gedacht waren, die Ursehnsucht der Seele nach Gott zu stillen.

Aber Gottes Treue und Vergebung sind größer, als ich je werde fassen können. Der geduldige Wasserfall seiner Gnade hat in meinem steinernen Herzen ein Loch ausgehöhlt, das nichts füllen kann als Er selber.

Prolog

Theben, Ägypten

Zafenat-Paneach, der Vater des Pharao und Regent über ganz Ägypten, hielt den Atem an, als die Königin Tuja seine Hand hochhob und an ihre Wange drückte. Der heiße, trockene Wind des zweiten Dürrejahres blies über den Palastgarten, während die schöne junge Frau nach Worten suchte, um eine Antwort auf den Heiratsantrag des Wesirs zu formulieren.

»Asenat ist eine wunderbare Frau, und sie hat dir zwei liebe Söhne geschenkt«, flüsterte sie schließlich; ihre Augen leuchteten warm. »Du wirst nicht glücklich sein, wenn du eine Frau liebst und zu der anderen freundlich bist.«

Er hörte sie mit wachsendem Unwillen an, dann fuhr eine Woge der Erleichterung durch seine Seele. Was war sie weise, seine Tuja. Aber sie war schon immer klüger gewesen, als es ihren Jahren entsprach. Mehr als einmal hatte sie ihn in Potiphars Haus vor großen Dummheiten bewahrt und ihm geholfen, einzusehen, daß er ja nicht mehr Joseph, der verwöhnte Jakobssohn war, sondern Paneach, Sklave eines ägyptischen Herrn. Und selbst jetzt, wo er an der Seite des jungen Pharao über ganz Ägypten herrschte, suchte ihre weise Liebe das, was das beste für alle war.

Er nahm ihre Wange in seine Hand und preßte seine Lippen zusammen, seinen aufsteigenden Protest unterdrückend. Während die dicken schwarzen Wimpern der Königin sich senkten, sah er aus dem Augenwinkel, wie ein Diener den Garten betrat. Er ließ rasch seine Hand sinken und nahm einen würdevollen Gesichtsausdruck an.

Der Diener eilte an den sonnenglitzernden Teichen mit ihrem blauen Lotusblütenmeer vorbei und fiel mit einem klatschenden Geräusch vor Josephs Füßen auf die Fliesen nieder. »Leben, Gesundheit und wohlergehen sei Euch, o alleredelster und höchster Wesir!«

»Ja?« Joseph blieb vor dem daliegenden Diener stehen. Der hob seinen Kopf ein paar Daumenbreit von dem Boden hoch. »Der Verwalter Eures Hauses, o Herr, bittet um Eure verzeihende Nachsicht für diese Unterbrechung. Er wartet vor dem Tor des Pharao, um Euch eine Botschaft zu überbringen.«

»Eine Botschaft?« fragte Joseph. Tuja war zur Seite getreten. Er runzelte die Stirn. »Was kann so wichtig sein, daß man mich hier im Palast unterbricht?«

Der Kopf des Dieners ging noch tiefer nach unten. »Zehn Männer aus Kanaan warten vor Eurem Haus, um Speise zu kaufen.« Er sagte es fast entschuldigend. »Euer Verwalter sagte, Ihr würdet dies sofort erfahren wollen.«

Joseph sog scharf die Luft ein. »Zehn Kanaaniter?«

»Aus Hebron, Herr.«

Ein vorfreudiger Angstschauer lief Josephs Rücken hinab. »Ja«, murmelte er. »Du tatest recht, mich zu stören. Sage meinem Verwalter, daß ich in einem Moment zu ihm kommen werde.«

Der Diener sprang auf und zog sich zurück. Joseph drehte sich um, um sich von Tuja zu verabschieden. Aber wie schon einmal in seinem Leben, war sie verschwunden, verschluckt von der atemberaubenden Schönheit des ägyptischen Königsgartens.

MANDISA

Und die Patriarchen, neidisch auf Joseph,
verkauften ihn nach Ägypten. Gott aber war mit ihm
und rettete ihn aus allen seinen Bedrängnissen
und gab ihm Gunst und Weisheit vor Pharao,
dem König von Ägypten; und er setzte ihn als Regenten
über Ägypten und sein ganzes Haus ein.
Es kam nun eine Hungersnot über ganz Ägypten und Kanaan
und eine große Bedrängnis, und unsere Väter
fanden keine Speise. Als aber Jakob hörte,
daß in Ägypten Getreide sei,
sandte er unsere Väter zum ersten Mal aus.

(Apostelgeschichte 7,9-12)

Eins

»Kommt ihr wohl da weg, ihr beiden!«

Mandisa schnippte mit den Fingern zu den beiden kichernden Sklavenmädchen hin, die im Eingang des nördlichen Säulenganges standen. Mit weniger Benimm als zwei dumme Kleinkinder hatten sie sich halb hinter zwei der bemalten Säulen versteckt, um die in der Vorhalle versammelten staubbedeckten Fremden anzustarren. Auf Mandisas geflüsterte Rüge gingen ihre Köpfe verlegen nach unten.

Mandisa trat nach vorne, um die Mädchen schneller von dem offenen Eingang wegzulotsen. »Ani wird nicht so milde sein wie ich, wenn er merkt, daß ihr nicht in der Küche seid.«

»Aber Herrin«, sagte das erste Mädchen, Erstaunen in den Augen. »Die sehen so komisch aus, die haben so viele Haare im Gesicht!«

»Wir haben gerade überlegt«, sagte das zweite, die Finger an die Lippen legend, um nicht von neuem loszukichern, »ob sie wohl überall so haarig sind. Schau, Mandisa, die Haare kommen sogar aus ihren Krägen raus!«

Mandisa spürte, wie sie selber neugierig wurde, und warf einen raschen Blick durch den Eingang. Sie war es gewohnt, ausländische Würdenträger in der Vorhalle des Wesirs zu sehen; seit die Hungersnot begonnen hatte, kamen Delegationen aus allen Königreichen der Erde nach Ägypten, um Korn zu kaufen. Doch die Männer, die jetzt in der Vorhalle standen, trugen weder die reichgemusterten Gewänder der Assyrer noch die sorgfältig zugespitzten Bärte der Mitanner. Sie trugen die gewebten Kleider und Tierhäute einfacher Hirten, und neben den rasierten Ägyptern sahen sie mit ihrem schulterlangen Haar und ihren langen Vollbärten ungepflegt und struppig aus. Was für ein Teufel hatte Tarik geritten, daß er es diesen Landstreichern erlaubt hatte, die Villa des Wesirs zu betreten?

Was sollte es, der Verwalter hatte sicher seine Gründe. »Nicht alle Menschen leben so wie die Ägypter«, sagte Mandisa, sich zurück zu den Mädchen drehend. Sie legte fest ihre Hände auf ihre Schultern. »Und jetzt marsch an eure Arbeit, zurück in die Küche! Wenn der Wesir diese Männer empfängt, wird er sie bewirten wollen, und ihr könnt sicher sein, daß so haarige Männer viel Hunger haben. Ab an eure Mühlen, bevor Ani oder Tarik euch hier sehen!«

Die Namen des Verwalters und des Hauptmanns der Leibwache des Wesirs wirkten. Die beiden Sklavinnen machten sich dünn. Mandisa lächelte, zufrieden, daß ihre strengen Worte wenigstens bei zweien im Haus wirkten. Ihr Sohn Adom stellte in der letzten Zeit seine Ohren gerne auf Durchzug, bei guten wie bei strengen Worten; es war schon ein störrisches Alter, zwölf Jahre.

Sie faltete aufseufzend ihre Hände. Jetzt zurück zu der Herrin ... Aber dann hielt sie inne, die Neugierde stärker als ihre hochentwikkelten Anstandsinstinkte. Die Männer dort in der Vorhalle waren wie Tausende andere, die in diesem zweiten Hungerjahr nach Ägypten gekommen waren. Wieso gewährte der königliche Wesir ausgerechnet diesen Kanaanitern hier eine Audienz?

Die Männer schienen nicht reich oder von hoher Abkunft zu sein. Die Gesichter waren sonnenverbrannt, um ihre Stöcke lagen große, schwielige Hände. Bei einigen zogen sich kräftige graue Strähnen durch die struppigen Bärte und Haarschöpfe. Nur bei einem oder zweien sahen die Gesichter noch jung und glatt aus. Ihre Hände und Augen zuckten unruhig, als müßten sie jeden Augenblick ein Messer oder einen Speer packen, um ihre Haut zu verteidigen. Ein Blinder konnte sehen, daß diese Hirten halbe Wilde waren, die von Kind auf weder Zucht noch Sitte kannten.

Mandisa biß sich auf die Lippe. Sie hatte solche Männer schon öfter gesehen. Ihr Vater und ihre Brüder waren Hirten. Wie Hunde hatten sie ihr Revier aggressiv verteidigt, waren auf jeden Löwen, Bären und Fremden losgegangen, der ihnen zu nahe kam. Auch sie hatten ständig diesen mißtrauischen Blick in den Augen gehabt.

Die Erinnerungen kamen, wie ungebetene Gäste, und Mandisa schloß abwehrend die Augen. Wer immer diese Männer waren, sie hatten nichts mit ihrer Vergangenheit oder Gegenwart zu tun. Wahrscheinlich würde man ihnen nicht erlauben, mehr als fünf Minuten von der wertvollen Zeit des Wesirs zu stehlen.

Ein Fetzen aus ihrer Unterhaltung drang an ihr Ohr, und sie versteifte sich unwillkürlich. Die Männer sprachen kanaanitisch! Der Klang ließ andere, nostalgische Erinnerungen aus ihrer Kindheit hochsteigen, aus der Zeit, bevor der Ägypter Idogbe sie aus ihrem Stamm fortgeholt hatte. Ihre Hand ging an eine der Säulen, Halt suchend vor dieser Gefühlsflut, die sich nicht stoppen ließ. Dann merkte sie, daß der Raum auf einmal merkwürdig still geworden war.

»Hat hübsche Sklavinnen, dieser ägyptische Prinz, das muß man ihm lassen!« Eine scharfe Stimme durchbrach die Stille. Der Mann, dem sie gehörte, stand etwas für sich, die Hände auf den Hüften, auf dem Gesicht ein selbstsicheres Lächeln. Selbst unter so vielen anderen strahlte etwas von ihm aus – etwas Gebieterisches. Beim Klang seiner Stimme drehte die ganze Gruppe sich zu Mandisa um.

Sie duckte sich hinter die Säule, das Gesicht puterrot. Die hatten sie gesehen! Bestimmt hielten sie sie für genauso ungezogen wie die beiden Sklavenmädchen! Und sie war doch gar keine Sklavin, sie war eine Freie, die persönliche Zofe der Herrin Asenat!

»Jetzt hast du sie erschreckt«, sagte ein anderer Mann, die Stimme eine Spur vorwurfsvoll. »Sei nicht so vorlaut, Simon! Gleich rennt sie weg und erzählt ihrem Herrn, was für Rüpel wir sind, und dann kriegen wir nie das, wozu wir hierher gekommen sind!«

»Keine Angst, Levi«, antwortete der Gebieterische. »Wir werden unser Korn kaufen und dann auf dem schnellsten Wege wieder nach Hause gehen. Aber warum sollen wir uns nicht an einem hübschen Gesicht freuen, solange wir hier sind?«

Mandisa rannte aus dem Flur und drückte sich gegen die Trennwand zwischen der Vorhalle und dem nördlichen Säulengang. Sie wußte, daß ihre Wangen purpurrot waren. Sie hörte das Pochen des Blutes in ihren Schläfen. Wie dumm war sie gewesen, daß sie es diesen rauhen Burschen erlaubt hatte, sie anzugaffen! Sie hatten über sie geredet, als sei sie eine gewöhnliche Küchensklavin, eines der vielen persönlichen Besitztümer des Wesirs! Wenn sie nicht so dumme Ausländer gewesen wären, hätten sie an ihrer Kleidung erkannt, daß sie keine Sklavin war.

Wie demütigend! Sie bibberte vor Scham. Und der Große, der gesprochen hatte – wie durchdringend seine Augen waren! Wie ein Stück Vieh hatte er sie taxiert, wie eine Klette hatte sein Blick sich an ihrem Gesicht festgehakt.

Bei allem, was heilig war, sie hoffte, daß diese Schafhirten einen Raub oder Verrat auf dem Gewissen hatten! Zuschauen, wie sie sich vor ihrem Herrn, dem Wesir, auf dem Boden wanden – es würde ihr Spaß machen! Besonders bei dem Vorlauten, der an ihrem so wenig rühmlichen Rückzug schuldig war.

Sie nahm den Rest ihrer Würde zusammen, drückte sich von der Wand weg und ging ihre Herrin suchen.

Zwei

Simeon fluchte lautlos, als das nächste Wachsoldatenpaar mit unbewegter Miene in den großen Saal trat, in den man ihn und seine Brüder geführt hatte. Meinten die etwa, daß die Söhne Israels vorhatten, am hellichten Tage die Schätze des Wesirs zu stehlen? Sie wollten Korn kaufen, nicht mehr und nicht weniger, aber als sie in der langen Schlange vor dem königlichen Speicher standen, hatte man sie beiseite geführt, als ob sie zehn der meistgesuchten Verbrecher waren.

Er sah sich um. Nein, Verbrecher hätte man nicht in solch einen Palast gebracht. Es sah ganz so aus, als ob ein König sie zur Audienz bestellt hatte. Der regierende Pharao, der zwölfjährige Amenhotep III., war noch nicht volljährig, und jeder, der in das Schwarze Land kam, das die Kanaaniter *Mizraim* nannten, erfuhr alsbald, daß der amtierende Regent ein gewisser Zafenat-Paneach war, ein so weiser und kluger Mann, daß das Volk ihn für ein Geschenk der Götter hielt. Und dieser Zafenat-Paneach war entweder ein großer Freund von Männern aus Hebron oder er traute ihnen nicht, denn kaum hatten die Brüder dem königlichen Schreiber Namen und Wohnort ihres Vaters genannt, als man sie aus der Schlange herausgeholt und zum Palast des Wesirs geführt hatte.

»Warum gucken die uns so an?« murmelte Simeon, den Blick auf die ausdruckslosen, bemalten glatten Gesichter der Wachen geheftet. »Denken die, wir sind Tiere?«

»Wer weiß schon, was die denken?« antwortete Levi, dessen Fäuste sich hinter seinem Rücken nervös öffneten und schlossen. »Sie sprechen nicht unsere Sprache, und ihre Gefühle verstecken sie hinter diesen bemalten Augen.« Er drehte sich abrupt zur Seite, um Ruben, den Ältesten, anzusehen. »Warum haben die uns hierher gebracht? Wir hätten nicht alle zusammen zu dem Speicher gehen sollen, Ruben, das hat nur die Aufmerksamkeit auf uns gelenkt.«

»Seid ruhig, Simeon und Levi, und habt Geduld«, erwiderte Ruben, der wie eine Eiche auf dem bunt gefliesten Fußboden stand. Er stand wie ein gehorsamer Diener da, Hände gefaltet, den Blick auf den eleganten vergoldeten Sessel geheftet, der vorne auf einer Estrade stand.

Simeon hob eine Faust. »Wie kannst du so entgegenkommend sein? Wir haben diesen Leuten doch nichts getan! Kaum kommen wir in ihr verdammtes Land, kassieren sie uns ein und schleifen uns vor diesen allmächtigen Wesir. Was soll das?«

»Vielleicht will Gott uns prüfen«, meldete Juda sich, der gerade dabei war, sich ein kunstvolles großes Wandgemälde anzusehen. Simeon konnte nichts anfangen mit dem Bild, das sieben fette Kühe am Ufer des Nils darstellte. Simeon hatte seit zwei Jahren keine fette Kuh mehr gesehen.

Juda hielt vor Ruben an, lächelnd. »Du hast vergessen, Bruder, daß *wir* zwar noch nie in Mizraim waren, aber daß einst unser Vater Abraham großes Ungemach auf das Haupt des Pharao brachte. Ich habe die Geschichte oft von Vater gehört.«

Levi trat zu ihnen. »Aber dieser Wesir weiß doch nichts von unseren Vorvätern«, protestierte er, »und die können uns doch wohl nicht für etwas verantwortlich machen, was Abraham vor mausgrauer Zeit gemacht hat!«

»Schön, aber Gott weiß alles«, sagte Juda, Levi zunickend. »Er kennt das Herz aller Menschen. Und wenn die Leute hier recht haben und tatsächlich der Geist Gottes auf diesem Wesir ruht, weiß er vielleicht mehr, als wir denken. Vielleicht sogar das, was damals ... in Dothan war.«

Ein dunkler Schleier schien sich über die Gruppe zu senken. Simeon spürte es und wehrte sich dagegen. »Wir haben nichts Böses getan in Dothan«, sagte er, plötzlich nicht mehr bloß irritiert, sondern wütend.

Juda sprach unbeirrt weiter. Seine Stimme wurde härter. »Habt ihr vergessen, wie wir vor Jahren unseren Bruder an eine Karawane verkauften, die ins Schwarze Land zog? Nach *Ägypten*, Brüder! Wenn Gott ihn am Leben erhalten hat, dann ist unser Bruder jetzt ein Sklave in diesem Land. Vielleicht hier in diesem Haus!«

»Unser *Bruder*« – Levi spuckte das Wort aus – »ist mit Sicherheit tot. Joseph war zu stolz und zu arrogant, um als Sklave zu überleben. Kann einer, der sich einbildet, daß eines Tages der Mond und die Sterne sich vor ihm verneigen werden, es lange unter der Peitsche aushalten?« Er gestikulierte zu den reichverzierten Säulen mit ihren Inschriften und grünen Lotus-Kapitellen hin. »Du glaubst doch wohl nicht, daß ein so großer Mann wie dieser Wesir sich die Unverschämtheiten unseres Herrn Bruders anhören würde!«

»Levi hat recht«, schnappte Simeon. Seine Stimme vibrierte so wie seine Nerven. Die unerträgliche Monotonie des Wartens hatte das bißchen Befriedigung, das er verspürt hatte, als sie endlich ihr Ziel erreicht hatten, zerstört. »Joseph ist weg. Anstatt über die Vergangenheit zu grübeln, sollten wir uns überlegen, was wir diesem Wesir sagen sollen.« Er drehte sich zu Juda hin, und seine Stimme wurde sarkastisch. »Und ich würde mir keine Sorgen über die Macht des Gottes dieses Wesirs machen, Bruderherz. Der Geist des allmächtigen Gottes ist weit weg von diesem heidnischen Land. Hast du nicht ihre Tempel gesehen? Vollgestopft mit Götzenbildern!«

Juda sah Simeon an, ein halb ironisches, halb nachsichtiges Blitzen in seinen Augen. »Der Allmächtige wohnt nicht in Häusern, die Menschenhände gebaut haben«, antwortete er, »sondern in Menschenherzen. Woher willst du wissen, Simeon, daß dieser Wesir nicht Gottes Stimme hört?«

»Weil El Shaddai *uns* erwählt hat!« sagte Levi, auf seine Brust klopfend. »*Wir* sind das Volk des Allmächtigen; wir, die Söhne Israels, sind die Erwählten. Simeon hat recht, wir haben nichts zu fürchten von diesem Ägypter, der hat keine übernatürliche Macht.«

»Mir reicht seine natürliche«, sagte Ruben, emphatisch nickend. »Er kommandiert die Armee des Pharao. In diesem Augenblick wartet ein ganzer Trupp Palastwachen draußen auf seinen Befehl. Er hat die Macht, uns alle einzulochen, und ohne sein Korn müssen unsere

Kinder verhungern. Denkt nach, Brüder, bevor ihr in diesem Raum etwas sagt, das ihr nachher vielleicht bereut.«

Dan trat nach vorne und hob beschwichtigend seine Hände. »Laßt uns einfach günstige Antworten auf seine Fragen geben. Wenn wir ihm um den Bart streichen, werden wir bald wieder weg sein von diesen schrecklichen angestrichenen Menschen.«

»Nein, wir werden auf seine Fragen die Wahrheit sagen.« Juda kreuzte seine Arme über der Brust und sah Simeon an. »Schaut euch diesen Palast an, diesen Luxus! Und die Wachen an der Tür und die Soldaten, die uns hierhergeführt haben. Dieser Wesir ist es, der hier die Macht hat und der Stärkere ist, und wir dürfen nicht seinen Zorn herausfordern.«

»Ich hab mich umgeschaut«, schnappte Simeon. »Ich hab gesehen, ich hab gehört. Ein Fluch über dieses Land! Die Menschen hier kleiden sich wie ihr Vorvater Ham, der sich schamlos an der Nacktheit seines Vaters weidete. Spinnwebendünne Sachen tragen sie, die mehr enthüllen als sie bedecken. Die Frauen laufen wie Huren herum, und mit hoch erhobenem Kopf noch dazu, als ob sie Stolz über ihre Schande sind. Ein Händler, der mir einen Schurz andrehen wollte, prahlte damit, daß er so wenig wiege wie gewobene Luft.«

»Ihre Sitten gehen uns nichts an«, sagte Levi. »Laßt uns diesem Mann Rede und Antwort stehen, und dann weg hier.«

Simeon öffnete seinen Mund, um zu antworten, als ein martialischer Trompetenstoß die Luft zerriß. Ein Dutzend stämmige Lanzenträger, jeder in einen schneeweißen Leinenschurz und einen Gürtel aus Leopardenfell gekleidet, marschierte in Doppelreihen auf das vordere Ende des großen Raumes zu. Erst als sie sich teilten und beiseite traten, sah Simeon die gepflegte, imposante Gestalt, die zwischen ihnen ging: den Ägypter – Wesir der Vereinten Königreiche, Vater des Pharao und amtierender Regent des Schwarzen Landes, Zafenat-Paneach.

Ein Wirbelwind der Gefühle riß durch Joseph, als er auf der Estrade stand und in die Gesichter der Kanaaniter starrte. Seine Spione hatten Anweisung gehabt, nach Männern aus Hebron auszuschauen, und jetzt hatten sie also seine Brüder erwischt. Zehn waren es, hatte Ani gesagt. Wer fehlte? Ohne Zweifel Benjamin. Die anderen mußten ihn entweder fortgejagt, getötet oder zu Hause bei seinem Vater Jakob gelassen haben. Aber warum? Haßten sie immer noch die Söhne der Rahel, der wahren und geliebten Jakobsfrau? Oder hatten sie ihren Haß nur für ihn reserviert?

Tausend Fragen, aber er konnte nicht sprechen. Er starrte die Männer vor ihm an, seine Augen wurden schmaler. *Sei ruhig, Freude! Still, Angst! Lachen und Tränen, fort mit euch! Dies ist nicht die Zeit dafür, Gefühle in Worte zu fassen! Sei vorsichtig, schau sie dir genau an, diese Männer, die des Mordes, der Bosheit, des ungeheuerlichsten Neides fähig, ja schuldig sind!*

Zweiundzwanzig Jahre – über die Hälfte seines Lebens – waren vergangen, seit er diese Männer, die sein eigen Fleisch und Blut waren, das letzte Mal gesehen hatte, aber die beißende Erinnerung an ihren Verrat stieg so frisch vor ihm auf wie der Morgenwind des Nils. Nie würde er sie vergessen, jenen Tag und jene Nacht in Dothan, die kleinste Einzelheit war unauslöschlich in sein Gedächtnis gebrannt: die Grube, der Schmerz von seinem gebrochenen Arm, die höhnischen Witzeleien seiner Brüder, die Mienen auf ihren Gesichtern, von Gleichgültigkeit bis hin zu zufriedenem Grinsen. Sein Blick huschte zu Levis Hand, die sein buntes Gewand gepackt hatte, dann zu Simeons Faust, in der der hungrige Dolch gewesen war. Sie waren alle wieder da, die Bilder, und das bittere Wissen darum, wie sein Vater ihn betrauert haben mußte, stach wieder durch Josephs Herz.

Er riß sich zusammen, zwang strenge Falten auf sein Gesicht. Nein, sie sollten nicht hindurchblicken durch die Maske seiner Augentusche und der dichten Perücke. Sein Finger ging nervös an das gefältelte Leinen seines makellosen Wesirgewandes, als er daran dachte, wie sie ihm den bunten Rock vom Leib gerissen hatten. Ein ärgerliches Angstflackern fuhr über sein Herz, dann schob Entschlossenheit alles andere beiseite.

Was konnten sie ihm jetzt noch anhaben, diese Söhne Israels? Fünf Minuten schon starrten sie ihn an, und nicht ein einziger hatte den so lange verschollenen Halbbruder wiedererkannt. Angst stand auf ihren Gesichtern geschrieben. Über Rubens leicht runzliger Lippe glitzerten Schweißtropfen. Juda hielt die Augen nach unten gerichtet, als sei er an der Leine der Scham. Issachar, Sebulon und Dan standen schwer auf ihre Wanderstäbe gestützt, die Augen vorsichtig und hell. Simeons und Levis Fäuste waren trotzig geballt. Gad, Asser und Naftali starrten wie Kinder, die sehen, wie der Vater die Rute zur Hand nimmt.

Allmächtiger Gott, was soll ich ihnen sagen?

Eine vage Erinnerung kam in seinen Kopf, ein lange vergessener Traum trat aus dem Nebel heraus. Er und seine Brüder, wie sie auf dem Feld waren und Weizengarben banden. Und wie ihre Garben plötzlich lebendig wurden und sich vor seiner verneigten.

Ohne zu zögern, befahl Joseph dem Hauptmann seiner Wache: »Sage ihnen, sie sollen vor mir niederfallen.«

Tarik hörte den emotionalen Unterton in der Stimme seines Herrn und bellte seinen Befehl: »Verneigt euch vor Seiner Majestät Zafenat-Paneach, Vater des göttlichen Pharao, Bewahrer des Odems, Brot des Lebens!«

Er war nicht sicher, wieviel die Kanaaniter verstanden, aber sein Tonfall war unmißverständlich. Vorsichtig und lautlos gingen sie auf dem gefliesten Fußboden auf die Knie. Einer oder zwei schienen langsamer zu sein als die anderen. Das Gesicht des größten und muskulösesten der Männer schien Tarik einen Augenblick lang ärgerlich auszusehen, doch dies verschwand sofort, als einer der Wachen seine Lanze hob und einen Schritt nach vorne machte.

»Wir brauchen einen guten Dolmetscher.« Der Wesir sagte es so leise, daß nur Tarik es hören konnte. »Diese Männer sprechen die kanaanitische Zunge. Du hast es sehr gut gemacht bisher, Tarik, aber ich möchte ganz genau wissen, was sie sagen, jede Silbe, jede Betonung.«

»Die Frau, die deiner Gemahlin dient, spricht Kanaanitisch«, sagte Tarik.

»Sehr gut. Schicke jemanden nach Mandisa.« Während Tarik den Befehl gab und einem der Wachen an der Tür zunickte, betrachtete sein Herr die Männer, die da vor ihm knieten, kühlen Blickes. Dann drehte er sich mit königlicher Anmut zu dem vergoldeten Sessel hin, der in der Mitte der Halle stand.

Der Türwächter flog wie eine Gazelle davon und kehrte einen Augenblick später mit der Zofe der Herrin Asenat zurück. Tarik bemerkte, daß Mandisa errötete, als sie hereinkam; ihr Blick fuhr nervös von ihrem Herrn zu den Männern, die auf dem Boden knieten.

Mandisa verneigte sich vor dem Wesir, in sicherem Abstand von den Kanaanitern. »Kann ich Euch dienen, Herr?« murmelte sie.

»Steh auf, Mandisa, und übersetze alles, was diese Männer sagen«, antwortete Zafenat-Paneach, während er sich in seinen Sessel sinken ließ, die Männer langsam mit seinen dunklen Augen musternd. »Laß kein Wort aus, beschönige nichts, sprich ehrlich und sage die Wahrheit.«

»Ja, Herr.« Mandisa richtete sich wieder auf und drehte sich so, daß sie sowohl die Kanaaniter als auch ihren Herrn sehen konnte.

Der Wesir zögerte einen Augenblick, dann sprach er wieder, in seiner Stimme ein starker, tiefer Ton, den Mandisa noch nie gehört hatte. »Wo kommt ihr her?« fragte er auf ägyptisch.

Mandisa übersetzte die Frage, ohne ihren Blick zu heben, und wartete auf eine Antwort.

Einen Augenblick lang kam keine, dann hob ein grauhaariger Mann in der Mitte der Schar seinen Kopf vom Fußboden. Er sprach nicht so schnell wie Mandisa, und Tarik hatte keine Mühe, seine stokkenden Worte zu verstehen: »Sagt Eurem Herrn, daß wir aus Hebron im Lande Kanaan kommen. Wie so viele andere hier in Eurer Stadt sind wir gekommen, um Korn zu kaufen.«

Zafenat-Paneach hörte sich die Übersetzung an, rutschte etwas auf seinem Sessel, als denke er nach, dann faltete er seine Arme und schüttelte mißbilligend den Kopf. »Nein! Du lügst. Ihr seid Spione und gekommen, um auszukundschaften, wo unser Land unbefestigt ist!«

»Nein!« rief ein anderer der Männer, als Mandisa die Antwort übersetzt hatte. Er hob seinen struppigen Kopf, aber blieb auf dem Boden liegen, wie ein ausgeschimpfter junger Hund. »Sagt ihm, daß wir nur gekommen sind, um Nahrung für unsere Familien zu kaufen. Wir sind ehrliche Brüder, Söhne *eines* Vaters. Wir sind keine Spione!«

Mandisa drehte sich zurück zu Zafenat-Paneach und wiederholte die Beteuerungen der Männer. In den Augen ihres Herrn blitzte ein undefinierbarer Funke auf, seine Hände preßten sich um die Armlehnen seines vergoldeten Sessels. »Sage ihnen«, sprach er, während sein Körper sich versteifte, »daß ich sicher bin, daß sie die Blöße des Landes ausspionieren wollen. Wir sind mitten in einer Hungersnot, und sie wollen unsere Schwäche ausnutzen.«

Tariks Hand ging an sein Schwert, während Mandisa übersetzte.

»Das ist doch verrückt!« Kopf und Schulter des Muskulösen mit den wütenden Augen gingen hoch, als wolle er aufspringen und dem Wesir entgegentreten. Tarik wollte schon zu ihm und ihm mit einem Hieb antworten, aber ein anderer der Brüder brachte den Lauten mit einem vorwurfsvollen Blick zum Schweigen.

»Sagt Eurem Herrn«, fuhr der Vorsichtige fort, »daß wir seine Diener sind. Wir sind insgesamt zwölf Brüder, die Söhne eines Mannes, der in Hebron wohnt.«

Der Wesir bewegte sich in seinem Sessel, als wolle er sprechen, dann preßte er die Lippen zusammen und sah fest zu den Malereien an der hinteren Wand des Raumes hin. Tarik sah, wie unter der glatten Oberfläche von Zafenat-Paneachs Gesicht ein tiefer Gefühlsbrunnen aufbrechen wollte.

Der Hauptmann hielt den Atem an. Hier war schon die erste Lüge! Die Männer waren zehn, nicht zwölf. »Ihr seid nur zehn!« rief er, nach vorne tretend.

Der Vorsichtige neigte respektvoll seinen Kopf. »Sagt Eurem Herrn, daß wir heute nicht vollzählig sind, weil unser jüngster Bruder mit seiner Frau und seinen Kindern zu Hause bei unserem Vater in Hebron geblieben ist, und der andere ... ist nicht mehr.«

Mandisa neigte ihren Kopf und begann die Worte zu übersetzen, aber etwas an Zafenat-Paneachs Gesichtsausdruck alarmierte Tarik noch mehr. Ein verdächtiger Strich hatte sich in die Mundwinkel des Wesirs gegraben, und seine Augen glommen merkwürdig. Waren sie naß, oder war das nur das Sonnenlicht, das durch die hohen Fenster kam?

»Sie sind heute nicht zu zwölft«, sagte Mandisa leise, »weil ihr jüngster Bruder zu Hause bei ihrem Vater ...«

»Ihr sagt, euer Vater lebt, aber ihr seid alte Männer«, unterbrach der Wesir sie. Seine Stimme war rauh. »Woher soll ich wissen, daß ihr die Wahrheit sagt?«

Mandisa übersetzte, und der Silberhaarige hob seinen Kopf.

»So wahr wir leben, unser Vater lebte, als wir ihn verließen«, sagte er. »Ich bin Ruben, Herr, der Erstgeborene. Wenn ich lüge, so könnt Ihr mein Leben nehmen.«

»Ich will nichts mehr hören«, unterbrach Zafenat-Paneach die Übersetzung. Die Kanaaniter knieten weiter vor ihm, die Stirnen auf den Boden gepreßt. Der Wesir schloß seine Augen. Einen Augenblick lang preßten seine Kiefer sich zusammen, als kämpfe er gegen ein mächtiges Gefühl an; seine Wimpern flatterten wie der Herzschlag eines Kükens.

Etwas in Tariks Brust zog sich zusammen. Hinter dieser Szene hier mußte mehr stecken, als er wußte – etwas Schreckliches, Geheimnisvolles, Verborgenes. Eine warnende Stimme meldete sich in dem Kopf des Hauptmanns. Dann verzerrte sich Zafenat-Paneachs fein geschnittenes Gesicht plötzlich vor Zorn. »Nein!« schrie er, daß seine Stimme durch den Saal hallte, und sprang auf. »Es ist, wie ich gesagt habe: Ihr seid Spione, und eure eigenen Worte sollen euer Richter sein. So wahr der Pharao lebt, ihr werdet diese Stätte nicht verlassen, es sei denn, euer jüngster Bruder kommt hierher, um eure Worte zu beweisen!«

Er klatschte seine Hände knallend zusammen, daß der Page, der neben ihm stand und mit einem Straußenfächer wedelte, zusammenfuhr. »Ich werde einen von euch aussenden, um euren Bruder zu mir zu bringen, aber die anderen werden als Gefangene hierbleiben!« Mit flammenden Augen musterte der Wesir die Männer vor ihm, die Adern an seinem Hals pochten sichtbar. »Wir werden sehen, ob Wahrheit in euch ist. Wenn ihr gelogen habt, dann, beim Leben des Pharao, *seid ihr wirklich Spione*.«

Der Wesir wartete die Übersetzung nicht ab, sondern marschierte mit großen Schritten aus der Empfangshalle hinaus und nahm Kurs auf seine privaten Gemächer. Ein Augenblick Zögern, dann eilte der verdutzte Tarik hinter seinem Herrn her. Hinter ihm übersetzte Mandisas zitternde Stimme die letzten Worte des Wesirs.

Im Flur hielt Zafenat-Paneach plötzlich an. »Tarik?« fragte er, ohne sich umzudrehen.

»Hier bin ich, Herr.«

Der Wesir machte seine Schultern breit, als ob ein unsichtbarer Feind vor ihm stand. »Bringe sie in Pharaos Gefängnis im Haus des Hauptmanns der königlichen Wache. Sie werden diese Nacht in den Verliesgruben verbringen.«

»Ja, Herr.« Tarik verneigte sich kurz, dann eilte er zurück in die Halle, wo er den Lanzenträgern sogleich bedeutete, ihre Speere bereit zu haben.

»Auf Befehl des großen Herrn, Zafenat-Paneach, Wesir der Vereinten Königreiche«, rief er auf kanaanitisch, jedes Wort überdeutlich aussprechend, »kommt ihr in das Gefängnis des Pharao.« Um die Worte zu unterstreichen, zog er sein eigenes Schwert aus seiner Scheide.

»Ins Gefängnis?« Einer der Brüder richtete sich halb auf, das Gesicht voller Angst. »Wie lange müssen wir dort bleiben? Unsere Familien hungern. Unser Vater wird sich Sorgen machen.«

Ein halbes Lächeln zog an Tariks Lippen. »Ihr werdet so lange in Pharaos Gefängnis bleiben, bis Zafenat-Paneach euch gnädig ist.«

Drei

Eine dunkle Angst flimmerte in Asenats schönen dunklen Augen. »Sage mir, Mandisa, was ist mit diesen Kanaanitern, daß mein Gemahl so beunruhigt ist? Nachdem er sie gesehen hatte, kam er in mein Zimmer, und sein Gesicht war ... richtig besorgt.«

Mandisa drehte sich um, um die volle Perücke ihrer Herrin von ihrem Haken zu holen. Sie hoffte, daß die jüngere Frau nicht den besorgten Ausdruck in ihren eigenen Augen sah. Er war entnervend gewesen, der Nachmittag. Erst hatte sie wie ein dummes Mädchen diese Hirten aus Kanaan belauscht, dann hatte sie sich vor sie stellen und ihrem Herrn ihre Worte übersetzen müssen. Sie hatte es gespürt, wie sie sie ansahen dabei, und ihre Demütigung hatte sie wiedergehabt.

»Ich weiß auch nicht, was mit diesen Männern los ist, aber irgend etwas stimmt nicht«, antwortete sie, bemüht, ihre Stimme langsam und gleichmäßig zu halten. »Vielleicht hat der Herr Gerüchte gehört, daß die Kanaaniter Ägypten angreifen wollen. Aber um solche Dinge brauchen wir uns ja nicht zu bekümmern, Herrin.«

»Mein Mann hat schon öfter Kriegsgerüchte gehört«, erwiderte Asenat. Sie studierte ihr Spiegelbild in einem Bronzespiegel, während Mandisa ihre Perücke fest über ihr kurzgeschorenes Haar zog. »Aber noch nie hat er es sich so zu Herzen genommen. Heute muß etwas geschehen sein, Mandisa, das meinen Liebsten im tiefsten Herzen erschüttert hat. Er tat so, als sei nichts, aber seine Hand zitterte, als er zu mir kam, und seine Augen waren so weit weg wie die Sterne.«

Sie preßte ihre Lippen zusammen und ließ den Spiegel sinken. »Tarik weiß bestimmt, was meinen Geliebten bedrückt.«

»Ich glaube nicht, daß der Hauptmann der Wache besser über das Herz meines Herrn Bescheid weiß als du«, erwiderte Mandisa leichthin. »Mein Herr spricht mit Tarik über alle Dinge, die mit der Regierung von Pharaos Haus, von der Stadt und dem Land zu tun haben, aber sein Herz teilt er nur mit dir allein.«

Asenat drehte sich um, eine Braue fragend erhoben. »Was war denn so besonders an diesen Männern? Waren sie verunstaltet oder krank? Oder zeigten sie Zauberkünste, die meinen Gemahl verdrossen?«

»Es waren gewöhnliche Hirten, Herrin«, erwiderte Mandisa. Ihre Hand legte sich auf die weiche Schulter ihrer Herrin. »Als ich in Kanaan lebte, habe ich Hunderte wie sie gesehen, alle rauh wie der Wind und beständig wie die Sonne. Nein, es war nichts an ihrer Erscheinung oder Art, was meinen Herrn hätte befremden können.«

Man hörte das Geräusch von feinem Leder auf Steinfliesen. Mandisa trat zur Seite und warf sich zu Boden, als Zafenat-Paneach hereinkam. Asenat senkte erschrocken den Kopf, aber als Mandisa aufblickte, sah sie, wie ihre Herrin durch den Rand ihrer Ponyfrisur hindurch zwei argwöhnische Augen auf ihren hin- und hertigernden Ehemann richtete.

»Ich habe gesagt, daß ich neun hier behalte und einen nach Kanaan schicke«, murmelte Zafenat-Paneach, die Hände hinter dem Rücken verschränkt. Er sprach rasch, und er sprach in der kanaanitischen Sprache. Mandisa staunte, wie flüssig er sie beherrschte. Wozu hatte er überhaupt ihre Übersetzungskünste gebraucht? Und mit wem redete er gerade?

»Etwas in mir verlangt, daß sie die Dunkelheit der Verliesgruben genauso lange erdulden wie ich«, fuhr er fort, als redete er die Luft an. »Ob sie jetzt wohl die gleiche Angst schmecken, die meinen Mund und mein Herz erfüllte, als sie mir ihren Rücken zukehrten? Aber sie sind erwachsene Männer, und ich war nur ein Junge ...«

»Mein Gemahl!« unterbrach ihn Asenat. Ihre Stimme klang piepsig.

Der Wesir blieb stehen und sah seine Frau an, als sehe er sie zum ersten Mal in seinem Leben. »Entschuldige, Liebes«, sagte er, jetzt wieder in gedrechseltem Ägyptisch. »Und du, Mandisa, darfst dich erheben. Ich vergaß ganz, dir für deine Hilfe heute zu danken.«

»Es ist eine Ehre, Euch dienen zu dürfen, Herr«, sagte Mandisa, sich langsam erhebend. Es brannte in ihr, ihn um eine Erklärung zu bitten, aber wenn es auch im Hause des Wesirs bemerkenswert locker zuging, eine gutausgebildete Dienerin fragte nicht nach Sachen, die nur ihren Herrn angingen.

Asenat erhob sich von dem niedrigen Schemel neben ihrem Friesiertisch und trat zu ihrem Mann. »Deine Haut ist kalt, mein Gemahl«, sagte sie, während sie seine Hände in die ihren zog. »Und du zitterst ja! Willst du mir nicht sagen, was dich bedrückt?«

Er sah sie an, und einen Augenblick lang dachte Mandisa, er würde sprechen, aber dann seufzte er und lächelte seine Frau langsam und traurig an. »Du bist so jung«, flüsterte er und strich ihr mit dem Handrücken über ihre zarte Wange. »Was soll ich dich mit den Lasten der Vergangenheit beladen? Bring mir meine Söhne, Asenat, laß mich eine Stunde mit Ephraim und Manasse spielen. Sie machen mir immer das Herz leicht und helfen mir, zu vergessen.«

Asenat lächelte und ging fort, um die Jungen aus ihrem Zimmer zu holen. Mandisa, die dachte, daß ihr Herr allein sein wollte, machte Anstalten, ihr zu folgen, als er sie plötzlich mit einer Frage anhielt. »Mandisa, weißt du von El Shaddai?«

Ihr Körper verkrampfte sich heftig. Der Herr sprach schon wieder in der Sprache der Kanaaniter! Und er nannte den Namen eines Gottes, den sie nie und nimmer erwartet hätte in diesem Schwarzen Land. »Mein Herr?« stammelte sie, die Zunge plötzlich dick und unwillig.

»Ich weiß, daß du nicht hier in Mizraim geboren bist«, sagte Zafenat-Paneach, das kanaanitische Wort für Ägypten benutzend. Er ließ sich auf den Schemel seiner Frau sinken, und seine Stimme schien auf einmal wie von weit weg zu kommen. »Aber genau wie ich, hast auch du dieses Land zu dem deinen gemacht.«

»Mein Mann war Ägypter«, stotterte sie, »und mein Sohn ist folglich auch Ägypter, und so kam es mir nie in den Sinn, woanders hin zu gehen.«

»Es wird eine Zeit kommen«, fuhr ihr Herr fort, immer noch auf kanaanitisch, »wo meine Söhne sich nicht mehr als Ägypter sehen werden, denn sie sind wie ich, und ich bin nicht von hier. Wie du, wurde ich als Fremder in dieses Land gebracht. Geboren bin ich als Joseph, der Sohn Jakobs, des Sohnes Isaaks. Als ich meinen Vater das letzte Mal sah, hatte er sich in Hebron niedergelassen.«

»Jakob!« Mandisa wollte der Atem stocken. »Von dem habe ich gehört. Er war ein mächtiger Fürst im Lande Kanaan. Mein Vater sagte, daß er reich an Besitz, Dienern, Vieh und Herden war, und die Ältesten in meinem Dorf nannten ihn einen großen Propheten, einen Mann voller Weisheit Gottes.«

Die Andeutung eines Lächelns zog an den Mundwinkeln des Wesirs. »Du hast Jakob als einen Fürsten gekannt?«

»Und als entfernten Verwandten, Herr. Der Onkel meines Vaters war Uz aus Aram, und sein Vater Laban, der Vater von Lea und Rahel.«

»Die Frauen meines Vaters.« Zu ihrer Überraschung schien der Wesir auf ihre Eröffnung, daß sie gemeinsame Vorfahren hatten, weiter keine Reaktion zu zeigen. Obwohl er lächelte, hob sich die Wolke der Besorgnis nicht von seinem starken Gesicht, und seine tiefen Augen wurden noch dunkler. »Wieder kann ich die Wege des Allmächtigen nicht begreifen«, murmelte er kopfschüttelnd. »Aber du hast meine Frage noch nicht beantwortet, Mandisa. Was weißt du über El Shaddai, den Gott, den Jakob in Kanaan anbetete?«

Sie schüttelte ihren Kopf. »Meine Verwandten wußten von ihm, Herr, aber mein Vater und mein Vatersvater beteten andere Götter an.« Sie schaute auf den Fußboden. »Oft hörte ich Geschichten darüber, wie Jakobs allmächtiger Gott seine Herden wachsen ließ und seine Frauen mit vielen Söhnen segnete, aber die Meinen haben El Shaddai keine Opfer dargebracht.«

Das Gesicht des Wesirs ging zu dem Sonnenlicht hoch, das sich durch eines der hochgelegenen Fenster in den Raum ergoß. »Ich habe nicht aufgehört, zu Gott Shaddai zu beten, seit ich in das Schwarze Land gekommen bin«, sagte er, und in seinen Augen flackerte ein Funke, den Mandisa nicht deuten konnte. »Er hat mich aus dem Gefängnis und der Sklaverei erhoben und zur Rechten des Pharao sitzen lassen, ja er hat Ägypten und vielleicht die ganze Welt vor dieser Hungersnot errettet, die noch fünf weitere volle Jahre dauern wird. Bis heute dachte ich, Gottes Pläne für mich seien erfüllt, aber vor einer

Stunde sah ich die Gesichter der Söhne Jakobs – meiner Brüder, die mich verrieten.«

Seine *Brüder*? Mandisa war zu überrascht, um auch nur zu nikken.

»Ich wollte zu ihnen springen und sie umarmen«, fuhr er fort, und seine Stimme wurde leiser. »Aber auf mindestens einem der Gesichter sah ich einen Zorn und einen Haß, die gerade so stark waren wie an dem Tag, an dem sie mich in eine Grube warfen.« Er senkte seinen Kopf und wurde steifer, als schäme er sich auf einmal. »Fast bekam ich Angst.«

Mandisa kam rasch zu seiner Verteidigung. »Ihr seid kein Feigling, Herr.«

Der Wesir betrachtete seine Hände. »Ich habe keine Angst mehr um mich selber, aber um meinen Vater und meinen anderen Bruder. Ich habe Angst, daß sie Benjamin hassen und ihm etwas antun, so daß mein Vater mit noch mehr Leid in sein Grab fährt.«

»Und so habt Ihr sie ins Gefängnis geworfen.« Mandisa flüsterte die Worte ohne besondere Betonung; sie wußte nicht, ob er Zustimmung oder Verurteilung von ihr erwartete.

»Benjamin ist der einzige andere Sohn meiner Mutter, Rahel«, sagte der Wesir. Er hob seine Augen wieder und erwiderte Mandisas Blick. »Wie will ich wissen, daß die Söhne Leas ihn nicht genauso hassen wie mich? Wie kann ich sicher sein, daß sie ihm nichts antun werden?«

»Sie sagten doch, daß er bei seinem Vater ist und daß es ihm gutgeht.« Mandisa senkte ihre Augen, verunsichert durch dieses so offene Gespräch. Es war nicht üblich, daß ein Herr seine Sklavin in solch einer persönlichen Angelegenheit nach ihrer Meinung befragte.

Er fuhr fort, es war nicht viel mehr als ein Flüstern. »Wenn sie die Wahrheit reden, dann hat mein Vater jetzt 129 Jahre gelebt, und Benjamin ist ein dreißig Jahre alter Mann und hat selber Kinder. Um seinet- und seiner Kinder willen muß ich die Herzen der anderen zehn prüfen.«

Mandisa neigte ihren Kopf. »Ich werde tun, was ich kann, um zu helfen, Herr.«

Kinderlachen tanzte in den Raum hinein. Der Mund des Wesirs bog sich unwillkürlich zu einem Lächeln, als er die Stimmen seiner

Söhne erkannte. Doch bevor sie eintraten, wandte er sich noch einmal an Mandisa. »Sprich mit niemandem über diese Sache, auch nicht mit deiner Herrin! Verrate den Männern im Gefängnis nichts über meine Vergangenheit! Ich muß das Angesicht des Allmächtigen suchen, bevor ich mich entscheide, wie es weitergeht.«

Die Kinder kamen in den Raum. Mandisa verneigte sich wieder. »Ich werde mein Bestes tun, Euch zu dienen, Herr.«

Vier

Simeon lag auf dem Rücken und sah zu dem schwarzen Himmelskreis über der Verliesgrube hoch, um ihn herum das unregelmäßige Geschnarche seiner Brüder. Die Pracht der Königsstadt Theben hatte sie fasziniert, als sie durch ihre Tore gegangen waren, aber in diesem gottverlassenen Loch war keine Spur mehr davon zu merken. Kein Marmor, keine hohen Säulen, keine farbenprächtigen Malereien zierten die Erdgrube, in die man sie nach dem Verhör im Wesirspalast gesteckt hatte. Noch nicht einmal eine Fensteraussicht gönnte man ihnen. Rund herum die ausgetrocknete schwarze Erde, und darüber der ebenholzschwarze Himmel. *Wie in der Todesgrube*, mußte Simeon denken. Wie hatten sie in so kurzer Zeit so tief fallen können?

Es schien alles gut gewesen zu sein, als sie die Stadt erreichten. Obwohl die Felder vor ihren Mauern genauso verdorrt waren wie überall, verhießen die Berichte der Reisenden, die schon in ihr gewesen waren, Gutes: Die Speicher der Stadt flossen über von Gerste und Emmerweizen, Zwiebeln und Lauch, Salat, Granatäpfeln, Äpfeln, Oliven, Feigen und dem Wein von Kan-en-keme, der besser und süßer als Honig war. Theben – das war eine Löwin des Luxus, die mit Freuden ihre Jungen nährte, hatten Reisende den zehn Brüdern berichtet; dank ihrer gnädigen Fülle tummelten sich große und kleine Schiffe auf dem lebenspendenden Strom an ihrer Brust, und in ihren Toren wohnten Freude und Wonne.

Wie ein glitzernder Juwel lag die Stadt in der gnadenlosen ägyptischen Sonne. Ihre von Leben wimmelnden Straßen waren nach einem säuberlichen Schachbrettmuster angelegt. Selbst jetzt, mitten in der Hungersnot, huschten Fische durch ihre Teiche, zwitscherten Vögel in ihren Bäumen.

Die Ägypter auf dem Markt am Fluß machten einen einfachen, fröhlichen, umgänglichen Eindruck. Schmächtiger als die Kanaaniter und der brütenden Hitze besser angepaßt, trugen sie ihr Haar kurz oder hatten es ganz geschoren. Die Männer trugen eierschalfarbene Schurze aus gefälteltem Leinen. Hier und da sah man einen Reichen in einem weiten, an den Rändern mit bunten Borten und Stickereien versehenen Umhang.

Nackte Kinder sprangen in der Menge umher. Aristokratisch aussehende junge Frauen in hauchdünnen Gewändern hielten ein wachsames Auge auf ihren Nachwuchs, während sie um Haushaltswaren und exotische Trophäen aus fernen Ländern feilschten. Die Kleider der Ägypterinnen waren lang und enganliegend und raffiniert geschnitten; am Hals wurden sie durch Quasten zusammengehalten. Sie schienen fleißig und glücklich zu sein, aber Simeon hatte fast nur Augen für ihre so ungeziemliche Kleidung gehabt.

Nachdem sie mehrere Händler nach dem Weg gefragt hatten, hatten sich die Brüder dem Menschenstrom angeschlossen, der sich auf die königlichen Speicher zu bewegte. Ein Beamter erklärte ihnen, daß alle Ausländer, die das erste Mal hier waren, sich direkt bei dem Vertreter des Wesirs anzumelden hatten; sie könnten anschließend ihr Korn in einem der grenznahen Speicher kaufen und bräuchten nicht die Reise flußaufwärts anzutreten.

Nach stundenlangem Warten in der heißen Sonne hatten die Brüder endlich das Ende der Schlange erreicht. Dort saß ein Schreiber auf dem Boden, in seiner Hand eine Papyrusfeder, die Lippen gelangweilt gekräuselt.

Simeon schloß seine Augen und versuchte, jede Einzelheit des Morgens zurückzurufen. Sie mußten irgend etwas gesagt, irgendeine kleine Nachlässigkeit begangen haben, mit der sie Verdacht erregt hatten. Er selber wohl nicht, aber sie waren ja zu zehnt, und jeder seiner Brüder konnte etwas Unbedachtes gesagt, eine unvorsichtige Geste gemacht haben, und wenn nur einen Augenblick lang. Vielleicht hatte Levi einen der nackten Sklaven unfreundlich angesehen, oder Juda hatte unbewußt einen der kahlköpfigen Priester beleidigt.

»Wie heißt ihr, und woher kommt ihr?« hatte der Schreiber in gelangweiltem Ton gefragt, ohne sie auch nur anzusehen.

Ruben hatte als der Älteste vorne gestanden, direkt hinter ihm Simeon. »Ich bin Ruben, der Sohn Jakobs aus Hebron«, hatte Ruben geantwortet und ruhig die Hände gefaltet. »Wir haben Silber gebracht, um eine Ration Getreide vom Pharao zu kaufen. Wir sind zehn Brüder, und jeder von uns braucht vier Zentner Korn, Emmer und Gerste ...«

Simeon hatte es deutlich gesehen, das plötzliche Zittern der Hände des Schreibers. »Ruben, der Sohn Jakobs?« unterbrach er Ruben und sah ihm zum ersten Mal direkt ins Gesicht. »Aus Hebron in Kanaan?«

»Ja«, antwortete Ruben, lauter, als sei der Schreiber auf einmal schwerhörig geworden. Er hob eine Hand und wies auf die anderen. »Dies sind meine Brüder.«

Die Farbe floh aus dem Gesicht des Schreibers. »Entschuldigt mich und wartet etwas«, murmelte er, stand auf und rannte in das Ziegelgebäude neben den bienenkorbförmigen Speichern, als sei der Teufel hinter ihm her.

»Was hast du ihm gesagt, Ruben?« rief Gad augenzwinkernd von hinten. »Oder hast du was Unrechtes gegessen, daß ihm von deinem Atem schlecht geworden ist?«

»Nicht schlechter als von deinem«, antwortete Ruben leichthin, aber Simeon sah, wie es in seinen Augen plötzlich besorgt aufblitzte.

Eine geschlagene halbe Stunde hatten sie gewartet. Die schwitzenden Ausländer hinter ihnen hatten den Rest ihrer Geduld verloren. Erst riefen sie ihre Götter an, sie von der Hitze zu befreien, die wie eine erstickende Decke über der Stadt lag, dann baten sie sie, den Mann zu verfluchen, der schuld an der Verzögerung war. Schließlich erschien ein anderer Beamter und sagte zu Ruben: »Seine Majestät, der Großwesir, Vater des Pharao, amtierender Regent und Befehlshaber der königlichen Armee des Pharao, hat befohlen, daß du und die Deinen mit mir kommen.«

»Mit Euch kommen?« fragte Ruben; seine Augenbrauen gingen erstaunt nach oben. »Wo sollen wir denn hin?«

»Dürfen wir kein Korn kaufen?« fragte Simeon und trat vor. »Sollen wir und unsere Familien verhungern? Warum?«

Dann waren plötzlich drei Dutzend bewaffnete Männer dagewesen, daß das Geschreie und Gemurre hinter den Brüdern abrupt verstummte. Jakobs Söhne waren von Lanzenträgern umzingelt. Die scharfen Spitze ihrer Speere funkelten wie die Krallen eines Raubvogels. »Ihr kommt mit mir«, wiederholte der ägyptische Offizier, die Brüder abschätzig musternd.

»Wir kommen sofort mit, wenn man uns sagt, wohin wir gehen«, sagte Juda und kam zu Ruben hin.

Aber der Offizier antwortete nicht, und angesichts der Lanzenträger protestierten die Brüder nicht weiter, sondern folgten ihnen wie aufgeschreckte Hühner zu den Toren der größten Villa, die Simeon je gesehen hatte, und weiter in die Eingangshalle des Hauptgebäudes.

Und warum? Die ganze Nacht schon dachte Simeon darüber nach, aber immer noch wußte er nicht, warum man unter den Tausenden in der Warteschlange vor den königlichen Speichern ausgerechnet sie zu dem Wesir gebracht hatte. Hatten sie einen der steinernen Götter der Ägypter beleidigt? Oder einen der Marineoffiziere am Fluß? Hatte ihr Vater oder Großvater heimliche Geschäfte mit den Ägyptern geführt, die sich jetzt an seinen Nachkommen rächten?

Der Nachthimmel gab Simeon keine Antwort. Stöhnend drehte er sich auf die Seite und schloß die Augen gegen den lastenden Schleier der Dunkelheit. Für einen Schäfer, der es gewohnt war, unter der Weite des freien Himmels zu schlafen, war die Gefängnisgrube ein enges, erstickendes, grausames Loch. Er wußte nicht, wer schuld daran war, daß sie jetzt in dieser Patsche steckten, aber wenn er es je herausfand – bei Gott, er würde es ihm heimzahlen!

Fünf

Drei Tage nachdem die Kanaaniter in das Gefängnis des Pharao gekommen waren, wurde Mandisa zu ihrem Herrn gerufen. Sie eilte zum Zimmer der Herrin Asenat, wo Zafenat-Paneach mit seiner Familie beim Frühstück war.

»O Herr und Herrin, möget Ihr lange und glücklich leben«, murmelte sie, während sie sich auf den Boden warf.

Zafenat-Paneach nickte ihr grüßend zu und wischte seine Hände an einem kleinen viereckigen Leinentuch ab, das auf seinem Tablett lag. »Mandisa, wärest du so gut und würdest deinem Sohn sagen, er soll mit meinen Jungen in den Garten gehen und spielen? Und dann komm bitte wieder hierhin zurück.«

Mandisa erhob sich und hielt Ephraim und Manasse, den Söhnen des Wesirs, ihre Hände hin. »Kommt, Jungs«, sagte sie lächelnd. »Adom ist mit Tarik im Hof und lernt, wie man einen Speer wirft. Kommt ihr mit?«

Die beiden Jungen, die fünf und sieben Jahre alt waren, gaben ihr willig die Hand und ließen sich von ihr aus dem Raum führen. Am Rande des vorderen Säulengangs fand sie ihren eigenen Sohn, Adom. Er stand da und sah sehnsüchtig in den Hof hinaus, wo der Hauptmann gerade seine Wachen inspizierte.

Sie trat hinter den schlanken Jungen. »Ich dachte, Tarik wollte dir heute morgen das Speerwerfen beibringen?«

Adom sah sie kurz über seine Schulter an, dann wieder hinaus in den Hof. »Ich glaub, er hat keine Zeit, Mutter«, flüsterte er, die Stimme belegt vor Enttäuschung. »Er muß seine Leute inspizieren, und danach soll er für den Wesir ein paar Gefangene aus dem Gefängnis des Pharao holen.«

»Dann macht er es sicher ein andermal«, flüsterte Mandisa zurück. Sie trat an seine Seite und nahm die Hände der beiden kleinen Jungen. »Aber ich habe gerade etwas zu tun für dich. Der Wesir läßt fragen, ob du seine Jungen mit in den Garten nimmst.«

Adoms Gesicht hellte sich merklich auf. »Na klar doch.« Er grinste Ephraim und Manasse an. »Hab nichts dagegen.«

»Das wußte ich. Du bist ein guter Sohn.«

Mit einem Achselzucken, das soviel wie »Keine Ursache« heißen sollte, nahm Adom die Jungen an den Händen und nahm Kurs auf den Garten. Mandisa sah dem Trio einen Augenblick hinterher. Was hatten Ephraim und Manasse es gut mit ihrem liebevollen Vater und den hundert Lehrern und Helfern, die ihnen all das beibrachten, was ein Junge lernen mußte. Adom hatte es nicht so gut; er hatte nur sie, und eine Frau konnte einem Jungen nicht den Vater ersetzen.

Sie schob den Gedanken beiseite und zwang ihre Füße, zurück in die Gemächer ihrer Herrin zu gehen.

Mehrere Sklaven deckten gerade den Tisch ab, als Mandisa zurückkam. Zafenat-Paneach hörte dem aufgeräumten Geplaudere seiner Frau zu, aber kaum waren die Sklaven verschwunden, da faltete er seine Arme und sah Asenat an, das Gesicht auf einmal ernst.

»Was ist?« fragte Asenat, die Hand an ihrer Kehle. In ihren Mundwinkeln glomm ein Lächeln auf, dann erlosch es wieder. »Habe ich etwas getan, was dir mißfallen hat, mein Gemahl?«

»Nein, Liebste.« Die Augen des Wesirs guckten kurz zu Mandisa hin, er wies auf einen leeren Schemel neben seiner Frau. »Du kannst dich setzen, Mandisa. Ich möchte, daß ihr beide hört, was ich zu sagen habe.«

Mandisa setzte sich ohne ein Wort.

Die Augen des Großwesirs von Ägypten sahen zärtlich in die seiner Frau. »Meine Liebste«, begann er, »vor ein paar Tagen fragtest du mich, warum die Ankunft der Männer aus Hebron mich so bewegte.

Damals konnte ich es dir nicht sagen, denn ich wußte selber nicht, was ich tun sollte. Doch inzwischen habe ich zu dem Allmächtigen Gott gebetet, so daß ich dir heute eine Antwort geben kann.«

»Sprich weiter, mein Gemahl«, sagte Asenat, als er innehielt. Ihre Finger drehten sich nervös in ihrem Schoß.

Der Wesir lächelte sie gequält an und nickte knapp. »Ich habe dir, Asenat, ja von meiner Vergangenheit erzählt und von dem Verrat, der mich hierher nach Ägypten brachte. Nun, die Männer in Pharaos Gefängnis sind meine Brüder – die Söhne der Mägde und die Söhne Leas.«

Mandisa hörte, wie ihre Herrin die Luft einsog, ohne jedoch ein Wort zu sagen. Wie eine Statue saß sie neben ihrem Mann, das Gesicht ein verspanntes, bleiches Fragezeichen.

Der Blick des Wesirs ging von seiner Frau zu ihrer Zofe. »Ich habe beschlossen, die Männer aus Kanaan heute aus dem Gefängnis holen zu lassen, und werde wieder einen Dolmetscher brauchen, wenn ich mit ihnen spreche.«

»Aber wenn sie doch deine Brüder sind ...« begann Asenat, den Kopf schüttelnd.

»Ich muß wissen, was in ihren Herzen ist, bevor ich mich ihnen offenbare. Ich hatte vorgehabt, neun von ihnen hier in Ägypten festzuhalten und den, der am meisten Einfluß bei meinem Vater hat, zurückzuschicken. Aber in diesen Hungerzeiten ist die Reise durch die Wüste für einen Einzelnen zu gefährlich. Ich hatte auch vor, sie zu bestrafen, aber« – seine Stimme wurde weicher – »Gott hat mir gezeigt, daß Rache nicht die Antwort ist.«

Mandisa preßte ihre Lippen zusammen und nickte verständnisvoll. Offenbar hatte ihr Herr intensiv darüber nachgedacht, was er mit seinen widerspenstigen Gästen machen sollte. »Dann wollt Ihr sie also alle wieder ziehen lassen?« flüsterte sie.

»Nein.« Zafenat-Paneach lächelte zögernd. »Den, der am ehesten die anderen aufwiegeln könnte, werde ich hier behalten. Die Hungersnot wird noch fünf Jahre dauern, sie müssen also früher oder später wiederkommen, um mehr Getreide zu kaufen. Solange ich einen von ihnen hier habe, werden sie nach Theben zurückkommen. Mein Vater ist ein ehrenwerter Mann; er wird von ihnen verlangen, daß sie den, der hiergeblieben ist, freikaufen.«

»Bist du da sicher?« Asenats Hand kam nach vorne und legte sich auf seinen muskulösen Arm. »Was, wenn sie nicht wiederkommen, mein Gemahl? Wird es dir dann nicht leid tun, wenn du sie fortschicktest, ohne ihnen die Wahrheit zu sagen?«

Der Wesir beugte sich nach vorne, die Ellbogen auf den Knien. »Mandisa, du bist eine Kanaaniterin, du kennst ihre Sitten. Sag es deiner Herrin: Wenn diese Männer aus deiner Sippe wären, würden sie nicht wiederkommen, um deine Freiheit zu erwirken?«

Mandisa wurde es etwas unbehaglich zumute. Ihr Vater hatte sie mit Idogbe verheiratet, einem Mann, den sie nicht liebte, und ihm erlaubt, sie gegen ihren Willen nach Ägypten mitzunehmen. In dreizehn Jahren hatte sie weder Besuch noch Brief von ihrer Familie bekommen. Wären der gütige Zafenat-Paneach und die Herrin Asenat nicht gewesen, sie oder ihr Sohn wären längst versklavt oder tot; niemanden von den Ihren hatte es gekümmert, daß Idogbe verschwunden war und sie schwanger allein hatte sitzen lassen. Aber natürlich: Wenn sie als Sohn zur Welt gekommen wäre, wären die Dinge zweifellos anders gewesen. »Ja, Herr«, preßte sie flüsternd hervor, »ich glaube, Ihr habt recht.«

Er lehnte sich zufrieden wieder zurück. »Gott weiß bereits, was in den Herzen meiner Brüder ist, aber er möchte, daß ich dies selber für mich herausfinde. Mandisa, mach dich bereit. In einer Stunde ist es soweit. Ich werde Tarik gleich ins Gefängnis des Pharao schicken, um sie zu holen.«

»Mein Gemahl«, flüsterte Asenat tonlos. »Soll ich mit dabei sein, wenn ... es soweit ist?«

»Nicht diesmal«, erwiderte der Wesir und nahm ihre Hände. »Hab Geduld. Wenn Gott will, wirst du an einem viel glücklicheren Tag an meiner Seite sein.«

Ein müder, verschwitzter und wütender Simeon folgte seinen Brüdern in die große Empfangshalle des Wesirs. In der Vorhalle hatten Sklaven ihnen die Sandalen ausgezogen und die schwarze Erde Ägyptens von ihren Füßen gewaschen, und als die Brüder den makellos sauberen und reich verzierten Saal betraten, stand an den Wänden eine halbe Armee anderer Diener, die damit beschäftigt waren, mit großen Straußenfederfächern die aus entlang den Seiten des Raumes aufgestellten Duftständern aufsteigenden Wohlgerüche über die Halle zu verteilen. Von irgendwoher entlockten zarte Hände einer Harfe beruhigende Melodien.

Simeon stählte sich innerlich für das, was jetzt kommen würde. Es war offensichtlich, daß der süße Luxus der Szene den Unterschied zwischen dem Palast des Wesirs und dem kahlen Loch, in das man sie geworfen hatte, unterstreichen sollte. Aber warum?

Nach ein paar Augenblicken nervöser Stille erklang ein Trompetensignal. Wieder marschierte die Doppelkolonne der Lanzenträger in den Raum und der hochelegante Wesir bestieg seinen vergoldeten Thron. Sein langes Leinengewand, das wie gemeißelter Marmor von seiner Kehle bis auf den Boden fiel, verbarg seinen muskulösen Körperbau nur unvollkommen. Eine schwere Goldkette hing um seinen Hals, das feinste Leder schmückte seine Füße. Seine schwere, geölte Perücke umrahmte sein königliches Gesicht wie angegossen.

Einen ewigkeitsschweren Augenblick lang wagte niemand, die Stille zu brechen. So sehr er auch wegschauen wollte, Simeon mußte ihn einfach ansehen, diesen Regenten des Königs. Zafenat-Paneachs so markante Gesichtszüge ließen eine ferne Saite in Simeons Erinnerung anklingen, aber er schob das Gefühl gleich wieder beiseite. Natürlich kam ihm der Wesir bekannt vor! Schaute sein Gesicht einen nicht von jeder zweiten Säule und Wandgemälde in Theben an? Obwohl der Mann noch kaum vierzig sein konnte, strahlte sein scharfes Profil die Kraft der Zeitlosigkeit aus. Aber dieser merkwürdig weiche Mund ... So sah Jakob, der Vater, immer aus, kurz bevor er lächelte.

Simeon schoß dem Mann einen verstohlenen feindseligen Blick zu. *Ist der schadenfroh? Denkt er, daß wir gleich die reumütigen Spione spielen werden, nachdem wir zwei Tage und Nächte in seiner elenden Grube zugebracht haben? Oder malt er sich schön genüßlich aus, was er morgen mit uns anstellen wird, wenn wir ihm heute kein Geständnis liefern?*

»Gnade und Friede sei Euch, o allerhöchster Wesir«, sagte Ruben, während er niederfiel. Die anderen Brüder folgten seinem Beispiel, bis sie alle auf dem blitzenden Fußboden lagen. Durch eine andere Tür des Saales kam die Dienerin herein, die das letztemal gedolmetscht hatte. Sie trat nach vorne und übersetzte Rubens Worte.

»Steht auf. Ihr dürft vor mir knien«, antwortete Zafenat-Paneach, einen goldenen Stab ausstreckend. »Ich habe meinen Gott befragt und euch aus dem Gefängnis holen lassen, um euch zu sagen, was in meinem Herzen ist.«

»Meine Brüder und ich hören«, erwiderte Ruben, während er sich auf seine Knie erhob.

Der Wesir wartete auf die Übersetzung, dann schien sein Blick sich fest auf Simeon zu richten, der seinen Kopf so hoch erhoben hatte, wie er sich getraute.

Spott und Mitgefühl stritten miteinander in dem Gesicht des Wesirs. »Ich habe meinen Gott um Weisheit gebeten«, sagte er, »und er hat mir geantwortet. Wenn ihr tut, was ich euch jetzt sage, werdet ihr leben, denn ich fürchte Gott.«

Mandisa übersetzte. Simeons Blick ging automatisch in ihre Richtung, und seine Augen machten sich selbständig, während die Worte des Wesirs von ihrer Zunge flossen. Ihm war die Frau schon bei der Ankunft im Wesirspalast aufgefallen. Welchem Mann wäre sie nicht aufgefallen? Doch heute schien ihre Schönheit den Raum wie eine Sonne zu füllen.

Schlank, selbstsicher und feurig – wie ein himmlisches Wesen sah sie aus in den schräg durch die hochgelegenen Fenster stürzenden Sonnenstrahlen. Die dunklen Locken ihrer Perücke vollführten einen Kräuseltanz auf ihrer breiten Stirn. Ihre Augen glühten wie zwei Flammen in dem verhaltenen Licht des Saals. Ein Ledergürtel hob die Zierlichkeit ihrer Taille hervor, und der milchige Aprikosenteint ihrer Haut verschwamm fast mit dem dünnen Stoff eines Gewandes, das ihre weiblichen Kurven nur schwach verhüllte. Sie hielt inne, und ihre Augen huschten durch den Raum, dann trafen sie sich mit denen Simeons. Er hielt den Atem an, doch dann sah sie wieder zu Boden vor seinem festen Blick.

»Was sollen wir tun, Herr?« Rubens Stimme rückte Simeon zurück in die Wirklichkeit.

Der Wesir schien steifer zu werden auf seinem Thron, seine Stimme wurde gebieterisch laut. »Seid ihr ehrliche Männer, so laßt einen von euch hier im Gefängnis zurück; die anderen dürfen ihres Weges ziehen und ihren Familien Korn bringen, auf daß die Hungersnot sie nicht tötet. Wenn dann eure Speise wieder zur Neige geht, kommt zurück und bringt euren jüngsten Bruder mit, damit ich euer Wort prüfen kann. Wenn ihr bereit seid, dies zu tun, und nicht gelogen habt, dann sollt ihr leben.«

»Benjamin mitbringen?« stieß Sebulon erschrocken hervor. »Das ist unmöglich! Unser Vater wird niemals erlauben, daß sein Jüngster von seiner Seite geht, um hierher zu kommen!«

Der Wesir lauschte der Übersetzung, dann lachte er kurz und antwortete. Die Frau übersetzte: »Der Wesir Zafenat-Paneach sagt, daß euer Bruder ein erwachsener Mann und verheiratet ist. Er ist kein Kind mehr. Ihr müßt euren jüngsten Bruder hierher vor Zafenat-Paneach bringen.«

Euren jüngsten Bruder ... Die Worte ließen es Simeon unangenehm den Rücken herunterlaufen. Einst hatten die Söhne Israels zwei jüngere Brüder gekannt, aber obwohl Joseph immer noch Simeons Träume plagte, war er für immer fort. Es gab nur noch Benjamin.

Ruben antwortete auf die Worte der Dolmetscherin. »Mein Herr, laßt mich mit meinen Brüdern reden.«

Der Wesir schien die Bitte auch ohne Übersetzung zu verstehen. Sein regloses Gesicht nickte zustimmend.

Ruben stand auf und drehte sich den anderen zu. »Wir müssen tun, was er verlangt«, flüsterte er. »Wir haben keine Wahl.«

»Benjamin bringen?« Judas Stirne runzelte sich besorgt. »Das wird Vater niemals erlauben. Eher würde er selber sterben.«

»Ja, willst du etwa lieber, daß Vater zehn Söhne verliert?« Levis Hand flog frustriert nach oben. »Wenn wir mitmachen, haben wir genügend Zeit, Vater zuzureden und ihn zu überzeugen, daß wir diesem Ägypter zu Willen sein müssen.«

»Levi hat recht«, sagte Dan. »Was der Wesir da fordert, klingt vernünftig. Wenn wir uns weigern, geben wir damit praktisch zu, daß wir gelogen haben. Der Wesir wird dann überzeugt sein, daß wir Spione sind, und uns alle töten – vielleicht gleich jetzt.« Er sah auf den Fußboden hinunter. »Verdient hätten wir's ja vielleicht nach dem, was in Dothan passiert ist, mit Jo–«

»Sag's nicht!« schnappte Simeon, zusammenzuckend wie unter einem Fausthieb. Der Name ihres verschollenen Bruders war wie ein Feuerbrand in ihrem Gewissen, aber solange sie nicht über ihn sprachen, schwiegen die Erinnerungen. »Dothan – das war vor über zwanzig Jahren«, fuhr Simeon fort. »Unser Vater hat die Vergangenheit hinter sich gelassen.«

»Unser Vater hat nie aufgehört, um Joseph zu trauern«, unterbrach ihn Ruben. Sein Kinn war ärgerlich vorgeschoben, seine Stimme, kalt und exakt, hallte durch den großen Raum. »Du weißt, daß ich die Wahrheit rede. Sage die Wahrheit, Simeon! Sagte ich euch damals nicht, da wir uns nicht gegen den Jungen versündigen sollten? Aber du wolltest nicht hören, und jetzt ruft sein Blut nach Rache, jetzt müssen wir büßen, was wir damals taten.«

Ein plötzliches Geräusch wie ein unterdrücktes Würgen durchbrach die Stille hinter ihnen. Simeon drehte sich gerade noch rechtzeitig um, um zu sehen, wie der Wesir, die Hände vor das Gesicht geschlagen, von seinem Thron aufsprang und aus dem Saal lief. Der Hauptmann der Wache folgte ihm wie ein Schatten.

»Jetzt werfen sie uns gleich den Hunden des Wesirs vor«, sagte Levi und drehte sich grimmig zurück zu den anderen. »Der hat sich beim Frühstück dem Magen verdorben, und wenn er zurückkommt, dürfen wir dafür bluten. Wir müssen seinem Plan zustimmen, jetzt sofort!«

»Aber wer von uns ...« Assers Blick strich über die anderen. »Wer von uns soll denn hier im Gefängnis bleiben und seine Familie im Stich lassen?«

Einen langen Augenblick sagte niemand etwas, dann hob Ruben seine Augen. »Wir haben alle Kinder«, sagte er und sah Simeon an, mit einem Blick, der mitleidig, gequält und ruhig zugleich war. »Aber wir haben nicht alle Frauen. Du, Simeon, hast keine Frau, die zu Hause auf dich wartet. Du solltest dich anbieten, hierzubleiben.«

»Ich bleibe nicht hier«, antwortete Simeon mit einem finsteren Blick auf seinen Bruder. »Ich habe vielleicht keine Frau, aber ich bin der einzige, der sich um unsere Schwester kümmert. Dina hat keinen Mann, sie braucht mich.«

»Für Dina kann ich sorgen«, meldete sich Juda.

»Und meine Söhne?« sagte Simeon stirnrunzelnd. »Wer kümmert sich um die? Jemand anderes muß hierbleiben. Ich bin hierher gekommen, um mein Korn zu kaufen, und dann nichts wie weg! Lieber sterbe ich morgen, als daß ich einen Tag länger hier bleibe wie nötig!«

»Aber wir haben Frauen!«

»Und ich habe sechs Söhne!« Simeons Gesicht war jetzt rot vor Wut. »Ruben, du bist der Älteste, warum meldest du dich nicht selber? Du bist doch immer so vorneweg, wenn's um deinen Vorteil geht. Oder Juda! Du redest doch andauernd über Gott und das Heilige, warum bleibst du nicht hier?«

»Vater hört auf Juda«, warf Dan ein, »während er die Ohren auf Durchzug stellt, wenn du wie der Wüstenwind heulst und tobst. Du bist der Zerschmetterer, du bringst nichts als Ärger!«

»Genug!« schrie Juda. Er hob seine Hand hoch und trat in die Mitte des Kreises. Das Gezänke wurde leiser und verstummte ganz. Juda ließ fahrig seine Finger durch seine starken grauen Haare gleiten, dann sah er zu der Decke hoch, als stünde die Antwort dort geschrieben. »El Shaddai selber wird die Wahl treffen«, sagte er einfach und ließ seine Schultern sinken. »Auf ihn werden wir hören und seinen Willen annehmen!«

Sechs

Mandisa versuchte, dem lauter werdenden Stimmengewirr der Brüder zu folgen, doch dann legte sich eine Hand sachte auf ihren Arm. »Der Meister sucht dich«, flüsterte Tarik, der hinter einer Säule stand, während die Gefangenen in der Mitte des Raumes zeterten und stritten.

Mandisa drehte sich schweigend um und folgte Tarik in ein kleines Nebengemach. Der mächtige und erhabene Zafenat-Paneach saß schweigend auf einem Bett. Er sah wie betäubt aus. Seine Augen waren rot verweint, auf seinen Wangen waren dunkle Augenschwärzeflecken.

»Mach mich bitte frisch, Mandisa«, sagte er mit einem zittrigen Lächeln. »Ich darf nicht schwach erscheinen vor ihnen.«

Er gab ihr weiter keine Erklärung, und nach Tariks perplexem Gesichtsausdruck zu urteilen, hatte er auch ihm seine Verbindung zu den lästigen Männern draußen in der Halle nicht erklärt. Sie langte in die Kosmetikdose, die sie für solche Notfälle immer dabei hatte, und trug mit raschen, sicheren Bewegungen neue Farbe auf das Gesicht des Herrn auf. Ein Augenblick, und er war wieder der große königliche Wesir, aber seine Stimme zitterte immer noch etwas, als er ihr dankte.

»Hier«, sagte sie und zog ein Stück Leinen aus einem Korb auf dem Fußboden. »Sollen sie ruhig denken, daß Ihr von dem Wüstenwind einen Husten bekommen habt.«

Er nahm das viereckige Tuch und knüllte es in seiner Hand. Er beugte sich nach vorne, als ob er aufstehen wollte, dann hielt er inne. »Worüber streiten sie sich?« fragte er. »Konntest du es hören?«

Sie faltete ihre Hände. »Sie sind sich nicht einig, wer von ihnen hierbleiben soll. Ihr Sprecher, Ruben, sagt, daß der, den sie Simeon nennen, in Ägypten bleiben soll, weil er keine Frau in Kanaan hat. Aber dieser Simeon« – sie spürte, wie sie rot wurde bei dem Namen – »sagt, er habe eine Schwester und sechs Söhne, die ihn brauchen.«

»Sechs Söhne.«

Ein Stückchen Wehmut klang in Zafenat-Paneachs Stimme an, und Mandisa spürte, wie ihr Herz sich mitfühlend zusammenzog. Der eine Schmerz, der auf dem Haus des Wesirs lag, entsprang daraus, daß die königlichen Ärzte die Herrin Asenat gewarnt hatten, daß noch ein Kind unweigerlich ihren vorzeitigen Tod zur Folge hätte. In den fetten Jahren hatte sie zwei gesunde Söhne zur Welt gebracht, darauf waren drei Fehlgeburten gefolgt, die letzte während der letzten Nilflut; dieses Kind hätte Asenat um ein Haar mit in die andere Welt gezogen.

Jetzt war der Leib der Herrin gerade so ausgetrocknet und seicht wie der verdurstende Nil. Zafenat-Paneach hatte seine Frau mit großer Zärtlichkeit getröstet und ihr versichert, daß er sie liebte, auch wenn er dann, wenn sie ein Kind empfangen konnte, ihre Gemächer nicht mehr besuchte. Sie und die beiden Jungen genügten ihm, sagte er ihr oft, zumal seine vielen Pflichten für das Reich und den Pharao ihn oft sehr erschöpften.

»Aber du erquickst mich«, hatte Mandisa ihn eines Nachmittags flüstern hören, als er seine jammernde Frau tröstete, »du und Ephraim und Manasse. Ich bin über die Maßen gesegnet mit dir. Dein Lächeln allein ist genug, um mir Herz, Seele und Leib zu stärken.«

Jetzt sah der Herr gerade so aus, als ob er wieder ein Lächeln von seiner Frau brauchen konnte. Er stand auf, blieb einen Augenblick absolut reglos stehen und ging dann mit langen, entschlossenen Schritten auf die Halle zu.

Mandisa und Tarik, von Neugierde und Pflichtgefühl getrieben, folgten ihm.

Joseph konnte sie körperlich spüren, die Blicke seiner Brüder. Er stieg zurück auf die Estrade und drehte sich majestätisch langsam zu seinen Brüdern hin. »Tarik wird den unter euch, den ich für das Gefängnis ausgewählt habe, fortführen«, sagte er auf ägyptisch. Während Mandisa den Satz hastig atmend übersetzte, hob Joseph seine Hand und zeigte auf Simeon.

Der Mann war ein Pfahl im Fleisch. Vor zwanzig Jahren war er einer der ersten gewesen, die Josephs Tod verlangten, nachdem sie ihn in die Grube gestoßen hatten. Und bei jeder Familienzusammenkunft, ob beim Essen oder an der Viehtränke, hatte Simeon eine Gelegenheit für seine Sticheleien gefunden. Stark wie eine Eisenkette und unbeweglich wie ein Fels, hatten seine Meinungen stets Zwietracht unter den Brüdern gesät. Selbst die Frauen waren ihm aus dem Weg gegangen.

Ohne Simeon würden die anderen eine viel harmonischere Heimreise haben – siebzehn oder achtzehn Tage leidlichen Friedens. Jakob bräuchte sich nicht Simeons Horrorversion ihrer Begegnung mit dem ägyptischen Wesir anzuhören, und Benjamin würde die lange Reise nach Ägypten nicht in der Gesellschaft dieses blutrünstigen Verrückten machen müssen. Einen Augenblick lang bedauerte Joseph, daß er nicht befohlen hatte, gleich auch Levi dazubehalten, denn meist waren er und Simeon zusammen die Unruhestifter. Aber Simeon explodierte zehnmal schneller als Levi.

Tarik bellte einen Befehl; eine Kolonne Wachen schritt durch das Knäuel der Kanaaniter und umringte Simeon. Zwei von ihnen traten zu ihm, um seine Hände zu binden. Der hühnenhafte Schäfer schoß wie ein wildes Tier nach vorne, packte den Arm eines der Männer und zerbrach ihn auf seinem Knie. Ein Handgemenge brach los. Fort war die Würde der Halle, wilde Schrei echoten gegen die hohe Decke und die Säulen, die meisten von Simeon, ein paar von den verletzten Wachen. Die übrigen Brüder standen gegen die Wand geduckt, auf ihren Gesichtern ein Kaleidoskop der Gefühle, von Verlegenheit bis zu blankem Entsetzen. Mandisa hatte die Hände vor die Augen geschlagen, um das gräßliche Spektakel nicht mit ansehen zu müssen.

Zwei Wachen packten Simeons rechte Hand; er schleuderte sie quer durch den Raum. Ein anderer bekam Simeons Faust ins Gesicht;

Joseph sah, wie der Schlag seinen Kiefer splittern ließ. Das nächste Wachenpaar flog über Simeons Schulter und ging krachend zu Boden. Ein unvorsichtiger junger Fächersklave, der als einzige Waffe den Stiel seines Fächers hatte, mischte sich in das Getümmel und lag alsbald k.o. zu Simeons Füßen.

Die Lanzenträger zogen ihren Kreis enger. Der Gefangene stand immer noch drohend geduckt da, aber der Kampf war vorbei. Tarik bahnte sich einen Weg durch die verletzten Männer, um Simeons fuchtelnde Fäuste zu packen und zusammenzubinden. Ein anderer band ein Seil um die Fußgelenke des Schäfers; er konnte immer noch laufen damit, aber weit würde er nicht kommen.

Joseph preßte seine Lippen zusammen, ein Lächeln unterdrükkend. Er hätte Tarik warnen sollen. Man wuchs nicht unter elf Brüdern auf, ohne das Kämpfen zu lernen, und es war keine bloße Laune, daß die anderen Simeon »den Zerschmetterer« getauft hatten.

»Ihr anderen dürft gehen«, sagte Joseph, seine Brüder unbewegt ansehend, als sei diese Szene das Normalste der Welt. »Aber wenn ihr wiederkommt, werdet ihr diesen hier nicht wiedersehen, wenn ihr nicht euren jüngsten Bruder mitbringt, zum Beweis eurer Worte; nur dann dürft ihr in Frieden euer Korn kaufen.« Er hielt inne, in seiner Seele halb Mitleid, halb Verachtung, während Mandisa mit zitternder Stimme übersetzte.

»Und noch etwas: Benutzt das Korn Ägyptens zum Brotbacken und nicht als Saatgut. Noch fünf Jahre lang wird nichts wachsen. Und jetzt geht.« Er spürte, wie seine Stimme zittern wollte, und wurde schneller. »Möge es gut sein mit euch und eurem Vater.«

Er stand auf, die Trompeten schmetterten. Während seine Brüder durcheinanderriefen, führten die Wachen Simeon aus der Halle hinaus. Joseph verließ sie durch eine andere Tür.

In dem kleinen Nebenzimmer, wo sie vor neugierigen Augen sicher waren, drehte er sich zu Tarik um, der ihm gefolgt war. »Hör genau zu«, sagte er leise. »Bring diesen Mann nicht zurück in Pharaos Gefängnis, sondern bereite ihm ein sicheres Zimmer hier in meinem Haus. Verweigere ihm keine Bequemlichkeit, außer der seiner Freiheit.«

»Ist dies weise, edler Wesir?«

Joseph nickte. »Ich glaube nicht, daß er jemandem hier etwas antun wird. Er ist ein Hirte, Tarik. ›Kämpfe oder fliehe‹ – das ist das Gesetz, das er kennt, und da er nicht fliehen konnte, kämpfte er. Ich hatte das erwartet, ich hätte dich warnen sollen.«

»Meine Männer hätten besser vorbereitet sein sollen«, entgegnete Tarik, heftig errötend. »Sie waren jämmerlich.«

»Sie waren eigentlich sehr gut«, antwortete Joseph, eine Hand auf die Hüfte gestützt. »Simeon ist stark; er war schon immer gefährlich.«

Falls Tarik erleichtert war von den Versicherungen seines Herrn, zeigte er es nicht. »Und was machen wir mit den anderen, Herr?«

»Erlaube ihnen, Kornrationen aus meinen eigenen Speichern zu kaufen, aber weise die Schreiber an, jedem Mann sein Silber oben in den Sack zurückzulegen.« Die Augenbrauen des Hauptmanns gingen hoch. Joseph schlug ihm mit der Hand auf die bronzefarbene Schulter. »Ich kann kein Silber von meinen eigenen Brüdern nehmen, Tarik.«

Die wohlgeschnittenen Augen des Hauptmanns weiteten sich erstaunt. Joseph hielt warnend eine Hand hoch. »Sage niemandem ein Wort! Meine Frau weiß die Wahrheit, und Mandisa, sonst keiner.«

»Soll Ani es auch nicht erfahren?«

»Nein.« Joseph zwinkerte Tarik verschwörerisch zu. »Ani ist ein kluger Mann, aber seine Weisheit strömt ständig über seine Zunge. Es tut ihm nicht weh, wenn er es nicht weiß.«

Tarik, der seine Fassung wiedergewonnen hatte, verneigte sich. »Ist das alles, mein Herr?«

Joseph überlegte. »Sie werden neue Esel brauchen und Proviant für die Reise nach Hebron. Laß Ani dafür sorgen, und dann schicke sie so schnell wie möglich fort.« Er lächelte. »Je eher sie zu Hause sind, desto schneller werden sie wiederkommen und ihren Bruder wieder mitnehmen.«

Tariks normalerweise strenger Mund entblößte jetzt auch lächelnd seine Zähne. »Es wird geschehen, wie Ihr es wünscht, Herr.«

Simeon musterte verwundert seine Umgebung. Nach seinem Tätlichkeitsausbruch hatte er nichts anderes erwartet, als daß man ihn wieder in eine Gefängnisgrube stecken würde, vielleicht eine noch barbarischere als die erste. Statt dessen hatten die Wachen ihn durch den großen Hof in ein sauberes Zimmer in einem anderen Flügel des Wesirspalastes geführt.

Das niedrige Bett aus poliertem Holz war großzügig mit Fellen, Kissen und frischem Leinen bedeckt. Die Nackenstütze war mit den weichsten Federn gepolstert. Unter einem hochgelegenen Fenster, das frische Luft und Licht hereinließ, stand ein Waschtisch mit einem Wasserkrug und einer Schüssel. Neben dem Bett verströmte eine Wasserschale mit einem halbend Dutzend blauer Lotusblüten einen lieblichen Geruch über das ganze Zimmer.

Simeon ließ sich auf einen kunstvoll geschnitzten Stuhl sinken und fuhr sich mit den Fingern durch seinen Bart. Er konnte sich mehrere Erklärungen für diese mehr als merkwürdige Behandlung vorstellen, aber die naheliegendste war wohl, daß der Wesir von Ägypten verrückt war. Wie anders konnte man sein wildes Hin- und Herschwanken zwischen harter Strenge und großzügigem Vergeben auslegen? Nun ja, sie waren lebenslustig und abergläubisch, die Ägypter, hatte er gehört. Wahrscheinlich wollte dieser Zafenat-Paneach irgendeinen Gott beschwichtigen, indem er Simeon ein paar Tage Luxus gönnte, bevor er ihn in ein finsteres Folterloch warf.

Aber obwohl das Zimmer angenehm und sehr wahrscheinlich besser eingerichtet war als die Hälfte der Häuser in Theben – Simeon war kein Stadtbewohner! Er brauchte Weite und Sternenhimmel. Er konnte nichts anfangen mit Lotusduft und Zuckerwerk, er sehnte sich nach dem Geruch von Ziegen- und Schafdung, dem robusten Aroma von wüstengetrocknetem Fleisch und mit Wildhonig gesüßtem grobem Brot.

Er sah zu dem rechteckigen Fenster hoch, das unerreichbar hoch in der Wand lag. Doch, für einen Mann der Wildnis konnte selbst ein Königspalast zum Gefängnis werden. Vielleicht war dieser Zafenat-Paneach doch nicht verrückt ...

Einige Stunden später ließ Tarik Mandisa und den Hausverwalter Ani zum Vorraum vor den Schlafgemächern des Wesirs rufen. »Unser Herr ist für den Rest des Tages beim Pharao«, sagte der Hauptmann, den Kopf in unwillkürlichem Stolz höher hebend, »und er hat mich angewiesen, euch zu sagen, was mit dem Gefangenen in unserem Haus geschehen soll. Wir drei sind für ihn verantwortlich. Kein anderer im Haus wird mit ihm zu tun haben.«

Und zwei von uns, dachte Mandisa, während sie Tarik wachen Auges beobachtete, *wissen, wer und was er ist. Aber wenn er auch hundertmal der Bruder des Wesirs ist, er ist gefährlich und viel zu stark, um ihn hier zu behalten.*

Der Verwalter neigte respektvoll seinen kahlen Kopf – eine unnötige Geste, denn Ani war in der kleinen Welt der Villa mindestens so wichtig wie Tarik. Der Verwalter hatte das ganze Getriebe des Hauses unter sich. Alles, vom Säubern der Räume und Bereiten der Mahlzeiten bis zu den Arbeiten auf den Feldern, in den Speichern und in den Ställen, stand unter seiner Leitung, und obwohl er wie ein nasser kleiner Vogel aussah, lag hinter seiner Demutsfassade ein hochaktiver Kopf, eine dynamische Kraft, die sich aus einer in langen Jahren loyalen Dienstes erworbenen Weisheit und Selbstsicherheit speiste. Von keinem anderen Hausverwalter in ganz Theben wurde mehr erwartet, kein anderer konnte der unerhörten Eleganz und Fülle des Anwesens von Zafenat-Paneach das Wasser reichen.

Ein Lächeln zerriß die Falten um Anis Mund. »Ich hatte mir schon so meine Gedanken gemacht«, sagte er. »Ich fand diesen Morgen höchst ... *ungewöhnlich*.«

»Wir dürfen weder mit den Kindern noch mit den anderen Dienern über diesen Mann sprechen«, fuhr Tarik fort. »Er hat jeden Tag alles zu bekommen, was er braucht.«

Die Augen des Hauptmanns drehten sich zu Mandisa hin. »Der Herr läßt anfragen, edle Frau, ob du dazu bereit wärest, dem Gefangenen täglich sein Essen zu bringen und bei ihm zu bleiben, falls er mit jemandem zu sprechen wünscht. Es gibt hier wenige, die die kanaanitische Sprache so fließend sprechen wie du.«

Mandisa überlegte. Sie kannte ihren Herrn gut genug, um zu wissen, daß er ihr nicht befehlen würde, seinen Wunsch zu erfüllen, denn sie hatte schon genügend Arbeit mit der Frau und den Söhnen des Wesirs sowie mit Adom. Sie hatte jedes Recht der Welt, sich nicht auch noch einen Gefangenen mit dem Temperament eines hungrigen Löwen aufzuhalsen. Sie erinnerte sich gut, wie die Glut in seinen Augen sie erschreckt hatte.

Aber niemand sonst sprach seine Sprache. Und sie war ja selber als Ausländerin nach Ägypten gekommen und wußte nur zu gut, wie es war, niemanden verstehen zu können und von niemand verstanden zu werden.

»Ich kann gerne auch einen von meinen Männern als seinen Wärter nehmen«, sagte der Hauptmann, mit einer Handbewegung, die soviel sagen sollte wie: Ich kann dich gut verstehen.

»Das ist nicht nötig, ich mache das«, sagte sie, ohne Tarik anzusehen.

»Gut, so sei es«, antwortete der Hauptmann langsam, den Kopf zur Seite neigend, als wäge er ihre Motive ab. »Du kannst die Aufgabe jederzeit wieder abgeben, falls du es wünschst.«

»Ich verstehe.«

»Gut.« Tariks Lippen gingen zusammen. »Der Herr wird dich von Zeit zu Zeit um einen Bericht über den Gefangenen bitten. Du wirst Zafenat-Paneach frei und offen über alles unterrichten, was mit dem Gefangenen geschieht, während er bei uns ist. Solche Informationen können später nütztlich sein.«

»Sicher.« Mandisa hob eine Augenbraue und drehte sich zu Ani hin. »Ich bin es nicht gewohnt, in der Küche zu arbeiten. Kann ich die Küchensklavin Halima haben, damit sie mir beim Bereiten der Mahlzeiten für den Gefangenen hilft?« Sie sah wieder den Hauptmann der Wache an. »Und kann ich Halima mitnehmen, wenn ich diesen Hirten besuche? Ich hätte Angst um meine Sicherheit, wenn ich allein in sein Zimmer müßte.«

Tarik und Ani sahen sich einen Moment an. »Wenn der Auftrag des Herrn es erfordert, kannst du dir jeden Sklaven nehmen, den du willst«, sagte Ani, die Arme faltend.

»Ich sehe kein Problem darin, wenn du das Mädchen mitnimmst«, sagte Tarik. »Aber sonst darf ihn niemand besuchen. Nur wir drei und Halima, wenn du sie brauchst. Solltest du je um deine Sicherheit fürchten, kannst du natürlich jederzeit einen von meinen Männern rufen, daß er vor der Tür Wache steht.«

»Danke«, nickte Mandisa.

»Ist sonst noch etwas?« fragte Ani und preßte die Hände zusammen.

»Nein.« Tarik schob seine Hände in seinen Schwertgürtel. »Hoffen wir, daß dieses wilde Tier friedlich ist und nicht das ganze Haus durcheinander bringt. Ich werde die Götter Ägyptens bitten, seine Brüder schnell zurückzubringen, damit wir ihn loswerden.«

Sieben

Joseph entließ seine Wachen am Tor der Villa und ging allein den sich sanft schlängelnden Weg zu den Gebäuden hoch. Er fühlte sich hohl, schlaff, ausgelaugt von den Geschehnissen des Tages. Schon die Begegnung mit seinen Brüdern und Simeons Ausbruch hatten ihn völlig erschöpft, und nach dem Nachmittag mit dem jungen, energiegeladenen Pharao kam er sich vor, als sei er doppelt so alt. Sein Genick schmerzte, und er wußte, daß er blaß und mitgenommen aussah. Mehr als einmal hatte Amenhotep gefragt, was seinen treuesten Freund und Berater drückte. Joseph hatte nur gelächelt und geantwortet, daß der Pharao es verstehen würde, wenn er erst einmal selber eine Familie hatte.

Die Nacht war drückend und still – so still, daß Joseph das leise Klatschen der Wellen am Ufer des Nils hinter den Mauern des Parks zu hören vermeinte. Vor einer Stunde war die Sonne hinter die westlichen Bergwände von Theben gesunken, zu den Toten im Tal der Könige. Entlang des Weges stießen Fackeln die Dunkelheit ein Stück beiseite. Ein plötzliches Lachen im Sklavenflügel schickte sein warmes Echo über den Hof.

Josephs Herz wurde etwas leichter. Seine Brüder waren gekommen und gegangen, hatten in ganzen 24 Stunden sein Herz erst groß und dann leer werden lassen. Aber Simeon war noch da; er atmete dieselbe Dunkelheit ein, hörte dieselben das Herz wärmenden Geräusche. Was dachte er jetzt wohl, dieser Bruder, den sie den Zerschmetterer nannten?

Joseph bog auf einen Nebenweg ab, der zu dem kleinen Tempel der Villa führte. Wie die Tempel der anderen Anwesen in Theben, war das ebenso schlichte wie elegante Gebäude als Hausaltar für die Hausgötter gedacht, aber Josephs Tempel war leer, ohne Götzenbilder und Weihrauchschalen. Er hatte Ani lediglich erlaubt, zwei Fackeln anzubringen, die die ganze Nacht hindurch brannten, für etwaige Besucher, die beten wollten.

Joseph wußte, daß seine Diener es merkwürdig fanden, daß ihr doch so frommer Herr keinen sichtbaren Gott verehrte; es war ein geflügeltes Wort, daß Ägypten so viele Götter hervorbrachte wie die vom Nil befruchtete schwarze Erde Körner. Als Thutmosis IV. Joseph aus dem Gefängnis in den Palast erhoben hatte, hatte er erklärt, daß der Geist Gottes auf dem Mann ruhte, der ab jetzt Zafenat-Paneach hieß. Nach dieser Proklamation des göttlichen Pharao wagte niemand in Theben, ja in ganz Ägypten, den Glauben des Wesirs anzuzweifeln. Wer ihn kannte, der wußte, daß er den unsichtbaren und allmächtigen Gott verehrte, den die Kanaaniter *El* nannten. Die Ägypter hatten einen anderen Namen für diese uralte Gottheit: *Neter* – »der allmächtige Gott, der Einer ist«.

Die Fackeln tauchten den Tempel in ein schwaches Licht. Joseph lehnte sich an den Türpfosten und betrachtete den kleinen Raum. Auf die Wand über dem leeren Altar hatte Ani das Bildzeichen des Gottes seines Herrn malen lassen: Eine Axtklinge, die mit Lederstreifen an einem langen Stiel befestigt war.

Ein Lächeln glitt über Josephs Mund, als er das Bild studierte. »Bei den Alten war der Mächtigste derjenige, der die beste Waffe hatte und sie mit der größten Wirkung einsetzte«, murmelte er, seine Arme kreuzend. »Wenn Deine Macht, El, eine Axt wäre, wie gut habe ich sie dann heute geschwungen?«

Die stumme Stimme, die er schon hundertmal gehört hatte, antwortete nicht, und er senkte seine Augen. »Ich weiß nicht, ob meine Brüder wiederkommen werden, und ich weiß nicht, was ich mit Simeon machen soll, wenn sie nicht kommen.«

Warte.

Etwas durchschauerte ihn. Sein Herz erkannte sie, die Stimme. Sie war mehr eine Gewißheit als ein hörbarer Laut, und Joseph schloß zufrieden die Augen. Gott hatte ihn hierher geführt. Gott würde ihn bewahren. Und offensichtlich war Gott noch nicht fertig mit seinem Werk.

Leise summend, drehte er sich um und ging zu dem Haus.

»Mein Gemahl?«

Joseph drehte sich auf den Rücken, versuchte sich frei zu machen aus den Armen des Schlafes.

»Mein Gemahl, Ani ist hier mit seinem Morgenbericht. Soll ich ihn fortschicken?«

»Nein.« Joseph zwang seine Augen, sich zu öffnen. Er setzte sich auf, warf das Leinenlaken, das ihm als Zudecke diente, beiseite und fuhr sich über sein kurzgeschorenes Haar. Das Älterwerden hatte nicht seine Kräfte vermindert, aber dafür sein Bedürfnis nach Ruhe und Erholung erhöht. Doch die Geschäfte des Pharao, des Reiches und des Anwesens, sie konnten nicht warten.

»Sag Ani, er soll hereinkommen«, sagte er, während sein Blick sich auf Asenat richtete, die schüchtern in der Tür stand, selbst in dieser Morgenstunde ein Bild der Lieblichkeit. Ihr zierliches ovales Gesicht strahlte nach wie vor jugendliche Frische aus. Aus dem attraktiven Mädchen war eine aufregend schöne Frau geworden. Sie lächelte ihn an, und er hielt ihr seine Hand hin, einladend. »Was bleibst du in der Tür stehen wie ein Kind?« sagte er, die Stimme noch rauh vom Schlaf. »Komm her und küß mich, Schatz.«

Sie flog wie ein Vogel zu ihm, schlang ihre Arme um seinen Hals, bedeckte sein Gesicht mit frohen Küssen. Der Duft ihres Parfüms erwärmte seine Sinne. »Ich habe dich vermißt, Geliebter«, sagte sie. »Du warst gestern von Morgen bis Abend weg, und deine Söhne und ich haben dich sehr vermißt.«

»Ich dich auch«, murmelte Joseph. Er lächelte vor ihrem Mund und zog sie in seine Arme, ihre Küsse erwidernd.

»Mein Herr und Gebieter, möget Ihr ewig leben.«

Anis Stimme, voll von unterdrücktem Humor, unterbrach ihre Umarmung. Joseph löste seine Lippen kurz von denen Asenats. »Ein paar Augenblicke wenigstens«, rief er, den Nacken seiner Frau liebkosend, »möchte ich mit der Dame des Hauses verbringen.«

»Wie mein Herr wünschen.« Der alte Verwalter gluckste und trat zurück in den Flur.

»Ein paar Augenblicke?« fragte Asenat, die Stimme neckisch. Sie vergrub ihr Gesicht an seinem Hals. »Warum nicht länger?«

»Warum nicht?« Joseph strich ihr leise lachend über die Wange. »Weil der Pharao mich heute morgen zu sich bestellen wird. Und bevor ich gehe, muß ich mich um unseren Gefangenen kümmern.«

»Der Pharao kann nicht niesen, ohne dich um deinen Rat gefragt zu haben«, antwortete Asenat, ihren Mann ins Ohr kneifend. »Und der Gefangene ist in Tariks Obhut; er wird schon nicht flüchten oder sonst etwas anstellen.«

Sie küßte ihn mit ihren Augen, und er begegnete ihren Lippen mit den seinen. Jetzt ein süßes Rendezvous mit seiner geliebten Frau – die Aussicht war verführerisch. Doch ein bohrender Gedanke schob sich dazwischen, und er bog sein Gesicht zurück und sah sie mit einem leicht vorwurfsvollen Blick an. »Wie lange ist es her, daß dein roter Mond geflossen ist?«

Sie zog einen hübschen Schmollmund. »Das weiß ich nicht, mein Gemahl. Mandisa hält diese Dinge fest.«

»Sag mir's, Asenat, sei nicht scheu!«

Ihre Unterlippe schob sich nach vorne. »Ich bin sicher, daß es gut ist, Geliebter.«

»Wie viele Tage?«

Sie schloß kapitulierend die Augen. »Eine Woche, vielleicht auch zehn Tage.«

Er seufzte auf, erstaunt über ihre Leichtsinnigkeit. Die Ärzte hatten sie gewarnt, daß eine weitere Schwangerschaft sie das Leben kosten konnte, aber Asenat schien es nicht zu kümmern.

Er drückte einen sanften Kuß auf ihre Stirn. »Nicht heute, Liebes. Es ist zu gefährlich. Ich möchte es nicht riskieren, dich für eine schöne Stunde zu verlieren.«

Ihre Hände wurden fester um seinen Nacken. Ihre bemalten Augen schmeichelten und liebkosten ihn. Wenn er den Gefühlen, die sie da in ihm weckte, nicht bald entkam ...

»Ani!« rief er über ihre Schulter, während er ihre Hände von seinem Hals wegzog. »Ich bin bereit, dich anzuhören.«

Jetzt war der Schmollmund echt. Asenat richtete sich auf und glättete unsichtbare Falten auf ihrem Gewand. In ihren Augen glomm ein wortloser Schmerz.

»Es tut mir leid, Liebes. Wenn die Zeit der Empfängnis vorbei ist …«

»Natürlich«, sagte Asenat und trat zurück. Sie warf ihm ein zu helles Lächeln zu, während sie durch die Tür ging. »Dein Verwalter ist hier, mein Herr.«

»Schicke ihn herein.«

Joseph stellte seine Füße auf den Boden und vergrub sein Gesicht in seinen Händen, dankbar, daß wenigstens Ani nichts von ihm verlangen würde so früh am Morgen.

Asenat behielt ihre Fassung, bis sie zurück in ihrem Zimmer war, dann sank sie auf ihr Bett, schlug die Hände vor das Gesicht und ließ die salzigen Verzweiflungstränen über ihre Fingerspitzen laufen. Das Leben war ungerecht! Von allen Frauen in Theben hätte sie die allergesegnetste sein sollen, denn alles, was Zafenat-Paneach berührte, blühte und gedieh. Sein Gott hatte ihn mit Schönheit, Reichtum, Macht, Weisheit und der Hingabe des ägyptischen Volkes gesegnet, aber die Klatschzungen am Hof des Pharao standen nicht still, weil seine Frau ihm offenbar keine Kinder mehr schenken konnte.

Sie liebte Ephraim und Manasse sehr, aber ihr Leben hatte sie ohne Kampf gewonnen. Sie waren so leicht aus ihrem Leib herausgeglitten, wie sie es gelernt hatte, ihren Mann zu lieben. Ein starker Mann brauchte viele Söhne, und Zafenat-Paneach hätte über ein Dutzend verdient gehabt, aber sie hatte ihm nur zwei bieten können. Dreimal hatte sie ein Kind empfangen, ohne es zur Welt bringen zu können, und jetzt, mit 24 Jahren, begann die Blüte ihrer Jugend zu welken. Einmal hatte sie ihren Mann sogar gefragt, ob er nicht mit ihrer Magd Mandisa schlafen wollte, um mehr Söhne zu bekommen, aber er hatte nur den Kopf geschüttelt und sie sanft verneinend angelächelt. Er behauptete immer wieder, daß er glücklich sei, und achtete darauf, daß sie nicht wieder empfing. Aber Asenat konnte nicht glauben, daß ein Mann, der alles hatte, mit nur zwei Söhnen zufrieden sein konnte.

Die Gerüchte, die im Palast umliefen, waren nicht geeignet, sie zu beruhigen. Schon lange tuschelten schwatzhafte und eifersüchtige Zungen, daß Asenats Ehemann heimlich in die Pharao-Mutter, Königin Tuja, verliebt war. In der letzten Woche hatte es sogar geheißen, er habe ihr einen Heiratsantrag gemacht. Und erst vor ein paar Monaten hatte ein Thron-Prätendent den Wesir beschuldigt, der eigentliche Vater des Pharao Amenhotep zu sein. Zafenat-Paneach war für unschuldig befunden und seine Verleumder in die Verbannung geschickt worden, aber in Asenat war ein Zweifelsschatten zurückgeblieben. Obschon bereits eine reife Frau, war die Königin Tuja von atemberaubender Schönheit, und sie und Zafenat-Paneach hatten eine Vergangenheit gemeinsam, zu der Asenat niemals gehören konnte.

Ihr Mann liebte sie, kein Zweifel. Aber er war nun einmal fünfzehn Jahre älter, und oft hatte sie den Eindruck, daß er sie als kleines Mädchen zum Gernhaben und Verwöhnen betrachtete. Ganze fünfzehn Jahre war sie gewesen, als Pharao Thutmosis IV. sie dem frischernannten Wesir geschenkt hatte, und Zafenat-Paneach hatte sie auf ihrem Weg ins Frausein begleitet und sie mit der Macht seines unsichtbaren allmächtigen Gottes fasziniert. Und sie war ja wirklich wie ein Kind gewesen – leicht zu beeindrucken, über beide Ohren verliebt in die Kraft und Charakterstärke ihres Mannes und überwältigt von seiner völligen Rechtschaffenheit und Freundlichkeit.

In den fetten Jahren hatte sie ihn mit der ganzen Inbrunst einer ihren Helden verehrenden Heranwachsenden geliebt. Jetzt, wo sie eine Frau geworden war, sehnte sie sich danach, ihn als einen Gleichen, als *Partner* zu lieben. Aber was konnte sie tun, um diese Art Liebe zu befördern? Er brauchte sie nicht, um seine Besitztümer zu verwalten; das Haus, die Felder, alles, was mit der Wesirsvilla zusammenhing, lag in Anis erfahrenen Händen, der auch dafür sorgte, daß Ephraim und Manasse von den besten Lehrern im Reich unterrichtet wurden. Tarik stand der Wesirswache und den für die Sicherheit der Familie verantwortlichen Männern vor. Mandisa kümmerte sich um alle auch nur erdenklichen persönlichen Bedürfnisse von Asenat und ihren Söhnen. Was blieb da für sie?

Aber wenn sie je mehr werden wollte als die Kindbraut ihres Mannes, mußte sie sich seiner würdig erweisen. Sie mußte ihm etwas geben, was niemand anderes ihm geben konnte: Söhne.

Sie wischte ihre Tränen ab. Bis jetzt hatte sie geduldig gewartet und gehofft, daß der Wunsch ihres Mannes nach weiteren Kindern eines Tages stärker würde als seine Angst, daß sie nicht kräftig genug für eine weitere Schwangerschaft war. Doch jetzt war es vorbei mit ihrer Geduld. Sie hatte einen Blick auf seine zehn Brüder erhascht und innerlich gezittert, als sie seine Reaktion auf das Treffen mit ihnen sah. Er hatte seine Gefühle zu verbergen versucht, aber die Begegnung hatte ihn tief erschüttert. Hoffnung und Angst hatten in seinen Augen gestanden, aber noch etwas anderes ... ein Gefühl der *Vollständigkeit*, eine tiefe Freude darüber, endlich wieder mit den Seinen vereint zu sein.

Und sie selber? Daß ein einziger Mann zwölf Söhne haben konnte – kräftige Söhne, die die Blicke auf sich zogen –, hatte sie schier überwältigt. Und ihr Mann, der tüchtigste von den Zwölfen – hatte nur zwei Söhne ...

Sie biß die Zähne gegen ihr Schluchzen zusammen. Sie mußte etwas tun! Wenn Zafenat-Paneach nicht mit ihrer Zofe schlief und sich keine andere Frau nehmen wollte, mußte sie ihm selber seine Söhne schenken. Und da sein unsichtbarer Gott den letzten Kindern in ihrem Leib kein Leben hatte schenken können, würde sie zu den Göttern ihrer Kindheit zurückkehren.

Ihr Vater war Hoherpriester in On oder Heliopolis, wie man es meist nannte. Morgen würde sie die Karawane bestellen. Sie würde nach Hause reisen und ihren Vater um Rat fragen. Dort in Heliopolis, wo die Erde geboren wurde, würde sie die Götter ihres Vaters um einen weiteren Sohn anflehen.

Zafenat-Paneach würde es nicht gefallen, daß sie so weit reiste, um einen anderen Gott anzubeten, aber was ihr Mann nicht wußte, machte ihn auch nicht heiß.

Acht

Simeon drehte sich auf seinem Bett um. Von draußen kamen die Geräusche des Morgens. Kühe muhten, Sklaven lachten und schwatzten zusammen. Dann und wann hörte er das Knirschen von Sattelleder und das Schnauben von Pferden – diese herrlichen Tiere, die er nur von weitem gesehen hatte. An diesem Morgen vermischte sich der trocken-heiße Erdgeruch mit den lebendigen Gerüchen von Staub und Vieh, und vom Küchenflügel kam das den Mund wässernde Aroma frisch gebackenen Brotes.

Wie raffiniert dieser verrückte Wesir war, wie teuflisch böse! Unter dem Vorwand, es Simeon an nichts fehlen zu lassen, setzte er selbst die Klänge und Gerüche als Folterwerkzeuge ein. Was nutzte ein großes, gut möbliertes Zimmer, wenn sein Bewohner sich nach Sonne und Wind sehnte? Welche Qual, Pferde zu hören, aber nicht zu sehen, Brot zu riechen und nicht zu schmecken! Ein weiches Bett hatte er; er war es gewohnt, im Sand zu schlafen, mit einem Stein als Kopfkissen. Vier dicke Wände isolierten ihn von dem Getriebe des Hauses; Simeon war die ständige Gesellschaft seiner Brüder, Söhne und Diener gewohnt. Neben der Tür wartete ein Tablett mit einem Frühstück aus Obst und Milch; er wollte Ziegenfleisch und dunkles Brot mit Honig.

Wie lange würde er diese Folter ertragen? Lieber die Platzangst der Verliesgruben als diese Luxuszelle mit ihren Wandgemälden.

Er konnte es nicht mehr aushalten. Er schloß die Augen und schrie wie ein wildes Tier.

Neun

»Nimm heute die grüne Farbe, Mandisa«, sagte Asenat am nächsten Morgen, während sie unsicher in ihren Bronzespiegel schaute. »Wir werden meinen Vater in Heliopolis besuchen. Er soll nicht denken, daß ich müde oder alt aussehe.«

»Alt? Du?« Mandisa lachte diplomatisch auf, während sie das zierliche Alabastergefäß mit der Lieblingsfarbe ihrer Herrin zur Hand nahm. »Du bist fünf Jahre jünger als ich, Herrin. Wenn du alt bist, dann bin ich so alt wie der Bart des Pharao.«

Asenat starrte einen Augenblick in den Spiegel, dann lachte sie los. Obwohl erst zwölf Jahre alt und noch völlig bartlos, trug der Pharao Amenhotep bei allen offiziellen Anlässen den königlichen Staatsbart. Das aus langen schmalen Flechten bestehende Haarkunstwerk, das mit über den Ohren hängenden Riemen am königlichen Kinn befestigt wurde, hatte schon etliche Pharaonen gesehen, darunter Hatschepsut, eine Frau, die einundzwanzig Jahre lang als Vormund ihres Sohnes regierte.

Mandisa lächelte über das Freudenlicht in den Augen ihrer Herrin. Nach dem Tod ihres letzten Kindes war Asenat viele Monate lang bedrückt und traurig gewesen; sie hatte auf dem Bett gelegen und geklagt, daß sie ihrem Mann nichts zu bieten hatte. Aber an diesem Morgen schien sie bereit zu sein, die dunkle Vergangenheit zu vergessen.

»Was wirst du anziehen, Herrin?« fragte Mandisa. Sie zog den Auftragpinsel aus poliertem Stein aus seinem schmalen Futteral und rührte vorsichtig die dunkel schimmernde Mischung, die wie die grünen Wasser des Nils auf den Augenlidern ihrer Herrin glänzen würde.

»Ich glaube«, antwortete Asenat, die Augen schließend, während Mandisa die Farbe auftrug, »das neue Perlenkleid, das letzte Woche für mich genäht wurde. Und die Perücke mit den vielen Fransen. Mein Vater hat ein Auge für neue Moden.«

»Eine gute Wahl, Herrin«, antwortete Mandisa. Sie setzte das Alabastergefäß ab und nahm den Topf mit der Augenschwärze zur Umrandung der Augen. Während sie den Auftragstift in dem schmalen Gefäß umrührte, fragte sie sich, ob sie es wohl wagen konnte zu fragen, warum Asenat so plötzlich den Hohenpriester von Heliopolis besuchen wollte. Sie konnte sich nicht erinnern, daß Asenat jemals zu ihrem Vater auf Besuch gereist war, und der ehrwürdige Priester seinerseits war nur dreimal nach Theben gekommen: Einmal hatte er vorbeigeschaut, als der Pharao gekrönt wurde, die beiden anderen Male hatte er seiner Tochter zur Geburt ihrer Söhne gratuliert.

»Ich weiß, was du gerade denkst«, sagte Asenat. Sie sah eine Spur vorwurfsvoll zu Mandisa hoch. »Du kannst ruhig fragen, Mandisa. Früher oder später wirst du mir die Antworten sowieso aus der Nase ziehen.«

Mandisa spürte, wie sie rot wurde. »Es ist egal, warum du deinen Vater zu besuchen wünschst, Herrin. Mein einziger Wunsch ist, dir zu dienen.«

Ein zufriedenes Lächeln spielte um die Mundwinkel ihrer Herrin. »Dann kannst du mir diesen Dienst tun: Was immer ich auch tue in Heliopolis, sag es meinem Mann nicht weiter.«

Mandisa neigte ihren Kopf. »Wie du wünschst. Aber wenn du irgend etwas brauchst – ich bin gewiß, mein Herr, der Wesir, wird Himmel und Erde in Bewegung setzen, um es dir zu beschaffen.«

»Was ich brauche, kann der Wesir mir nicht geben«, sagte Asenat und hob den Spiegel wieder hoch. »Und ich habe versucht, den Himmel zu bewegen, aber meine Gebete zu dem unsichtbaren Gott haben nichts genützt. Ich werde mit meinem Vater reden und in seinem heiligen Tempel Opfer darbringen. Dann werden wir sehen, ob meine Bitten erhört werden.«

Mandisa eilte durch den Flur zu der geräumigen Küche. Sie hatte kaum eine Viertelstunde, um sich von Adom zu verabschieden, dem Gefangenen des Wesirs seine tägliche Ration zu bringen und zu ihrer Herrin in den Hof zu gehen, wo die Karawane startete. Einen Moment lang bedauerte sie, daß sie sich bereit erklärt hatte, dem Wesir mit dem Kanaaniter zu helfen; schließlich war sie eine Kammerzofe, die sich mit so einem unzivilisierten Hirten nicht auskannte, und wenn er hundertmal der Halbbruder des Wesirs war. Aber Zafenat-Paneach hatte sie gebeten, und seit dem Tag, wo sie verlassen, mittellos, verzweifelt und kurz davor, sich und ihren Sohn in die Sklaverei zu verkaufen, vor ihm gestanden hatte, hatte Mandisa es nicht fertiggebracht, ihrem freundlichen Herrn etwas abzuschlagen.

Halima war in der Küche, ihr rundes Gesicht gerötet von der Hitze der Backöfen. »Schnell, hilf mir eben mit dem Tablett, und dann nichts wie hin zu ihm«, sagte Mandisa, während sie sich ein paar Schweißtropfen aus der Stirn wischte. Ihre Zopfperücke kam ihr heute ungewöhnlich warm und schwer vor; sie wünschte sich, auch so mit unbedecktem Kopf gehen zu können können wie Halima.

»Muß ich wieder mit dir da rein?« Halima drückte ihre Hände an ihre üppige Brust, Mandisa einen ängstlichen Blick zuwerfend. »Er ist so laut! Du hast ihn nicht gehört, sein Zimmer liegt weit weg von den Familiengemächern, aber gestern hat er über eine Stunde geschrien. Ich hab ja kein Wort verstanden, aber bestimmt hat er uns, unseren Herrn und den Pharao verflucht.«

»Dann wird er sich vor uns, unserem Herrn und dem Pharao verantworten«, sagte Mandisa, während sie ein Tablett auf Halimas ausgestreckte Hände legte. Sie wühlte in den Körben, Schüsseln und Krügen und wählte aus, was nach dem Geschmack des Gefangenen sein konnte: eine großzügige Portion in Honig gebratenes Ochsenfleisch und eine Schüssel braune Bohnen und Kichererbsen mit Lotussamen, Marjoran, Koriander und Dill. Sie schnappte sich eine große Scheibe in Wasser eingeweichtes Brot und einen Krug mit Granatäpfeln und Feigen gewürzten Biers.

Halima warf einen sehnsüchtigen Blick auf das Essen. »Das ist ja für den Tisch des Pharao gut! Aber diese eklige Kröte wird keinen Bissen mögen.«

»Er ist keine eklige Kröte«, sagte Mandisa, während sie vor dem Mädchen durch die Tür hinausging. »Laut vielleicht, aber nicht eklig.«

Simeon hörte, wie der hölzerne Riegel von der Tür weggeschoben wurde, und sein Körper versteifte sich. Das Flüstern draußen klang hell, es mußten die beiden Frauen sein – die Hübsche, die seine Sprache beherrschte, und die Dralle mit den nervösen Kaninchenaugen.

Er schluckte einen Fluch hinunter, daß sie wieder nur zwei Dienstmädchen zu ihm schickten. Wußte denn keiner hier, daß ein Sohn Jakobs im Hause dieses ägyptischen Götzendieners gefangen war? Oder war es ihnen egal? Jakob war Israel, der Hüter der Segensverheißung des Allmächtigen für die ganze Welt! Jakob war ein Fürst unter den Menschen in Kanaan, ein reicher und hochangesehener Mann, und Simeon war sein zweitgeborener Sohn!

Die Tür ging auf, und die Ängstliche hielt sie offen, während die Schöne hereinkam und ein Tablett auf dem kleinen Tisch neben dem Bett absetzte. Alle Achtung, die Frau hatte Mumm, besonders jetzt, wo er beschlossen hatte, alles zu tun, was er konnte, um es den ägyptischen Wesir bereuen zu lassen, daß er einen Sohn Israels eingesperrt hatte.

»Nun?« fragte sie in seiner Sprache. Sie schluckte heftig, hob ihr Kinn und erwiderte seinen Blick. »Brauchst du heute etwas? Oder hast du Neugkeiten für meinen Herrn, den Wesir?«

»Ich will richtiges Essen«, sagte er. Er stach einen Finger in das matschige Brot und verzog das Gesicht. »Richtiges Fleisch, über dem Feuer gebraten und nicht in einem Topf zu Pampe zerkocht!«

Sie seufzte auf und drehte sich um, als sei er nicht da. Wie konnte sie es wagen! Er packte das Fleisch und schleuderte es in ihre Richtung. Der klebrige Klumpen verfehlte ihren Kopf nur um Daumesbreite und klatschte gegen die Wand. Wie ein störrisches Tier blieb er einen Augenblick an dem bemalten Putz kleben, bevor er, einen senkrechten braunen Strich malend, auf den Fußboden rutschte.

Die Ängstliche warf aufquietschend die Hände vor den Mund, aber die Schlanke drehte sich um und trat zu ihm, Hände in den Hüften. »Wenn du weiter so mit deinem Essen umgehst«, sagte sie in einem Ton, als ob sie ein unartiges Kind ausschimpfte, »wirst du verhungern. Die Köche des Wesirs bedienen niemand, der ihre Arbeit nicht zu schätzen weiß.«

»Lieber hungere ich mit meinen Brüdern, als daß ich dieses Zeug esse«, schnappte Simeon und funkelte sie an.

»Deine Brüder«, sage sie, ihm die Worte wie wohlgezielte Steinchen ins Gesicht werfend, »sind weder am Hungern noch meckern sie so wie du. Der Wesir hat sie mit Säcken des besten ägyptischen Korns fortgeschickt und mit ihrem Geld noch dazu. Sie haben das Silber noch, das sie aus Kanaan mitgebracht hatten, ihre Bäuche sind voll, und weil du nicht da bist, haben sie ihre Ruhe und Frieden – vielleicht zum ersten Mal in ihrem Leben!«

»Paß auf, Frau«, sagte Simeon grollend. »Scharfe Zunge schneidet die eigene Kehle.«

»Pack dich an deine eigene Nase!« Sie hob das Tablett auf und drehte sich um, um zu gehen.

»Warte!« rief er. Seine Hand fuhr zu ihr hin, um sie zu stoppen. Sie zuckte überrascht zurück, ihr Mund verzog sich abwehrend.

Er runzelte die Stirn. »Was für ein Spiel treibt dein Herr da?« fragte er. »Warum beschuldigt er meine Brüder erst, Spione zu sein, und dann läßt er sie Korn kaufen? Und warum hat er ihnen ihr Silber zurückgegeben?« Er senkte seine Stimme ein wenig. »Ist er wirklich verrückt?«

Sie hielt inne. Einen Augenblick lang sah sie betroffen aus, so, als habe sie gerade zuviel gesagt. »Solche Fragen stelle ich meinem Herrn nicht«, sagte sie endlich und ging resolut zurück zur Tür. »Und du solltest das auch nicht tun. Sein Weg ist nicht immer der meine, aber er hält mein Leben in seinen Händen, und das deine auch.«

»Er hält nichts von mir in den Händen!« schoß Simeon zurück. Er lehnte sich auf dem Bett zurück und kreuzte die Hände hinter seinem Kopf. »Ach ja, ich habe doch eine Nachricht für deinen Herrn. Sag ihm, ich werde ihm das Leben sauer machen, ihm und euch allen, so lange, bis er mich freiläßt! Oder mich tötet, von mir aus, bitte sehr! Aber wenn meine Brüder zurückkommen und ich bin nicht mehr hier, wird dein Herr es mit Jakob aus Hebron zu tun bekommen.«

Sie reichte das Tablett der zitternden Sklavin, dann drehte sie sich abrupt um und sah Simeon wieder an, jede Kurve ihres Körpers ein trotziges Ausrufezeichen. Ihr Kinn ging stolz und herrisch nach oben. »Du wirst mich nicht herumkommandieren. Ich bin keine Sklavin, sondern eine Freie und die Zofe der Herrin Asenat. Ich bin hier, weil mein Herr möchte, daß es dir gut geht. An deiner Stelle würde ich versuchen, etwas dankbarer zu sein.«

»Dein Herr soll in der Hölle verschimmeln!« Simeon sprang auf und ballte schlagbereit die Faust. Sie sah es und trat rasch durch die Tür hinaus.

»Wenn du deine Wut essen willst, bitte sehr«, sagte sie und warf ihm ein Lächeln zu. »Wir stören dich nicht.«

Er packte eine Vase und warf sie mit aller Kraft gegen die Wand, aber die Frau hatte die Tür schon zugeknallt. Durch das Scherbengeklirre hörte er, wie der Riegel sich schloß.

SIMEON

Sein Herz ist so hart wie ein Stein
und so fest wie der untere Mühlstein.

(Hiob 41,16 Luther)

Zehn

Wie ein Löwe im Käfig lief Simeon hin und her, hin und her. Das Zimmer war dunkel, die Sonne war noch nicht aufgegangen. Weiche graue Schatten lagen noch auf dem Bett, dem Stuhl und der Kommode an der Wand. Wie er diesen vergoldeten Luxus, dieses Lustschloß für verweichlichte Ägypter haßte! Und die endlose Einsamkeit, ohne die Gesellschaft seiner Brüder oder eines anderen Menschen, der seine Sprache verstand, folterte ihn schlimmer als körperlicher Schmerz.

Schon in den ersten beiden Stunden seiner Gefangenschaft hatte er sämtliche Fluchtmöglichkeiten untersucht und wieder verworfen. Nur eine Tür führte in den Raum, die mit einem schweren Riegel gut gesichert war. Sich mit den bloßen Händen durch den polierten Marmorboden durchzugraben war unmöglich, und Werkzeuge hatte er keine. Und wenn es ihm gelungen wäre, ein genügend großes Loch in die dicken Wände mit ihrem bunt bemalten Verputz zu schlagen, hätte es ihn nur in einen anderen Flur der Wesirsvilla geführt. Die beiden hochgelegenen Fenster, die Licht und Luft von außen hereinließen, waren so breit wie Simeon lang war, aber nur handhoch. Ein schmächtiges Kind hätte vielleicht durch die Öffnung schlüpfen und auf der anderen Seite hinunterspringen können – Simeon niemals.

Noch nie in seinen fünfundvierzig Jahren war er so allein gewesen, und mit Entsetzen stellte er fest, daß die Einsamkeit ihm Angst machte. Ohne die Ablenkung durch andere Menschen stiegen die Geister der Vergangenheit aus seinem Gedächtnis herauf, und er verbrachte den ganzen Tag damit, hin- und herzutigern, als könne er sie so abschütteln. Wenn er es nicht mehr aushalten konnte, schlug er gegen die Wand, daß der Putz zerriß, dann fiel er auf sein Bett und versank in dumpfes Brüten. Wenn dann die Müdigkeit und die Verzweiflung wie eine schwarze Flut über ihn hereinbrachen, wurde es endlich dunkel, und der Schlaf erlöste ihn.

Aber nicht lange. Oft träumte er, daß er in der Mitte eines brennenden Sees stand, hilflos der Hitze ausgeliefert, die seine Lippen aufriß und seine Zunge festkleben ließ. Dann wieder wachte er in kalten Schweiß gebadet auf, überzeugt, daß ihm gerade ein Arm oder Bein abgerissen worden war. Wach und zitternd lag er dann in der schwarzen Dunkelheit da, mit Gedanken, die wie Galle schmeckten, bis endlich, endlich das Grau des Morgens heraufkroch. Doch die Sonne brachte keine Erleichterung, sondern nur neue Entschlossenheit, denen, die ihn hier gefangenhielten, zu widerstehen, und einen frischen Haß auf Zafenat-Paneach und alles, was ägyptisch war.

In seinen einsamsten Augenblicken sehnte er sich fast nach der dunkeläugigen Dolmetscherin; ein Wortgefecht mit einem spitzzüngigen Weib war immer noch besser als überhaupt keine Gespräche. Aber seit dem Tag, wo sie ihm sagte, daß er seine Wut essen müsse, war sie nicht wiedergekommen. Jetzt brachte immer die pummelige Blasse das Essen, und sie hatte stets den kleinen Drahtigen im Schlepptau, der die Wesirswache unter sich hatte.

Jeden Morgen war es das gleiche. Der Wachhauptmann schob den Riegel zur Seite, öffnete die Tür und sah Simeon aus mißbilligenden Augen an. Darauf huschte wie eine flüchtende Ratte die Sklavin herein, stellte das Tablett auf den Tisch, leerte die mit Sand gefüllte Schublade unter dem hölzernen Toilettensitz in einen Kehrrichtbehälter und huschte wieder hinaus. Der Wächter sprach kein Wort, sondern musterte Simeon wachsam abschätzenden Blickes, bis das Sklavenmädchen den Raum wieder verlassen hatte. Dann schloß sich die Tür, und der Riegel wurde wieder zugeschoben.

Simeon blieb abrupt stehen und schlug mit der Faust auf die Wand. Der Atem brannte ihm in der Kehle. Wenn nur wenigstens Levi bei ihm gewesen wäre! Levi war der Listige, er hätte sich irgendeinen Plan ausgedacht, um den Wächter in das Zimmer zu locken. Während der eine von ihnen den dunkeläugigen Ägypter festgehalten hätte,

hätte der andere ihm sein Schwert abgenommen und die Sehne an seinem Knöchel zerschnitten. Nach einem Abschiedstritt in die Leistengegend hätten sie ihn nach Luft ringend auf dem Fußboden liegen lassen und sich im Hof ein paar Pferde besorgt. Die Ägypter hätten natürlich versucht, sie wieder einzufangen, aber Simeon und Levi wären fast wieder in ihren Zelten in Hebron gewesen, bevor der Wesir und seine Männer sich genügend gefaßt hätten, um die Verfolgung aufzunehmen.

Eine zynische innere Stimme schnitt in seinen Gedankenstrudel. *Du bist allein, du Narr, ohne Levi, ohne Ruben. Noch nicht mal die Jüngeren, Issachar und Sebulon, sind hier. Sie sind alle zu Hause bei ihren Frauen und Kindern und denken überhaupt nicht an dich.*

Ja – dachten sie an ihn oder nicht? Hatte einer seiner Brüder Pläne zu seiner Rettung gemacht? Wenn Ruben oder Levi gefangengenommen worden wären, er, Simeon, hätte nicht geruht, bis er zusammen mit den anderen das Haus des Wesirs gestürmt hätte. Israel war sehr reich, und obwohl der verfluchte Wesir zweifellos ein raffinierter Hund war, wußte er offenbar nicht, wer Jakob in Hebron war. Hätte er es gewußt, er hätte Simeon gegen ein Lösegeld nach Hause geschickt. Jakobs Zweitgeborener war jederzeit sein Gewicht in Silber wert, es sei denn ...

Würde sein Vater wirklich ein Lösegeld für den Zerschmetterer ausspuken? Simeon wußte: Sein Vater mochte ihn nicht, und das aus vielen Gründen, vor allem aber, weil er ein Sohn Leas war und nicht der lieblichen Rahel. Benjamin war die einzige Frucht seiner Lieblingsfrau, die Jakob noch hatte.

Simeon lehnte sich an die Wand, rutschte in die Hocke und legte die Arme um seine Knie. Jeden Morgen fragte er sich neu, ob sein Vater nicht am Ende lieber Simeon im Gefängnis dahinschmachten und den Rest der Familie hungern lassen würde, als seinen lieben Benjamin nach Ägypten zu schicken.

Er biß sich auf die Lippe, bis sie so pochte wie sein Puls. Nie hätte er sich träumen lassen, daß er das Gestreite seiner Brüder oder das Meckern ihrer Frauen je vermissen würde. Selbst das Lachen der Kinder, das ihm immer auf die Nerven gegangen war, wäre ihm willkommen gewesen in diesem stummen heidnischen Haus. Bis auf eine Stunde am Morgen und die Essenszeit am Mittag war dieser ägyptische Palast entschieden zu ruhig für ihn. Ein gelegentliches Muhen aus den Ställen, ein fernes Trommeln von Pferdehufen – das war alles, der Rest ging in dem Wassermurmeln, das aus dem Garten kam, unter.

Er ließ seinen Kopf gegen die Wand sinken. Ein schwacher Lichtschein von dem gegenüberliegenden Fenster zeigte an, daß die Sonne die Morgenschwelle überschritten hatte. Er wurde unwillkürlich ganz Ohr – das rechte, die Richtung, aus der die Schritte kommen würden. Heute würde er den Wächter wieder beleidigen, vielleicht sogar das dralle Sklavenmädchen bedrohen. Er würde alles tun, was er konnte, um den Wachhauptmann wütend zu machen, denn dann würde der ihn vielleicht aus seiner Zelle holen und vor den erhabenen Wesir schleppen. Simeon würde diesem großen Zafenat-Paneach schon noch zeigen, wie wild ein Sohn Israels sein konnte.

Leise Stimmen, das Klatschen von Sandalen auf dem Fußboden. Simeons Herz hämmerte gegen seine Rippen. Die Frau und der Wächter kamen; sicher wollten sie es wieder möglichst schnell hinter sich bringen. Er hörte, wie sie vor der Tür flüsterten, dann kam das Poltern des schweren Riegels.

Die Tür öffnete sich, die ausdruckslosen Augen des Wächters trafen sich mit den seinen. Simeon stand entschlossen auf. »Sprich zu mir, du Mundstinker«, knurrte er. Aber der kräftige Ägypter antwortete nicht. Die Frau hielt an und warf dem Wächter einen Blick zu; der nickte und legte seine Hand auf sein Schwert. Die unausgesprochene Botschaft an Simeon war deutlich: *Eine falsche Bewegung, und ich stoße zu.*

Simeons Körper verspannte sich noch mehr, sein Gehirn ging die Möglichkeiten durch. *Tu was!* schrie jede Faser in ihm. Der Ägypter reichte ihm nur bis zur Schulter, aber er war flink. Noch während Simeon zum Schlag ausholte, würde er sein Schwert ziehen, und die Frau würde vor Angst durchdrehen und vielleicht verletzt werden in dem Kampf.

Aber eine Frau verwunden? Simeon konnte, ja wollte es nicht. Nicht nach dem, was mit Dina geschehen war.

Er trat widerwillig zurück.

Die Frau holte tief und zittrig Luft, kam in den Raum, stellte das Tablett ab und beeilte sich, die Toilette zu reinigen. Simeon kreuzte seine Arme. Er wollte sich auf das Bett setzen, aber am Kinn des Wächters zuckte unwillig ein Muskel, und Simeon begriff die stumme Warnung. Wahrscheinlich hatte der mächtige Wesir den Wächtern erklärt, daß dieser Kanaaniter nicht viel wert war und daß niemand ihn vermissen würde, falls man ihn töten mußte.

Während die Frau ihre Arbeit erledigte, stand der Wächter wie festgewachsen in der Tür. Seine bemalten Augen nahmen einen merkwürdig sinnierenden Ausdruck an. *Was guckt der mich so an? Wagt dieser Götzenhund es etwa, einen Sohn Jakobs zu verspotten?* Mit einer Wutgeste, die lauter sprach als alle Worte, ließ Simeon seinen Arm auf den zierlichen Tisch neben ihm knallen, daß die Platte zersplitterte. Die Sklavin schrie auf und ließ um ein Haar den Kehrichteimer fallen; der Wächter hob nur eine Augenbraue.

»Grins mich nicht so an, du eingebildeter Schakal!« brüllte Simeon. Die Wut wollte ihn ersticken. »Du denkst, ich bin euer Gefangener, aber ich warte nur darauf, daß meine Brüder wiederkommen, dann werdet ihr Jakobs Zorn kennenlernen! Dieses ganze Land wird die Macht des Gottes Jakobs kennenlernen!«

Simeon kochte vor Wut und Verachtung, aber der Wachhauptmann nickte der Sklavin nur zu, rasch zu machen. Als sie fertig war, faltete er seine Arme und sah Simeon fest an. Ein leichtes Zucken ging über seine Brauen, während er langsam und auf kanaanitisch sagte: »Mein Herr hat mir befohlen, dir Frieden zu wünschen.« Sprach's, trat zurück und bedeutete dem Sklavenmädchen, zu gehen.

Mit wortlosem Staunen schaute Simeon zu, wie die Frau an ihm vorbeihuschte. Wie ein Kind, das halb ängstlich, halb bewundernd ein großes Tier anschaut, hob sie kurz ihre Augen, um einen verschreckten Blick auf sein Gesicht zu werfen.

Simeon sank auf sein Bett. Bilder aus der Vergangenheit schoben sich vor seine Augen. Genauso hatte seine Frau immer ausgesehen, wenn er sie in sein Zelt trug.

Elf

Simeons erste Frau war aus Sichem gekommen, einer wohlhabenden Stadt in der grünen Senke zwischen den Bergen Ebal und Garizim. Als die Kinder Israel sich anschickten, mit ihren Herden und Zelten in die Gegend von Sichem zu ziehen, hatte Jakob, der damals noch stark und selbstbewußt war, seine Söhne daran erinnert, daß Abraham nach seinem Aufbruch aus Ur in Chaldäa das Land bis nach Sichem durchzogen hatte.

»Und dort erschien Gott der Herr meinem Vatersvater und sprach: ›Deinen Nachkommen will ich dies Land geben‹«, sagte Jakob eines Abends, als sie aßen. Seine Hand fiel auf die Schulter des jungen Joseph. »Und so, meine Söhne, wird dieses Land einmal euch und euren Nachkommen gehören.«

Simeon hatte nicht recht verstanden, warum Jakob nach so langer Abwesenheit wieder nach Kanaan zog. Er war damals erst zweiundzwanzig gewesen und hatte noch nicht gewußt, wie es einst zu der Entzweiung zwischen seinem Vater und seinem Onkel Esau gekommen war. Er wußte nur, daß Jakob eines Morgens wild entschlossen gewesen war, seine Leute und seinen Besitz aus Haran, wo er Rahel und Lea geheiratet hatte, in das Land zu bringen, das Gott ihnen verheißen hatte.

An dem Tag, wo Esau mit vierhundert Mann Jakob entgegenkam, hatte Simeon seinen jugendlichen Idealismus für immer hinter sich gelassen. Damals hatte Jakob vor aller Welt die Tiefe und die Grenzen seiner Liebe demonstriert, und Simeon hatte seinen Vater zum ersten Mal richtig gesehen.

Jakob hatte befohlen, daß die Geschenke für Esau die Vorhut seiner Karawane bilden sollten: zweihundert Ziegen und zwanzig Böcke, zweihundert Mutterschafe und zwanzig Widder, dreißig säugende Kamele mit ihren Jungen, vierzig Kühe und zehn Bullen, zwanzig Eselinnen und zehn Eselshengste.

Nach diesen großzügigen Geschenkherden kamen Jakobs eigenen Vieh-, Schaf- und Ziegenherden. Zum Schluß hatte Jakob die Marschordnung seiner Familie festgelegt. Zuerst, direkt hinter den Herden, kamen, auf Eseln reitend, die beiden Mägde der Frauen Jakobs, dazu ihre vier Söhne. Den kratzigen Geschmack des Wüstensandes zwischen den Zähnen, stand Simeon neben seiner Mutter und wartete darauf, daß sein Vater ihnen vorangehen würde, um dem gefürchteten Bruder entgegenzutreten. Aber Jakob hatte noch nicht einmal in ihre Richtung geschaut. »Lea, du und deine Kinder als nächste!« hatte er über seine Schulter gerufen, während seine Augen zu dem Horizont hinschielten.

»Mein Gemahl?« hatte Lea gerufen, den Tränen nahe. Aber Jakob war zu sehr in seine sorgenvollen Gedanken versunken gewesen, um sie zu hören. »Geh schon, du und deine Söhne«, hatte er ungeduldig gesagt, mit einer Geste, als seien sie nur so viele Kühe. »Die älteren Jungen sollen sich um Dina kümmern. Keine Angst, ich gehe voran. Aber seht zu, daß Rahel und Joseph hinten bleiben, falls es brenzlig wird.«

In diesem Augenblick hatte Simeon sie plötzlich mit schmerzlicher Deutlichkeit verstanden, all die Tränen seiner Mutter, das Siegeslächeln auf den Lippen seiner Tante, die gequälte Miene seines Vaters. Sein Vater liebte seine Mutter nicht! Er liebte die schöne Rahel, Josephs Mutter, die Frau, die gerade mit der Übelkeit einer zweiten Schwangerschaft kämpfte.

Wie ein schwarzes Gespenst war sie an jenem Morgen aufgestanden, diese Wahrheit, alle Freude abtötend. In diesem Augenblick war der überlebensgroße Enthusiasmus, mit dem Simeon bisher der Welt gegenübergetreten war, zwischen zwei Mühlsteinen zerquetscht worden: der Verzweiflung seiner Mutter und seinem eigenen aufsteigenden Zorn. Wie konnte sein Vater seine erste Frau mit solch einer unverschämten Gleichgültigkeit behandeln?

Wie eine Holzfigur war Simeon neben seiner Mutter und den Brüdern hermarschiert. Je mehr er versuchte, die Wahrheit abzuleugnen, um so klarer wurde sie. Bisher hatte er sich nichts weiter gedacht bei der Reserviertheit seines Vaters; jetzt begriff er. Jakob hatte den Schleier zerrissen und seine wahren Gefühle gezeigt. *Falls Esau und seine Armee uns umbringen wollen*, so verkündeten seine Maßnahmen, *sollen sie mich töten, die Mägde und ihre Kinder und Lea und ihre Söhne, aber Rahel und Joseph müssen am Leben bleiben, damit sie Gottes Segen erben können.*

Die Galle der Bitterkeit war in Simeons Kehle hochgestiegen, als sie sich durch die Messer des Wüstenwindes vorankämpften, neben ihm das bleiche Gesicht seiner Mutter, die Augen rot umrandet, das Kinn zitternd von unausgesprochenem Elend; zum ersten Mal hatte er verstanden, warum.

Esau war nicht gekommen, um sie zu töten, sondern um zu vergeben. Mit Freude und Gott preisend betrat Jakob, der jetzt Israel hieß, mit seinen Frauen und Kindern, seinen Dienern und all seinem Besitz wieder das Land seines Vaters. Nach ein paar Wochen kamen sie zu der Stadt Sichem, und Jakob kaufte Hamor ein Stück Land ab, auf dem er einen Altar errichtete, den er *El-Elohe-Israel* (»Gott, der Gott Israels«) nannte. Simeon schaute zu, wie sein Vater den Allmächtigen, El Shaddai, anbetete, aber sein Herz, voller Bitterkeit ob des Elends seiner Mutter, wurde nicht angerührt von Jakobs Gottesinbrunst.

Im Lager sah Simeon den Alltag der Familie jetzt mit argwöhnisch geöffneten Augen. Rahel, ihre Magd und ihre Kinder wohnten in einem geräumigen, gut eingerichteten Zelt, während Lea sich mit ihrer Magd und ihren jüngeren Kindern mit einem nicht halb so großen und luxuriösen Zelt begnügen mußte.

Die älteren Söhne Jakobs – Ruben, Simeon, Levi, Juda, Dan und Naftali – hatten schon lange die Frauenzelte verlassen, um bei ihren Herden unter den Sternen des Himmels zu schlafen. Ruben und Levi sprachen bereits davon, sich selber Frauen zu nehmen, aber Simeon brachte das Thema nicht über die Lippen, vor allem nicht in Gegenwart seiner Mutter. Sahen die anderen wirklich nicht den Schmerz in ihren blassen Augen? Wollten auch sie sie verlassen?

Aber Dina mußte doch wohl etwas Mitgefühl für das Leid ihrer Mutter haben? Schließlich war auch sie eine Frau, wenn auch erst vierzehn Jahre alt. Doch schon bald entdeckte Simeon, daß die Sympathien seiner Schwester nur in eine Richtung gingen: nach innen.

Eines Nachmittags, nicht lange nach ihrer Ankunft bei Sichem, fand er Dina vor Leas Zelt sitzen, ihr schlaksiger Körper unelegant zusammengekauert, das Gesicht in den Händen. »Was fehlt dir, Schwesterherz?« fragte Simeon und kniete sich neben ihr hin. Seine Stimme klang abrupter, als er gewollt hatte, und er versuchte, sie weicher zu machen. »Der Wind beißt, du solltest besser reingehen.«

»Nicht, wenn *sie* drinnen ist«, flüsterte Dina gebrochen und hob ihre tränennassen Augen zu ihm hoch. »Bei Mutter bleib ich keine Minute mehr! Rahel geht's nicht gut, und Mutter spielt verrückt. Hat sich mit Kopfweh hingelegt und gibt an allem mir die Schuld.«

»Rahel kriegt ein Kind, sie kann nichts dafür, wenn ihr schlecht ist. Aber womit hast du denn Mutter geärgert?« Simeon schob ein paar störrische Locken aus ihrer großen Stirn. »Du solltest ihr mehr helfen. Sie hat es nicht leicht.«

»*Die* und nicht leicht?« kreischte Dina, fast verzweifelt. »Sie ist die Frau Jakobs, des reichsten und angesehensten Mannes in ganz Kanaan. Sie hat eine Leibmagd, Diener und die besten Kleider, die eine Frau sich wünschen kann. Ihr Mann hat einen großen Namen in der Stadt da drüben. Acht Söhne hat sie ihm gegeben.«

»Aber hat sie seine Liebe?« fragte Simeon leise. Seine Augen wanderten zu Rahels Zelt. Selbst durch das dumpfe Tosen des Windes konnte er Josephs unbekümmertes Lachen hören. »Denk doch mal nach, Dina, was unsere Mutter dauernd mitmacht! Wie ihr jeden Abend zumute sein muß, wenn Vater vom Essen aufsteht und« – er zeigte mit dem Kopf in die Richtung – »in das *andere* Zelt geht.«

»Das ist mir egal!« Dina machte ein Gesicht wie ein quengelndes Kind. »Mutter braucht sich nicht mit elf Brüdern rumzuschlagen! Sie ist nicht das einzige Mädchen, sie hat eine Schwester! Sie weiß ja gar nicht, wie das ist, wenn man allein ist, als einzige Tochter.«

Einen Augenblick war Simeon versucht, den Kopf dieses zu groß gewordenen Mädchens mit einer Ohrfeige geradezubiegen, aber er grunzte nur mißbilligend und sah weg. »Du sprichst wie ein verwöhntes Kind.«

»Nein.« Ihre Stimme wurde leise, und durch den dunklen Vorhang ihres Haars sah er, wie eine Träne ihre Wange hinabfloß. »Sieh mich an, Simeon«, flüsterte sie, ihr Ton gleichzeitig leicht und bitter. »Ich bin eine erwachsene Frau, ich bin bereit für einen Mann, aber Vater und Mutter sind die Pläne ihrer Söhne wichtiger als die ihrer einzigen Tochter. Sie verschwenden keinen einzigen Gedanken darauf, einen Mann für mich zu finden, sie reden die ganze Zeit nur darüber, daß du und Ruben und Levi eine Frau braucht.«

»Ich will keine Frau«, sagte Simeon, den das Gespräch plötzlich langweilte. Er klopfte sich den Sand von den Beinen und stand auf. »Und wenn du klug bist, kleine Schwester, wirst du dich zufriedengeben und dich freuen, daß du eine Tochter Israels bist. Selbst wenn du nie heiraten solltest, wird dein Leben reicher und voller sein als das jedes kanaanitischen Mädchens.«

Er streckte seine Hand aus, um ihr den Kopf zu tätscheln, wie er es immer tat, wenn sie sich gestritten hatten, aber sie duckte sich zurück. Sie hatte die Augen geschlossen und schüttelte den Kopf – ein Zeichen, daß er die Grenzen menschlichen Verstehens überschritten hatte. »Du bist ein Dummkopf, Simeon«, flüsterte sie, an ihm vorbeistarrend, während der Wind ihre Lockenmähne um ihr ovales Gesicht blies. »Du verstehst das nie.«

»Nein, du bist diejenige, die nichts begreift«, sagte er und horchte auf das Weinen seiner Mutter in dem Zelt.

An diesem Tag und am nächsten und übernächsten streifte Dina allein durch die Gegend, weit weg vom Lager der Familie, aber Simeon achtete nicht weiter darauf. Sicher schmollte sie irgendwo in der Wüste vor sich hin, dumpf darauf spekulierend, daß sie sich Sorgen um sie machten. Sobald er sie suchen ging, würde sie sich nur verstecken. Nein, er würde ihr nicht die Befriedigung geben, zu wissen, daß er sie vermißte. Aber da die Kanaaniter unverheiratete Frauen als rechtmäßige Beute betrachteten, stahl Simeon sich jeden Abend von seinen Herden und den Brüdern fort und ging zu den Familienzelten, um sich zu vergewissern, daß Dina an ihrem gewohnten Platz neben Lea schlief.

Eines Nachmittags hatten er und seine Brüder gerade die Herden auf eine andere Weide vor der Stadt getrieben, als er am Brunnen mehrere bunt angemalte Mädchen sah. Die kanaanitischen Frauen waren ruchlose Götzendienerinnen, hatte Jakob seinen Söhnen eingeschärft, mit denen die Kinder Israels nicht reden, ja die sie noch nicht einmal anschauen durften. Aber verbotene Früchte schmecken süß, und so wanderten Simeons Augen zu den schwatzenden Frauen hin, als er mit seinen Brüdern zu dem Brunnen kam.

Die bemalten Damen reagierten nicht, sondern setzten ihre kichernde Unterhaltung fort, bis die Söhne Israels fast bei ihnen waren. Da schrie plötzlich eines der Mädchen auf und rannte auf das breite Stadttor zu.

»Simeon!« schrie Ruben, seine Stimme ungläubig schockiert, »das war unsere Schwester!«

Simeon öffnete den Mund, um ihm zu widersprechen, dann schaute er noch einmal zu den Mädchen hin. Der Rest des fröhlichen Kreises war verstummt und starrte die Jakobssöhne aus steinkalten Augen an. Warum nur? Es gab nur eine Erklärung: Dina mußte sie mit Lügen vergiftet haben.

»Dina!« Simeon ließ seinen Hirtenstab fallen und rannte auf die Stadtmauer zu, daß seine Sandalen über den Sand flogen. »Dina, Tochter Jakobs, komm raus! Ich muß dich nach Hause bringen!«

Die grauen Quader der Mauer flogen an ihm vorbei, dann blieb er mitten in dem breiten Tordurchgang stehen, wo ein kleiner Haufen Männer ihm den Weg versperrte und ihn mit unverhohlener Neugierde anstarrte. Die Söhne Israels hatten mit den Männern von Sichem noch nicht viel zu tun gehabt, aber Simeon spürte sofort, daß er nicht willkommen sein würde in dieser Stadt.

Er reckte den Hals, um an den Männern vorbeizusehen. Hinter dem Tor summte die Stadt vor Geschäftigkeit: Frauen, Kinder, Menschen, die ihrem Tagwerk nachgingen. Aber keine Spur von Dina.

Er trat unsicher zurück vor den musternden Blicken der Männer. »Entschuldigt mich«, sagte er und verneigte sich respektvoll. »Ich dachte gerade, daß meine Schwester hier hineingegangen ist, aber ich muß mich wohl geirrt haben.«

Einer der Männer kicherte und flüsterte seinem Nachbarn etwas zu. Simeon spürte, wie sein Hals rot wurde. Er, einer der Erwählten

Gottes, brauchte sich nicht mit diesen unbeschnittenen Barbaren abzugeben. Bevor einer von ihnen etwas sagen konnte, drehte er sich auf dem Absatz um und verließ das Tor von Sichem.

Niedergeschlagen und durcheinander kehrten die Brüder auf ihre Weiden zurück. Ein paar Stunden danach kam ein Bote von Lea. »Eure Schwester Dina ist vorhin nach Hause gekommen, in Tränen aufgelöst«, berichtete der Diener. »Eure Mutter bittet euch, sofort nach Hause zu kommen. Hamor, der Hewiter, ist gerade bei den Zelten, um mit eurem Vater zu sprechen.«

»Hamor der Hewiter?« fragte Ruben. Seine Stirne runzelte sich.

»Von dem habe ich gehört«, sagte Simeon. »Er wohnt in Sichem und hat einen Sohn, der genauso heißt wie die Stadt.« Er sah den Boten an. »Wie war die Stimmung unserer Mutter, als sie dich zu uns schickte?«

Das Gesicht des Dieners verfinsterte sich. »Sie hört nicht auf, ihr Lager mit ihren Tränen zu benetzen. Euer Vater Jakob hat die Gäste höflich empfangen, aber eure Mutter Lea weigert sich, aus dem Zelt zu kommen. Sie bleibt mit Dina drinnen, und beide Frauen weinen in einem fort.«

»Warum weinen sie?« schnappte Simeon.

Die Miene des Dieners wurde noch düsterer. »Es heißt«, flüsterte er, »daß Sichem, der Sohn des Fürsten Hamor, eure Schwester entehrt hat. Mit Gewalt hat er sie gedemütigt.«

»Ich wußte es!« Simeon knallte die Faust auf seinen Handteller. »Das konnte ja nichts Gutes geben, als Dina mit den Frauen von Sichem poussiert hat! Ich hab sie gewarnt, ich hab ihr gesagt, sie soll zu Hause bleiben!«

»Dies ist keine gute Nachricht«, sagte Levi. Seine Faust schloß sich fester um seinen Stab. »Aber wir werden kein Urteil üben, solange wir nicht die ganze Geschichte gehört haben.« Er nickte zu dem Boten hin. »Wir kommen sofort.«

Sie eilten nach Hause, angetrieben vom Zorn des Gerechten und einer morbiden Neugierde. Als sie das Lager erreichten, saß der Hewiter Hamor, ein großer schlanker Mann mit sorgfältig gestutztem Bart, neben Jakobs Feuer. Er erhob sich respektvoll, als Jakob seine Söhne begrüßte, dann streckte er seine Hand aus, um den jungen Mann vorzustellen, der neben ihm saß.

»Dies ist mein Sohn Sichem«, sagte er, gravitätisch nickend. Er hielt inne und zog sein farbenprächtiges Gewand fester um seine Schultern. »Er ist ein feiner junger Mann und wird einmal all meinen Besitz erben.« Er wandte sich respektvoll wieder Jakob zu. »Die Seele meines Sohnes schreit nach deiner Tochter Dina. Bitte gibt sie ihm zur Frau, und dann, wie gesagt, werden wir uns vereinen. Du wirst bei uns wohnen. Deine Töchter werden unsere Söhne heiraten, und deine Söhne können sich Frauen unter unseren Töchtern suchen. Das Land wird dir offenstehen, zum Wohnen und Weiden und Erwerben von Besitz. Es ist ein reiches Land, mein Freund Israel, wir können zusammen in ihm wohnen und blühen.«

Simeon spürte, wie es in ihm zu kochen begann. Dieser Hamor bot ihnen Reichtum und Wohlstand an, als ob das Land ihm gehörte. Welch ein Narr! Was sollten sie Kanaan mit ihm teilen, wenn Gott doch das ganze Land schon Israel und seinen Nachkommen versprochen hatte?

Der junge Mann, der seinem Vater nicht nachstehen wollte, erhob sich. Seine dunklen Augen fuhren unbekümmert von Jakob zu seinen Söhnen. »Möge ich Gunst finden in euren Augen«, sagte er. »Was ihr verlangt, werde ich zahlen. Wie groß ihr auch den Brautpreis und das Brautgeschenk macht, ich werde es zahlen, nur gebt mir dieses Mädchen zur Frau, ich bitte euch!«

»Er hat sie sich doch schon genommen«, knurrte Ruben in Simeons Ohr.

»Dieser Mann hat etwas Schändliches getan«, murmelte Dan so, daß nur seine Brüder es hören konnten. »Etwas, das man nicht tun darf.«

»Vorsicht, Brüder«, flüsterte Levi. Ein besonnenes Lächeln huschte über sein Gesicht. »Laßt uns nicht den Zorn dieser Menschen erwecken. Hamor ist ein Mächtiger in diesem Land, er hat viele Männer in der Stadt. Wollt ihr etwa, daß sie kommen und Dina mit Gewalt holen? Wir müssen sie hinhalten, wir müssen uns etwas überlegen, das uns Zeit gibt.«

Simeon sah zu seinem Vater hin. Jakob beobachtete sie, sein Gesicht eine undurchdringliche Maske. Warum verteidigte er Dina nicht? Warum sagte er nichts?

Als ob er Simeons Gedanken las, drehte Jakob sich zu dem Hewiter hin. »Meine Söhne«, sagte er, den Kopf flüchtig zu den Brüdern hin neigend, »beraten sich gerade, meine verehrten Freunde. Sie hängen an ihrer Schwester, mehr noch als ich. Da euer Wunsch ihre Zukunft betrifft, laßt sie entscheiden, was geschehen soll. Ich werde mich nach ihren Wünschen richten.«

Hamor runzelte etwas die Stirn bei Jakobs Worten. Simeon sah seine Brüder an, fest und entschlossen. Der Vater wollte sich also die Hände waschen von Dina – natürlich! So hatte er es bei allen Lea-Kindern gemacht, kaum daß sie geboren waren, und jetzt saß er stumm an dem Feuer, ohne Mitleid für seine geschändete Tochter; sie war ihm egal, sie waren ihm alle egal! Nun gut. Wenn ihm egal war, was mit Dina geschah, sollte es ihm auch egal sein, wenn seine Söhne ihre Schwester rächten. Wenn Jakob Leas Kinder nicht verteidigte, würden sie sich eben selber wehren.

»Was machen wir?« fragte Simeon und sah Ruben an.

Ruben räusperte sich unschlüssig. Dan meldete sich: »Wir sollten sie diesem jungen Mann geben. Er ist ein netter Knabe, und er scheint Dina echt zu mögen. Seit wir hierhergekommen sind, habe ich nur Gutes über Hamors Sohn gehört.«

»Wir können sie doch nicht in die Hände von unbeschnittenen Götzendienern geben!« sagte Juda schockiert. »Und was Hamor da vorschlägt, ist unmöglich! Wir müssen ein eigenes Volk bleiben, wir dürfen uns nicht mit Menschen vermischen, die anderen Göttern dienen!«

Jetzt sprach Ruben endlich. »Hamor würde eine Ablehnung niemals annehmen. Er würde sie als feindseligen Akt deuten, und dann würden er und seine Männer einen günstigen Augenblick abwarten und sich Dina holen. Können wir unsere Mutter und unseren Vater ohne Schutz allein lassen, während wir bei unseren Herden sind? Können wir Hamors Männer abwehren, falls sie anfangen sollten, uns in der Wüste zu bedrängen? Wir werden sterben, wenn wir dem Mann seinen Wunsch verweigern!«

»Gut, dann werden wir ihn nicht verweigern«, sagte Levi. Ein langsames Lächeln verbreitete sich über sein Gesicht. »Wir werden ihm geben, was er will – und dann werden *wir ihn* besiegen, bevor er uns besiegen kann, und unsere Schwester zurückholen.«

»Ihr wollt sie ihm geben?« Simeon traute seinen Ohren nicht.

»Ja«, antwortete Levi. Seine kräftige Hand packte Simeons Nacken, seine Augen loderten. »Wir sagen diesem Hamor und seinem Sohn, daß wir uns gerne mit ihnen vermischen, aber daß wir unsere Schwester nicht einem Unbeschnittenen zur Frau geben können; nur dann, wenn alle Männer in der Stadt sich beschneiden lassen, werden wir ihnen unsere Töchter geben. Wenn sie damit einverstanden sind, werden wir uns unter ihnen niederlassen und *ein* Volk mit ihnen werden.«

»Das macht der nie!« Juda schüttelte den Kopf. »Das ist zuviel verlangt.«

»Hast du nicht gesehen, wie verliebt der Knabe aus der Wäsche guckt?« Levi wies mit der Hand auf den schmucken Hamor-Sohn. »Ich mache jede Wette, daß er mitmacht. Und wenn sie ihren Teil von dem Handel erfüllt haben, kommen wir und holen unsere Schwester zurück und lassen den jungen Sichem seine Lüsternheit büßen.«

So sehr er Levi glauben wollte, war Simeon doch überrascht, als Hamor und Sichem dem Vorschlag ohne weiteres zustimmten. Und als Silpa, Leas Magd, Dina aus dem Zelt ihrer Mutter herausführte, stand Simeon der Mund offen vor Staunen. Eine Arme-Sünder-Miene hatte er erwartet; statt dessen leuchteten Freude und Liebe aus Dinas grauen Augen, daß ihr schmales Gesicht in einer Schönheit erstrahlte, die er nie zuvor an ihr gesehen hatte.

»Ich werde nicht zögern, euren Wunsch auszuführen«, sagte Sichem und nahm Dinas Hand. Seine Augen waren auf das Gesicht seiner Braut geheftet, während er weitersprach. »Und ich nehme deine Tochter und eure Schwester zur Frau. Ich werde in Ehre mit ihr leben und ihr alle Tage ihres Lebens nichts als Glück bereiten.«

»Gleich morgen werde ich mit den Männern der Stadt reden«, sagte Hamor zu Jakob. »Ich werde der Versammlung im Stadttor sagen, daß diese Verbindung beiden Seiten nützt. Deine und meine Kinder, sie werden zusammenleben, und gemeinsam werden wir ein großes Volk werden.«

Simeon hörte Hamors Worte nur wie aus weiter Ferne, so fesselte ihn die Aura der Lieblichkeit, die seine Schwester zu umgeben schien. Ihre junge, schlanke Figur, die in einem dünnen, in bunten Farben schimmernden Gewand steckte, bewegte sich mit der Grazie einer geübten Tänzerin. Lose, dunkel glänzende Haarsträhnen lokkerten ihre Stirn auf, und ihre Augen leuchteten hell in dem blassen Zauberlicht des Mondes. Sie trat zu Sichem, und ihre Finger verschränkten sich.

»Kann das sein?« murmelte Simeon zu sich selber. »Liebt sie wirklich diesen Sohn eines Barbarenbocks?« Er schüttelte unwillig den Kopf und schaute mit seinen Brüdern dem jungen Paar hinterher, wie es das Lager verließ und seine Schritte zu dem verschwommenen Lichtschein hin lenkte, wo Sichem lag.

Drei Tage später, in der grauesten Morgenfrühe, stahlen Simeon und Levi sich von den Herden fort und begaben sich im Laufschritt zu der hinter ihren Mauern schlafenden Stadt. Sie hatten ihre Dolche geschärft, und in der Rechten trug jeder der Brüder eine tödliche Lanze. Am Vorabend hatte ein als Spion ausgesandter Diener ihre Hoffnungen bestätigt: Hamor hatte in der Tat die Männer der Stadt im Tor versammelt, und die gierigen Narren, von der Aussicht auf Jakobs Reichtum verblendet, hatten der Beschneidung zugestimmt. Heute, keine vierundzwanzig Stunden nach dem Massenritual, mußte jeder Mann in der Stadt verteidigungsunfähig im Bett liegen.

Als die ersten Sonnenstrahlen ihre orangenen Finger auf die Stadtmauern legten, griffen die beiden Brüder an. Gemeinsam erledigten sie im Handstreich die Wachen im Tor, dann trennten sie sich, jeder auf seinen eigenen Blutweg. Die Rache war einfach, denn die meisten Männer der Stadt waren noch tief in ihrem Betäubungsschlaf. Jeden Mann in jedem Haus tötete Simeon ohne Erbarmen, begleitet von der montonen Todesmusik seiner Gedanken: *Für Dina. Für Lea. Für alle, die Jakob nicht will.*

Die Schreie der aufwachenden Frauen und das Weinen der Kinder weckte die übrigen Stadtbewohner auf, aber Simeon und Levi fuhren wie ein Sturmwind durch die hilflose Stadt, jeden niedermetzelnd, der sich ihnen entgegenstellte. Simeons Puls beschleunigte sich noch, als er in ein großes Haus eindrang und Hamor in seinem Bett erkannte. Er tötete ihn, bevor er ein Wort herausbrachte. Dann kam ein polterndes Geräusch aus dem Nebenzimmer. Simeon ging rasch hinein und sah sich Sichem gegenüber, der mühsam aufgestanden war. Einen Augenblick hielt Simeon inne, den Dolch in der einen Hand, den Speer in der anderen. Sein Schwager starrte ihn an, die Augen wie leuchtend schwarzes Glas.

Mit einem schrillen Schrei warf Dina sich vor ihren Mann. Simeon ließ seinen Speer fallen und riß sie mit der jetzt freien Hand von dem Hochzeitsbett und dem jungen Mann, der auf ihm saß, weg. »Zieh dich an und freu dich, du kommst zurück nach Hause!«

»Simeon!« Es war ein Schrei, den er nie vergessen würde. »Was machst du?«

»Mich an dem Fremden rächen, der dich beschmutzt hat. Er ist nicht wert, der Mann einer Tochter Israels zu sein!«

»Aber du hast doch versprochen ... Du und die anderen, ihr habt euer Wort gegeben!«

»Ein Wort an einen Lügner ist keine Lüge.«

Er duckte sich sprungbereit, die Augen auf den Mann auf dem Bett geheftet. Sichems Augen wurden matter, dann kamen kleine Tränenschnüre, als er seinen Blick von Simeon wegriß und auf Dina richtete.

Simeon sah seine Chance und schoß nach vorne, aber Dina packte seine Hand und entriß ihm den Dolch. Jetzt griff Sichem an, daß Simeon unter seinem Gewicht zu Boden ging. Keuchend trat und boxte der junge Mann, aber Simeon wußte, daß er nach der Operation vom Vortag noch nicht wieder voll bei Kräften war. Er zielte mit dem Knie auf die Weiche seines Gegners und stieß es mit aller Gewalt hinein.

Mit einem furchtbaren Schrei kippte Sichem zur Seite und taumelte, sich krümmend und windend, in den Schatten der Tür. Der Schrei wurde zum Wimmern der Todesangst. Simeon suchte seine Waffen, fand aber nur einen soliden Türstopper aus Stein. Er hob ihn mit beiden Händen hoch und ließ ihn fallen. Sichems Schreie verstummten.

»Si-me-on!« Dina zerriß ihre Kleider, ihre Stimme überschlug sich zu dem grellen Jammern der Totenklage. »Warum? Warum hast du das getan?«

Simeon richtete sich auf und wischte sich mit dem Handrücken eine Blutspur aus dem Gesicht. Dann sah er den Dolch und den

Speer liegen und bückte sich, um sie aufzuheben. »Zieh dich an, Dina! Mach schnell!«

»Ich hab ihn geliebt, Simeon! Du hast ihn ermordet! Ich hasse dich, ich hasse dich ...«

Dann war sie plötzlich über ihm, kratzte seinen Arm, griff nach der Klinge. Ein Schrei zerkrallte ihre Kehle, während sie mit ihm rang, und einen Augenblick starrte er sie sprachlos an. Aber dann sah er Blut von ihren eigenen Händen auf dem Silber des Dolches und begriff, daß sie sich mit ihm umbringen wollte, um zusammen mit den Götzendienern zu sterben.

»Möge Gott dir vergeben!« Ohne nachzudenken, holte er aus und schlug sie heftig ins Gesicht. Sie wich aufschluchzend zurück und kauerte sich in eine Ecke, ihre Hand auf die blutige Strieme auf ihrem Gesicht gepreßt.

»Du weißt nicht, was du tust«, keuchte Simeon. Wut und Mitleid kämpften in ihm, während er sie ansah. »Du bist ein Kind, du weißt nicht, was Liebe ist. Ich hol dich raus aus diesem verdammten Loch, nach Hause. Zieh deine Schuhe an!«

Sie antwortete nicht, aber langte nach einem Paar feiner Ledersandalen. Mit abgewandtem Gesicht band sie die Riemen zusammen. Er hörte, wie sie mit gebrochener Stimme flüsterte: »*Du* bist der, der nichts von Liebe weiß. Vielleicht lernst du es nie.«

Er überhörte ihre Worte und zog sie hoch und führte sie aus Hamors Haus auf die Straße. Sie waren kaum draußen, als sie wohlbekannte Stimmen hörten. »Simeon!« rief Ruben, Schwert in der Hand und ein Lächeln auf dem Gesicht. »Wir sind gekommen, um euch zu helfen.«

»Da kommt ihr zu spät!« antwortete Levi, der grinsend herbeikam. Er packte Dinas herabhängende Hand und hob sie wie eine Trophäe hoch. »Wir haben sie wieder! Und alle Männer in der Stadt sind tot!«

»Dann ist die Stadt unser«, sagte Juda. Er schaute sich um. »Freut euch, Brüder! Alles, was ihr hier seht, gehört euch! Wir haben diese Stadt heute erobert – im Namen unserer Schwester, der Tochter Israels!«

Der Satz ließ neue Tränen aus Dinas Augen schießen. Simeon sah resigniert seufzend zu Asser hin und bat ihn, seine Schwester nach Hause zu bringen.

Assers Augen fuhren über die reiche Stadt, während er Dinas Hand nahm. »Wollt ihr das alles mitnehmen?« fragte er.

»Alles, was wir tragen oder forttreiben können«, erwiderte Levi. »Viehherden, Esel, Frauen, Kinder und was wir an Wertvollem in den Häusern finden. Wir haben uns unsere Kriegsbeute ehrlich verdient, Bruder!«

Während Asser Dina fortführte, ging Simeon in die Häuser und half seinen Brüdern, weinende Frauen und Kinder auf die Straße zu treiben. In einer verlassenen Ecke der Stadt kam er an eine kleine Bruchbude von einem Haus. Er ging vorsichtig durch die schief hängende Tür. War er vorhin schon hier gewesen? Er wußte es nicht mehr.

Das eine Zimmer im Inneren des Hauses war dunkel. Auf einem kleinen Tisch neben der Tür lagen ein paar Schmuckstücke, als ob die Bewohner dabei gewesen waren, sie zusammenzupacken und zu fliehen. Simeon nahm seine Hirtenschleuder von seiner Schulter und warf die goldenen Götzenbilder, Ohrringe und Silbersachen hinein. An einem Wandhaken hing ein reichbestickter Mantel. Er nahm auch ihn und warf ihn sich über die Schulter. Das schien schon alles zu sein hier. Er hob die Schleuder hoch und drehte sich zurück zur Tür.

Ein leises Keuchen zerriß die Stille, und er erstarrte. Unter dem Tisch war jemand! War einer der Männer ihnen entkommen?

Seine Hand zuckte nach dem Dolch in seinem Gürtel. Langsam und vorsichtig zog er ihn hervor, dann blickte er um sich und kniete sich hin. Seine Angst verwandelte sich in eine Salve von Flüchen, als er die junge Frau sah, die unter dem Tisch kauerte. Rote Locken fielen ihr in Stirn und Nacken. Ihre dünnen Knie zitterten unter dem Saum ihres Gewandes, ihre schmutzigen Füße waren zierlich, ganz anders als bei Dina.

Etwas an ihrer zerbrechlichen Unschuld nahm seinem Arm die Tötungskraft. »Komm raus«, befahl er, während seine Hand zur Seite fiel. Er senkte seine Stimme und bedeutete ihr mit der Hand, aufzustehen. »Komm raus oder stirb, wir zünden gleich die Stadt an.«

Sie kroch unter dem Tisch hervor, ein Mädchen in Dinas Alter mit verfilzten Locken, schmalen Handgelenken und dem Blick eines verschreckten Pferdes. Und als Simeon am Abend unter den Sternen bei ihr lag und sie zu seiner Frau machte, sagte er sich, daß das Unrecht, das in Sichem geschehen war, endlich wiedergutgemacht war.

Innerhalb eines Morgens war Jakob von einem der reichsten Männer im Land zu *dem* Reichsten vom einen Horizont zum anderen geworden, aber sein Gesicht war dunkelrot vor Zorn, als seine Söhne in Siegerpose und mit den Schätzen von Sichem ins Lager ritten. Ohne ein Wort nahm er Josephs Hand und marschierte zu Rahels Zelt, ohne seine anderen Söhne auch nur anzusehen.

Simeon sah ihm stumm hinterher. Er spürte, wie die Kluft zu ihm immer größer wurde. Aber was hatte er erwartet? Glückwünsche? Vaterstolz?

Später, als sie zum Essen zusammenkamen, stellte Jakob sie zur Rede. »Wie konntet ihr dies tun?« schrie er, sein Gesicht von Schock und Wut verzerrt. »Wie Narren seid ihr in den Abgrund gerannt, in Sichems Untergang und in unseren!«

Simeon schabte mit den Füßen und sah auf seine Hände hinunter. An seinen Fingernägeln klebte immer noch vertrocknetes Blut, über seine Arme und Beine liefen braunrote Streifen. Levi und die anderen sahen nicht besser aus.

»Schaut euch an, wie ihr ausseht! Ihr seid eine Schande für mich!« schrie Jakob. Seine Stimme zitterte vor Erregung. »Mit Juwelen geschmückt und von Blut triefend!«

»Wir mußten etwas tun, Vater«, sagte Ruben. »Simeon und Levi haben recht getan. Und du hattest es uns erlaubt. Du hast Hamor gesagt, daß wir entscheiden würden, was mit unserer Schwester geschieht.«

»Und genau das haben wir getan!« Levis Kinn ging nach vorne. »Du solltest stolz auf uns sein! Wir haben unsere Schwester gerächt und dir Sklaven und großen Reichtum gebracht.«

»Was war denn schlimm daran, daß Dina Sichem heiratete?« Jakob warf verzweifelt die Hände hoch. »Das Mädchen war glücklich. Und ich hätte euch doch niemals erlaubt, euch wirklich Frauen aus der Stadt zu nehmen! Ich wollte, daß ihr euch eure Bräute bei euren Verwandten im Osten holt, so wie ich nach Haran ging, zu meiner Rahel.«

Simeons rebellische Gefühle brachen los. »Und zu deiner Lea«, sagte er, eine eisige Spitze in den Worten. Seine Augen bohrten sich in die seines Vaters.

Jakob sah ihn einen Augenblick an, bevor er antwortete. »Ja, und Lea«, sagte er und nickte langsam. »Aber jetzt habt ihr euch die Frauen von Sichem mit Gewalt geholt – ein schlimmeres Übel als das, was Sichem tat, denn Dina hat mir gestanden, daß sie den jungen Mann ermuntert hatte. Ihr habt Unglück über mich gebracht, ihr habt meinen Namen stinkend gemacht unter den Bewohnern des Landes! Jetzt werden die Kanaaniter und die Perisiter auch um ihre Städte fürchten und uns angreifen, und wir sind wenige, aber sie sind viele. Macht euch bereit, meine törichten Söhne, denn sie werden sich gegen uns versammeln, und wenn Gott Shaddai uns nicht beschützt, werden sie uns vernichten.«

»Ja, hätten wir ihn etwa unsere Schwester wie eine Hure halten lassen sollen?« knurrte Ruben und trat vor.

Doch Jakob winkte ihm zu gehen und drehte sich zurück zu dem Zelt, in dem Rahel und sein geliebter Joseph warteten.

Am folgenden Tag befahl Jakob seinem ganzen Haus, mit Sack und Pack, Tieren und Zelten aufzubrechen. »Gott hat mir befohlen, nach Bethel zu ziehen«, erklärte er seinen Söhnen. »Dort soll ich Gott-El, der mir erschien, als ich vor meinem Bruder Esau floh, einen Altar bauen.«

Eine Energie, die am Tag zuvor noch nicht dagewesen war, strahlte von seinem Körper aus, seine Stimme klang ungewohnt lebendig. Seine Augen schienen in die Seelen seiner Söhne hineinzublicken. »Ihr müßt die fremden Götter, die ihr aus den Häusern von Sichem mitgenommen habt, wegtun«, fuhr er fort. »Badet und reinigt euch und legt die bunten Gewänder, die ihr den Männern der Stadt abgenommen habt, ab. Nehmt auch die Ringe von euren Fingern und Ohren und bringt all eure Beute zu mir.«

Angetrieben von der Stimme ihres Vaters und der ihres schlechten Gewissens, sammelten Simeon und seine Brüder die gesamte Beute, die sie aus Sichem mitgenommen hatten, zusammen. Sie ließen die Sklaven frei und füllten das Beutegut in große Körbe. Doch das Mädchen, das Simeon sich genommen hatte, weigerte sich, mit seinem Volk zu ziehen. »In Sichem habe ich nichts mehr«, sagte sie einfach, ihre Augen so klar wie der weite Himmel über ihnen. »Du hast mich deine Frau genannt, und so bist du von heute an mein Mann.«

Jakob selber führte die Karawane der mit dem Beutegut beladenen Esel zu der riesigen Eiche, die vor Sichem stand. Dort vergruben er und seine Söhne die gesamte Beute. Kurz nachdem sie ins Lager zurückgekehrt waren, brachen sie alle nach Bethel auf.

Die Reise war monoton, das Wetter heißtrocken. Wirbelwinde zogen über die Ebene, die fernen Felsen schimmerten im Dunst. Dina und Lea saßen in Flechtkörben, die von den Seiten eines Kamelhökkers herabhingen. Simeon bemerkte, daß Dina die meiste Zeit ihren Kopf aus dem schwankenden Korb heraushängen ließ, das Gesicht totenbleich. Am Ende der Karawane saß die hochschwangere Rahel in einem ähnlichen Korb, ihr gegenüber der achtjährige Joseph, der zu verwöhnt war, um sich die Füße auf dem Sand schmutzig zu machen.

Nachdem sie Bethel erreicht hatten, wo Jakob einen Altar baute und mit seinem Gott sprach, zogen sie weiter. Sie näherten sich Efrata (Bethlehem), als ein schriller Schrei die Karawane anhalten ließ. Jakob wurde blaß, als Silpa meldete, daß Rahels Wehen begonnen hatten. Die Strapazen der Reise und der Hitze mußten wohl zuviel gewesen sein für ihre zarten Kräfte, denn kurz nachdem sie ihren zweiten Sohn geboren hatte, war Jakobs geliebte Rahel tot.

Simeon, seine Brüder und die Diener saßen schweigend vor dem hastig errichteten Zelt und lauschten auf das Wimmern des Neugeborenen und das Weinen des Vaters. Nachdem er drei Stunden lang in einem fort geweint und getrauert hatte, trat ein merkwürdig ruhiger Jakob aus Rahels Zelt und hielt das Neugeborene hoch, damit alle es sehen konnten. »Er heißt Benjamin – Sohn meiner rechten Hand«, sagte er. Seine Stimme brach. »Und die, die ihn geboren hat, ist nicht mehr.«

Jakobs Gesicht hatte das verwelkte Aussehen einer durstigen Rose, ohne Licht und Leben. Er setzte sich in den Schatten des Zeltes und hielt das Kind auf den Knien, während stumme Tränen sein kantiges Gesicht hinabrollten. Seine Söhne standen einer nach dem anderen auf und gingen. »Müssen nach den Herden sehen ... Muß noch ein paar Schutzdächer bauen ...« Juda nahm Joseph gnädig bei der Hand und führte ihn von dem Zelt weg, wo jetzt Lea und die Mägde Rahels Leichnam auf das Begräbnis vorbereiteten.

Nur Simeon blieb bei Jakob. Er wußte nicht recht, ob er sich schämen sollte über die Erleichterung, die er verspürte. Er hatte Rahel gemocht und bedauerte ihren Tod, aber trauern – nein, trauern konnte er nicht. Nicht, wenn er an seine Mutter dachte. Und so saß er stumm bei seinem Vater, in seine streitenden Gedanken versunken und im stillen froh, daß nach so vielen Jahren des Leidens Lea jetzt endlich die ungeteilte Aufmerksamkeit ihres Mannes genießen würde.

Die Luft war wie eine erstickende Decke, das Licht der Wüste melancholisch grau. Das Baby wimmerte leise, suchte eine lebenspendende Brust, aber Jakob übergab es nicht an eine Amme, sondern musterte es stumm, sein Gesicht eine Mischung aus Faszination und Erschrecken, wie bei jemandem, der einen reichverzierten Dolch betrachtet. Dann schrie das Kind los, die winzige Faust begann zu fuchteln. Jakob hob es hoch und drückte seine Lippen auf die kleine Runzelstirn.

Simeon seufzte auf, dankbar für diesen ersten kleinen Riß in dem Zelt des Grams, das seinen Vater gefangenhielt. Noch war Jakobs Seele schwer vor Trauer, aber mit der Zeit würde er dieses Kind liebgewinnen.

»Er ist ein schönes Kind«, sagte Simeon zögernd.

»Simeon«, sagte sein Vater, ohne den Blick von dem Bündel in seinen Armen zu heben. »Ich will, daß du etwas weißt.«

»Ja, Vater?«

Jakobs Gesicht erstarrte zu einer Marmormaske der Geringachtung. »Wenn du und Levi nicht Sichem überfallen hättet, wären wir jetzt nicht hier in der Wüste, und Rahel wäre nicht an den Strapazen der Reise gestorben.«

Mehr sagte er nicht, aber was er meinte, war klar: Er machte Levi und Simeon für Rahels Tod verantwortlich und würde ihnen nicht so schnell vergeben.

Simeon neigte respektvoll seinen Kopf. Er sagte nichts, als er aufstand und ging. Aber er spürte, wie eisige Finger sich in seinen Magen bohrten, jede Pore seiner Haut füllten. Das kalte Feuer brannte und riß in ihm, fraß jeden Glauben, jeden Traum, jede Hoffnung, bis Simeon es wußte: Er würde nie mehr derselbe sein.

Zwölf

Ein großes Obeliskenpaar, das die Ägypter *Tekhenu* nannten, markierte die Stelle in der heiligen Stadt Heliopolis, wo die jährliche Nilflut zurückzugehen begann. Die dicken Flußschlammschichten und die lebenspendende Wärme der Sonne gossen den vollen Segen der Götter über die Stadt aus. Für die Ägypter stand dieser heilige Boden für Schöpfung und Wiedergeburt, und Mandisa wußte, daß ihre Herrin darauf baute, daß der Segen der heiligen Stadt ihr helfen würde, Zafenat-Paneach einen weiteren Sohn zu schenken.

Eine volle Woche hatten sie den Besuch bei Asenats Eltern genossen, doch jetzt verlangte Asenat von Mandisa, daß sie jeden Morgen noch vor Sonnenaufgang aufstand und sie zu dem heiligen Tempel des Khnum begleitete. Ihre Herrin wollte den Gott schon bei seinem Erwachen begrüßen, um ihm zu zeigen, wie ernst es ihr mit ihrem Wunsch war.

»Vielleicht«, flüsterte sie eines Morgens, als Mandisa die Augenschwärze auf ihre noch schlafschweren Wimpern auftrug, »denkt der Gott, daß ich die ganze Nacht in seinem Tempel war und mir noch nicht einmal Zeit zum Schlafen genommen habe.«

Mandisa hob eine Augenbraue, aber antwortete nicht. Wenn man einen Gott so leicht an der Nase herumführen konnte, konnte er dann überhaupt einer sein? Seit vielen Monaten schon beobachtete sie Zafenat-Paneach, und sie mußte zugeben, daß sein großer, unsichtbarer Gott ihr mächtiger und logischer vorkam als die Götter der Ägypter. Sie hatte mitgehört, wie ihr Herr seinen Söhnen erklärte, daß sein

Gott alles sah und alles wußte und daß man ihn mit nichts hineinlegen oder manipulieren konnte. Nur Gott Shaddai kannte den Namen jedes Menschen, ja er kannte das Innerste jedes Herzens. Doch Asenat schien nicht viel angenommen zu haben von den Lektionen ihres Mannes.

»Khnum ist der himmlische Töpfer«, murmelte Asenat schläfrig, während Mandisa ihre Toilette beendete. »Er hat die anderen Götter, die Gottkönige und alle Sterblichen auf seiner Töpferscheibe geformt. Er wird mich nicht im Stich lassen.«

»Was ist so besonders an diesem Gott, Herrin?« Mandisa versuchte, höflich zu klingen.

Asenat ließ ihren nackten Kopf auf ihre gefalteten Arme sinken. »Er kennt die Geheimnisse der Schöpfung. Seine Priester lehrten die alten Pharaonen die Kunst, Wasser und Lehm zu dem lebendigen Stein der Pyramiden zu mischen. Sein Atem hat aus einer Handvoll rötlichen Lehms den ersten sterblichen Menschen gemacht.«

»Und du denkst, dieser Töpfergott kann neues Leben in dir schaffen?« flüsterte Mandisa, während sie die Perücke ihrer Herrin von ihrem Haken nahm. Sie wartete einen Moment, bis Asenat ein Auge öffnete und müde ihren Kopf hob.

»Ja, das wird er tun«, antwortete die junge Frau. »Denn mein Vater betet für mich. Er hat sich neu der Anbetung des Khnum geweiht, und er ist ein mächtiger Priester. Heute will er zusammen mit uns zu dem großen Gott beten, Mandisa.«

Mandisa schob die Perücke über den geschorenen Kopf ihrer Herrin und zog sie fest nach unten, bis sie richtig saß. Sie wünschte Asenat baldigen Erfolg. Sie vermißte ihren Sohn. Und Theben. Und Halima. *Und mögen die Götter mir helfen*, dachte sie, während sie Asenat bewundernd auf die Schultern klopfte, *aber so froh ich war, ihn los zu sein, vielleicht vermisse ich sogar das Geschrei dieses Gefangenen im Haus meines Herrn.*

Potifera, der Hohepriester von On, klatschte laut und anerkennend in die Hände, als seine schöne Tochter vor dem Tempel aus ihrer Sänfte stieg. Runzelig wie eine alte Feige stand er da in seinem weißen

Priesterschurz. Sein gesamter Körper war rasiert, einschließlich der Augenbrauen, Lider und dem bißchen Haar, für das seine Brust gut sein mochte. Der kleine Kugelbauch über dem Gürtel seines Schurzes verkündete Wohlstand und die Gunst des Pharaos.

Mandisa senkte ihre Augen, als sie hinter ihrer Herrin aus der Sänfte stieg. Der Anblick des kahlen Priesters in dem Fackelschein hob die Decke, die sie über manche ihrer Erinnerungen gelegt hatte, wieder hoch. Ihr Ehemann, Idogbe, hatte sich für einen Priester des Sebek gehalten, des Krokodilgottes, der die zerstörerische Kraft der Sonne repräsentierte, und hatte seinen massigen Körper ähnlich rasiert. Einmal hatte er sogar versucht, Laienpriester am Tempel in Theben zu werden, aber als er immer wieder behauptete, daß Sebek Menschenopfer wünschte, hatten die Oberpriester ihn fortgeschickt.

Mandisa schüttelte den Kopf, als könne sie so die lästigen Gedanken abschütteln. Einmal, als sie schon längst in der Sicherheit von Zafenat-Paneachs Haus gewesen war, hatte sie Ani über die ägyptischen Opferriten befragt, und er hatte ihr erklärt, daß in der ersten Dynastie oft Sklavinnen am Grab ihrer toten Herren geopfert wurden, doch daß dergleichen barbarische Sitten inzwischen längst ausgestorben waren. In diesen aufgeklärten Tagen der 18. Dynastie praktizierten wohl ein paar Tempel zu bestimmten Anlässen noch Tieropfer, aber allein der Osiris-Kult, dessen Hauptfigur der Pharao selber war, kannte die Institution des Menschenopfers. »Das einzige Menschenleben, das opferwürdig ist«, hatte Ani gesagt, seinen Kopf zur Seite neigend, »ist das des Gottkönigs, denn er ist Gott und Mensch, er allein hat die Macht, die Kluft zwischen uns zu überbrücken.«

Ein Zupfen von Asenats Finger an ihrem Mantel riß sie abrupt in die Gegenwart zurück. Potifera war dabei, sie in den rechteckigen Säulengang zu führen, der das Tempelinnere umgab, und Mandisa mußte längere Schritte machen, um mit ihrer Herrin mitzuhalten. Als sie drinnen waren, drückte der alte Priester die Hand auf die Wange seiner Tochter, dann ließ er sie allein. Asenat wußte, was sie weiter zu tun hatte. Die Hände andächtig vor ihrer Brust zusammengelegt, die Augen erwartungsvoll geweitet, schritt sie durch das Halbdunkel auf die Wohnung des Gottes zu.

Aus dem Vorhof gelangten sie in das Pen-Hair, das »Haus des Jubels«. In der Stille dieser Säulenhalle konnte Mandisa das gespenstische Gehalle der Priestergesänge hören. Idogbe hatte ihr erzählt, daß die Priester jeden Morgen noch bei Dunkelheit aufstanden, um zu singen und sich in dem heiligen Teich zu reinigen, bevor sie den Tempel betraten.

Plötzlich sog Asenat heftig die Luft ein und blieb stehen. Mandisa trat nach vorne, um zu sehen, was ihre Herrin hatte. Wie eine Geisterprozession schob sich die Schlange der kahlgeschorenen Priester in ihren weißen Schurzen aus einem unterirdischen Raum heraus. Auf ihren haarlosen Brüsten glänzte das heilige Wasser. Das Weiß ihrer Gewänder blendete das Auge selbst in diesem grauen Morgenlicht.

»Schau dir meinen Vater an«, flüsterte Asenat, auf den ehrwürdigen Alten zeigend, der die Prozession anführte. »Er wird persönlich für mich eintreten bei dem Gott.« Ihre Stimme war kaum mehr als ein Hauch in der andächtigen Stille. »Und der Gott wird mir schenken, was ich begehre.«

Sie warteten. Mandisa erinnerte sich, was Idogbe ihr über das Morgenritual in den Tempeln erzählt hatte. Beim ersten Sonnenstrahl zerbrach man die Tonsiegel am Heiligtum und öffnete die Türen, hinter denen das Bild thronte, das die Gottheit in all ihrer Macht zeigte. Der höchste Priester ging hinein und warf sich vor dem Bild nieder, dann stand er auf und sprach Gebete, während die anderen Priester Weihrauchschalen schwangen. Man nahm dem Gott seine Nachtkleider ab, badete und salbte ihn und zog ihm frische Kleider an. Darauf brachte man ihm zu essen und zu trinken, und wenn der Geist des Gottes genügend Zeit gehabt hatte, sich zu sättigen, öffneten die Priester die Türen für die Gläubigen, die dem Gott ihre Bitten vortragen wollten.

Eine Stunde lang warteten die beiden Frauen schweigend, während die Priester Khnum dienten. Endlich gab ein Priester ihnen ein Zeichen, und Asenat durfte durch eine schwere Doppeltüre das Heiligtum betreten.

Mit staunenden Augen betrachtete Mandisa, die noch nie in einem ägyptischen Tempel gewesen war, das Innere des Raumes. Alles glänzte von Gold: die heiligen Geräte, die Vasen und Schüsseln, die auf Tabletts vor der Statue des Gottes standen, sogar die Farben der

Wandmalereien. An den Wänden angebrachte Schilffackeln warfen ein rötliches Licht, das die Relief-Darstellungen an den Wänden tanzen zu lassen schien.

Der Gott selber thronte auf einem Podium hinter einem von Blumen übersäten Altar. In der Nähe waren mehrere Priester mit den Resten seines Frühstücks.

In schweigendem Staunen starrte Mandisa zu dem Gott hoch. Über fünf Meter hoch erhob sich der Steinkoloß in die Luft, so daß sie sich wie ein Spatz dagegen vorkam. Der Körper der Statue war der eines gutgebauten Mannes, aber der Kopf hatte Gesicht und Maul eines Widders. Rechts und links bogen sich zwei Hörner durch die Flechten einer Perücke, auf welcher die traditionelle Krone aus Schilfrohr und Straußenfedern prangte.

Mandisa wich zurück, halb betäubt, halb angewidert. Asenat fiel auf ihre Knie und berührte dreimal mit ihrer Stirn den Fußboden, als wolle sie Buße dafür tun, daß sie seit ihrer Hochzeit mit Zafenat-Paneach in keinem Tempel mehr gewesen war.

»Sprich, Kind, was deine Bitte ist an den mächtigen Khnum«, rief eine Stimme. Mandisas Kopf fuhr hoch, sie blickte sich um. Der Sprecher war Potifera selber, aber seine Stimme klang verändert, wie durch einen dicken Nebel hindurch.

»O göttlicher Khnum, Schöpfer von allem, was lebt und webt und ist«, sagte Asenat, ohne ihren Blick von dem Boden zu heben, »deine Tochter Asenat möchte dich um eine Gunst bitten.«

»Und was ist es, das du suchst?« bohrte der Priester sanft.

»Ein Kind, o Göttlichster. Ein Kind, das nur du schenken kannst. Zwei Söhne hast du mir gegeben, aber ein so mächtiger Mann wie der meine verdient mehr.«

Potifera nickte, dann drehte er sich zu dem greulichen Bild hin, das dunkel und grimmig in dem Fackellicht stand. Die ebenholzschwarzen Augen, die aus dem Widdergesicht hervorstarrten, schienen auf Asenat gerichtet zu sein, als Potifera den Gott anrief:

> »Herrlich erstrahlst Du über dem Horizont, o lebendiger Khnum, Ursprung des Lebens!
> Du, der Kinder schafft in den Frauen und Menschen macht aus Wasser und Lehm,

der den Sohn ernähret im Schoße der Mutter,
ihn tröstet, daß er nicht weint, o Amme im Mutterleib!
Der Atem und Leben gibt allem, was er gemacht.
Wenn er schlüpft aus dem Schoß am Tag der Geburt,
gibst Du ihm Rede und Mund und alles, was er bedarf.
Du schufest die Erde nach Deinem Plan, als Du allein warst.
In meinem Herzen bist Du, und niemand kennt Dich denn Potifera, Dein Sohn.
Höre mich an, o Herr der heiligen Erde, und gib dieser Frau, was sie bittet!
Denn Du, o göttlicher Schöpfer und Herr des Reichs, formtest Menschen auf Deiner Scheibe und gabst ihnen Kraft, zu wandeln auf Erden ...«

Weiter und weiter ging die Litanei des Priesters. Mal lauter, mal leiser schmeichelte er dem Gott, beredete ihn, bestürmte ihn, ja bedrohte ihn schließlich, auf daß er Asenats Bitte höre und gewähre. Nach einer Weile war die Ehrfurcht, die Mandisa anfangs verspürt hatte, verflogen, und sie mußte ein Gähnen unterdrücken.

Warum wollte ihre Herrin so dringend noch einen Sohn? Sie hatte doch schon zwei hübsche, aufgeweckte Buben, die Lieblinge Zafenat-Paneachs. Soweit Mandisa wußte, hatte der Herr nie nach mehr Kindern verlangt, aber Asenat schien bereit, ihr Leben zu riskieren, um noch ein Kind in seine Arme legen zu können.

Sah sie nicht, wie sehr der Wesir sie liebte? Warum reichte ihr das nicht?

Mandisa mußte lächeln. *Mit so einer Liebe werde ich nie gesegnet sein. Und mir ist ein Sohn mehr als genug. Adom ist ein lieber Junge, aber was er mir Arbeit macht! Er ist zu voll von sich selber – einerseits schon so erwachsen, andererseits noch solch ein Kind. Und ich kann ihn nicht unterrichten! Die Söhne des Herrn können in die Schreiberschulen, aber Adom, den Sohn einer Dienerin, nehmen sie dort nicht. Wenn er nur einen Vater hätte ... Der könnte ihn führen, ihm all das erklären, was eine Frau nicht wissen kann. Bald wird er Fragen haben, die ich nicht beantworten kann, und schon jetzt sehnt er sich danach, von einem Mann beachtet zu werden. Tarik und Ani sind freundlich, aber sie haben viele Pflichten und so wenig Zeit ...*

Ihr Sohn brauchte einen Vater. Mandisa wollte nicht unbedingt einen neuen Mann; der eine, den sie gehabt hatte, reichte ihr. Aber Adom brauchte einen Mann, der ihn führte, ihn lehrte, ihn erzog. Sie war viel zu sanft. Sie wußte: Er würde es schwer haben jenseits der schützenden Mauern des Wesirspalastes, wo er nie gelernt hatte, sich zu verteidigen. Und bald würde er auch wissen wollen, wie das mit den Frauen war, und wie konnte sie ihm etwas erklären, was sie selber nicht völlig verstand?

Adom brauchte einen Vater. Aber woher sollte sie einen nehmen? Einen Augenblick war sie versucht, sich neben ihrer Herrin niederzuwerfen, aber wie konnte sie guten Gewissens zu einem Steinbild mit Widderkopf beten, das Speisen anstarrte, aber nicht aß, und sich stundenlange Gebete anhörte, ohne sie zu verstehen?

Aber war nicht Zafenat-Paneachs unsichtbarer Gott überall? So hatte der Wesir jedenfalls gesagt, und wenn er recht hatte, dann würde El Shaddai ihr Gebet selbst hier, im Tempel des Khnum, hören. Und vielleicht würde sie Gnade vor ihm finden und er würde ihre Bitte gewähren. Ein Versuch konnte jedenfalls nicht schaden.

Während Asenat weiter auf dem Boden lag und ihr Vater seine Schmeichel-Litanei an den Granitgötzen weiterspann, schloß Mandisa ihre Augen, um sich zu konzentrieren, und bat El Shaddai stumm, jemanden zu schicken, der ihren Sohn lehren würde, ein Mann zu werden.

Dreizehn

Der elegante neue Tisch mit Goldintarsien krachte gegen die Tür. »Hört gut zu, ihr Scheißägypter!« brüllte der Gefangene, die Worte von klirrenden Geräuschen begleitet. »Ich hab einmal an einem Morgen tausend Männer getötet, und wenn Gott will, tu ich es wieder!«

Draußen im Flur faltete Tarik seine Arme und lächelte die zitternde Halima beruhigend an. »Ich verstehe die kanaanitische Zunge immer besser«, sagte er, zufrieden nickend. »Gerade habe ich jedes Wort verstanden. Der denkt, er bringt uns alle um.«

»Und eines Tages macht er es auch«, sagte Halima. Das Tablett in ihrer Hand zitterte so heftig, daß die Schüsseln gegeneinanderstießen. »Ich träume schon von ihm! Manchmal spüre ich so ein Gewicht auf der Brust und mach die Augen auf und denke, er ist es!«

»Keine Angst, beste Halima«, sagte Tarik. Er sah sich rasch um. Sie waren allein. Gut. Er nahm dem Mädchen das Tablett ab. Es war besser, wenn niemand sah, wie der Hauptmann der Wesirswache einer Küchensklavin half. Aber die junge Frau war ungewöhnlich mutig gewesen, daß sie zu diesem kanaanitischen Barbaren hineinging.

Sie sah zu ihm hoch, und er lächelte wieder. »Ein Bote aus Heliopolis ist gekommen. In ein paar Tagen kommt die Herrin Asenat zurück und bringt Mandisa mit. Dann mußt du nicht mehr zu diesem Menschen hinein.«

Ihr rundes Gesicht wurde versonnen. »Eigentlich ... ist es nicht so schlimm«, flüsterte sie. »Aber ohne dich würde ich es nicht wagen, Tarik.«

Er zuckte die Achseln auf ihr Kompliment. »Ohne den Befehl unseres Herrn würde ich das nicht schon so lange machen. Ein Gefangener gehört ins Gefängnis und nicht in ein richtiges Haus.« Er trat von der Wand weg. Die Tür erzitterte unter einem neuen Krachen – diesmal wohl ein Stuhl, dem hölzernen Klang nach. »Aber Zafenat-Paneach sagt, daß dem Mann nichts geschehen darf, auch nicht von seiner eigenen Hand. Gestern entdeckte ich, daß er sein Gewand in Streifen gerissen hatte, wohl um eine Falle für dich oder mich zu basteln. Ich habe also die Streifen und den Rest des Gewandes entfernen lassen, so daß er nur noch einen ägyptischen Schurz trägt. Wenn er den auch zerreißt, bleibt ihm als Kleidung nur noch sein aufgeblasener Stolz.«

»Tarik, du bist ja schrecklich!« Halima lachte leise.

Der Hauptmann bemerkte, daß sie um einiges schöner aussah, wenn ihre Augen so leuchteten. »Ich befolge nur die Anweisungen unseres Herrn«, grinste er. »Und obwohl ich diesen Simeon lieber den Hunden vorwerfen würde, werde ich dem Wesir gehorchen. In den neun Jahren, die ich ihn jetzt kenne, hat er noch nie eine unweise Entscheidung getroffen.«

»Was wird mit dem Essen des Kanaaniters?« flüsterte Halima. Ihre Hand ging an das Tablett. »Ich habe ihm eine köstliche Brotplatte zusammengestellt, das ist zu schade zum Wegwerfen.«

»Das wird auch nicht weggeworfen.« Tarik kniete sich hin und stellte das Tablett auf den Boden. »Sollen die Ameisen es essen, die wissen sich wenigstens zu benehmen. Wenn der Mann wie ein wildes Tier toben will, lassen wir ihn eben hungern wie die Steppenlöwen. Fülle seinen Wasserkrug, aber gibt ihm nichts zu essen, solange er nicht anständiger ist.«

»Sehr gut«, erwiderte Halima. Sie sah auf ihre leeren Hände. »Ich gehe wohl besser wieder an meine Arbeit.«

»Gut«, sagte Tarik und erhob sich wieder. Halima machte ein paar zögernde Schritte, dann ging sie zügig in Richtung Küche. Tarik sah ihr nachdenklich hinterher. Warum war sie nicht schneller gegangen?

Adom streifte gelangweilt durch die weiten Flure der Villa. In seinen Händen hatte er einen Kreisel aus Quarzkristall und eine Papyrusschnur, aber Ephraim und Manasse waren gerade bei ihrem Lehrer und hatten keine Zeit.

Adom stopfte Schnur und Kreisel in eine Tasche seines Schurzes und versuchte, eine andere Beschäftigung zu finden. Er vermißte seine Mutter. Seit fast drei Wochen war sie jetzt weg. Einmal hatte er gehört, wie Manasse gesagt hatte, daß seine Mutter zu ihrem Vater in Heliopolis gezogen war. Wo Manasses Mutter hinging, da folgte Adoms Mutter, und mehrere Nächte hatte ihn der Angsttraum geplagt, daß die beiden Frauen nie mehr in den Wesirspalast zurückkehren würden. Doch dann hatte er seinen Mut zusammengenommen und Zafenat-Paneach im Flur abgepaßt und gefragt, und sein Herz war warm geworden, als der große Wesir ihn so verständnisvoll angesehen und ihm den Kopf getätschelt und gesagt hatte: »Natürlich kommt deine Mutter zurück, Adom. Schon bald.«

Aber »bald« war Adom nicht bald genug. Den halben Morgen war er durch die Ställe gestreift, bis die Knechte ihn weggescheucht hatten. »Geh hier raus!« hatte der eine geschrien. »Die Pferde des Herrn haben Temperament! Ein Tritt, und dein dünner Schädel platzt wie eine Melone!«

Von den Ställen war er zu den Kornspeichern der Villa geschlendert. Aber die Warnung seiner Mutter hatte durch seinen Kopf gehallt: »Da sind schon zahllose Kinder und Betrunkene hineingefallen, als sie nur mal eben von oben hineinschauen wollten, und jämmerlich im Korn erstickt!«

Vor den Speichern stand gerade eine lange Schlange Esel und ihre Treiber. Zafenat-Paneachs Diener waren dabei, Korn für einen Beamten abzumessen, der nicht für die Hungersnot vorgesorgt hatte. Überwältigt von so vielen ernsten Gesichtern, rannte Adom durch den Speicherhof und den vorderen Hof in das Hauptgebäude. Vor der großen Empfangshalle warteten mehrere Besucher auf eine Audienz beim Wesir. Adom schaffte es bis zur Vorhalle, bevor einer der Wachen ihn am Arm packte. »Wo willst du hin, Adom?«

»Äh ... zu meiner Mutter.«

»Die ist nicht drinnen. Sie und die Herrin Asenat sind noch fort.«

Adom trat auf sein anderes Bein. »Vielleicht kann ich dann den Herrn fragen, wann sie zurückkommt?«

Der Wächter schmunzelte. »Nein, junger Freund, das geht nicht, er ist beschäftigt, wie wir alle. Der Vizekönig und Gute Hirte des Volkes bespricht sich heute mit vier Königen aus Megiddo, zwei Fürsten aus Scharuhen und einem König von Aschkelon.«

»Dann warte ich eben auf ihn; ich bin auch ganz still.«

»Nein, Adom, das geht nicht. Der Ernährer Ägyptens und Prinz der Fürsprache speist heute mit Schäfern aus Syrien und dem Libanon, Beduinen aus Edom und all den Königen, die ihn heute besuchen. Sie sind weit gereist, um das Antlitz deines Herrn zu suchen, und haben länger gewartet als du. Geh und spiel mit deinen kleinen Freunden.«

»Die haben gerade ihren Unterricht.«

»Dann geh zu ihnen und höre zu, was Ani sie lehrt. Auch der Sohn einer Dienerin sollte die Wahrheit der Welt kennen.«

Der Wächter richtete sich gerade auf, und Adom wußte, daß er hier nicht mehr willkommen war. Niedergeschlagen ging er durch den vorderen Säulengang nach draußen, auf den Weg, der in den Garten führte.

Ephraim und Manasse saßen auf Papyrusmatten vor Ani, der auch der Lehrer der Kinder des Wesirs war. Neben Zafenat-Paneach sah Ani immer richtig verschrumpelt aus, aber jetzt blitzten und glühten seine eindrucksvollen Augen. Wie zwei Puppen vor einem Riesen sahen die beiden Jungen aus vor dem weisen Alten, dessen Oberkörper im Takt seiner Worte mitschwang.

Adom kniete sich, auf einmal neugierig, ein paar Schritte entfernt auf dem Steinweg hin. Ani hatte ihn gesehen. Die beiden Jungen, die an den Lippen ihres Lehrers hingen, rührten sich nicht von ihren Matten.

»Am Anfang«, sagte Ani, eine imaginäre Linie durch die Luft ziehend, »gab es nichts als nur einen Gott, den Unsichtbaren, den niemand in Stein abbilden kann.«

»Neter?« fragte Manasse.

Ani runzelte die Stirn. »Du sollst mich nicht unterbrechen, junger Herr. Ein weiser Schüler lauscht und lernt und fragt erst, wenn sein Lehrer fertig gesprochen hat.«

Manasse ließ seinen geschorenen Kopf hängen. Ani legte seine sommersprossige Hand darauf. »Sei nicht entmutigt, kleiner Prinz. Du wirst die Antwort auf deine Frage selber sehen, bevor ich fertig bin.«

Manasse sah wieder hoch, jetzt zuversichtlicher, und Ani fuhr fort. »Dieser unsichtbare Gott wohnt nicht in Schreinen und Tempeln. Keine menschliche Behausung kann ihn fassen, und das Herz des Menschen vermag sich kein Bild von ihm zu machen. Dieser Gott ist Einer, kein anderer besteht neben ihm, er ist der Eine, der alles geschaffen hat. Er lebt von Beginn an, er war schon da, als nichts anderes war. Er ist der Vater des Anfangs, der ewige Eine, der für immer bleibt. Er ist verborgen vor Göttern und Menschen, ein Geheimnis für seine Geschöpfe. Kein Mensch vermag ihn zu erkennen, selbst seine Kinder kennen seinen wahren Namen nicht. Einige nennen ihn Neter, aber seiner Namen sind unzählig viele; niemand kennt ihre Zahl.«

Manasse unterbrach ihn wieder. »Wenn niemand seinen Namen kennt, warum nennen mein Vater und Mandisa ihn dann *El*?«

Adom grinste. Manasse konnte das Fragen wirklich nicht lassen.

Ani seufzte irritiert auf. »Hör zu, Manasse, und du wirst verstehen. ›El Shaddai‹ ist ein kanaanitischer Name für ›Allmächtiger Gott‹, ein Ausdruck, der eine seiner Eigenschaften beschreibt. Gott ist allmächtig, so wie er auch die Wahrheit ist. Die Wahrheit ist sein Atem und seine Speise. Er ist der König der Wahrheit; auf ihr ruht er, sie schafft er und sie tut er in der ganzen Welt. Gott ist auch Leben; nur durch ihn leben wir Menschen. Er bläst dem Menschen den Lebensodem in seine Nase.

Gott ist auch Vater und Mutter – der Vater aller Väter, die Mutter aller Mütter. Er zeugt und wurde doch selber nie gezeugt. Er macht, aber wurde nie selber gemacht. Er zeugte und machte sich selbst. Er erschafft, aber wurde nie selber erschaffen. Er ist der Schöpfer seines eigenen Leibes und der Schöpfer des Himmels, der Erde, der Tiefe, der Wasser, der Berge. Als er sein Wort sprach, da geschah es, und sein Wort bleibt ewig.«

Manasses hübsches Gesicht runzelte sich. »Aber wenn es nur einen Gott gibt, warum sind dann so viele Tempel in Theben?«

Ani hob einen Finger. »Der unsichtbare Gott ist der Vater aller Götter und Gottheiten. Er schuf die Menschen, und er schuf den großen Töpfer Khnum, der Menschen und Götter auf seiner Töpferscheibe formte.«

Ani setzte sich. »Ihr seht also, meine Schüler, daß es einst weder Himmel noch Erde gab – nichts als das endlose Urwasser, über dem dichte Dunkelheit brütete. Doch in dem Wasser war der Keim aller Dinge, und schließlich gelüstete es den Geist des Urwassers, die Welt zu erschaffen. Der Geist des Wassers sprach ein Wort, und die Welt entstand, ganz so, wie der Geist es wollte. Als nächstes schuf der Geist des Wassers ein Ei, und aus diesem Ei schlüpfte Ra, der Sonnengott, in dessen strahlender Scheibe wir die allmächtige Kraft des göttlichen Geistes sehen.«

»Meine Mutter sagt das aber anders!« entfuhr es Adom.

Drei Augenpaare drehten sich zu ihm hin. »Adom«, sagte der Lehrer; er klang auf einmal müde. »Warum hilfst du niemandem?«

»Es gibt niemand, dem ich helfen kann«, antwortete Adom und schaute auf seine Hände hinunter.

»Hast du dann nicht gehört, was ich gerade Manasse sagte? Ein weiser Schüler streitet nicht mit seinem Lehrer.«

»Aber meine Mutter sagt etwas anderes, Ani. Sie sagt, daß Gott die Welt erschuf und sie durch eine große Flut wieder vernichtete und daß dieser Gott keine anderen Götter gemacht hat, sondern nur die Menschen. Meine Mutter nennt ihn El Shaddai, und der Herr auch. Ich hab gehört, wie Zafenat-Paneach gesagt hat ...«

»Genug!« Ani schloß seine Augen und hob warnend seine Hand. »Ich glaube, morgen werden wir über etwas anderes sprechen. Für heute sind wir fertig, Jungs. Geht spielen, ich habe jetzt zu tun.«

Vierzehn

Jakob stand auf dem Kamm eines Hügels bei Hebron und schaute in die Ferne, wo Mizraim lag, das Schwarze Land. Nicht weit entfernt kroch eine Karawane nach Norden, in die Zähne des Windes hinein, der kleine Wirbel aus Wüstenstaub und Steingries schuf, aber Simeons stämmige Figur konnte er nirgends ausmachen.

Er seufzte. Sie waren hin, die Träume und Hoffnungen. Er hatte gebetet, daß Simeon den Mut und die Kraft finden würde, dem Wesir, der ihn da festhielt, zu entkommen, aber Gott hatte diese Gebete ebensowenig erhört wie Jakobs verzweifeltes Flehen, als Joseph verschwunden war.

»Erbitte ich zuviel?« flüsterte er, seine müden Augen zum Himmel hebend. »Warum, allmächtiger Gott, läßt du deinen Erwählten so leiden? Der Hunger beherrscht das Land. Das Vieh ist ausgemergelt, die Frauen meiner Söhne sind so vertrocknet und verdorrt wie die Steine auf diesem Berg, und immer noch schickst du keinen Regen. Du hast mir Rahel, Joseph und Simeon genommen, und jetzt verlangt dieser Fremde aus Mizraim auch noch meinen Benjamin. Gott, Herr, das kann ich nicht, ich kann nicht den Sohn meiner rechten Hand hingeben.«

Allen Vorsätzen zum Trotz gingen seine Gedanken zurück zu dem Tag, wo Benjamin zur Welt gekommen war und Rahel sie verlassen hatte. »Er soll Ben-Oni heißen, Sohn meiner Trauer«, hatte sie geflüstert, um den letzten Atem ringend.

»Nein«, hatte Jakob geantwortet und seine Hand auf ihre feuchte Braue gelegt. »Er ist der Sohn meiner Liebsten, meiner rechten Hand. Er soll Benjamin heißen und meinem Herzen so lieb sein wie du.«

Es war das erste und einzige Mal gewesen, daß er sie belogen hatte, denn obgleich er Benjamin mehr liebte als sein eigenes Leben, konnte er seinen Jüngsten nie anschauen, ohne in ihm das Werkzeug zu sehen, mit welchem Gott ihm Rahel genommen hatte. Und so hatte in den Jahren nach ihrem Tod Joseph Jakobs ganze Hingabe und Aufmerksamkeit erfahren – der brillante, schöne, charmante Joseph, Rahels so lang erwarteter Erstgeborener, der Stolz ihres Herzens.

Und dann hatte El Shaddai seine Eifersucht gezeigt. Um Jakob zu lehren, daß *Er* den ersten Platz in einem Menschenherzen verdient und verlangt, hatte er Joseph weggenommen, so wie er um ein Haar Isaak von Abraham genommen hätte. Jakob kannte seinen Gott genügend, um zu wissen, daß der Allmächtige keinen Götzen duldete, ob es nun ein Götzenbild aus Stein war oder ein Wesen aus Fleisch und Blut. Gott Shaddai erlaubte nicht, daß irgend etwas an seine Stelle trat und mehr Liebe, Zeit oder Hingabe bekam als er.

»Abraham erlaubtest du, seinen geliebten Sohn zu behalten«, flüsterte Jakob, halb bewußt, daß er die Erinnerung an Joseph und den dumpfen Schmerz seiner Seele wieder aufgeweckt hatte, »aber meinen hast du genommen. War meine Sünde so viel größer als die meines Vorvaters?«

Der Himmel lastete heiß und blau. Der Allmächtige antwortete nicht.

Jakob schaute auf und sah, wie Ruben den Weg hinanstieg. Er schloß seine Augen über seinem Geheimnis.

»Sei gegrüßt, Vater!« rief Ruben. Es klang eine Spur zu fröhlich. »Ich habe gerade mit den anderen gesprochen.«

Jakob drehte sich auf seinen steifen Hüften und öffnete die Augen, um erneut den Horizont abzusuchen. »Und?«

»Die Hungersnot drückt uns weiter schwer, Vater. Das Saatgut, das wir pflanzten, ist nicht aufgegangen, weil es nicht geregnet hat. Für den Augenblick haben wir noch Korn, aber wenn es keine Ernte gibt, müssen wir bald wieder hungern.«

Ruben hielt inne. Jakob wußte, was als nächstes kommen würde.

»Vater, wir können wieder nach Ägypten gehen, wenn du uns nur erlaubst, Benjamin mitzunehmen. Der Ägypter wird uns genügend Korn geben, daß wir über das nächste Jahr kommen.«

»Nein.« Jakob knirschte das Wort zwischen seinen Zähnen hervor. »Nein, nein, tausendmal nein! Ihr werdet Benjamin nicht mitnehmen. Ich erlaube nicht, daß er mich verläßt.«

»Vater.« Rubens Stimme wurde härter. »Benjamin ist ein erwachsener Mann, der selber Kinder hat! Es fuchst ihn, daß du ständig verlangst, daß er in deinem Lager bleibt. Er will mit uns, er ist mehr als bereit.«

»Nein!« Jakob spürte, wie er zitterte vor hilfloser Wut und Angst. »Ich habe Joseph ziehen lassen, und er ist nicht wiedergekommen! Ihr, die Söhne der anderen, kamt nur mit seinem Mantel zurück« – er zeigte auf den Boden, als liege das blutverfleckte Gewand immer noch zu seinen Füßen –, »und ich wußte, daß ich falsch gehandelt hatte.«

Weil ich ihn zu sehr geliebt hatte. Mehr als Gott Shaddai.

»Vater, hör mich an!« Rubens dunkle Augen wurden schmaler. »Das war vor langer, langer Zeit. Willst du, daß wir alle verhungern wegen dieses einen Unglücks?«

»Solange Atem in meinem Leib ist, werde ich den einen Sohn Rahels, der mir bleibt, mit meinem Leben beschützen. Benjamin wird nicht mit euch ziehen.« Jakob drehte sich auf dem Absatz um, warf den Saum seines Mantels über seine Schulter und stapfte zu seinem Zelt.

Fünfzehn

Die Sänftenträger warteten geduldig unter der sengenden Sonne. Asenat hielt einen Moment auf den Marmorstufen der Villa ihres Vaters an, um ihn ein letztes Mal zu umarmen. »Ich werde dich vermissen, Vater«, flüsterte sie, ihre Wange an die seine geschmiegt. »Bitte hör nicht auf, Khnum Opfer und Gebete für mich darzubringen. Ich kann dir gar nicht sagen, wie ich mich nach noch einem Sohn sehne.«

»Tochter.« Potifera löste sich aus ihrer Umarmung und sah sie an. »Liebst du deinen Mann?«

»Ob ich ihn liebe?« Asenat lachte leise, erstaunt, daß ihr Vater ihre Hingabe an Zafenat-Paneach, die Blume Ägyptens, bezweifeln konnte. »Natürlich, Vater! Wie sollte ich das nicht tun? Er ist der Weiseste im ganzen Land, außer dir natürlich, und ohne ihn könnte der Pharao nichts tun. Er ist so lieb und sanft und würde fast alles für mich tun.«

»Wenn du ihn liebst, Asenat, sollte es dein Wunsch sein, ihm zu gehorchen. Wenn er keine Kinder mehr will, bist du töricht, wenn du meinst, ihn auf diese Weise glücklich machen zu können.«

»Aber er weiß doch gar nicht, was er will! Er liebt Ephraim und Manasse so sehr, daß er außer sich vor Stolz wäre über einen dritten Sohn – oder sogar eine Tochter! Nein, ich bleibe bei meinem Plan, soll er sagen, was er will.« Sie senkte ihre Stimme; sie spürte, daß Mandisa, die in der Sänfte wartete, ihren Plan nicht völlig billigte.

»Und da der Gott meines Mannes nicht stark genug gewesen ist, bitte ich dich, Khnum um Hilfe für mich anzuflehen.«

»Aber der Gott des Wesirs ist stark. Seine Hand allein hat Ägypten bewahrt, seit Hapis Wasser nicht mehr das Land überschwemmen.«

Sie lächelte ihn, tapfer gegen ihre Enttäuschungstränen kämpfend, siegesgewiß an. »Vertraue mir, Vater. Diesmal werde ich gewinnen. Mein Mann wird zu mir kommen, die Saat wird gepflanzt werden und Frucht bringen und ich werde wieder einen Sohn gebären. Vielleicht gleich zwei. Und wenn die Hungersnot vorüber ist, wie mein Geliebter es vorhersagt, werden deine Enkelsöhne groß und mächtig werden in Pharaos Haus.«

Der unterschwellige Appell an den Ehrgeiz ihres Vaters schien seine Ängste zu beruhigen, denn er nickte und ließ ihre Arme los. »Sei vorsichtig, Tochter«, sagte er, während seine Augen sie eintranken, als habe er Angst, sie nie mehr zu sehen. »Paß auf, daß du nicht einen schlafenden Gott aufweckst und erzürnst mit deinen Spielen. Er kann dich an einen Ort ziehen, von dem es keine Wiederkehr gibt.«

»Hab keine Angst, Vater, ich habe ja noch dich als Beschützer.« Sie küßte ihn noch einmal auf die Wange, dann drehte sie sich um und stieg halb hüpfend die Stufen zu ihrer Sänfte hinunter. Mandisa zog den dünnen Vorhang beiseite, und Asenat setzte sich und zog ihre Füße aus dem wirbelnden Staub des Bodens hoch.

Ihr Vater stand unbeweglich da, sein Gesicht besorgt. *Der Arme, dauernd sorgt er sich um etwas.* Sie winkte ihm noch einmal fröhlich zu, dann ließ sie den Vorhang fallen und machte es sich auf den Kissen bequem. Sie warf Mandisa ein müdes Lächeln zu. »Sag den Trägern, sie sollen rennen. Ich will so bald wie möglich wieder zu Hause sein.«

Sechzehn

»Leben und Gesundheit sei Euch, Herrin Asenat! Wir freuen uns, daß Ihr wieder hier seid!« Tarik verneigte sich höflich vor seiner Herrin, dann begrüßte er Mandisa, die müde aus der Sänfte stieg, mit einem übertriebenen Augenzwinkern. Die schwitzenden Träger, die fast ohne Pausen durch die erbarmungslose Hitze getrabt waren, sahen aus, als wollten sie auf der Stelle das Zeitliche segnen, aber Asenat gönnte ihnen keinen Blick, als sie die Stufen zur Vorhalle der Villa hinaufsprang.

Mandisa drehte sich zu dem Kommandanten der Eskorte um, der sie von Heliopolis bis hierher begleitet hatte. »Deine Männer und diese Sklaven können sich im Garten erfrischen«, murmelte sie. »Seht nur zu, daß ihr die Familie nicht stört. Ich sende euch Essen aus der Küche und frisches Wasser aus dem Brunnen.«

Der Kommandant salutierte zackig, seine Augen glänzten dankbar. Als Mandisa auf das Haus zuging, schob Tarik sich neben sie. »Kann ich etwas für dich tun, Hauptmann?« fragte sie überrascht, dann hielt sie an, ihr Herz stolperte. »Ist etwas mit Adom?«

»Nein.« Tarik warf ihr ein beruhigendes Lächeln zu. Er zeigte auf den Weg, der zum Küchenflügel führte, und nahm ihren Ellbogen. »Gehen wir eben zusammen? Deinem Sohn geht es gut, mal abgesehen davon, daß er Ani auf den Nerv geht, wenn die jungen Herren ihren Unterricht haben. Es scheint, daß Anis Version von der Urschöpfung anders ist als das, was du deinem Sohn erzählt hast.«

Mandisas Brauen gingen hoch. »O, da kann ich wohl nichts machen. Ich habe Adom weitergegeben, was mein Vater mich lehrte, und ich glaube, das ist die Wahrheit. Aber Ani ist ein störrischer alter Mann, der seine Ansichten nicht mehr ändert.«

»Aber das ist nicht der Grund, weswegen ich dich sprechen möchte.« Tarik blieb abrupt stehen und schob die Hände auf den Rükken. »In deiner Abwesenheit war der kanaanitische Gefangene unseres Herrn ja in meiner und Halimas Obhut.«

Sie mußte lachen über sein ernstes Gesicht. »Und das war wohl nicht sehr angenehm für euch?«

»Er wird mit jedem Tag ungestümer und gefährlicher. Er hat jetzt fast eine Woche nichts gegessen, da wir ihm kein Essen durch die Tür bringen können. Er schmeißt mit allem um sich, was er greifen kann.« Die Brauen des Hauptmanns kräuselten sich. »Wenn es jemand anderes wäre, hätte ich ihn längst auspeitschen lassen, damit er lernt, daß wir ein solches Benehmen nicht dulden. Aber der Wesir will nicht, daß wir ihm etwas tun. Wir sollen ihn toben lassen, sagt er.«

»Kannst du denn gar nichts machen?«

Der Mund des Hauptmanns lockerte sich zu einem halben Lächeln. »Ich habe andere Methoden versucht, um ihn ruhigzustellen. Um seine Ränke zu vereiteln, habe ich ihm bis auf den Schurz alle Kleidung abgenommen, und wir haben die zerschmetterten Möbel, Vasen und Schüsseln nicht ersetzt. Solange er so tobt, säubern wir noch nicht einmal den ... äh, privaten Bereich. Er sitzt in einem stinkenden Trümmerhaufen, aber er tobt immer noch weiter.«

»Ein verhungerndes Tier brüllt so lange, bis es tot ist«, sagte Mandisa, die wieder zu gehen begann. »Du als Jäger müßtest das doch wissen. Und dieses Tier ist ein ganz besonders stolzes Exemplar. Womöglich wird er so lange brüllen, bis er zu schwach ist, um ihn noch zu retten.«

»Und darum haben die Götter uns dich zurückgebracht«, sagte Tarik, breit lächelnd.

Sie kannte dieses Lächeln. Es war ein Köder für hungrige Fische. Nun, dieser würde nicht anbeißen. »Dachtest du, ich könnte mit ihm reden?« grinste sie. »Da hast du umsonst gebetet, Tarik. Alle Götter Ägyptens könnten mich nicht in dieses Zimmer bringen.«

»Aber der Wesir hat dich doch um deine Hilfe gebeten.«

»Ich habe ja auch geholfen, tagelang. Aber der Mann haßt mich gerade so, wie er dich haßt.«

»Aber er war nicht so gewalttägig, als du ihn besuchtest. Und du bist die einzige, die seine Sprache kennt. Kannst du ihm nicht noch einmal zureden?«

Mandisa sah verärgert an ihm vorbei. Gerade kam Halima aus der Küche und winkte ihr schüchtern zu. Als sie Tarik sah, war ihr Lächeln plötzlich fort, und sie wurde puterrot.

Mandisa begriff sofort, warum. Sie hatte schon lange den Verdacht, daß das Mädchen hoffnungslos in den Hauptmann des Wesirs verliebt war. Wie konnte der dumme Mann das nicht merken?

Mit einem überlegenen Lächeln erwiderte sie Halimas Winken, dann sah sie wieder den ratlosen Hauptmann an. »Ich weiß nicht, wie ich dir helfen kann«, sage sie. »Aber wenn Halima mitmacht und wenn du Wache stehst, können wir drei zusammen vielleicht mit dem Kerl fertig werden.«

Tarik sah über seine Schulter, und Mandisa beobachtete ihn, wie er Halima grüßend zunickte. Ob er ahnte, daß in dem Herzen des armen Dings die Liebe blühte? Offenbar nicht, denn er wandte sich zu Mandisa zurück und fragte, ob sie gleich sofort zu dem Kanaaniter gehen konnten. »Sein Zimmer stinkt zum Himmel«, sagte er mit einem entnervten Kopfschütteln. »Falls der Wesir durch diesen Flügel kommen sollte ...«

»Ich gehe bald zu ihm«, unterbrach Mandisa ihn, während sie auf Halima zusteuerte. »Sobald ich mich erfrischt habe. Ich bin noch ganz staubig von der Reise.«

Nachdem sie sich um ihre Herrin gekümmert und die Gepäckkörbe ausgepackt hatte, ging Mandisa ihren Sohn suchen. Sie fand ihn mit Ephraim und Manasse im Garten. »Adom!« rief sie; ihr Herz machte einen fröhlichen Satz.

»Mutter!« Er verließ seine jungen Spielgefährten und warf seine Arme locker um ihre Schultern. »Ich bin froh, daß du zurück bist!«

»Und ich auch!« Sie hielt ihn einen Augenblick fest und sog seinen frischen Geruch ein. »Aber ich habe gehört, du störst Ani bei seinem Unterricht.«

»Er erzählt die Geschichte falsch«, sagte Adom, trotzig das Kinn hochhebend, während er sich aus ihren Armen freimachte. »Er hat gesagt, daß der Allmächtige Gott andere Götter geschaffen hat.«

»Man darf nie einem Lehrer widersprechen, schon gar nicht, wenn er schon älter ist«, sagte Mandisa. Sie legte ihre Hand auf die glatte Haut seines geschorenen Kopfes und zupfte spielerisch an der einsamen langen Haarlocke, die an seiner Schläfe wuchs. Bald müßte er sein Haar zu einer männlicheren Länge wachsen lassen. Ephraim und Manasse trugen noch die langen Kinderstirnlocken, aber Adom war jetzt fast erwachsen. Bald müßte er auch einen Beruf finden, etwas, womit er seine Tage ausfüllen und sein Brot verdienen konnte.

In einer plötzlichen Gefühlsaufwallung zog sie ihn wieder an sich. »Adom, ich habe El Shaddai gebeten, daß er uns jemanden schickt – jemand, der dich unterrichten kann.«

»Ani hat mir viele Sachen beigebracht. Ich kann lesen und sogar ein bißchen schreiben.«

»Ich meine andere Dinge, mein Sohn.«

»Krieg ich einen richtigen Lehrer?« Adom hob seinen Kopf und sah sie an.

Es gab ihr einen Stich. Er war der Sohn einer Dienerin, aber nur zu oft bildete er sich ein, wie die Wesirskinder zu sein, ein Glied der herrschenden Dynastie. War es falsch gewesen, daß sie ihm erlaubt hatte, so viel unter Menschen zu sein, die weit über seinem Stand waren?

»Einen richtigen Lehrer nicht gerade«, sagte sie, während sie sich auf eine Bank setzte. Sie zog ihn neben sich und strich ihm über die olivfarbene Haut seines nackten Rückens. »Ich habe Gott gebeten, jemanden zu schicken, der dir die Dinge beibringen kann, die ich nicht kann – zum Beispiel wie man auf dem Feld arbeitet oder die Tiere pflegt.«

Er nickte langsam. »Ich mag Pferde. Was mit Pferden würde mir Spaß machen.«

Sie rümpfte die Nase. An die Ställe hatte sie jetzt nicht gedacht, aber solange der Junge überhaupt etwas zu tun hatte ... »Ja, die Stallknechte könnten dich brauchen. Aber ich weiß noch nicht, wer dich lehren wird und was er dir beibringt. Aber wenn er kommt, Adom, dann mußt du schön höflich zu ihm sein, auf ihn hören und von ihm lernen; verstehst du das?«

Er sah sie breit und fragend an. »Ist es der Mann in dem verschlossenen Zimmer?«

Mandisas Mund klappte auf. »Der ... Gefangene? Um Himmels willen, Kind, wie kommst du denn darauf? Glaubst du, daß Gott uns so einen Barbaren schicken würde?«

Adom zuckte die Achseln. »Ich hab gehört, wie die Sklaven sagten, daß er aus Kanaan kommt, wie du auch.«

Dieses elende Getratsche. »Nun«, sagte Mandisa, »daß er aus der gleichen Gegend kommt, heißt doch noch lange nicht, daß er etwas mit mir zu tun hat. Nein, Junge, ich habe Gott gebeten, uns einen anständigen, ehrenwerten Mann als Lehrer zu schicken.« Ihr Lächeln wurde heller. »Ich glaube nicht, daß der Gefangene besonders anständig ist, oder?«

Adoms Kindermund zuckte amüsiert. »Nein, Mutter, ich hab ihn fluchen gehört. Er weiß nicht, daß ich ihn verstehe, aber er brüllt dieselben Worte wie die Schafhirten.«

»Höre nicht auf ihn und auch nicht auf die Hirten.« Mandisa stand auf und gab ihm einen freundschaftlichen Rippenstoß. »Und jetzt geh wieder zu den Kleinen und amüsier dich mit ihnen. Aber keine Widerworte mehr bei Ani, hörst du?«

Adom sprang fort. Mandisa rückte ihre Perücke zurecht, dann nahm sie Kurs auf den Sklavenflügel und das Zimmer des Gefangenen. Sie hatte kaum genug Zeit, um sich zu baden und ihr Make-up zu erneuern, aber etwas Toilette mußte sein, bevor sie dem brüllenden Löwen aus Kanaan gegenübertrat.

Sie runzelte die Stirn. Der Gefangene als Lehrer – wie kam Adom auf so eine verrückte Idee? Der Mann war ein reißendes Untier, eine Verkörperung des Hasses. Mandisa hatte solche verbitterten Männer schon öfter gesehen.

Aber sie hatte sich bereit erklärt zu helfen. Also gut. Sie nahm ihr bißchen Würde zusammen und ging zu dem Zimmer des Gefangenen.

Da sie keine Lust hatte, sich auch noch mit Halimas und Tariks blankliegenden Nerven zu belasten bei diesem ersten Besuch, lotste sie einen der Torwächter von seinem Posten weg. »Bleibe im Flur, aber so, daß der Gefangene dich nicht sehen kann«, sagte sie leise. »Ich gehe allein zu ihm hinein.«

»Allein?« Der junge Mann runzelte die Stirn. »Aber er ist gewalttätig, und Tarik sagt ...«

»Tarik hat mich gebeten, nach ihm zu sehen«, unterbrach sie ihn und nickte fester, als ihr zumute war. »Aber ich will nicht, daß er entkommt und jemandem etwas tut. Postier dich hinter der Wand da, und wenn er ohne mich das Zimmer verläßt, hol sofort Hilfe. Aber wenn ich richtig liege, wird es keinen Großalarm geben.«

Der Wächter vertrat ihr den Weg, sein Blick halb ängstlich. »Der Hauptmann wird das nicht billigen, hohe Frau. Wir haben Anweisung, niemanden ohne Tarik in diesen Raum zu lassen, und absolut niemand darf den Riegel wegschieben, wenn nicht ein anderer von den Wachen in der Nähe ist.«

»Der Flecken des Ungehorsams wird auf meinem Haupt sein und nicht auf deinem«, erwiderte Mandisa, seinen Protest beiseite wischend. Ohne ein weiteres Wort ging sie an ihm vorbei, auf Simeons Tür zu.

Simeons Körper verspannte sich, als er das Rumpeln des Riegels hörte. War das wieder der Wächter mit dem blassen Ding, das jedesmal wie ein Wiesel quietschte, wenn er es ansah?

Sein Magen knurrte, aber seine Wut erstickte das Geräusch. Er sah sich um. Nichts mehr, womit er seine Peiniger bewerfen konnte. Der Boden war übersät von Scherben und Holzstücken, nur die Matratze war noch intakt. Die kostbaren Möbel, die Gefäße und Nippessachen – alles hatte er zerschmettert und zerschlagen, eine gerechte Strafe dafür, daß dieser blöde Kerl ihm die Kleider weggenommen hatte. Ein anständiger Mensch lief nicht halbnackt herum, auch nicht in der Hitze Ägyptens.

Mit dem Rücken gegen die Wand saß er da, die Hände um das feste Leinen seines Schurzes gepreßt. Wenn der Wächter hereinkam, würde er sich auf ihn stürzen und ihn mit den bloßen Händen erschlagen! Der Hunger und die Monotonie der Gefangenschaft hatten seine Geduldskräfte vollständig erschöpft; noch einen Tag dieser Tortur konnte er nicht ertragen!

Jetzt fiel draußen der Riegel polternd zu Boden, das Schloß klickte. Simeon runzelte die Stirn. Das klang anders als sonst – zu unbekümmert und selbstsicher. Stand da womöglich der große Wesir selber vor der Tür? Dann hatte er wohl mindestens hundert Wachen dabei, jeder mit wurfbereitem Speer.

Langsam rutschte er nach oben, ohne zu spüren, wie der rauhe Putz an seiner Haut riß. Kalter Schweiß brach ihm aus, perlte unter seinen Achseln und auf der Oberlippe hervor. *Gott im Himmel, ist das meine Todesstunde ...*

»Gnade und Friede sei mit dir.« Die Worte waren kanaanitisch, die Stimme die einer Frau. Simeon sackte zurück auf den Boden, die Knie plötzlich weich, der Kopf schwindlig. Die Tür öffnete sich. Seine Augen trafen sich mit denen des Eindringlings, und er erkannte sie. Die Dolmetscherin. Die Verräterin.

»Gnade und Friede?« zischte er. Er wünschte sich, die Energie und Lust zu haben, sie zum Teufel zu schicken. »Was kennst du von Gnade und Frieden? Nur jemand, der in Kanaan geboren ist, spricht so fließend wie du, und darum hast du deine Seele an diese Götzendiener verkauft.«

»Ich habe nichts verkauft und bin auch nicht käuflich«, sagte sie, während sie ruhig in den Raum trat. Sie drehte ihm einen Moment den Rücken zu, um einen Wasserkrug von ihrer Hüfte abzusetzen und die Tür zu schließen.

Die Überraschung ließ das Blut aus Simeons Gesicht schießen und verschloß ihm den Mund. Die kam *allein* zu ihm herein! Jetzt zog sie aus einer Tasche, die über ihrer Schulter hing, einen Laib frischgebackenes Brot hervor.

Sie trat ein paar Scherben aus dem Weg, dann kniete sie sich vor ihm hin und hielt ihm mit einer grazilen Geste das Brot hin. Ihre mit schwarzer Farbe ausgezogenen Augen sahen ihn aufmerksam an. »Meine Familie verkaufte mich an einen durchreisenden Ägypter, der mich zur Frau wollte«, sagte sie einfach. »Er brachte mich hierher, und ein Jahr später verschwand er. Ich bin sicher, daß er tot ist. Er hinterließ mir einen Berg Schulden und einen Sohn.«

Simeon hörte nur mit einem halben Ohr zu. Er lauschte in den Flur hinaus. Nein, es war nichts zu hören. Also war dies kein Trick – oder ein ganz besonders raffinierter. Diese törichte Frau war ohne Begleitung zu ihm gekommen, und er wußte, daß er sie auch mit seinen vom Hunger geschwächten Armen leicht überwältigen konnte. In diesem Zimmer hatte er die Oberhand.

Aber im Augenblick war es nicht nötig. Er streckte vorsichtig seine Hand aus, nahm das Brot und roch daran. Das Aroma war herzhaft und unverdächtig, die Kruste schön knusprig und nicht so wasserweich wie bei dem Brot, das die andere Frau brachte.

Er brach das Brot. »Erzähl mir«, sagte er. »Wie bist du in das Haus des großen Wesirs gekommen?«

Sie legte ihren Kopf zur Seite, daß die kleinen Perlen in ihren Haarflechten leise klickten. »Ich war sechzehn, als mein Mann verschwand. Drei Jahre lang habe ich mich mit diesem und jenem durchgeschlagen, aber selbst in den fetten Jahren bin ich mit meinem Sohn fast verhungert. Der Besitzer des Hauses, wo ich wohnte, wollte uns auf die Straße setzen, weil wir ihm soviel Miete schuldeten. Er brachte seinen Fall schließlich vor Zafenat-Paneach. Als ich vor dem Wesir stand, mußte ich zugeben, daß ich kein Silber besaß, um meine Schulden zu bezahlen, und Zafenat-Paneach befand, daß mein Vermieter recht hatte.«

Ein weiches Lächeln ging über ihr Gesicht. »Ich dachte: *Jetzt werden wir in die Sklaverei verkauft, und ich werde meinen Sohn nie mehr sehen.* Da habe ich um Gnade gebettelt, und der Mann, den sie den Schattenspender des Königs nennen, hatte Erbarmen mit mir und holte mich aus der Schuldensonne heraus. Er bezahlte meine Schulden, gab mir meine Freiheit zurück und fragte mich, was ich konnte. Als ich antwortete, daß ich jeden ehrenhaften Beruf erlernen würde, um ihm zu dienen, sagte er, daß seine Frau, die Herrin Asenat, eine Zofe brauchte. Und so sind Adom und ich in dieses Haus gekommen. Wir sind jetzt seit neun Jahren hier.«

Simeon aß schweigend, jedes ihrer Worte aufnehmend, während sein Magen dankbar rumpelte. Die Frau sprach klar und ohne zu zögern. Entweder sagte sie die Wahrheit oder sie war eine perfekte Lügnerin. Aber warum hätte sie lügen sollen? Und warum war sie hier? Wahrscheinlich hatte man ihr befohlen, ihm zu essen zu bringen, aber jetzt war sie immer noch da. Was für ein Komplott war dies?

»Wie viele sind draußen vor der Tür?« knurrte er unwirsch. »Und warum höre ich sie nicht? Sie machen mich nervös, diese ägyptischen Schleicher und Verschwörer ...«

Sie faltete ihre Hände. »Niemand ist draußen. Nur ein Wächter am Ende des Flurs, aber der ist weder ein Schleicher noch ein Verschwörer. Ich war viele Tage mit meiner Herrin fort und dachte, du würdest gerne mit jemandem sprechen, der deine Sprache kennt. Ani sagt, Sprache ist Kultur, und wenn wir dich kultiviert halten wollen, müssen wir sprechen.«

Sprechen? Mit einer *Frau*? Blieb sie deswegen so lange? Simeon sah grinsend zur Seite. Er mußte an sich halten, ihr nicht ins Gesicht zu lachen. Er mochte die Gesellschaft seiner Brüder, seiner Familie, vielleicht sogar seiner Söhne vermissen, aber nie im Leben hatte er die Konversation einer Frau vermißt!

»Hab ich gerade was Komisches gesagt?« fragte sie.

Er konnte sich nicht mehr halten. Er warf den Kopf in den Nacken und lachte dröhnend. »Bei allen Göttern des Schwarzen Landes, ja! Was soll ich mich mit einer Frau unterhalten – und dann noch mit einer angestrichenen Hure mit Otternzunge, die dem Verrückten dient, der mich hier festhält?«

Mandisa erhob sich wie eine gekränkte Königin. Ihr hochrotes Gesicht strafte ihre ruhige Fassade Lügen. »Ani sagt zwar, daß die Einsamkeit einen Menschen in Depression, Verfolgungswahn und Selbstmord treibt, aber wenn du nur etwas zu essen willst, kriegst du nichts anderes.« Sie sah sich naserümpfend um. »Und ich hatte gedacht, wir könnten hier mal saubermachen.«

»Ich bin ein Schäfer, ich lebe gerne wie ein Tier«, schoß Simeon zurück. Er lachte wieder los, jetzt bitter. Sie ging und verriegelte die Tür.

Simeon wußte, daß sie an diesem Tag nicht mehr kommen würde, und etwas in ihm fragte sich, ob sie jemals wiederkommen würde. Gerade hatte er sich dazu verurteilt, wochenlang wieder nur den Hauptmann und das piepsige Sklavending zu sehen, die ihm beide kein anständiges Wort gönnten. Zum ersten Mal in seinem Leben begann ihm etwas, das er getan hatte, leid zu tun.

Am nächsten Morgen kam niemand, und Simeon warf eine ganze Stunde lang Tonscherben gegen die Tür. Bestimmt hatten die Ägypter beschlossen, ihn verhungern zu lassen. Nach ein oder zwei Wochen würden sie seinen ausgemergelten Leichnam fortschleppen und in einem ihrer bizarren Mumienrituale ausweiden, und wenn endlich seine Brüder zurückkamen, mit Benjamin als Beweis, daß der Wesir einen Unschuldigen eingelocht hatte, würde der verrückte Zafenat-Paneach ihnen Simeons Mumie überreichen lassen und rufen: »Und das ist mein Geschenk an euren alten Vater!« Worauf Juda erblassen, Benjamin in Ohnmacht fallen und Levi sich auf die Wachen stürzen würde, um von dem Hauptmann mit den Stahlaugen getötet zu werden ...

Doch, befand Simeon, als er mit der Hand über seinem knurrenden Magen auf dem Fußboden saß, er hatte seine letzte Überlebenschance weggeworfen. Er hatte das Gespräch mit dieser Frau fast genossen – und dann in einem Augenblick ihre Schönheit, ihren Herrn, ja ihre Moral tödlich beleidigt.

Und Frauen vergaben nicht so leicht, das hatte er bei seiner Mutter gelernt. Nach Rahels Tod hatte sein Vater weiter die Nächte in Rahels Zelt verbracht, mit Joseph und Benjamin, denn Leas kalte Schulter gab ihm wenig Trost.

Als die Sonne unterging und Simeon die Hoffnung fast verloren hatte, kam die Frau zurück. Der Riegel polterte wie das letzte Mal, die Tür öffnete sich, und da stand sie vor ihm, in einem silbrig glänzenden Seidengewand. Aber diesmal sah sie ihn nicht an. Sie trat genauso tapfer ein wie am Vortag, aber die Selbstsicherheit, sie war verschwunden.

»Hier ist Brot, falls du Hunger hast.« Ihr scharfer Ton zerstach die Luft. Sie bewegte sich nicht und streckte ihre Hand nicht aus.

»Ich habe Hunger«, murmelte er und richtete sich halb auf.

Fast widerwillig zog sie einen Brotlaib und etwas Käse aus der Tasche an ihrer Hüfte. Sie hielt ihm vorsichtig beides hin, und er stand vollends auf und sah sie an.

Der Schmerz in ihren Augen war wie bei Lea – dunkel, brütend. Einen kurzen Augenblick lang schimmerten ihre Augen wie bittend, dann senkte sie ihren Blick und drehte sich zurück zur Tür.

»Geh nicht.« Die Worte entschlüpften ihm, bevor sein Gehirn sie formulieren konnte.

»Warum soll ich hierbleiben?« Sie wandte ihm schon den Rücken zu, aber hielt an, als sie die Bitte in seiner Stimme hörte. »Du bist hungrig, und ich habe dir zu essen gebracht. Mehr brauchst du nicht. Du willst doch wie ein Tier leben, sagtest du gestern.«

»Das war falsch.« Seine Stimme knarrte ihm in den eigenen Ohren. »Du hattest recht. Ich würde gerne – ich *brauche* jemanden zum Reden.« *Levi würde umfallen, wenn er mich jetzt hören könnte.* »Ich meine, ich möchte mich entschuldigen. Verzeih mir, bitte.«

Sie drehte sich langsam zurück; die schweren Lider, die ihre Wangen beschatteten, gingen überrascht hoch. »*Ich soll dir verzeihen?*«

Bei der Sonne und dem Mond, wollte sie, daß er es noch einmal wiederholte? Aber dies war ein Krieg, und im Krieg war alles erlaubt, um zu überleben. »Ja. Ich muß dich um Vergebung bitten.«

Sie legte ihren Kopf zur Seite, wie eine Königin, die Gnade ergehen läßt. War da eine Spur Belustigung auf ihrem Gesicht? »Gut. Ich nehme deine Entschuldigung an.«

Er setzte sich wieder, um es ihr leichter zu machen, und packte den Käse aus, den sie ihm gegeben hatte. Sie kniete sich vorsichtig neben der Tür hin, wo keine Scherben lagen. »Als erstes sollten wir uns wohl einander vorstellen«, sagte sie. Sie schlug die Beine unter und faltete ihre Hände sittsam auf ihrem Schoß. »Ich bin Mandisa, die Zofe der Herrin Asenat.«

Er nickte und schluckte einen Bissen von dem Käse. »Ich bin Simeon, der Zweitgeborene Jakobs.« Er merkte, daß seine Stimme genauso trocken war wie sein Mund. »Du weißt ja sicher, warum ich hier bin.«

»Natürlich.«

Eine lange Stille folgte. Simeon suchte hektisch nach einem Gesprächsthema. Er war die Gesellschaft von Frauen nicht gewöhnt. Zwei Frauen hatte er geheiratet und beerdigt, hatte mit ihnen geschlafen, ihr Essen verzehrt und ihre Kinder bestraft, aber er konnte sich nicht erinnern, je mit einer Frau *gesprochen* zu haben. Außer mit Dina.

»Wie alt bist du?« fragte er abrupt. Sie lachte, überrumpelt. Es war das schönste Geräusch, das er seit Wochen gehört hatte. »Warum willst du das wissen?« fragte sie. Ihre Hand ging an ihre errötende Wange. »Denkst du, ich bin ein Pferd? Willst du meine Zähne zählen, bevor du mich kaufst?«

Er mußte sich beherrschen, nicht mitzulachen. »Nein«, sagte er verlegen. Er sah auf das Brot in seiner Hand hinunter, wieder nach Worten suchend. »Du hast ja gestern gesagt, daß du nicht käuflich bist. Ich glaube dir.«

Sie schwiegen wieder, dann biß Simeon ein großes Stück von dem Brot ab. Solange er kaute, würde er nicht reden müssen, und solange er sich benahm, würde sie nicht gehen.

Er wußte selber nicht, warum es ihm auf einmal so wichtig war, daß sie blieb. Sie war so ganz anders als die anderen Frauen, die er bisher gekannt hatte. Sie war mutig in sein Zimmer getreten, unbeirrt von dem Gestank, seinen Worten, seinen drohenden Gesten. Und während die meisten Frauen daherschwatzten wie ein Schwarm Spatzen, wog sie ihre Worte ab. Vielleicht kam es daher, daß sie einer so schönen Dame diente. Oder es war angeboren, wie sein jähes Temperament ...

Sie beugte sich nach vorne und hob eine Braue. »Erzähl mir etwas über deine Familie.«

Er tat es. Während er weiter aß, erzählte er ihr von seiner Mutter Lea und seinem Vater Jakob. Er beschrieb lachend die Streiche seiner Kinder und wurde wieder ernst, als er über Ruben und Levi, Juda und Dan sprach. Und er merkte, wie die Erinnerungen ihm seine Lieben näherbrachten, sie gleichsam festhielten.

Hatte er eine Stunde geredet, oder war es mehr? Er wußte nur, daß er enttäuscht war, als sie aufstand, um zu gehen. »Mußt du schon fort?« fragte er, froh, daß die zunehmende Dämmerung die Röte an seinem Hals verdeckte.

»Meine Herrin braucht mich, um sich zum Schlafengehen zu richten«, antwortete Mandisa und ging leise zur Tür. Vor ihr hielt sie noch einmal an. »Ich schicke eine Magd, um diesen Schweinestall zu säubern, wenn du mir versprichst, daß du sie nicht bewirfst.«

Simeon wurde vollends rot, unfähig, seine Verlegenheit zu verbergen. »Nein, ich ... schmeiße nichts.«

Sie lächelte, dann sagte sie: »Ich lasse dir auch frische Kleider und Badewasser bringen. Morgen komme ich wieder, dann kannst du mir mehr erzählen, Simeon. Bis dann gute Nacht.«

So gut wie in dieser Nacht hatte er noch nie geschlafen, seit er in das Schwarze Land gekommen war.

Siebzehn

Ani sah sie gerne, die wachsende Freundschaft zwischen Mandisa und dem Gefangenen. Das ganze Haus profitierte von ihr. Mandisa ließ ihre »tägliche Prüfung«, wie sie es nannte, mit Humor über sich ergehen. Die Wutausbrüche des Kanaaniters waren seltener und weniger heftig als früher. Tarik, der sichtlich erleichtert war, nicht zu extremen Maßnahmen zur Bändigung von Zafenat-Paneachs verwöhntem Gefangenen greifen zu müssen, war des Lobes voll über Mandisas gelassene Art, mit ihm umzugehen. Und Halima sang buchstäblich vor Freude, weil sie nicht mehr in die Nähe des Raumes mußte, wo das gefangene Tier fauchte.

Ganz der Hausverwalter, der Auge und Ohr des Hauses zu sein hatte, schlich Ani durch die Flure und Gänge, horchte an Fenstern, legte das Ohr an Wände. Zafenat-Paneach schien mit seinen Gedanken oft woanders zu sein, was Ani auf die Hungersnot schob und auf die Aufgabe, die Städte des großen Reiches ständig mit Korn zu versorgen. Doch es fiel ihm auf, daß der Wesir, der sich sonst nur selten darum kümmerte, was nach dem Urteilsspruch aus einem Gefangenen wurde, pünktlich jeden Abend, wenn Mandisa ihre Herrin zum Schlafen fertigmachte, im Gemach seiner Frau war und Mandisa fragte, wie es dem Kanaaniter ging, und daß er erfreut zu sein schien, daß Simeon in der letzten Zeit zufriedener war.

Eines Abends preßte Ani sein Ohr an die Wand von Asenats Schlafgemacht, um Mandisas Murmelstimme besser zu hören. Sie sagte gerade: »Ich bin am Überlegen, Herr, ob es nicht gut für meinen

Adom wäre, wenn er hin und wieder zu diesem Kanaaniter gehen könnte. Er ist ja selber halb kanaanitisch, und ich habe Euren allmächtigen Gott gebeten, einen starken Mann in sein Leben zu bringen. Der Gefangene ist gar nicht so ruppig, wie er uns glauben machen will. Ich glaube, unter der rauhen Schale schlägt ein empfindliches Herz.«

Ani war halb gelähmt vor Staunen. Diesem wilden Käfigtier wollte Mandisa ihren Sohn anvertrauen?

Zafenat-Paneach mußte wohl seine Gedanken gelesen haben. »Du vertraust ihm?« fragte er. »Ich weiß, daß er um einiges ruhiger geworden ist, aber er ist unberechenbar ...«

»Wenn es Euch beliebt, Herr, ich habe gehört, wie er zärtlich über seine Schwester und seine Kinder sprach«, entgegnete Mandisa. »Ich glaube nicht, daß er Adom etwas Böses tun würde. Aber ich werde natürlich in der Nähe sein.«

»Wenn du Simeon vertraust, werde ich er letzte sein, der sich hier einmischt«, antwortet der Wesir, eine Spur Humor in seiner Stimme. »Aber sei vorsichtig, Mandisa. Der Mann ist ein rechter Hitzkopf.«

»Bei den Hörnern des Khnum, das wissen wir alle«, murmelte Ani und löste sich von der Wand. Er rieb sich über das Kinn und starrte gedankenverloren den leeren Flur entlang. Zafenat-Paneach hätte nie erlaubt, daß Adom, den er so mochte, sich mit einem Spion unterhielt. Aber wenn der Wesir glaubte, daß Simeon unschuldig war, warum hielt er ihn dann immer noch fest?

Ani schlich sich lautlos davon, sorgfältig seine Papyrussandalen hochhebend. Es war etwas im Gang hinter der Alltagsfassade des Wesirspalastes. Aber Ani war noch kein Geheimnis begegnet, das er nicht vollständig hatte lüften können.

TIZARA

Denn du sollst keinen andern Gott anbeten.
Denn der HERR heißt ein Eiferer;
ein eifernder Gott ist er.
Hüte dich, einen Bund zu schließen
mit den Bewohnern des Landes,
damit sie, wenn sie ihren Göttern nachlaufen
und ihnen opfern,
dich nicht einladen und du von ihrem Opfer essest
und damit du für deine Söhne
ihre Töchter nicht zu Frauen nehmest
und diese dann ihren Göttern nachlaufen
und machen, daß deine Söhne
auch ihren Göttern nachlaufen!

(2. Mose 34,14-16 Luther)

Achtzehn

Mandisa leckte ihre Fingerspitze und wischte einen Flecken von der Wange ihres Sohnes.

»Mutter!« protestierte Adom, sich wegduckend.

»So. Jetzt siehst du anständig aus.« Sie drehte sich zu dem Tisch in ihrem kleinen Zimmer zurück und spielte gedankenverloren mit ihrem Kamm. Warum war es ihr so wichtig, was Simeon von dem Jungen dachte? Adom war ihr Sohn, den sie liebte, und Simeon war ein Gefangener, der bald das Haus des Wesirs wieder verlassen und nach Kanaan zurückkehren würde. Aber in den letzten Tagen hatte ihr der Gedanke keine Ruhe gelassen, daß Gott Shaddai vielleicht wollte, daß der Kanaaniter ihrem Sohn etwas beibrachte. Sie hatte mit dem Wesir gesprochen und Adom vorbereitet, aber sie hatte nicht gewagt, Simeon zu fragen, ob er sich Zeit für den Jungen nehmen wollte. Nein, es war besser, er kam von selber darauf. In ihrer kurzen Ehe hatte sie gelernt, daß man bei Männern mit Diplomatie weiter kam als mit plumpen Zaunpfahlwinken.

Sie sah Adom wieder an. »Du darfst ihn nicht wütend machen, verstehst du mich?«

»Das hast du mir schon zehnmal gesagt.«

»Wenn du mit mir den Gefangenen besuchen willst, mußt du dich nun mal tadellos benehmen.«

»Das weiß ich doch, Mutter.« Adom fingerte fahrig an seinem Schurz.

Der Junge war nervös! Aber natürlich – er hatte ja auch das Fluchen und Schreien aus Simeons Zimmer gehört in den ersten Wochen. »Adom«, sagte sie, während ihre Finger über seine seidige Haarlocke strichen, »du brauchst keine Angst vor Simeon zu haben. Er hat eine scharfe Zunge, aber die beste Methode, einem wütenden Mann den Wind aus den Segeln zu nehmen, ist, daß man ganz ruhig bleibt.«

»Ich weiß, Mutter.« Adom zuckte unwillig unter ihrer Berührung. »Können wir jetzt gehen? Ephraim und Manasse wollen wissen, wie er aussieht und wie er spricht. Manasse sagt, er hat gehört, daß der Gefangene sogar im Schlaf noch knurrt.«

Ihr Lächeln wurde etwas dünner. »Das glaubst du doch wohl nicht?«

»Nein«, sagte Adom, kleinlaut. »Ich hab ihnen gesagt, meine Mutter würde nie zu einem Mann gehen, der knurrt.«

»Da hast du recht«, antwortete Mandisa. Sie kniff ihn flüchtig in die Wange. »Aber unser Freund Simeon mag nicht mehr gefangen sein. Er ist gerne draußen, er vermißt seine Freiheit.«

»Warum läßt der Wesir ihn dann nicht einfach raus?«

Mandisa legte den Kopf auf die Seite. »Das weiß ich nicht, Junge. Wenn Simeon keine dummen Sachen macht, wird Tarik ihm vielleicht erlauben, im Garten oder im Hof spazierenzugehen. Da müssen wir unseren Herrn fragen.«

»Gut, geh'n wir!« Adom packte ihre Hand und zog so fest, daß sie fast das Gleichgewicht verlor.

»Ja, ich komme ja«, sagte sie und folgte ihm. »Aber zuerst müssen wir zu Halima und Simeons Essen richten, er wird hungrig sein.«

Während Adom vor ihr zur Küche rannte, gingen Mandisas Gedanken zurück zu ihren letzten Gesprächen mit Simeon. Er hatte ihr von seinen Kindern erzählt. Er hatte sechs Söhne von zwei Frauen, hatte er gesagt; daß ihr Lächeln verblaßte, als er andere Frauen erwähnte, hatte er nicht bemerkt. Sein Ältester war einundzwanzig, der Jüngste fünfzehn, und sie gehörten eigentlich der ganzen Sippe. »Seit meine Frauen tot sind und sie keine Mütter mehr haben, die sie verwöhnen«, hatte er gesagt, und in seine Augen war ein Schatten getreten, den sie nicht deuten konnte, »haben sie sich ihr eigenes Zuhause gesucht. Judas Frau ist nett zu den beiden Jüngeren, und Rubens Frau mag die Älteren, soviel ich weiß. Ich hab mir nie Sorgen gemacht, sie sind gut untergebracht bei ihren Onkeln.«

Mandisa konnte nicht verstehen, warum er seine Söhne so ihre eigenen Wege gehen ließ, denn er schien ein geborener, geduldiger Lehrer zu sein. Nachdem er einmal seinen Groll auf sie und seine Gefangenschaft beiseite gelegt hatte, war er aufgetaut und hatte über vieles mit ihr gesprochen, vor allem über seine Brüder, das Land Kanaan und das einfache, aber so schöne Leben des Bauern und Hirten.

Sie mußte oft an Simeon denken, aber das war ja wohl nur normal, wenn sie mindestens zwei Stunden pro Tag damit verbrachte, »das Tier zu bändigen«, wie Ani es nannte. Wenn er mit niemand reden konnte, wurde Simeon wieder unruhig, daß das ganze Haus es hörte.

Auch bei Mandisa war er oft gereizt und düster, aber sie hatte gelernt, daß sie ihn aufmuntern konnte, indem sie ihn um Rat fragte. Einmal hatte sie ihm von einer Krankheit beim Vieh das Wesirs berichtet, und er hatte die zerstoßene Wurzelrinde des Kapernstrauchs verschrieben, als perfektes Zugpflaster, um die Infektion herauszuziehen. Ein anderes Mal empfahl er, einer Ziege, die keine Milch mehr gab, einen Brei aus Kichererbsen zu geben. Nach zwei Tagen floß die Milch wieder.

Er war vor Stolz errötet, als sie ihm die Erfolgsmeldung überbrachte, aber seine Laune war so wechselhaft wie die Farbe eines Chamäleons. Er hielt stur an seinen Meinungen fest, auch wenn sie ihm zeigte, daß er falsch lag. Doch andererseits war seine Loyalität gegenüber den paar Menschen, die ihm wert waren – Dina und seine Brüder – unerschütterlich. Er konnte fürsorglich, ja sanft sein. Einmal, als sie ihm das Essen mehrere Stunden zu spät brachte, begrüßte er sie nicht mit einem Wutanfall, sondern erkundigte sich besorgt, ob ihr etwas fehle.

Halima versuchte Mandisa zu warnen. »Er ist ein Wilder«, verkündete sie jeden Nachmittag, wenn sie beim Richten seines Essens half. »Er wird deine Freundlichkeit ausnutzen. Eines Tages, wenn du an nichts Böses denkst, wird er dich niederschlagen und flüchten. Er haßt uns doch alle. Ich hab sogar gehört, wie er den Gott unseres Herrn verwünscht hat.«

Mandisa glaubte nicht, daß Simeon etwas im Schilde führte. Aber oft fragte sie sich, ob sie ihm wirklich ganz trauen konnte. Obwohl er das Eingesperrtsein sichtlich haßte, fragte er sie nie, ob sie ihren Herrn nicht bitten konnte, ihm die Freiheit des Hauses und der Gärten zu gewähren. Er mußte doch wohl wissen, daß dies in ihrer Macht lag. Ein paar wohlgesetzte Worte in Zafenat-Paneachs Ohr, und die Sache wäre gewonnen. Aber Simeon sprach das Thema mit keiner Silbe an.

Was war sie für ihn – eine Verbündete, ein notwendiges Übel, eine freundliche Wärterin? Sie wußte es nicht, hoffte aber, daß er freundlich genug wäre, um sich Zeit für Adom zu nehmen. Simeon war kernig, rauh, in Männerdingen erfahren – all das, was sie nicht war –, und Adom würde diese Qualitäten brauchen, wenn er in der großen weiten Welt bestehen wollte.

Sie waren manchmal unerwartet, die Wege El Shaddais, aber Mandisa zweifelte nicht, daß er hier am Werk war.

Simeon hob erwartungsvoll seinen Kopf, als er Mandisas vertrautes Klopfen hörte. In der Nacht war ihm eine Idee gekommen, und er mußte Mandisa einige Fragen stellen. Er wollte mehr über die Feste der Ägypter erfahren, denn wenn der Wesir einen Festtag beging, war er vielleicht geneigt, seinem Gefangenen ein paar Stunden Freiheit zu gönnen.

Draußen polterte der Riegel auf den Boden. Die Tür ging auf, aber anstelle der Frau kam ein schlanker, wachäugiger Junge herein.

»Was für'n Wüstenfurz bist du denn?« schnappte Simeon ärgerlich. Der Junge wich zurück, seine Augen weiteten sich. Hinter ihm segelte Mandisa herein, ihr Gesicht zornig. »Kannst du deine Zunge auch nicht einen Augenblick zügeln, Simeon? Dies ist mein Sohn, Adom. Er dachte, es wäre nett, dich mal zu besuchen.«

Ihre Rüge zerriß die letzten Fetzen seiner guten Laune. »Bin ich ein Affe im Käfig, daß die Kinder dieses verdammten Hauses kommen und mich angaffen?« Sein Kinn schob sich nach vorne. »Es reicht mir gerade, daß ich mit dir sprechen muß, wenn ich nicht verrückt werden will. Von deinem Sohn war nie die Rede.«

»Adom, geh nach draußen und warte auf mich«, sagte Mandisa. Ihr Blick verfinsterte sich. Als der Junge die Tür hinter sich geschlossen hatte, ging sie wie eine Tigerin auf Simeon los. »Du hast sechs Söhne, und du solltest sie eigentlich vermissen«, sagte sie. Ihre Unterlippe zitterte, ihre Augen sprühten. »Ich dachte, es würde dir guttun, dich mit einem Jungen zu unterhalten, der einen Vater braucht.«

»Vater?« Er verschluckte sich fast an dem Wort. »Beim Himmel, Frau, wie kommst du darauf, daß ich mich mit Kindern unterhalten möchte? Ich kann auf die Gesellschaft meiner eigenen Söhne verzichten, und auf deinen erst recht.«

Sie trat zurück, die Augen plötzlich naß. Simeon knirschte mit den Zähnen. »Ich weiß nicht, was du von mir willst«, sagte er, während seine Finger mechanisch durch sein Haar fuhren. »Ein Vater hat die Kinder zu zeugen. Das hab ich getan, und das ist alles, was ich kann.«

Mandisa kreuzte ihre Arme über ihrer Brust, heftig atmend. »Ein Vater liebt seine Kinder. Er nimmt sich Zeit für sie. Er bringt ihnen alles bei, was sie für ihren Lebenskampf brauchen.«

Simeons Miene wurde spöttisch. »Nun, das hat *dein* Vater vielleicht getan. Unserer hat nichts für uns getan. Jakob, der Sohn Isaaks, hat zwölf Söhne gezeugt und seine Liebe auf zwei verteilt. Wir übrigen durften uns um unsere Mütter kümmern und uns gegenseitig erziehen.«

Sie zuckte leicht zusammen und antwortete nicht, aber das Feuer in ihren Augen wurde weniger. Simeon legte seine Hand auf seine Hüfte und schaute auf den Fußboden, merkwürdig enttäuscht über diese unerwartete Wendung der Dinge. Er hatte sich auf einen Nachmittag mit Mandisa gefreut, und jetzt war sie ärgerlich, und als typische Frau würde sie es natürlich nicht fertigbringen, einfach Gras über dieses Gespräch wachsen zu lassen, sondern würde mehr erfahren wollen. Aber Simeon hatte schon vor Jahren beschlossen, seine Kraft und seinen Atem nicht mit Gesprächen über Jakob zu vergeuden.

»Es tut mir leid, daß dein Vater dir nicht das gab, was du brauchtest«, sagte sie endlich mit zittriger Stimme, ohne ihn anzusehen. »Aber du mußt das verstehen ... mein Sohn hat überhaupt keinen Vater, und ich mache mir Sorgen.«

Trübe Gedanken bohrten in seinem Kopf. »Vielleicht ist das besser so für ihn.«

»Das glaube ich nicht.« Sie sah ihn wieder an, der Schmerz machte ihre Augen schmaler. »Simeon, mein Sohn braucht jemanden, der ihm etwas beibringt, mit ihm redet. Ephraim und Manasse sind zu jung, und Tarik und Ani und Zafenat-Paneach sind zu beschäftigt.«

»Und ich habe nichts zu tun. Ist es das?«

»Nein.« Sie öffntete ihre Arme und senkte den Kopf. »Ich habe den Allmächtigen Gott gebeten, mir jemanden zu schicken, und in den letzten Wochen merke ich, daß du vielleicht dieser Jemand bist.«

Er lachte ungläubig auf. »Denkst du etwa, Gott hat mich für *dich* hier eingesperrt?«

»Nein.« Sie schüttelte den Kopf, aber in ihren Mundwinkeln glomm ein schüchternes Lächeln auf. »Aber ich glaube, der Allmächtige kann aus Bösem Gutes machen. Du bist aus Kanaan, wie ich auch, und Adom versteht deine Sprache. Es wäre ihm eine Ehre, ja ein Segen, einen Kanaaniter wie dich zum Lehrer zu haben.«

Dieser sanfte, liebevolle Blick in ihren Augen ... Simeon merkte, wie etwas in ihm darauf reagieren wollte, und er versteifte sich, um das Gefühl niederzukämpfen. Noch nie hatte jemand ihn so angeschaut ... als ob er *bewundernswert* wäre. Statt wütend fühlte er sich auf einmal verwirrt. Eine spöttische Stimme in ihm flüsterte: *Alles Lügen! Gla ub ihr nichts, die spioniert bloß für den Wesir.*

Er trat nach vorne, bis er nur eine Handbreit von ihr entfernt stand. »Sage mir, Mandisa«, sagte er, in einem Ton, der ihr befahl, ihn anzusehen, »warum willst du deinen Sohn einem so gefährlichen Mann wie mir in die Hände geben? Ich bin gehaßt und gefürchtet in diesem Haus, ich höre doch, wie die Diener flüstern, wenn sie an meiner Tür vorbeirennen.«

Ihre Augen hoben sich groß und klar zu den seinen hoch. »Mag sein, daß sie Angst haben, aber das ist halt, weil du so stark bist. Du hast ein ungestümes Temperament, Simeon, kein Zweifel, aber du bist auch mutig und beharrlich. Es ist viel Gutes in dir.«

Er sah zur Seite, unfähig, zu denken unter ihrem forschenden Blick. Was, wenn sie mit ihm spielte, ihm irgendein Geständnis entlocken wollte? Hoffte der Wesir, seinem Gefangenen mit dem entwaffnenden Charme einer schönen Frau beikommen zu können? Es würde ihm nicht gelingen.

Er stand schweigend da und dachte nach. Nun gut, wenn der Wesir Mandisa als Waffe einsetzte – das konnte er auch! »Gut, ich rede mit deinem Sohn«, sagte er, »wenn du mit dem Wesir redest, ob er mich aus diesem Zimmer herausläßt.« Er merkte plötzlich, daß ihre Haut nach Lilien duftete. »In der letzten Zeit hab ich mich ja gut geführt, die Wächter werden deine Bitte unterstützen. Ich möchte jeden Tag einen halben Tag lang hier raus.«

»Ein oder zwei Stunden, mehr nicht, und Tarik wird dir nicht erlauben, die Villa zu verlassen«, antwortete Mandisa rasch, zur Seite schauend.

Simeon lächelte. Ihre Antwort war zu schnell gekommen; offenbar hatte sie mit seiner Frage gerechnet. Entweder der Hauptmann oder der Wesir hatte ihr Anweisungen gegeben.

»Vielleicht können dein Sohn und ich zusammen durch die Villa spazierengehen«, sagte er, ihren Duft einatmend. »Aber du mußt meine Bitte vor deinen Herrn bringen, bevor dein Sohn wieder zu mir kommen darf.«

Sie schaute nicht auf, aber nickte und ging zur Tür.

»Noch was, Mandisa«, sagte er, leiser. »Ich weiß nicht, was Adom von mir haben soll. Ich weiß nicht, wie man ein Vater ist. Vielleicht hab ich noch nicht mal gewußt, wie man ein Sohn ist.«

Ihre Augen sahen mit einer Sanftheit zu ihm hoch, die er noch nie in ihnen gesehen hatte. »Danke, Simeon«, flüsterte sie. Ihre Stimme klang samten. »Vielen Dank.«

Er war nicht überrascht, als Mandisa früh am nächsten Vormittag anklopfte. Der Hauptmann der Wesirswache stand neben ihr, als sie die Tür öffnete, dann schob Adom sich um die Ecke, sein junges Gesicht erwartungsvoll. Ein rascher Blick nach links und rechts zeigte Simeon, daß der Hauptmann für alles vorgesorgt hatte; in den Fluren standen Wachen bereit, es gab keinen Fluchtweg.

»Der Garten«, sagte Mandisa einfach und zeigte in die Richtung.

Simeon ging durch den Flur, im Augenblick nicht weiter auf den Jungen achtend. Zwischen dem eigentlichen Gebäude und dem Garten lag ein überdachter Säulengang. Simeon durchquerte ihn mit langen Schritten. Endlich wieder die Sonne auf dem Gesicht spüren ... Er erreichte den ummauerten Garten und schloß erleichtert die Augen. Die Sonne tauchte die Luft des Vormittags in einen goldenen Schimmer. Er spürte förmlich, wie ihre Strahlen seine Haut erwärmten. Die Luft roch würzig, von dem nahegelegenen Nil kam Vogelgezwitscher.

Er öffnete die Augen wieder. Wann hatte er je solch einen Garten gesehen? Ein von Lotusblüten gefleckter Fischteich dominierte das weite Rechteck; der fruchtbare schwarze Schlamm an seinen Ufern war mit rotem Mohn, blauen Kornblumen und gelbfrüchtigen Mandragoren bepflanzt. Um den Teich herum standen verschiedene Bäume, jeder in seinem eigenen Wasserloch: Feigen- und Maulbeerfeigenbäume, Dattel- und Dumpalmen, Johannisbrotbäume, Weiden, Tamarisken, Myrten und hell blühende Akazien. Ein ganzer Trupp Gärtner, jeder mit einem Schaduf (Wasserschöpfer mit Hebebaum), war dabei, Wasser aus dem Teich in kleine Kanäle zu schöpfen, die kreuz und quer durch den Garten liefen. Es war kaum zu glauben, daß jenseits der rosa verputzten Mauern des Anwesens Trockenheit und Hungersnot herrschten.

»Komm, Junge«, sagte er, nachdem er ein paar Augenblicke in der Sonne gebadet hatte, »setz dich neben mich, dann erzähle ich dir, wie man aus dem Gras der Wüste Wasser gewinnt.«

»Echt?« Das Gesicht des Jungen erhellte sich, er lief mit langen Beinen neben Simeon her.

»Obwohl wir hier ja nicht gerade in der Wüste sind«, sagte Simeon achselzuckend, während er auf eine Steinbank neben dem Weg zusteuerte. »Aber wenn du einmal etwas gelernt hast, das dir das Leben retten kann, vergißt du es nie mehr.«

»Ich kann lernen.« Die Augen des Jungen leuchteten. »Bring mir etwas bei, das Ephraim und Manasse nicht kennen.«

»Wer sind Ephraim und Manasse?« fragte Simeon, während er sich auf die Bank setzte. Er legte seine Ellbogen auf die Knie und sah sich um. Mandisa und Tarik hatten sich unter den Säulengang neben dem Haus zurückgezogen, so daß er sich für den Augenblick so fühlen konnte, als ob er frei war.

»Ephraim und Manasse sind die Söhne des Herrn«, antwortete Adom.

Simeon hob eine Braue. Die Namen klangen ihm halb vertraut, aber – nein, der Großwesir von ganz Ägypten würde seinen Söhnen ja wohl keine kanaanitischen Namen geben.

»Also.« Simeon beugte sich zu dem Jungen hinunter. »Das Wichtigste, was man in der Wüste wissen muß, ist, daß alle Spuren zum Wasser führen. Der Mensch oder das Tier, das kein Wasser hat, wird schnell vom Tod ereilt, Junge.«

»Alle Spuren?« Adom sah ihn skeptisch an. »Ist eine Spur so was wie ein Pfad?«

»Beim Himmel, Frau!« rief Simeon und drehte sich zu Mandisa hin. »Hat der Junge noch nie das Haus hier verlassen?«

»Natürlich«, erwiderte sie mit entrüsteter Miene. »Er streift halt nicht so durch die Wildnis, wie du das zu erwarten scheinst.«

Es lag ihm auf der Zunge, zu antworten, daß die Wildnis bessere Jungen hervorbrachte als eine ägyptische Luxusvilla, aber er beherrschte sich. Er mußte vorsichtig sein. Es war Schwerarbeit gewesen, das Vertrauen dieser Frau zu gewinnen. Die Schlüssel zu mehr Freiheit lagen bei ihr. Wenn er für ein paar Freiheitsstunden das Kindermädchen ihres Sohnes spielen mußte, dann mußte es wohl sein. Aber es fiel ihm nicht leicht; weich sein – es war verpönt bei den Söhnen Israels. Von all seinen Brüdern hatte nur Joseph je einen kleinen Bruder unter seine Fittiche genommen. Vom ersten Tag an war er vernarrt gewesen in den kleinen Benjamin, hatte ihn auf den Arm genommen, als ob ihm das die Mutter ersetzen konnte ...

Schon wieder Joseph! Simeon befahl seinen Gedanken, zum Thema zurückzukehren. »Alle Spuren – oder Pfade, jawohl – führen zum Wasser, und wenn du Durst hast, mußt du der Richtung folgen, in der die Spuren zusammenlaufen. Man erkennt solche Spuren an Überresten von Lagern – kalte Asche von Lagerfeuern, Tierdung, zertrampelte Erde. Wo Wasser ist, kreisen auch gerne die Vögel. Die meisten Vogelschwärme fliegen bei Sonnenaufgang und Sonnenuntergang zur nächsten Wasserstelle. So wie die Erde auf den Schöpfergott zeigt, so führen einen die Vögel zum Wasser.«

»Was für einen Schöpfergott meinst du?« fragte Adom, ein merkwürdig erwachsenes Leuchten in den Augen. »Neter oder El Shaddai?«

Simeon hob eine Augenbraue. »Neter? Ist das so ein ägyptischer Götze?«

»Neter ist der unsichtbare Gott der Ägypter«, sagte Mandisa, die der Versuchung, sich in das Gespräch zu mischen, nicht widerstehen konnte. Sie trat aus dem Säulengang hervor. »Aber die meisten Menschen in Theben kümmern sich nicht um Neter. Sie ziehen die Götter in den Tempeln vor, die man sehen und besänftigen kann.«

»Ich verstehe«, nickte Simeon. Er sah wieder den Jungen an; sein waches Gesicht gefiel ihm. »Jeder Mensch betet seinen eigenen Gott an, Junge. Du mußt dich selber entscheiden.«

»Und welchen Gott verehrst du, Simeon?« fragte Adom.

Simeon warf einen raschen, vernichtenden Blick auf Mandisa. »Momentan keinen, ich habe ja nicht die *Freiheit* dazu. Aber mein Vater betet zu dem Allmächtigen Gott und glaubt, daß er und die Seinen ein erwähltes Volk sind. Er sagt, daß der Allmächtige einen Bund mit unserem Vorvater Abraham schloß.«

»Was für ein Bund ist das?« fragte Mandisa; ihre Augen brannten vor Neugierde.

Simeon schaute zur Seite, weit weg in die Vergangenheit. »Gott Shaddai rief Abraham aus seinem Vaterland heraus und versprach ihm, ihn zu einem großen Volk zu machen, zur Ehre seines Namens. Wenn Abraham ihm gehorchen würde, dann würde er alle segnen, die Abraham und seinen Samen segneten, und alle verfluchen, die ihn verfluchten. Er versprach, uns das Land Kanaan als Wohnstatt für immer und ewig zu geben und durch unsere Nachkommen alle Geschlechter auf Erden zu segnen.«

»Eine große Ehre«, flüsterte Mandisa. Ihre Stimme zitterte plötzlich.

»Ein großer Wunschtraum«, antwortete Simeon, ihrem Blick begegnend. »Das Land Kanaan ist nicht unser – nie gewesen. Wir besitzen dort nur einen elenden kleinen Begräbnisplatz. Und unsere Familie ist nicht gesegnet, sondern verflucht. Einer meiner Brüder starb mit siebzehn Jahren, zwei Neffen in der Blüte ihrer Jugend, meine Schwester ist entehrt. Diese Bluttat von Sichem hängt für immer über unseren Häuptern. Dann schlief Ruben mit einer der Nebenfrauen meines Vaters, was den alten Herrn unwahrscheinlich fuchste ...«

Er brach ab und biß sich auf die Lippe, als Mandisa Adom auf die Füße riß. »Dein Unterricht ist für heute zu Ende«, sagte sie, während sie ihn zum Haus hinschob. »Geh zu Ani und frag ihn, wie du dich nützlich machen kannst.«

Simeon wartete, bis der Junge den Garten verlassen hatte, dann strich er sich anständig verlegen, wie er hoffte, über den Bart. »Tut mir leid«, sagte er aufseufzend, »aber ich hatte dich ja gewarnt. Ich weiß nicht, wie man mit Kindern umgeht.«

»Du könntest lernen, von schöneren Dingen zu reden«, sagte Mandisa. Sie schlug die Arme um sich, als wolle sie ihre Ehre vor den Häßlichkeiten schützen, die er erwähnt hatte.

»Meine Familie ist nicht schön«, erwiderte er heftig. »Mord, Vergewaltigung, Inzest, Untreue, Verrat – alles bei meinem eigenen Fleisch und Blut! Und wenn meine Sippe noch nicht schmutzig genug ist für deinen Geschmack, dann ...«

»Meine ist nicht viel besser«, sagte sie, seinen eisigen Blick erwidernd. »Aber ich spreche nicht vor Kindern darüber. Und ich würde es nicht wagen, die Verheißungen des Allmächtigen Gottes Wunschträume zu nennen.«

»Dann ist dein Glaube stärker als meiner«, sagte Simeon. Er streckte ein Bein aus und kreuzte die Arme. »Erzähl mir nicht, daß du den unsichtbaren El Shaddai den ägyptischen Göttern vorziehen würdest. Ich habe gehört, daß sie auf dem Nil spazierenfahren, ganze Harems schöner Frauen besuchen und ihren Anhängern Geschenke machen.«

»Ich habe lieber einen Gott, bei dem ich nicht vor lauter Langeweile gähnen muß«, antwortete sie. Sie drehte sich zurück zu dem Säulengang und warf ihre Abschiedsworte über ihre Schulter. »Einen Gott, der mich mit Ehrfurcht erfüllt. Einen, den ich nicht beherrschen kann, aber er mich.«

»Na, dann viel Glück beim Suchen!« grinste Simeon. Was war die Frau naiv! »Gib mir Bescheid, wenn du diesen gewaltigen Gott gefunden hast, vielleicht will ich ihn dann auch anbeten.«

»Vielleicht findet er dich«, gab sie zurück. Sie nickte Tarik zu, ein Signal, daß Simeons Freiheit für heute zu Ende war.

Der Hauptmann kam herbei, und Simeon stand widerwillig auf. Eine knappe halbe Stunde war er draußen gewesen – viel weniger, als er gehofft hatte, aber wahrscheinlich länger, als er verdiente.

Neunzehn

Mandisa hatte sich nicht mehr als zehn Schritte vom Garten entfernt, als sie spürte, daß etwas nicht stimmte in der Villa. Die üblichen Geräusche des Hauses waren abrupt verstummt. Wellen der Stille schienen durch die Flure zu hallen.

»Adom!« keuchte sie, das Schlimmste befürchtend. War er unter die Hufe eines Wagenpferdes gekommen? Oder vor Tariks übende Bogenschützen gerannt?

Sie rannte durch die Flure, und die harte Faust der Angst ballte sich in ihrem Magen zusammen, als sie sah, daß der Säulengang am vorderen Hof voller Menschen war. Auf den Stufen standen in einem dichten Knäuel die Haussklaven und Diener, um sie herum Hirten, Stalljungen und Wachen. Alle Augen waren nach vorne gerichtet, jeder Mund schwieg, alle Ohren spitzten sich zu dem Torwächterhaus hin.

»Was ist?« rief Mandisa, während sie sich einen Weg nach vorne bahnte. »Ist jemand was passiert?«

Eine der Frauen drehte sich um. Welch ein Glück, es war Halima! »Halima, was ist passiert?« Mandisas Hand ging an ihre Kehle, ein neuer Gedanke schoß in ihren Kopf. »Sind die Brüder aus Kanaan zurück?«

»Schön wär's.« Das Sklavenmädchen schüttelte den Kopf und hob herablassend-amüsiert die Augenbrauen. »Ich weiß nicht, warum die Männer sich so wie die kleinen Jungen benehmen. Der Herr kauft doch mindestens einmal im Monat neue Sklaven.«

»Neue Sklaven?« War das alles? Mandisa starrte das Mädchen ungläubig an. »Dieses ganze Theater – Wachen und alles – bloß, um sich ein paar neue Sklaven anzusehen?«

»*Eine* Skla*vin*«, korrigierte Halima. Ihre Stimme bebte eifersüchtig. »Die haben alles liegen und stehen lassen, um *die* da anzugaffen.«

Halima zeigte über die Köpfe der Männer vor ihr. »Heute morgen haben Ani und Zafenat-Paneach den Sklavenmarkt besucht. Ich hab die Geschichte schon gehört, von einem der Wächter, die mitgingen. Es scheint, daß sie gerade versteigert wurde und daß einiges los war. Einer der Zuschauer hat Ani gefragt, ob er sie nicht kaufen wolle, aber er wollte nicht; er wußte genau, daß so eine nur Ärger machen würde.«

»Ärger?« fragte Mandisa.

Halima zog sie etwas beiseite, ihre Stimme wurde leiser. »Einer der Leibwächter hat mir erzählt, daß der Herr schon wieder gehen wollte, als der Auktionator den Namen der Frau ausrief. Und darauf befahl der Herr Ani ohne jede Erklärung, die Frau zu kaufen und hierherzubringen.«

Halima stieß die Hände in ihre breiten Hüften, ein Schatten fuhr über ihr Gesicht. »Ich hatte schon den Göttern gedankt, weil der Kanaaniter sich beruhigt hatte, und jetzt geht das nächste Elend los.«

Halima ging brummelnd fort. Mandisa schlängelte sich neugierig durch die Mange der Gaffer hindurch, bis sie das Torwächterhaus sehen konnte. Vor ihm stand eine in ein halb durchsichtiges Gewand gekleidete Frau; ihre Hand- und Fußgelenke waren zusammengebunden. Ein ungewöhnlich aufgeregter Ani stand hinter ihr und befahl dem Torwächter wortreich, der Frau ihre Fesseln abzunehmen.

Auch ohne die Ohrringe, den Nasenring, die Arm- und Fußreife hätte Mandisa sie sofort als Hure erkannt. Das lockige Haar der Frau floß weich und dunkel auf ihre Schultern; es glänzte wie von einem inneren Feuer im Sonnenlicht. Sie zeigte ihren Körper nicht, sie trug ihn zur Schau. Alles an ihr bis zu ihrem vollen Mund war sinnlich. Wie ein schwarzer Panther starrte sie zu der Menge im Säulengang hin, eine dunkle, tödliche Schönheit. Mandisa spürte, wie es in ihrem Magen zuckte.

»Wer ist das?« flüsterte sie.

Sie hatte keine Antwort erwartet, aber einer der Wachen neben ihr, dessen Augen wie die eines Götzenbildes starrten, sagte: »Sie heißt Tizara. Sie ist die neue Sklavin unseres Herrn.«

Eine der Küchensklavinnen witzelte: »Ich glaube nicht, daß die Herrin den Herrn in ihre Nähe lassen wird.« Ein paar der Umstehenden lachten nervös.

Ani blickte zu dem Zuschauerhaufen hoch und klatschte mißbilligend in die Hände. Während die Sklaven, die Wächter und Diener zögernd zurück an ihre Arbeit gingen, nahm einer der Wachen die Neue halbherzig am Arm und führte sie in den Sklavenflügel.

Mandisa hatte fast ihr eigenes kleines Zimmer erreicht, als neben ihr Ani erschien. »Du mußt mir helfen«, sagte er, während er nervös von einem Bein auf das andere trat. »Ich weiß nicht, was ich mit dem Frauenzimmer anfangen soll, aber der Herr wollte nicht auf mich hören. Ich habe ihm gesagt, daß sie Ärger bringen wird, aber er bestand darauf, daß ich sie hierherbringe.«

»Warum hat er sie gekauft?« fragte Mandisa. »Er muß doch gesehen haben, was für eine sie ist.«

Ani zuckte die Achseln. »Er sagte, daß es für keine Seele zu spät sei, oder so. Was sollte ich darauf sagen? Du weißt ja, daß er eine weiche Ader hat; kauft ständig Sklaven, um sie anschließend freizulassen.«

»Aber zu was ist die denn gut?« unterbrach Mandisa ihn stirnrunzelnd. »Ich meine, zu was für einer richtigen Arbeit?«

»Ich weiß nicht.« Ani rang seine Hände. »Wenn ich sie in die Küche stecke, werden die Männer sich darum prügeln, wer beim Kornmahlen neben ihr stehen darf. Und schicke ich sie auf die Felder ... bei den Göttern, das darf ich erst recht nicht, die Arbeit würde zum Erliegen kommen, und ich wäre zu weit weg, um ein Auge auf sie zu haben. Für den Herrn oder die Herrin ist sie schon gar nicht geeignet, und *ich* kann sie auch nicht gebrauchen.«

Mandisa schüttelte den Kopf. »Ich begreife immer noch nicht, warum er sie gekauft hat. Er ist doch nicht die Art Mann, der sich aus einer solchen Frau etwas macht.«

»Der Herr hat sie noch nicht mal angeschaut«, antwortete Ani errötend. »Er war schon dabei, fortzugehen, aber dann rief der Auktionator den Namen der Frau aus und sagte, daß sie aus Sichem kam.«

Sichem. *Diese Bluttat von Sichem ...*

»Dann ist sie also eine Kanaaniterin«, sagte Mandisa, Anis Blick ausweichend. Er würde es nicht verstehen, aber sie glaubte, zumindest etwas von dem Motiv ihres Herrn zu erraten: Diese Frau kam aus seiner Heimat. Und aus ihrer und Simeons.

»Ani, warum nimmst du sie nicht als Kindermädchen?« Sie lächelte den Verwalter an. »Sie kann ein Auge auf Ephraim und Manasse halten, wenn sie keinen Unterricht haben. Seit der kanaanitische Gefangene da ist, habe ich nicht mehr so viel Zeit für sie wie früher, und die Sklaven, die sie beaufsichtigt haben, möchten gerne wieder an ihre frühere Arbeit zurück.«

Ein Stoßseufzer der Erleichterung brach durch die Lippen des Alten. »Ah, Mandisa, du bist ein Schatz! Das ist die Lösung! Aber du mußt mir helfen dabei. Du mußt dafür sorgen, daß sie der Herrin Asenat nie direkt unter die Augen tritt. Und da du ja eine richtige Dame bist, kannst du ihr vielleicht beibringen, wie man sich als Frau anständig benimmt.«

Mandisa hob abwehrend ihre Hände. »Nicht so schnell, Ani! Ich will nicht für deinen kleinen roten Vogel sorgen. Der Herr hat *dir* befohlen, sie zu kaufen.«

»Aber was soll ich denn mit ihr machen?« Der Alte schlug seine Hände auf seinen kahl werdenden Kopf. »Du, meine liebe Mandisa, bist die richtige Betreuerin für sie! Versprich es mir, bitte!«

»Das tue ich nicht.«

»Aber es ist der Wunsch deines Herrn.«

»Davon hat er mir nichts gesagt.«

»Das wird er noch tun. Ich brauche ihm bloß ein Wort ins Ohr zu flüstern.«

Mandisa überlegte. Ani hatte ja recht. Das gleiche Mitleid, das Zafenat-Paneach sie hatte bitten lassen, sich um Simeon zu kümmern, würde ihr bald diese angemalte Hure aufhalsen. Und da sie ihren Herrn und seine Frau liebte, konnte sie ihnen nichts abschlagen ... Und es wäre natürlich schöner, wenn sie sich gleich freiwillig anbot.

»Na schön.« Sie warf resigniert ihre Hände hoch. »Ich kümmere mich um sie. Schick sie morgen früh, wenn ich die Herrin angezogen habe, zu mir, dann führe ich sie durch die Villa und zeige ihr, was sie mit den Kindern machen soll.«

»Mandisa, ich könnte dich küssen!« Ani klatschte in die Hände. Und dann zog er die Stirn der verdatterten Mandisa an seine Lippen und küßte sie wirklich.

Als zwei Wochen danach ein ausgelassenes Theben das Neue Jahr feierte, machte Tarik der Friede innerhalb der Mauern von Zafenat-Paneachs Anwesen mehr Sorgen als die grölenden Betrunkenen auf den Straßen. Er stand gerade neben dem Torwächterhaus und sah, wie die Neue über den Hof ging, zwei leicht verwirrt aussehende kleine Jungen im Schlepptau. Der Mann, in dem ihr langsam-lüstern wiegender Gang nicht gewisse Gedanken weckte, mußte aus Stein sein, und wenn sie einen ansah, wollte das Blut zu kochen anfangen ...

»Tarik.« Eine leise Stimme ließ ihn zusammenfahren. Halima stand neben ihm. Sie sah gekränkt aus.

»Was ist, Halima?«

»Ärger in der Küche. Der Bäcker sagt, daß er Tizara und die Kinder beim Mittagessen zu bedienen hat, und der Weineinkäufer sagt, das ist *seine* Aufgabe. Vor einer Stunde haben sie sich geprügelt. Im Augenblick sind sie wieder ruhig, aber ich hab Angst, daß sie sich noch umbringen.«

»Diese Narren«, murmelte Tarik. Er zwang sich, nicht noch einen letzten Blick auf die Versucherin im Hof zu werfen. Er legte seine Hand auf das Messer in seinem Gürtel und marschierte zur Küche. Mit einem halben Auge sah er, daß Halima ihm folgte.

»Wollt ihr wohl ruhig sein, ihr Racker?« Tizara preßte die Worte ruhig, zu ruhig hervor. Noch so ein Affentheater, und sie würde losschreien und sich die Haare raufen.

Ephraim, der noch der Ruhigere der beiden war, sah zu ihr hoch. Er lag unter seinem Bruder im Sand des Hofes, der Verlierer in einem etwas ungleichen Ringkampf. »Tizara?«

»Was ist, Ephraim?«

»Dürfen wir im Gartenteich plantschen? Wenn wir versprechen, ganz ruhig zu sein?«

Sie seufzte. Wenn sie naß wurden, müßte sie sie auf ihre Zimmer bringen, um ihnen frische Schurze anzuziehen und die Haare zu waschen, vorbei an hundert mißbilligenden Augenpaaren, aber wenigstens wären sie für eine Weile beschäftigt.

»Gut, aber rennt nicht so schnell. Ich komme gleich nach.«

Die Jungen schossen wie zwei geölte Blitze davon. Tizara bückte sich, um ihre Obergewänder, Spielsachen und Sandalen aufzuheben. *Was soll ich hier?* fragte sie sich zum x-ten Male, als sie sich nach Manasses Stroh-Tierpuppe bückte. Sie wollten einfach nicht zusammenpassen, die Puzzle-Stücke.

Es hatte sie nicht überrascht, daß sie auf der Sklavenauktion einen hohen Preis erzielt hatte. Auch nicht, daß der Großwesir von Ägypten und Regent des jungen Pharao persönlich sie gekauft hatte. Ihre Künste waren gefragt; jedesmal, wenn sie an einer Menschenansammlung vorbeiging und in die Rolle fiel, die die Männer von ihr zu erwarten schienen, spürte sie ihre Macht. Sie war ihr zur zweiten Natur geworden, diese Rolle – eine bestimmte Art, die Beine zu bewegen und halb die Augen zu schließen, ein herausforderndes Lächeln, das einen Augenblick Unsterblichkeit versprach, jenes gewisse sinnliche Etwas in der Stimme ...

Aber was wollte ein Kindermädchen damit? Warum hatte der Wesir einen Höchstpreis für sie gezahlt, wenn er sie bloß zum Kinderhüten brauchte?

Tizara war der Mund offengeklappt, als der Verwalter ihr in dürren Worten die Wünsche des Wesirs mitgeteilt hatte. »Zwei Kinder?« hatte sie gestottert. »Will der Wesir mich nicht für sich selber?«

»Der Wesir begnügt sich mit den Reizen seiner Frau«, hatte der Verwalter mit spöttischer Miene geantwortet.

»Dann will er mich vielleicht dem Pharao geben.« Sie hatte lächelnd ihre mit Henna gefärbten Fingerkuppen begutachtet. »Vielleicht fragt Ihr den Wesir noch einmal, bevor Ihr mich zu den Kindern schickt.«

»Glaube mir, junge Frau, wenn ich zu sagen hätte, ich würde dich auf die Straße schicken«, hatte Ani geantwortet und sie wie ein pompöser Hahn angeschaut. »Aber der Wesir hat mich ausdrücklich angewiesen, dir im Haus etwas zu tun zu geben, und ich schicke dich zu seinen Kindern. Dies ist mein Wunsch und folglich dein Auftrag.«

Die ganzen zweiundzwanzig Jahre, die Tizara hinter sich hatte, hatten die Männer um sie gekämpft und für sie gelogen, waren zu Narren geworden, um eine Woche, ja nur eine Nacht mit ihr verbringen zu können. Sie hatten sie benutzt und ausgenutzt, gelobt und geliebt, verhökert und verkauft. Sie hatte gedacht, daß sie alles kannte und nichts mehr sie erschüttern konnte.

Und dann war Zafenat-Paneach gekommen. Sie hatte den stattlichen Wesir kurz gesehen auf dem Sklavenmarkt und erleichtert aufgeseufzt, als sie erfuhr, daß er sie erworben hatte. Die meisten der Männer, die sie in ihrem kurzen Leben kennengelernt hatte, hatte die Gier hart und häßlich gemacht. Ob Soldaten oder Priester, Ehemänner oder Väter, Bauern oder Könige, alle hatten sie den gleichen hungrigen Blick, wenn sie in ihr Zelt kamen. Schon auf dem Sklavenmarkt hatte sie den Eindruck gehabt, daß Zafenat-Paneach anders war – aber wie anders, das hätte sie sich nie träumen lassen.

Die Wochen vergingen, und Mandisa war erleichtert, daß wenigstens ein Mann im Haus frei von Tizaras Einfluß war. Da Simeons Zusammensein mit Adom nicht so verlaufen war, wie sie erwartet hatte, war er in seinem Zimmer geblieben und hatte Tizara weder gesehen noch gehört. Mandisa war entschlossen, daß das so bleiben sollte. Selbst in seinen ruhigeren, resignierten Stunden war der Gefangene schwierig zu nehmen; es war nicht nötig, daß der Anblick einer Hure aus seiner Heimat sein Blut noch heißer machte.

Dem Versprechen, das Ani ihr abgenötigt hatte, getreu, besprach Mandisa jeden Morgen mit Tizara, was ihre Kindermädchenpflichten für den Tag waren. Als Adom die Neue das erste Mal sah, war er prompt errötet; nein, der Junge brauchte kein Kindermädchen. Aber Ephraim und Manasse mußten ständig beaufsichtigt werden, und obwohl sie alt genug waren, um zu merken, daß Tizara sehr schön war, waren sie doch noch jung genug, um sich nicht weiter darum zu kümmern.

Jeden Morgen hörte Mandisa sich Tizaras Klagelieder an. Obwohl die Sklavin sehr gut begriff, wie sie auf Männer wirkte, konnte sie nicht verstehen, warum die Frauen im Haus sie so unverhüllt ablehnten. »Frauen mögen mich einfach nicht«, sagte sie Mandisa eines Morgens und hob ihre schlanke nackte Schulter, daß die zwanzig Schritte entfernt stehenden Wachen sich zu ihr hindrehten. »Ich weiß nicht, warum.«

Ja, warum? Mandisa hatte Lust, sie anzuschreien, daß es an ihrem seichten Egoismus und ihrer flittchenhaften Faulheit lag, aber sie hatte Ani versprochen zu helfen, und so biß sie sich auf die Zunge und ging in den Garten, Tizara im Schlepptau.

Mandisa gab gerne zu, daß Tizara sie alle eifersüchtig machte, aber ihre so außergewöhnliche, gertenschlanke Grazie entsprang mehr aus innerer Einstellung als aus körperlicher Vollkommenheit. Was war es nur, das sie sinnlicher erscheinen ließ als andere Frauen? Tizaras Augen waren groß, ihre Nase gerade, die Lippen voll. Aber dann und wann kam Mandisa dazu, wenn sie gerade tief in Gedanken versunken war, und dann war das schmale Gesicht der Sklavin alles andere als schön.

Tizara hatte nur eine Aufgabe – die Beaufsichtigung der Söhne des Herrn –, und wenn die Jungen ihren Unterricht bei Ani hatten, schwirrte sie wie eine lästige Mücke um Mandisa herum. Die Ex-Hure hatte eine Abneigung gegen den Alltagstrott und eine blühende Phantasie, und Mandisa konnte sich nur mit Mühe beherrschen, wenn das Mädchen mit immer neuen Klagen und den wildesten Geschichten zu ihr kam.

Immerhin erfuhr Mandisa durch dieses pausenlose Geplappere Tizaras Lebensgeschichte. Sie war in Sichem aufgewachsen, in jungen Jahren in die Sklaverei verkauft und noch als Kind in der »Kunst der Freude« unterwiesen worden. Ihre ersten Besitzer waren mehrere Kamelhändler gewesen, die mit ihr durch das Land gondelten und in den Ortschaften ihre Dienste gegen Silber anboten. Sie hatte nette und brutale Besitzer erlebt, erzählte sie Mandisa, aber noch nie etwas so absolut Langweiliges wie das Leben im Haus des Wesirs.

»Ich bin ein Kindermädchen!« rief sie aus, während sie Mandisa in den Garten folgte. »Was soll das? Ich werde nie Kinder haben, ich weiß überhaupt nicht, was ich mit ihnen anfangen soll.«

»Du wirst nie Kinder haben?« Mandisa blieb stehen, auf einmal neugierig. »Warum denn das?«

»Einer meiner Herren hat einem Arzt aus dem Osten Geld gegeben, damit er etwas mit mir machte.« Einen Augenblick lang waren Tizaras Augen so leer wie die eines Blinden, dann zuckte sie die Achseln. »Aber ich hab ja sowieso nie welche gewollt. Was sind Kinder anderes als hilflose kleine Menschen?«

»Manche würden sagen, sie sind der größte Schatz auf Erden«, antwortete Mandisa, während sie ein paar Lotusblüten für den Nachmittagsstrauß der Herrin Asenat schnitt. »Unser Herr und die Herrin lieben ihre Jungen über alles. Und deine Pflichten sind nicht schwer. Manch einer würde sagen, daß du das große Los gezogen hast mit den Kindern.«

»Das große Los?« Tizara schüttelte den Kopf. »Das Leben hier ist ja nicht schlecht. Es gibt genug zu essen, und der Verwalter schlägt die Sklaven nicht. Aber ich bin nicht glücklich. Ich sehne mich nach ... mehr.«

»Mehr?« Mandisa preßte irritiert die Lippen zusammen. Sie legte die Blumen in ihren Korb und sah Tizara durchdringend an, als sie sich wieder aufrichtete. »Du wohnst im besten Haus von Theben, nur der Palast des Pharao ist größer. Du hast einen freundlichen Herrn, du sorgst für zwei reizende kleine Jungen ...«

»Hast du dich noch nie nach mehr gesehnt, Mandisa?« unterbrach Tizara sie.

Die Frage überrumpelte Mandisa so, daß sie zu stottern begann. »Na-natürlich nicht. Ich diene meinem Herrn und der Herrin gerne und habe einen wunderbaren Sohn. Was kann ich mehr verlangen?«

»Vielleicht hast du dann wirklich alles«, antwortete Tizara. Es klang nicht überzeugt. »Aber ich nicht. Ich will etwas tun, das wirklich zählt, ich will einen Menschen haben, dem ich nicht egal bin, ich will wieder *Gefühle* haben ...«

Eine leichte Röte flog wie ein Fieberschatten über ihr schönes bleiches Gesicht. Einen Augenblick lang schien es sich zu öffnen, und Mandisa sah die Unsicherheit, die Angst, den unbeschreiblichen Schmerz hinter der Maske. Doch dann zog Tizara sich wieder in sich selbst zurück.

Sie spürte Mandisas Blick und zog einen hübschen Schmollmund. »Nimm's nicht so ernst, was ich gerade gesagt hab, Mandisa, das tut keiner. Und sage mir eben noch mal, warum ich mit den Jungen nicht in den Tempel der Min gehen soll. Sie ist eine Fruchtbarkeitsgöttin, und ihre Priester und Priesterinnen sind die besten Tänzer, die es gibt.«

»Die Söhne unseres Herrn sollen Lesen und Schreiben lernen, und nicht Tanzen«, antwortete Mandisa. Sie ging aufseufzend von dem Gartenteich weg. »Bitte, Tizara, sorge nur dafür, daß sie ihre Hausaufgaben machen. Das ist alles, was du zu tun hast.«

Am Nachmittag ging Mandisa, erschöpft von Tizaras Redeschwall, in die Küche, um Simeons Tablett zu holen. Als sie zu ihm kam, fand sie ihn verdrießlicher vor als sonst.

»Was – keine Begrüßung?«, fragte sie, während sie das Tablett auf einen Tisch stellte. »Kein ›Danke, Mandisa, und was gibt's Neues in der Welt‹?«

»Was hab ich davon?« brummte er. Er saß in einer dunklen Ecke auf dem Fußboden, obwohl Ani die Möbel, die er zerstört hatte, sämtlich ersetzt hatte. Mandisa hatte dem Verwalter versichert, daß Simeon nichts mehr zertrümmern würde, aber jetzt, wo sie den Feuerschein in seinen Augen sah, fragte sie sich, ob sie ihren Mund nicht etwas zu voll genommen hatte.

»Was ist mit dir?« sagte sie, irritiert aufseufzend. Sie faltete die Arme und lehnte sich gegen die Wand, ein Bild erschöpfter Würde. Sie mußte mit Zafenat-Paneach reden. Weil er so herzensgut und mitleidig war, mußte sie sich den ganzen Tag mit sturen Kanaanitern herumschlagen ...

»Was für einen Monat haben wir?« schnappte Simeon, ohne sie anzusehen. »Im Haus wird doch gefeiert, weil ein neues Jahr vor der Tür steht – so viel Ägyptisch kann ich mittlerweile auch.«

»Ach so.« Mandisas Stimme troff vor Sarkasmus. »Und da bist du böse, weil der Pharao dich nicht in seinen Palast eingeladen hat? Oder weil der Neujahrsstern ohne deine Erlaubnis aufgegangen ist?«

»Was für einen Monat haben wir?« wiederholte er mit einem finsteren Blick. »Wie lange bin ich jetzt hier? Es ist noch kein ganzes Jahr!«

»Ob du es mir glaubst oder nicht, Simeon, aber das Haus des Wesirs dreht sich nicht um dein Kommen und Gehen. Unser Jahr beginnt mit dem Aufgang des Sterns Sirius und der Nilflut im Akhet. Du und deine Brüder, ihr seid im Shemu gekommen, in der Trockenzeit. Folglich bist du seit fünf Monaten hier.«

»Wenn der Fluß am Steigen ist, kommt bald die Flut, und die Hungersnot geht zu Ende«, sagte Simeon mit einer hilflosen Handbewegung. »Meine Brüder werden mich nicht zurückholen.«

»Natürlich werden sie kommen! Dein Vater wird sie schicken.«

»Nein! Der Sohn, den er zu Hause hat, ist ihm wichtiger als ich. Benjamin ist der Sohn seiner Rahel, und meine Mutter ist Lea. Für alles, was nicht von Rahel geboren ist, hat mein Vater nicht viel übrig.«

Mandisa betrachtete ihn mit mißmutiger Neugierde; sie wußte nicht, wie sie ihm antworten sollte. Sie hatte bereits gemerkt, daß Simeon tiefsitzende Ressentiments gegen seinen Vater hatte, aber so platt aufgeklärt hatte er sie bisher noch nicht. Lag hier die unglückselige Wurzel von Simeons so festsitzendem Groll?

»Ich bin gewiß, daß du deinem Vater wichtig bist«, sagte sie schließlich. »Alle Väter lieben ihre Söhne. Du brauchst ihn nur zu fragen, Simeon. Sag ihm, wie du dich fühlst, damit er dir sagen kann, wie sehr er dich liebt.«

»Ach, was soll's? Mir ist es schon lange egal«, unterbrach Simeon sie. Seine Augenlider rutschten nach unten.

»Natürlich ist es dir nicht egal«, flüsterte sie und trat auf ihn zu. Alle ihre Sinne tasteten in seine Einsamkeit hinein, versuchten zu verstehen, was für Kräfte sein Herz so verhärtet hatten. Dann schien plötzlich tief in ihr ein Vorhang aufzugehen: Was, wenn Gott Shaddai sie nicht zu Simeon geführt hatte, um Zafenat-Paneach zu dienen oder ihrem Sohn einen Ersatzvater zu verschaffen, sondern damit sie einer gefolterten, finsteren Seele Licht brachte?

Sie kniete sich hin und sah ihn an. »Deine Brüder kommen zurück, bestimmt! Gott hat Zafenat-Paneach gesagt, daß der Fluß auch dieses Jahr nicht über die Ufer treten wird, und auch im nächsten nicht – es kommen noch fünf Hungerjahre.«

Ihre Worte schienen ihn zu amüsieren. »Du bist so eine intelligente Frau, Mandisa, und glaubst dem Propheten eines ägyptischen Gottes?«

Mandisa senkte ihre Stimme und drückte ihre Hand auf seine Faust, die er über seinen Knien geballt hatte. »Zafenat-Paneach hört auf den Allmächtigen, auf El Shaddai. Du wirst keine Götzenbilder in seinem Tempel finden, und keinen anderen Gott in seinem Herzen.«

Einen Augenblick lang trafen seine Augen sich mit ihren, schienen sich an ihre Worte zu klammern wie ein Ertrinkender an das rettende Seil. Aber dann wurde ihr Licht wieder trübe, und seine Lippen preßten sich zu einem Lächelstrich zusammen. »El Shaddai ist der Gott Abrahams, Isaaks und Jakobs, und nicht der Ägypter«, sagte er bestimmt. »Der Allmächtige würde niemals zu eurem Wesir sprechen. Dein Herr hat dich angelogen, Mandisa.«

Sie schloß die Augen, halb versucht, Simeon zu verraten, daß Zafenat-Paneach ja niemand anderes als sein lange verschollener Bruder war; bestimmt würde er dann endlich verstehen und neuen Glauben bekommen! Aber nein, ihr Herr hatte ihr aufgetragen, sein Geheimnis zu bewahren, und sie würde ihm nicht ungehorsam werden, auch nicht für diesen verzweifelten, einsamen Mann.

»Glaube mir«, antwortete sie schließlich und strich über seinen Unterarm. »Deine Brüder werden zurückkommen, und du wirst frei werden.«

»Sie müssen zurückkommen. Ich kann nicht mehr lange so leben, Mandisa«, flüsterte er. Seine Hand legte sich um ihre, seine Stimme zitterte von lange unterdrückten Gefühlen. »Ich komme mir vor wie ein Bär in der Grube. Manchmal denke ich, das Herz platzt mir.«

»Die Wartezeit wird bald vorüber sein«, sagte sie beruhigend. Ihre freie Hand ging an seine Stirn und schob eine störrische Haarsträhne beiseite. Unter seiner polternden Oberfläche war er genauso ein Junge wie Adom, und Mandisa hatte es immer verstanden, ihren Sohn zu beruhigen.

Aber Simeon war nicht ihr Sohn. Er ließ abrupt ihre Hand fallen, sein Kopf ruckte von ihren Fingern zurück. »Aber wenn sie nicht kommen, werde ich fliehen, und wenn es mich das Leben kostet«, sagte er, die Arme kreuzend. Er sah ihr fest ins Gesicht. »Wenn du hörst, daß ich entkommen bin, Mandisa, dann schließ dich in deinem Zimmer ein, denn ich werde jeden töten, der mir über den Weg läuft oder mich stoppen will, hörst du?«

»Simeon, das ist doch nicht dein Ernst«, begann sie. Ihre Hand kam zurück, versuchte die Zartheit des letzten Augenblicks wiederherzustellen, aber er sprang auf die Beine und ging durch den Raum zur gegenüberliegenden Wand. Er stand da, groß, knochig und bärtig, und sah wie ein Riese aus, und sie spürte, daß sein Wille genauso stark war wie seine Arme und sein Rücken. Doch, er meinte seine Worte ernst! Wollte er etwa, daß sie sie dem Wesir hinterbrachte, als Drohung?

Aber er konnte den ganzen Tag drohen, und sie konnte eine Million Botschaften zu dem Wesir tragen, und nicht eine von ihnen würde etwas an seiner Situation ändern. Mochte Simeon denken, daß sein Schicksal in Zafenat-Paneachs Hand lag – Mandisa wußte, daß Zafenat-Paneach auf Gott Shaddai wartete.

Wie hatte Simeon in der Familie des Wesirs aufwachsen können, unter dem gleichen Vater, ohne den gleichen Gott kennenzulernen und ihm zu dienen?

Sie erhob sich langsam. »Sag mal, werden deine Arme nie müde, dem Allmächtigen Gott deiner Väter zu widerstehen? Wie blind sind deine Augen, Simeon, daß du ihn nicht sehen kannst?«

Als Antwort schloß er die Augen und ballte die Fäuste zusammen. Als sie die Tür hinter sich schloß, hörte sie, wie er verzweifelt aufschrie.

Zwanzig

Simeons Schädel brummte, als er am nächsten Morgen aufwachte und sich im Bett aufsetzte. Er hatte eine fast schlaflose Nacht hinter sich, mit Träumen und Bildern von längst verstorbenen, aber nicht vergessenen Menschen. Seine Frauen, der junge Joseph und die tausend Männer von Sichem waren an seinem Bett vorbeidefiliert und hatten mit glühenden Fingern auf ihn gezeigt, und in ihren Augen hatte die Anklage gebrannt. »Du, Simeon, hast uns unser Leben gestohlen, als wir noch jung waren und so viele Tage vor uns hatten«, flüsterten sie einer nach dem anderen, mit grauen Stimmen, die seine Angst verhöhnten. »Und jetzt werden wir dir deine Nächte stehlen, solange du lebst.«

Er schlug die Hände um seinen Kopf und stöhnte auf. Wenn nur Mandisa jetzt da wäre. Aber sie würde erst später kommen – erst recht nach der Szene vom Vorabend. Wie ein tröstender Engel war sie gewesen, als sie bei ihm kniete, aber den Schmerz von fünfundvierzig Jahren konnte keiner wegtrösten.

Wie kindlich sie war! Sie sprach, als ob sie viel Schweres hinter sich hatte, aber was konnte sie schon mitgemacht haben in ihren zwanzig und etwas Jahren? Sie wohnte in einem luxuriösen Anwesen, arbeitete für eine Frau, die sie liebte und ihr vertraute, und war mit einem intelligenten, schönen Sohn gesegnet.

Und reizend war sie, das mußte man zugeben. Eigentlich reizender als die kühle Schönheit der Frau des Wesirs, die Simeon beim ersten Besuch im Wesirspalast ganz kurz gesehen hatte. Wie die hohe

Herrin Asenat, war auch Mandisa zierlich, aber anders als sie bewegte sie sich mit der Grazie einer Frau, die in vielen Welten zu Hause war. Er konnte sie sich vorstellen, wie sie Wasser aus den Brunnen vor den Zelten seines Vaters schöpfte, und er hatte schon gesehen, daß sie völlig zu Hause war in dem Thronsaal eines Königsregenten.

Hör auf, du Narr! Foltere dich nicht mit etwas, das nie sein kann! Mandisa hatte schon ihr Zuhause in dieser Fürstenvilla. Sie hatte Gesundheit und Wohlstand hier in Theben. Sie gehörte nicht mehr nach Kanaan; daß sie je zurückkehren würde in eine Welt der Sandstürme und Kamele, der Dungfeuer, Zelte und abgearbeiteten Frauen – unvorstellbar.

Er drehte sich grunzend zur Seite und legte seinen Ellbogen auf die verrückte gepolsterte Stütze, die die Ägypter als Kopfkissen benutzten. Eine Stentorstimme rollte durch den Flur – die Stimme des geschätzten Zafenat-Paneach –, und ein leichter Schauer fuhr durch den lauschenden Simeon.

Wie merkwürdig bekannt diese Stimme klang! Von dem, was sie sagte, verstand Simeon nur ein paar Worte, aber ihr Ton berührte etwas in seiner Erinnerung, ließ irgendeine längst vergessene Saite vibrieren. Aber jeder in diesem Haus, vom Verwalter Ani bis hinunter zur einfachsten Küchenmagd, verehrte und achtete den großen Wesir. Unbewußt kopierten sie seine Art und seine Ansichten, imitierten seine Stimme. Es war kein Wunder, daß die Stimme des Wesirs in diesem Haus so vertraut war wie die Sonne und der Mond.

Simeon hob seinen Kopf. Würde er gleich die Tür zu seinem Zimmer öffnen, der Mächtige da draußen? *Komm*, dachte er, entschlossen liegenbleibend. *Ich stehe nicht auf für dich, ich glätte meinen Schurz nicht, ich schiebe mir noch nicht mal das Haar aus den Augen. Du mußt mich so annehmen, wie du mich siehst, Herr Wesir, und wenn dir das nicht gefällt, ist das deine Sache.*

Aber die Tür öffnete sich nicht. Merkwürdig enttäuscht senkte Simeon seinen Kopf wieder und lauschte dem leisen Getrappele draußen hinterher – bestimmt das Gefolge des Wesirs, die Wachen, Schreiber und Diener.

Er legte sich flach auf den Rücken und sah müde zur Decke hoch. Früher war ihm die Zeit kostbar und flüchtig erschienen; jetzt lag sie wie eine endlose, leere Ebene vor ihm, trostloser noch als die Wüste, die Ägypten umgab. Auch dieser Tag würde nichts Neues bringen. Irgendwann würde Mandisa ihm sein Essen bringen und das Zimmer reinigen, und wenn er sehr viel Glück hatte, würde vielleicht dieser Wächtergiftzwerg kurz hereinkommen, ihn anfunkeln und sich ein, zwei Drohungen anhören.

Blieb keine andere Beschäftigung, als die Flucht zu planen. Mandisa konnte sagen, was sie wollte – die Brüder würden nicht zurückkommen! Lieber würde Jakob sterben als Benjamin den gleichen Brüdern anzuvertrauen, die schon Joseph verloren hatten. Und sobald die Hungersnot vorbei war, bräuchte sowieso niemand aus der Sippe mehr ins Schwarze Land zu fahren. Und sie würde bald vorbei sein, Wesir hin, Mandisa her. Sieben Jahre ohne Ernte hatte es noch nie gegeben, so etwas konnte die Welt doch gar nicht überleben.

Zafenat-Paneach hört auf den Allmächtigen, auf El Shaddai. Du wirst keine Götzenbilder in seinem Tempel finden, und keinen anderen Gott in seinem Herzen, hatte Mandisa gesagt. Simeon mußte grinsen über so viel Leichtgläubigkeit. Wie hatte der Wesir es fertiggebracht, ihr einzureden, daß El Shaddai zu ihm sprach? Als Kanaaniterin kannte Mandisa wahrscheinlich den Namen des Gottes Jakobs, und dann hatte sie gehört, wie Zafenat-Paneach von dem unsichtbaren ägyptischen Gott sprach, und hatte angenommen, daß er El Shaddai meinte. Ja, so war es wohl gewesen. Oder hatte der Wesir wirklich die Stirn zu behaupten, daß er im Namen des Gottes Israels sprach? Aber daß Jakobs Gott zu einem Ägypter redete – unmöglich! Er hatte doch die Kinder Israels zu seinem Eigentum erwählt, die übrigen Völker kamen nicht vor in seinen Plänen. Was für einen Grund sollte der Allmächtige haben, zu dem verfluchten Ägypter zu reden, der Jakobs Zweitgeborenen eingesperrt hatte?

Simeon verschränkte die Hände hinter seinem Kopf. »Wenn ich mich befreit habe, werde ich Zafenat-Paneach töten für soviel Unverschämtheit. Dann wird keiner mehr behaupten, daß der Wesir für den Allmächtigen Gott Israels spricht.«

»Mandisa?«

Der Simeon, der sie zur Mittagszeit begrüßte, machte einen aufgeräumten Eindruck, sein Lächeln war richtig ansteckend.

»Ja?« Sie hob fragend eine Augenbraue, während sie mit dem Essenstablett hereinkam. Schön, daß Simeon in so guter Stimmung war. Er saß auf dem Fußboden, den Rücken an das Bett gelehnt, die nackten Beine über den kühlen Marmorboden ausgestreckt.

»Ich würde gerne wieder mal rausgehen und deinem Sohn etwas beibringen. Aber vorher müßte ich dir das eine und andere erzählen. Hättest du heute mal Zeit?«

»Doch, heute nachmittag habe ich sogar jede Menge Zeit«, erwiderte Mandisa dankbar. Die Alternative hieß Tizara und würde sie bald wieder in den Fluren abpassen, um ihr die Ohren vollzuklagen. »Meine Herrin ist zu Zafenat-Paneach gegangen, und ich habe gerade nichts zu tun.« Sie setzte das Tablett ab. »Worüber möchtest du denn reden?«

Seine Lippen verzogen sich zynisch, die fröhliche Maske war weg. »Vielleicht fangen wir mal mit einer Frage an. Was ist das Schlimmste, das du je getan hast?«

Er sagte es wie nebenher, und sie nahm an, daß er einen Witz machte. »O, ich weiß nicht«, antwortete sie, während sie zu dem Stuhl an der Wand hinging. »Einmal habe ich einen der Honigkuchen des Kochs gegessen, als er gerade nicht hinsah. Die anderen wollten schon mit Halima schimpfen, aber dann hab ich alles gestanden.«

Sein Lachen klang kratzend. »Ist das alles?«

»Ich weiß nicht.« Sie setzte sich auf den Stuhl und sah zu ihm hoch. »Warum fragst du?«

Seine dunklen Augen verengten sich nachdenklich. »Du hast mich gebeten, mich um deinen Sohn zu kümmern, und das will ich auch, ich will ein paar Stunden Freiheit haben. Aber ich weiß nicht recht, ob du weißt, was für einer ich bin. Ich habe viele Dinge getan, Mandisa, die du nicht gut finden würdest.«

»Ich glaube, ich weiß schon, was für ein Mann du bist, Simeon, Sohn des Jakob«, erwiderte sie. Ihre Gefühle begannen Karussell zu fahren. Sie zupfte eine nicht vorhandene Fussel von ihrem Kleid. »Du bist stark und loyal, und du bist oft mißverstanden worden.«

»Möchtest du das Schlimmste hören, das ich je getan habe?«

Sie sah zur Seite. »Eigentlich nicht.«

»Aber du mußt es wissen. Ich habe einmal fast tausend Männer getötet.«

Sie hob ihren Blick und sah, wie er sie musterte, die Augen in stummer Konzentration zusammengekniffen.

»Mein Bruder Levi half mir natürlich. Wir wollten unsere Schwester Dina rächen, die sie vergewaltigt und wie eine Hure behandelt hatten.«

»Das brauchst du mir doch nicht zu erzählen.« Eine eisige Faust preßte sich um ihr Herz. Sagte er wirklich die Wahrheit?

»Das ist noch nicht alles, Mandisa. Meine Schwester Dina bekam anschließend ein Kind. Mein Vater wollte nichts mit ihm zu tun haben, denn als es kam, betrauerte er immer noch seine Rahel. Meine Brüder wußten, daß Dina niemals einen Mann kriegen würde, wenn sie das Kind eines anderen behielt, und da ...«

»Hör auf, Simeon!« Ihr Herz war in ihrer Kehle.

»So besonders schlimm fanden wir das damals nicht«, fuhr er fort. »Viele andere Sippen in der Gegend hätten es genauso gemacht. Während meine Schwester also schlief, habe ich das Kind geholt und in der Wüste ausgesetzt.«

»Ausgesetzt!« Mandisa schauderte, als sie das Wort aussprach.

Sein Gesicht wurde bleich und starr. »Ich habe diese Alpträume, wo die Männer, die ich getötet hab, an meinem Bett vorbeimarschieren und mir androhen, mir für den Rest meines Lebens keine Ruhe mehr zu gönnen. Sie machen mir eigentlich keine Angst, aber wenn ich nachts irgendwo ein kleines Kind schreien höre« – seine Augen gingen in eine weite Ferne –, »dann ist mir, als ob ich auf einmal am Rand eines Abgrunds stehe.«

Eine undefinierbare dunkle Wolke senkte sich auf sein Gesicht. Mandisa sah ihn an, und in ihrem Magen machte sich ein Eisklumpen breit, der kalte Fäden in ihre Glieder ausstreckte. Sie war allein mit einem Massenmörder, ja schlimmer noch: einem Kindesmörder. Aber hatte sie nicht von Anfang an gewußt, daß er zu allem fähig war, hatte Zafenat-Paneach sie nicht gewarnt? Und was vergangen war, war vergangen, begraben im Brunnen des Gestern, und am besten ließ man es dort.

»Würdest du das heute noch einmal tun?« fragte sie, halb erschrokken über den entsetzten Unterton in ihrer Stimme.

»Was?« seine Mundwinkel bogen sich noch mehr nach unten.

»Wenn Dina morgen wieder ein Kind hätte, würdest du es auch töten?«

Er sah sie einen langen Augenblick an, starr und konzentriert. »Ich weiß nicht«, sagte er schließlich, die Fingerspitzen vor seinem Gesicht zusammenlegend. »Nein, ich glaube eher, nicht. Aber ich weiß es nicht, Mandisa.«

Sie preßte ihre Lippen zusammen und stand auf. »Dein Zorn hat dich schreckliche Dinge tun lassen, Simeon«, sagte sie mit erhobenen Augenbrauen. »Ein Weiser ist selten zornig, und ein Zorniger selten weise. Aber ich glaube, du wirst allmählich weiser.«

Mit zitternden Fingern verriegelte Mandisa Simeons Tür. Sie war erschütterter, als sie zugeben mochte. Führte die Einsamkeit seiner Gefangenschaft ihn zu diesem Brüten? Sie wußte, daß dunkle Taten und noch dunklere Gedanken im Herzen jedes Menschen schlummerten, aber sie war es nicht gewohnt, ein solches Bekenntnis zu hören, und dann noch von einem Mann, den sie zu bewundern begonnen hatte.

Sie hatte das Thema so rasch gewechselt, wie es ging, hatte Simeon versichert, daß der Fluß nicht seinen normalen Pegel erreicht hatte und daß folglich die Hungersnot weitergehen würde und seine Brüder wieder nach Ägypten reisen müßten. Aber er war nicht eingegangen auf ihre gezwungene Gelassenheit, hatte nur gefragt, ob sie Adom weiter erlauben würde, ihn zu besuchen, und ob der nächste Besuch gleich am Nachmittag möglich wäre.

Sie hatte ihn erstaunt angeschaut; seine anfängliche Abneigung gegen eben solche Besuche war ihr noch gut im Gedächtnis. Und dann das Geständnis eben ... »Ich weiß nicht ... Doch, ich glaube, schon«, hatte sie gesagt und vor Nervosität fast sein Essenstablett fallengelassen. »Ich werde ihn fragen, ob er sich wieder mit dir unterhalten will.«

Sie hatte ein Lächeln auf ihre Lippen gezwungen. »Es hat ihm gefallen, daß er das letzte Mal so viel von dir gelernt hat, Simeon. Seit er weiß, daß die Vögel bei Sonnenuntergang zu den Wasserstellen fliegen, beobachtet er sie abends immer.«

»Gut, dann ruf deine Wachen«, hatte er sarkastisch gemurmelt und sie an die andere Hälfte ihres Handels erinnert. »Ich will wieder in den Garten. Und ich verspreche dir, daß dein Sohn bei mir in Sicherheit ist.«

Sie hatte genickt und ihm versprochen, bald wiederzukommen, mit Adom. Und jetzt wartete Simeon hinter der Tür, lauschte auf ihre Schritte und fragte sich, ob sie ihm immer noch genügend vertraute, um ihren Sohn zu holen.

Doch, sie vertraute ihm, aber sie fühlte sich besser, wenn Wachen in der Nähe waren. Sie drehte sich in dem Flur um – und stieß fast mit Tizara zusammen.

»Ist was passiert, Mandisa?« fragte das Sklavenmädchen, kokett lächelnd. »Du bist ja ganz rot.« Sie schaute an Mandisa vorbei auf die verriegelte Tür. »Was ist eigentlich in dem Zimmer da? Keiner will es mir sagen.«

»Nichts«, erwiderte Mandisa, verteidigungsbereit. Sie schaute die Sklavin streng an und machte zwei rasche Schritte auf die Küche zu. »Nichts, was mit dir zu tun hätte, Tizara.«

Tizara trat zu der Tür und legte ihre Hand auf das Holz, als wolle sie das Innere des Raumes streicheln. »Da die Tür von außen verriegelt ist, wollt ihr jemanden hier drinnen festhalten.« Ihre Braue kräuselte sich fragend. »Hat Zafenat-Paneach einen schwachsinnigen Sohn, den man vom Licht des Tages fernhalten muß?«

»Unser Herr hat nur zwei Söhne, und das sind die, die du betreust«, antwortete Mandisa. Sie mußte an sich halten, das Mädchen nicht mit Gewalt von der Tür wegzureißen. »Und wenn du es denn wissen mußt – in diesem Zimmer wohnt ein Gefangener. Tarik hat ihn unter sich.«

»Tarik – und du.«

»Ich habe ihn nicht unter mir. Mich brauchen sie, weil ich Kanaanitisch spreche, wie der Gefangene auch.«

»Ich spreche auch Kanaanitisch«, flüsterte Tizara. Sie lehnte sich gegen die Zimmertür und schloß die Augen. »Ist er ein sehr wilder Mann, Mandisa? Es gibt keinen, den ich nicht zähmen könnte. Ich habe viele Männer zu bettelnden Hunden gemacht. Wenn der Herr jemand braucht, der diesen Kanaaniter ...«

»Der Herr braucht nichts«, sagte Mandisa. Sie biß die Zähne zusammen, wütend über dieses Mädchen und sich selber. Dieser Hure *helfen* sollte sie? Konnte ein Leopard seine Flecken ändern?

Sie nahm Tizaras Arm und zog sie von Simeons Tür fort. »Und jetzt geh zu den Kindern, sie brauchen dich bestimmt wieder. Wenn du es nicht machst, muß ich Ani sagen, daß du mehr Arbeit brauchst, um deine Stunden auszufüllen. Vielleicht wäre die Küche das Richtige für dich.«

»Oder auch nicht.« Tizara lachte leise, dann ging sie – langsam und mit einem Blick von Simeons Tür zu Mandisa, der soviel heißen sollte wie: Ich habe euch voll durchschaut.

Endlich war sie weg. Mandisa ballte ihre Hände zu Fäusten und blinzelte ihre Wuttränen zurück. *Warum, El Shaddai, hast du sie nur hierhergebracht?*

Einundzwanzig

Asenat spürte, wie ihr Lächeln erstarb, als die letzten Gäste ihren privaten Salon verließen. Zwanzig Damen des Königshofes hatte sie unterhalten, junge Kusinen und Konkubinen des Pharao und einen Schwarm anderer Verwandter, und obwohl es nach den Begriffen der thebanischen Gesellschaft ein gelungener Abend gewesen war, fühlte sie sich wie betäubt und ausgeleert.

Vier Monate waren vergangen seit ihrem Besuch im Tempel ihres Vaters, und immer noch gab es keinerlei Anzeichen, daß Khnum vorhatte, ihre Gebete zu erhören. Zafenat-Paneach war angenehm, lieb und rücksichtsvoll wie eh und je und zog sie oft in seine Arme, um ihr die Liebe zu schenken, die dem heiligen Band zwischen Mann und Frau vorbehalten war. Aber in der Woche, in der sie empfangen konnte, betrat er nie ihr Gemach. Trotz all der Pflichten, mit denen das Reich und die Hungersnot ihn überschütteten, vergaß er nie, sorgfältig die Tage im Kalender zu zählen und sich in den zehn Tagen, wo ein Besuch bei seiner Frau zu einem Kind führen konnte, der ehelichen Freuden zu enthalten.

Daran hatte auch Khnum nichts geändert. In den vergangenen Wochen hatte Asenat fast täglich Briefe an ihren Vater geschrieben und ihn gebeten, Khnum jedes Opfer darzubringen, das nötig war, ob Weihrauch, Früchte oder sogar Blut. Und ebenso regelmäßig erwiderte ihr Vater, daß der Gott nach seinem Ermessen und zu seiner Zeit handelte und daß sie vorsichtig und geduldig sein müsse und einem bedächtigen Gott nicht über Gebühr in den Ohren liegen dürfe.

»Herrin.«

Mandisas sanfte Stimme durchbrach die Stille in dem leeren Zimmer. Asenat gähnte zierlich, die Finger über den Mund gelegt. »Komm ruhig rein. Ich habe nur gerade gedacht, wie froh ich bin, daß sie alle wieder weg sind.«

»Es ist wieder ein Brief gekommen, Herrin, aus Heliopolis.«

Die nächsten weisen Sprüche, noch mehr salbungsvolle Bevormundung. Mit einer Geste der äußersten Langeweile nahm Asenat die Papyrusrolle aus Mandisas Hand entgegen und studierte das Wachssiegel. Es war nicht das ihres Vaters.

»Danke«, murmelte sie und entließ ihre Zofe mit einer Handbewegung. Mandisa ging nicht aus dem Zimmer, sondern trat zu den auf niedrigen Ständern brennenden Tonlampen, löschte sie aus und schnitt die Dochte nach.

Asenat, plötzlich neugierig, erbrach das fremde Siegel und las:

Der Priester Pe-uhem an die Herrin Asenat:
In Leben, Gesundheit und Wohlstand und im Namen von Amenhotep III., König der Götter, und Zafenat-Paneach, Ernährer der Seele des Königs!

Wisset, edle Frau, daß ich von Eurem häufigen Verkehr mit Eurem Vater gehört habe, der mich mit Geschenken in Eurem Namen zu Khnum sandte. Wenn Ihr meine Kühnheit entschuldigen wollt, so möchte ich mich unterfangen, Euch das Geschenk eines Rates zu machen, edle Herrin.

Wo die Götter uns nicht zu Willen sind, liegt dies zuweilen daran, daß wir zu den falschen Göttern beten. Wenn Fruchtbarkeit und Kinder das sind, was Ihr wünscht, warum schickt Ihr Geschenke an Khnum, den göttlichen Töpfer? Opfert doch besser Min, der Göttin des Regens, die die Erde mit Leben tränkt und den Weizenfeldern Kraft spendet. So wie Min die schwachen Glieder der Menschen stärkt, edle Frau, wird sie auch Euch ihre Kräfte des Lebens und der Fruchtbarkeit geben, so Ihr denn bereit seid, Euch ihr hinzugeben. Es wäre mir eine gar große Ehre, Euer Bundesgenosse zu sein in diesem Eurem brennenden Wunsch.

Laßt mich wissen, an welchem Tag Ihr den reichen Segen der Min empfangen wollt. Wir werden uns dann in ihrem Tempel in Theben treffen und uns gemeinsam der Göttin opfern, die die fruchtbaren Ebenen unseres Landes reifen läßt und die durstige Erde mit lebengebendem Wasser tränkt. Laßt Eure zarten Ohren nicht beleidigt sein von meinem so heftigen Wunsch, Euch dienstbar zu sein, sondern wißt, daß ich ganz dem Dienst an Euch, an Zafenat-Paneach und – möge er ewig leben! – am Pharao ergeben bin.

Ihre Wangen brannten, als sie den Brief in ihren Schoß legte. Ein Teil ihrer Seele zuckte angewidert zurück vor diesem so unverhohlenen Verführungsangebot, aber ihre Verlegenheit wich rasch einem Gefühl der Demütigung, als sie merkte, daß da jemand war, der ihre innersten Geheimnisse kannte. Was hatte ihr Vater den anderen Priestern erzählt? Wie viele Klatschzungen wußten davon, daß der Wesir keine Kinder mehr mit seiner Frau zeugen wollte?

Sie rollte den Brief wieder zusammen und preßte ihre Finger darum, während ihr Gehirn arbeitete, analysierte, die Möglichkeiten durchging. Allmählich wurde sie ruhiger. Falls irgend jemand am Hof des Pharao von ihrer Not wußte, hätte irgendeine wohlmeinende Klatschzunge es ihr schon längst hinterbracht; manche Geheimnisse waren zu saftig, um sie für sich zu behalten. Da sie jedoch nichts gehört hatte, war es wahrscheinlich, daß ihr Vater nur diesem jungen Kollegen etwas gesagt hatte.

Pe-uhem. Der Name echote durch ihren Kopf. Hatte sie ihn nicht einmal in der Villa ihres Vaters in Heliopolis gesehen? Wenn sie das richtige Gesicht mit dem Namen verband, war er ein angenehmer Typ – jünger als ihr Mann, aber bestimmt und höflich-geschliffen im Auftreten.

Aber – die Ehe brechen? Denn so würde Zafenat-Paneach es sehen. Er würde verletzt sein, vielleicht gar zornig. Er würde jedes Recht haben, sie zu verstoßen und eine Andere an ihre Stelle zu setzen.

Aber vielleicht sah die Göttin Min eine solche Tat nicht als Ehebruch? Und wer außer den Göttern wußte denn, was recht und was unrecht war? Asenat würde sich ein einziges Mal hingeben, in einem Anbetungsakt ganz zu Ehren ihres Mannes. Sollte der Priester später wirklich das Unwahrscheinliche tun und sie anklagen, etwas Ungehöriges getan zu haben, konnte sie es einfach ableugnen; jeder in Theben kannte sie doch als eine treue, keusche Ehegattin. Keiner würde solch eine abenteuerliche Anschuldigung glauben, selbst wenn sie von einem Priester kam.

»Kann ich dir etwas bringen, Herrin?«

Die leise Frage ließ Asenat zusammanfahren. Sie hatte ganz vergessen, daß Mandisa ja noch im Zimmer war. »Nein. Du kannst gehen«, antwortete sie, während ihre Finger sich noch fester um die Briefrolle schlossen. »Heute abend brauche ich dich nicht mehr.«

Als Mandisa fort war, ging Asenat auf leisen Sohlen zu dem Tisch, wo sie einen Stoß Papyrusbögen, ein Schreibrohr und eine Flasche Tinte aufbewahrte. Sie dankte den Göttern, die ihren Vater getrieben hatten, seiner Tochter die heiligen Hieroglyphen zu lehren. Mit zitternder Hand begann sie ihre Antwort zu schreiben:

Die Herrin Asenat an den Freund ihres Vaters, Pe-uhem:
In Leben, Gesundheit und Wohlstand und im Namen von meinem Gemahl Zafenat-Paneach und Amenhotep III., König der Götter! Täglich rufe ich Khnum und Min an: Mögen sie Euch stets Gesundheit schenken.

Eure Worte haben mir Weisheit gebracht, die ich nirgends sonst fand. Ich werde Euch im Tempel der Min in Theben Bescheid geben, wann es der rechte Tag ist, der Göttin den Wunsch meines Herzens vorzulegen. Wenn ich ein Opfer mitbringen muß, laßt es mich vor dem abgemachten Tage wissen.

Sorgt Euch nicht; mein Wunsch steht fest.

Zwei Wochen später, als der Wintermond die hohen Mauern der Wesirsvilla mit seinem kalten weißen Licht übergoß, schlich Ani durch die schwarzen Schatten des Hofes. Die verlockende Müdigkeit zweier schlafloser Nächte lastete auf ihm, aber er kämpfte den Schlaf zurück. Ein namen- und gesichtsloses Übel regte sich im Hause Zafenat-Paneachs, ein Unglück, dessen Kommen noch nicht einmal der Herr spürte. Doch Ani, zu dessen Pflichten es gehörte, solche Dinge vorauszuahnen, war wachsam, Augen und Ohren gespitzt auf das Kommen des Sturms.

Der Unfrieden im Haus war offensichtlich. Die bloße Gegenwart der Hure Tizara hatte Zwietracht unter den Männern des Hauses, Soldaten wie Dienern, gesät. Mandisa, die ihm versprochen hatte, sich mit um das Mädchen zu kümmern, hatte sich als gar keine Hilfe erwiesen. Jedesmal, wenn Ani sie bat, Tizara etwas mehr Anstand beizubringen, fand sie eine Ausrede, warum sie gerade keine Zeit hatte, und die meisten dieser Ausreden drehten sich um den Gefangenen, Simeon.

Ja, Simeon ... Er war zu zahm in der letzten Zeit. Es stimmte etwas nicht, wenn ein Löwe nicht mehr brüllte. War der Gefangene krank? Oder sammelte er seine Kräfte für den nächsten Angriff? Aber dann würde das Haus mit seinem nächsten Ausbruch womöglich nicht mehr fertig werden.

Selbst die Herrin Asenat, dieses liebe, brave Kätzchen, war so merkwürdig unausgeglichen, ja reizbar. Letzte Woche hatte sie nebenbei bemerkt, daß sie bald eine Sänfte benötigen würde, um während des Opet-Festes einen Tempel in Theben zu besuchen, und dabei erwähnt, daß Mandisa sie nicht begleiten würde.

»Dann wird der Herr mit Euch gehen«, hatte Ani gesagt und sich verneigt.

»Nein, der Herr wird beim Pharao sein«, hatte Asenat gesagt und zu Boden geschaut. »Ich werde allein gehen.«

»Aber das geht doch nicht!« hatte Ani protestiert. »Ihr braucht mindestens einen Wächter als Begleitung. Eine Dame von Eurem Rang sollte niemals allein durch die Straßen gehen während solch eines Festes. Die Männer werden betrunken sein und die Frauen besinnungslos. Es wird Szenen geben, die nichts für Eure edlen Augen sind.«

»Gut, dann gib mir einen Wächter mit, aber er muß mit den Sänftenträgern vor dem Tempel warten, bis ich wiederkomme«, hatte Asenat geantwortet, während ihre Finger nervös über das Alabastertablett mit den Resten des Frühstücks liefen. »Ich bin eine Priestertochter, ich kann allein anbeten. Wie kann ich mit den Göttern sprechen, wenn ich mit Habichtaugen beobachtet werde?«

Darauf hatte er keine Antwort gehabt. Aber die Stimme der lieben Herrin war merkwürdig hohl und leer gewesen, daß es ihm kälter über den Rücken gerieselt war als von dem Nachtwind, der jetzt von dem Fluß herkam.

»O Thot«, murmelte er mit klappernden Zähnen in den Wind hinein, »Gott der Weisheit und der Gelehrsamkeit, der mich mit Einsicht und Macht gesegnet hat, zeige mir, was ich tun soll, denn ich weiß es nicht. Meine Sinne und Seele sagen mir, daß Unheil über uns brütet wie eine schwarze Wolke, und ich vermag es nicht zu vertreiben!«

Asenat wartete, bis die erste Woche nach ihrem roten Mond vorbei war, dann rief sie nach Ani und eröffnete ihm, daß sie noch am gleichen Abend den Tempel der Min besuchen würde.

»Min!« Der Name fuhr wie ein Fluch von der Zunge des Hausverwalters.

Sie wußte, daß jetzt hundert Fragen durch seinen Kopf schossen, warum sie die Fruchtbarkeitsgöttin besuchen wollte, aber er hatte kein Recht, sie zur Rede zu stellen. »Dieses ausgetrocknete Land braucht Regen, und den kann Min schenken«, sagte sie, dem hellen Frageblick in seinen Augen ausweichend. »Ich werde Mandisa brauchen, um mich fertig zu machen. Wächter zur Begleitung der Sänfte brauche ich nur einen.«

Ani faltete beschwörend seine Hände. »Heute abend wird der Mond voll sein und so hell, daß er Räuber und Fremde ermuntern wird. Bitte, Herrin, schiebt diesen Besuch auf, bis Euer Gemahl Euch begleiten kann.«

»Mein Gemahl weiß nichts anzufangen mit den Tempeln von Theben oder mit Min«, antwortete Asenat. Die ungewöhnliche Hartnäkkigkeit des Verwalters nagte an ihrer Selbstsicherheit. »Und jetzt will ich kein Wort mehr hören, Ani, du kannst gehen!«

Eine warnende Wolke überzog sein Gesicht, aber er verneigte sich und drehte sich um. Eine leise Stimme in Asenats Kopf fragte, warum sie gerade so schroff gewesen war. Ani war ein fähiger Verwalter und harmloser Wichtigtuer. Sie und ihr Mann verdankten seiner umsichtigen Art, die Geschäfte des Hauses zu führen, viel. Nun, morgen würde sie es wiedergutmachen. Und wenn dann der Wesir einen neuen Sohn in seinen Armen hielt, würde Ani gerade so glücklich sein wie die betrunkenen Narren, die die hohe Geburt in den Straßen der Stadt feiern würden.

Mit einer einzigen fließenden Bewegung erhob sie sich und ging in ihr innerstes Gemach. Ohne auf Mandisa zu warten, zog sie ein schlichtes, aber elegantes enganliegendes Leinenkleid an, das ohne Falten oder Verzierung von ihren Achselhöhlen bis auf ihre Knöchel fiel. Dünne Schnüre hielten es an ihren nackten Schultern fest. Langsam und bedächtig ölte sie ihre Haut, parfümierte ihren Hals und zog ihre dunklen Augen nach – unten mit Augenschwärze, auf den Lidern mit grünem Malachit.

Kein Zweifel, ihre Augen waren ihr größtes Kapital. Zafenat-Paneach hatte ihr oft gesagt, daß sie leuchteten wie der Morgen- und Abendstern. Nun, heute abend wäre er beim Pharao im Palast, und ihre Augen würden woanders leuchten. Der Gedanke schnitt wie ein Messer durch ihre Seele, aber sie holte tief Luft und befahl sich, nicht zu zittern. *Wenn Zafenat-Paneach dir wirklich gut wäre, würde er dir geben, was du so sehr wünschst. Wenn er dich wirklich liebte, bräuchtest du das jetzt nicht zu machen ...*

Mandisa kam herein, atemlos vom Laufen. Sie errötete, als sie sah, daß Mandisa schon angezogen war. »Entschuldige, Herrin, ich wußte nicht, daß du ausgehen wolltest«, sagte sie, während sie ihre Hände an ihrem Rock abwischte. »Aber Adom war bei Simeon, und da mußte ich dabeisein ...«

»Hilf mir mit dem Mantel«, unterbrach Asenat sie, während sie ihren Spiegel zurücklegte. Das Bild hatte ihr gefallen. Ihre Perücke war voll, die Schminke war wie eine Maske auf ihrem Gesicht. Wer sie in diesem Mantel und dieser Perücke in den Tempel gehen sah, würde niemals raten, wer sie war.

»Gehst du auf eines der Feste, Herrin?« fragte Mandisa, während sie den vollen Mantel über Asenats Schultern gleiten ließ.

»Ja«, antwortete Asenat. Und bevor Mandisa weiterfragen konnte, schritt sie wie eine Königin aus dem Zimmer hinaus.

Zweiundzwanzig

»Muß ich das hier tragen?«

Tarik nickte und zog mit eiserner Selbstbeherrschung die Handschelle über die Hände des kanaanitischen Gefangenen. Zafenat-Paneach hatte Mandisa gesagt, daß der Gefangene nicht nur in dem ummauerten Garten, sondern auch im Hof frei umhergehen dürfe, und Tarik wußte, daß er nicht berechtigt war, das Urteil seines Herrn in Frage zu stellen, aber so viel Großzügigkeit fand er unklug, besonders bei *diesem* Gefangenen, der das Temperament einer Wespe in einer Flasche hatte.

Die Handschellen waren seine Idee gewesen. »Wenn du im Hof bist, mußt du an Mandisa angekettet sein«, sagte er, während er die andere Schelle um das schlanke Handgelenk der Frau legte. »Dann weiß ich wenigstens, daß du nicht weit kommst, wenn du versuchen solltest, aus dem Tor hinauszulaufen.«

»Was soll ich weglaufen, wenn ich an diese Frau gekettet bin?« knurrte Simeon. »So eine spitze Zunge nimmt kein denkender Mensch freiwillig mit!«

Tarik schaute auf. Verletzten Mandisa diese Worte? Aber ihr einer Mundwinkel bog sich spitzbübisch hoch. Offenbar hatte sie sich an die schroffe Art des Kanaaniters gewöhnt. »Hier siehst du es, Tarik: Je leerer der Topf, desto schneller kocht er über«, stichelte sie. »Wie wär's, Simeon, wenn du dich beruhigst und ein bißchen nett zu sein versuchst? Wenn die Diener dich dauernd nur meckern hören, bestechen sie mich noch, damit ich dich aus ihren Augen nehme. Wenn du wirklich mal was anderes sehen willst, solltest du etwas friedlicher sein.«

Mit einem unterdrückten Grinsen öffnete Tarik die Tür des Zimmers. Als halber Wilder war dieser Kanaaniter nach Theben gekommen, aber schon jetzt hatte Mandisa die Oberhand. Wann würde er merken, daß sie ihn gezähmt hatte?

Tarik trat zur Seite, und Mandisa führte Simeon in den Flur hinaus, wie einen jungen Hund an der Leine. Tarik wußte, daß jede Faser in Simeons Körper dagegen aufbegehrte, so von einer Frau durch die Gegend gezogen zu werden, aber kaum trat er aus dem Flur in den offenen Hof hinaus, wurde die Haltung seines Körpers mit einemmal ganz anders.

Selbst aus der Entfernung sah Tarik, wie Simeons Körper sich entspannte. Seine breiten Schultern lockerten sich, als er anhielt, um tief die Luft einzuatmen. Ohne auf das Getriebe in dem Hof zu achten, legte er die Hände in die Hüften und hob seinen zotteligen Kopf zur Sonne hoch.

Mandisa stand neben ihm, ein ruhiges, beifälliges Leuchten auf dem Gesicht. Tarik holte verdutzt Luft. Das war ja das Gesicht einer Liebenden!

Aber war das wirklich so verwunderlich? Er rieb sich nachdenklich über sein Kinn. Natürlich – wenn sie den Gefangenen nicht liebte, hätte sie niemals ganze Stunden in seinem Zimmer verbracht. Sie hätte alles in fünf Minuten erledigt oder gleich ganz eine der Küchensklavinnen zu dem ekligen Barbaren geschickt. Aber statt dessen hatte sie ihre Zeit, sich selbst, ja ihren Sohn eingesetzt. Und – auch wenn sie es vielleicht selber nicht merkte – ihr Herz.

Tarik lehnte sich an die Wand und betrachtete das Paar. Wie konnte ein Diener im Haus des Wesirs Liebe finden? Tariks ganzes Sinnen und Trachten ging dahin, seinem Herrn zu gefallen. Als jüngster Sohn eines einfachen Bauern geboren, am unteren Ende der ägyptischen Gesellschaft, hatte er sich systematisch nach oben gearbeitet, indem er stets mit aller Kraft sein Bestes gegeben hatte. Die Menschen um ihn herum schienen nur an Essen, Trinken und Vergnügen zu denken, aber Tarik hatte schon als junger Mensch begriffen, daß man nicht dieser schier allmächtigen Lebensphilosophie folgen durfte, wenn man Erfolg haben wollte.

Nein, der Weg zum Gelingen lag darin, daß man seine Arbeit plante, sich die Götter des Wohlstands günstig stimmte und seinem Herrn treu diente. Tariks Lieblingsgott war Wepwawet, der schakalköpfige »Öffner der Wege«. Wepwawet, der das Sonnenboot sicher durch die Gemächer der Nacht lotste, hatte Tarik den Weg zum Erfolg gezeigt, und solange Tarik ihm weiter fleißig seine Anbetung und Opfer darbrachte, würde er ihn weiter führen. Was hatte man von einem Gott, der zuließ, daß Leid über seine Anhänger kam? Ein Gott war dazu da, einem Wohlergehen zu schenken, und nicht Unglück.

Und so war Tarik der Wache seiner Stadt beigetreten und hatte sich danach gerne zur Kavallerie des Pharao versetzen lassen. Nach einiger Zeit war er zum Leiter der Wache einer Gouverneursvilla avanciert, wo Zafenat-Paneachs Auge auf ihn gefallen war. Gelegentlich hatte Tarik mit dem Gedanken gespielt, einen Dienst im Palast des Pharao anzuvisieren, aber solange der König noch nicht volljährig war, lag die eigentliche Macht in *diesem* Haus. Als Hauptmann der Wesirswache bekleidete Tarik eine der höchsten Positionen im ganzen Land. Aber manchmal – sein Blick fiel wieder auf Mandisa und ihren geliebten Gefangenen –, manchmal fragte er sich, ob das Leben nicht mehr zu bieten hatte als Erfolg.

Dreiundzwanzig

»O, ist *das* dein Geheimnis, Mandisa? Jetzt verstehe ich dich.«

Die Stimme war leise, sinnlich und eine Spur spöttisch, und Simeons Kopf ruckte in ihre Richtung. Es war, als sei die Frau aus dem Boden des Hofes gestiegen. Sie trug das dünnste ägyptische Gewand, das er je gesehen hatte; es enthüllte einen schlanken, verführerisch appetitlichen Körper. Sie trug keine Perücke, sondern ließ die wilde Lockenpracht ihres eigenen Haares über ihren Rücken fallen. Der Glanz ihrer dunklen Augen wollte ihn blenden. Ihre ganze Erscheinung war so plötzlich, so wie aus einer anderen Welt, daß er einen halben Schritt zurück machte, sprachlos vor Erstaunen.

Das Staunen mußte wohl auf seinem Gesicht geschrieben stehen, denn die Frau lachte leise und berührte mit der Spitze ihres Fingers seine nackte Brust. »Du bist blaß, Freund«, flüsterte sie in seiner geliebten Muttersprache. »Du hättest dir eher Ausgang geben lassen sollen von diesen herzlosen Ägyptern.«

Die Frau schien zu glauben, daß er alles machen konnte mit den Menschen, die ihn gefangenhielten, und seine Brust hob sich freudig vor diesem lieblichen Anblick und Klang. Etwas an der Frau erinnerte ihn an den wilden Wind der Wüste, und einen Augenblick lang vergaß er die Kette um sein Handgelenk. Mandisa schien auf einmal weg zu sein, wie eine Fata Morgana, die sich aufgelöst hatte.

»Mein Name ist Tizara«, flüsterte die Fremde. Sie schnurrte es wie eine Katze, ihr Moschusparfüm hüllte ihn wie eine Wolke ein. »Wir treffen uns noch ... Ich verspreche dir's.«

Sie drehte sich um und ging mit betont wiegenden Hüften zu den Gärten hin. Simeon spürte, wie sein Blut zu dem Fingerabdruck auf seiner Haut hinströmte; sein Herz machte einen halbbeklommenen Satz.

Mandisa zog an seiner Kette. »Ich glaube, die Hitze ist zu viel für dich.« Sie klang abrupt. »Dein Gesicht ist ja ganz rot. Du hättest nicht so lange in der Sonne stehen sollen.«

Er spürte das bißchen Kraft, mit dem sie an der Kette zog, kaum, aber nach einem Augenblick folgte er ihr in den kühlen Flur, der zu seinem Zimmer führte. Sie hatte recht. Vor seinen Augen tanzte weißglühend das Nachbild eines Himmelskörpers. Er war geblendet worden. Aber nicht von der Sonne.

Ani schüttelte den Kopf auf seinem Beobachtungsposten auf dem Balkon des Wesirs über dem Hof. Törichte Mandisa! Warum mußte sie ihren gerade erst gezähmten jungen Löwen geradewegs in die Höhle des Panthers führen? Er schnalzte lautlos-mitleidig mit der Zunge. Sie hätte es vorhersehen müssen. Aber gut, sie war noch jung und unerfahren in so vielen Dingen.

Nach ein paar Augenblicken kam Mandisa zurück in den Hof, allein, die eine Hand vor ihre Augen gelegt, zum Schutz vor der Sonne und neugierigen Blicken.

»Mandisa!« Ani beugte sich über das Steingeländer.

Sie schaute zu ihm hoch, ihr Kinn zitterte. »Ja?«

»Komm doch eben rauf. Ich muß mit dir reden.«

Scheinbar widerwillig drehte sie sich zu dem Haus zurück. Ani marschierte ein paar Schritte hin und her. Wie sollte er vorgehen? Sollte er ehrlich sein und ihr sagen, daß dieser Kanaaniter bald zurück zu den Seinen gehen würde? Daß es sich nicht für sie geziemte, ihr Herz zu riskieren, wenn sie doch zur Familie und dem Haus Zafenat-Paneachs gehörte? Aber welche verliebte Frau wollte schon die Wahrheit hören?

»Ja, mein Herr Ani?«

Sie hatte geweint, ihre Augenlider waren noch naß.

»Setz dich, Kind«, sagte er und wies auf eine in die Balustrade eingelassene Steinbank. Er hielt inne und preßte die Lippen zusammen. »Ich habe gesehen, was gerade unten im Hof geschehen ist.«

Ihre dünne Fassade zerbrach, neue Tränen kamen. »Ich verstehe ihn nicht, Ani!« Ihre Stimme war rauh und wund. »Monatelang hab ich für ihn gesorgt. Ich, eine Freie, habe ihm hinterhergeputzt wie die einfachste Sklavin. Ich habe seine Sticheleien ertragen, seine Grausamkeit, seine Wut. Ich habe mir die Geschichten über seine Familie angehört. Wenn Jakobs Sippe wüßte, was ich alles weiß, sie würden mich umbringen wollen!« Sie hielt inne, während eine heiße Träne ihre Wange hinabrollte. »Ich weiß, daß er ein Mörder und ein elender Hitzkopf ist, aber wenn ich ihn anschaue, bricht mir das Herz. Ich habe ihm meinen Sohn ausgeliehen, damit er sich nicht so einsam fühlt – und kaum sieht er diese Hure, vergißt er mich!«

Ani klatschte zufrieden in die Hände. »Du siehst also, daß er ein hoffnungsloser Fall ist, und jetzt haßt du ihn. Das ist gut.«

»Aber er hat so eine Kraft, Ani! Wenn er nicht über seine Vergangenheit grübelt, ist er richtig treu und fürsorglich. Und er weiß so viel über die Wüste und über alle möglichen Tiere! Er hat Adom schon so viel beigebracht – lauter Sachen, die ich nie verstehen würde! Und er kennt so viele Geschichten über den unsichtbaren Allmächtigen Gott und ist stolz darauf, einer von Gott Shaddais Erwählten zu sein. Er achtet seine Brüder und steht für seine Mutter ein.«

Anis Körper wurde steifer. »Unser Herr kennt die Geschichten über den Allmächtigen Gott auch«, sagte er. »Aber er ist ein völlig anderer Mensch als dieser Simeon.«

»Unser Herr«, sagte Mandisa, ihre Worte sorgfältig zurechtlegend, »betet zu dem Allmächtigen Gott und vertraut auf ihn. Simeon spricht zwar auch von diesem Gott, aber ich glaube nicht, daß er auf etwas anderes vertraut als auf seine eigene Kraft – die Kraft seines Zornes.«

Sie hielt inne, um sich die Tränen abzuwischen. Ani setzte sich neben sie auf die Bank. Ob sie es wußte oder nicht, sie hatte ihm gerade ihr Herz geöffnet. »Du liebst ihn also.«

»Ja, ich glaube, schon. Obwohl ich es ja besser wissen müßte.« Sie klang wie über sich selbst verwundert.

»Bist du da sicher? Wenn du an eine Ehe denkst, laß mich dich daran erinnern, daß du schon einmal verheiratet warst, und dieser Mann brachte dir nur Elend.«

»Idogbe hat mich von meinem Vater gekauft und wie ein Beutestück nach Ägypten gebracht, und nicht wie eine Ehefrau«, antwortete sie. Ihre Worte waren wie Eiswasser. Sie wischte sich eine erneute Träne aus den Augen. »Er war stolz auf mich – bis er hörte, daß ich schwanger war. Da hat er mich Knall auf Fall verlassen.«

Ani suchte nach den richtigen Worten, dann sagte er: »Vielleicht solltest du den Göttern danken, daß er aufgehört hat, dich zu lieben. Wenn er dich so unglücklich gemacht hat, hat es dir viel Leid erspart, daß er verschwunden ist.«

Sie drehte sich zu ihm hin. »Er hat mich nie geliebt, aber wirklich begriffen habe ich das erst, als ich sah, was wahre Liebe ist. Und ich lernte wahre Liebe kennen, als Zafenat-Paneach mir einen Platz in diesem Haus gab.« Sie lächelte versonnen. »Als ich sah, wie er die Herrin Asenat durch die Geburt zweier Söhne und den Tod dreier anderer hindurch liebte, da erkannte ich, daß wahre Liebe sanft ist. Sie ist beharrlich, aber nicht fordernd. Sie schützt und vertraut und stellt den Geliebten nicht zur Schau. Jemanden, den man liebt, Ani, verläßt man niemals.«

»Und da sagen die Leute, ich sei der Weise«, antwortete Ani. Er nahm ihre Hand und drückte sie sachte, die nächste Frage auf seiner zögernden Zunge. »Tochter, du hast deine eigenen Fragen beantwortet; du sagst, du liebst diesen Kanaaniter. Aber liebt er dich auch?«

Sie schloß die Augen und legte ihre Hand auf ihr Herz. »Das«, flüsterte sie, »ist das, was ich herausfinden muß.«

Simeon wälzte sich auf seinem Bett, zu überdreht, um zu schlafen. Er hatte gemerkt, daß Mandisa wütend war, als sie ihn verließ, und er konnte ihr wohl nicht böse sein deswegen. Simeon kannte sich aus mit der Eifersucht der Frauen; jahrelang hatte er versucht, die bitteren Blicke zu blockieren, die seine Mutter und Rahel einander zuwarfen. Aber er wußte auch, daß die Frauen es irgendwie fertigbrachten, sich mit ihrem Leiden und ihrer Wut zu arrangieren. Wie seine Mutter. Das Leben war weitergegangen, trotz der Differenzen zwischen Jakobs Frauen.

Aber die Fremde im Hof – ihre Berührung und ihre Worte hatten Gefühle in ihm wiedererweckt, die er längst für tot gehalten hatte. In ihren Augen war er stark und frei gewesen, ein kanaanitischer Krieger, ein Riese unter den Menschen. Mit einem einzigen Blick hatte sie ihm die Zuversicht und den Mut, den diese Gefangenschaft ihm aus dem Herzen gerissen hatte, zurückgegeben.

Er, Simeon der Zerschmetterer, hatte begonnen, sich mit seiner Gefangenschaft abzufinden! Die Erkenntnis schockierte ihn, aber andererseits ... welcher seiner Brüder wäre nicht mürbe geworden in dieser Einzelhaft? Mit unerträglicher Langsamkeit waren die Monate dahingekrochen, jeder Augenblick eine halbe Ewigkeit, wie die Granitfiguren an den Straßen von Theben. Er hatte Mandisa gebeten, ihm einen Schattenstab zu besorgen. Sie hatte gelacht über diesen komischen Wunsch, aber sie hatte ihm seine Schattenuhr gebracht und unter dem Fenster auf einen Tisch gestellt. Von da an hatte er jeden Tag neu den Schatten des senkrechten Stabes beobachtet, wie er wurmgleich über den waagrechten Meßstab kroch. Die einzigen Stunden, die etwas schneller vergingen, waren die, die er in Adoms oder Mandisas Gesellschaft verbrachte.

Bis heute. Wie lange hatte er vor der Frau gestanden, die ihn berührt hatte? Fünf Minuten? Es war ihm nicht länger als ein Herzschlag vorgekommen, so schnell war sie dagewesen und wieder weg. Es war ein winziger Glücksaugenblick gewesen, den er zu einer wochenlangen Erinnerung ausdehnen mußte, wenn er diese Gefangenschaft noch viel länger ertragen wollte.

Er drehte sich wieder, ohne eine Lage zu finden, die bequem war. Manchmal fühlte er sich, als ob böse Hände langsam, ganz langsam das Leben aus seinem Herz herauspreßten. Er hatte diesen schuldbewußten Druck schon viele Male verspürt – bei dem Massaker von Sichem, bei Dothan, wo er Joseph töten wollte –, aber in der letzten Zeit war er schlimmer geworden. Er mußte flüchten, heraus aus diesem Elend, aber er hatte keine Waffen und auch keine Werkzeuge, um sich welche zu basteln, es sei denn ...

Seine Augen fielen auf die Schattenuhr, die nutzlos durch die Nacht schlief. Der senkrechte Stab war aus poliertem Kupfer und so lang wie eine menschliche Hand. In der richtigen Faust wäre er ein Dolch.

Er rollte aus dem Bett und packte den Stab. Das waagrechte Stück brach ab, die Bruchkante am Griff der neuen Klinge war deutlich zu spüren. Das Ding war nicht scharf, aber wenn man mit genügend Kraft zustieß, würde es tief beißen.

Wieder frei sein, triumphierend zurückkehren ins Lager Israels ... Sein Gehirn kreiste genießerisch um dieses Bild, er hörte schon die Freudenrufe seiner Brüder, spürte Dinas stolze Arme um seinen Hals. Und endlich, endlich wäre sein Vater mit ihm zufrieden, würde seine Flucht doch Benjamins Reise nach Ägypten unnötig machen. Sie würden sich ihr Korn woanders kaufen; wenn nötig, würden sie ihre Nachbarn bestechen, ihnen Kornrationen zu besorgen.

Aber halt ... Um zu fliehen, mußte er ja diese Waffe gegen Mandisa oder Tarik einsetzen, die einzigen Menschen, die je seine Tür öffneten. Einen von ihnen müßte er als Geisel nehmen, wenn sein Plan gelingen sollte. Den Hauptmann zu töten wäre, auch wenn Simeon ihn zu achten gelernt hatte, weiter kein Problem; der Tod gehörte nun einmal zum Berufsrisiko eines Soldaten. Aber Mandisa etwas antun? Er könnte noch nicht einmal so tun, als ob. Sie kannte ihn zu gut, sie würde seinen Bluff durchschauen.

Die Kupferklinge glitt aus seiner Hand und schepperte auf den gefliesten Boden. Besser in diesem gottvergessenen Loch bleiben, als eine schmerzliche Niederlage riskieren.

Ein kratzendes Geräusch an seiner Tür unterbrach seine Gedanken.

»Simeon.« Tizara hielt inne, das Ohr an die Tür gepreßt. Schlief er? Sie traute sich nicht, lauter zu sprechen. Sie durfte die anderen im Haus nicht aufwecken.

»Wer ist da?«

Von der anderen Seite der schweren Holztür kam das Geräusch heftigen Atmens. Tizara lächelte. Er stand hinter der Tür, ihre Stimme hatte ihn hellwach gemacht. Genau wie sie gedacht hatte.

»Ich bin Tizara. Wen hast du denn erwartet?« Sie konnte ein Kichern nicht ganz unterdrücken. »Möchtest du, daß ich hereinkomme?«

Sie hörte, wie er sich heftig bewegte. Noch ein Augenblick, und er würde gegen die Tür hämmern. »Psst, sei still«, flüsterte sie, die Hände gegen das Holz gepreßt. »Ich bin nicht gekommen, um es dir schön zu machen, sondern um dir zu helfen, wieder frei zu werden.« Sie hielt inne und horchte. »Du und ich, wir werden zusammen aus Mizraim fliehen. Na, was hältst du davon?«

Das Holz erzitterte spürbar. Aha, er lehnte sich gegen die Tür. »Warum sollte ich dir vertrauen?« knurrte er.

»Weil ich aus Kanaan bin, wie du auch. Weil ich das Sklavendasein gerade so hasse wie du deine Gefangenschaft.« Sie machte ihre Stimme heller. »Und weil du mir gefällst.« Etwas Schmeicheln war nie verkehrt.

»Mach die Tür auf.«

»Psst. Jetzt noch nicht, mein Freund. Nicht heute nacht. Wir müssen erst einen Plan machen. Wir müssen uns vorbereiten auf die Reise durch die Wüste. Ich besorge uns Proviant, Mäntel, Wasserschläuche ...«

»Und warum willst *du* hier weg?«

Die Frage überraschte sie, und einen Augenblick lang war ihre rasche Zunge still. »Weil«, stotterte sie, »weil es besser ist, eine Freie zu sein, die arbeitet, als eine Sklavin, die nichts zu tun hat. Ich bin kein Kindermädchen! Ich hab es satt, daß die Leute mich rumkommandieren.«

Sie setzte sich auf den Boden und lehne ihre Schulter an die Tür. »Wenn wir nach Kanaan zurückkehren, baue ich mir mein eigenes Haus hinter den starken Mauern von Sichem. Ich werde meine eigenen Herden besitzen, ich werde tun, was ich will, und nie mehr jemand ›Herr‹ nennen müssen.«

Er antwortete nicht, und einen Augenblick fragte sie sich, ob sie nicht doch die Tür öffnen sollte, um sich ihm von Angesicht zu Angesicht zu erklären. Aber nein, dieser Mann war stark und wußte, was er wollte. Sie würde sich ihm erst anvertrauen, wenn sie keine andere Wahl mehr hatte.

»Schön«, sagte er, seine Stimme zynisch. »Sieh aber zu, daß du gleich genügend von dem Silber des Wesirs dazustiehlst, um dein neues Haus einzurichten. Zähle nicht auf ein Brautgeld von mir.«

Sie lachte leise. »Brautgeld? Hab ich gesagt, daß ich dich heiraten will?«

»Das ist egal«, kam die Antwort, langsam und fest. »Ich werde nicht mehr heiraten.«

In der Realität des Morgenlichts schien Tizaras Besuch nur ein Traum zu sein, bis Simeon die zerbrochene Schattenuhr auf dem Fußboden sah. Wollte die Hure also auch hier raus? Warum sich nicht von ihr helfen lassen? Sie hatte Zugang zu Gerätschaften und Proviant, mit ihrer Hilfe konnte er es ohne Mandisa schaffen. Mitten in der Nacht würde er verschwinden, Mandisa und Adom wären ahnungslos bis zum Morgen.

Wie lange würde Tizara brauchen für ihre Vorbereitungen? Den ganzen Morgen brütete die Frage in seinem Kopf, unausgesprochen und unbeantwortet. Selbst als Mandisa mit dem Frühstück kam, ließ sie ihn nicht in Ruhe. Mandisa räumte mit sicheren Bewegungen das Zimmer auf und redete über dies und das, aber das Thema »Ausgang« erwähnte sie nicht. Sie sprach auch mit keiner Silbe über das, was gestern im Hof vorgefallen war, aber Simeon kannte sie gut genug, um zu wissen, daß seine Begegnung mit Tizara ihr sehr nachging.

Als sie sich umdrehte, um wieder zu gehen, hob er seine Hand. »Mandisa«, sagte er, vorsichtig lächelnd, »du bist sicher wütend auf mich wegen der Sache gestern?«

»Wütende Frauen betten sich auf Brennesseln«, antwortete sie, seinem Blick ausweichend. »Und ich habe gut geschlafen letzte Nacht, Simeon.«

»Bist du dann also nicht böse auf mich?« Sein Zeigefinger ging an ihr zitterndes Kinn. »Ich glaube, du lügst gerade.«

»Ich muß gehen.« Sie drehte sich wieder um, das Gesicht abgewandt. Ihre Finger kämpften mit dem Türriegel.

»Warte.« Er faßte sie am Arm, und ihre Muskeln versteiften sich unter der Berührung. Sie wandte ihm den Rücken zu, aber wenn er nicht mehr lange da war, mußte sie doch wissen, wie sehr er all das schätzte, was sie für ihn getan hatte. »Mandisa, ich ...«

»Hör auf, Simeon«, unterbrach sie ihn. Ihr Kopf fiel nach vorne. Er merkte, daß sie weinte, und erschrak.

»Ich geb's ja zu«, schluchzte sie. »Ja, ich ... war wütend. Ich will dir doch helfen, aber ich kann ... dich nicht lieben ... solange ich nicht weiß, was du ... für mich fühlst.«

Eine unerwartete Wärme durchschoß ihn. Bei der Erde und beim Himmel, hatte sie *lieben* gesagt? Lag hinter ihrer Eifersucht auf Tizara mehr als bloßes Besitzenwollen? Sie war *echt* eifersüchtig gewesen, sie wollte ihn ... Sein Herz wurde plötzlich weit. Sie dachte sicher, daß sie es nicht aufnehmen konnte mit Tizaras frechen Reizen, aber in seinen Armen war Platz für sie, o ja! Was verdankte er ihr nicht alles! Ohne ihre zarte Gegenwart hätte er glatt den Verstand verloren hier im Schwarzen Land.

Er drehte sie fest um und zog sie an sich, daß ihr Kopf an seiner Brust lag. »Mandisa, Liebes«, flüsterte er und strich mit dem Rücken seiner Finger über ihre nasse Wange, während er sich nach unten beugte und seine Lippen auf die ihren drückte. Der Kuß ließ einen Orkan in seiner Magengrube losbrechen. Er preßte sie noch mehr an sich, trank das Gefühl ihrer willigen Hingabe ein. Er würde ihr seine Dankbarkeit auf die Art zeigen, die er beherrschte, und vielleicht, wenn ihre Götter es gut mit ihr meinten, würde sie einen Sohn zur Welt bringen, als lebendige Erinnerung an ihn.

Sie zitterte in seinen Armen, und er löste seinen Mund von ihrem und sah ihr in die Augen.

Sie legte ihre Hände auf seine Brust. »Simeon«, flüsterte sie, »ich glaube, du verstehst das nicht.«

Eine Zweifelswolke wuchs in ihren Augen, aber er schnitt ihre Worte ab, bevor sie aus ihrem Mund waren. »Wenn du meine Liebe willst, ich will sie dir geben, gleich jetzt, hier«, murmelte er. Seine Lippen wanderten zu ihrem Hals. »Ich verdanke dir mein Leben, Mandisa. Laß mich dir meine Kraft schenken.«

Er hob seine Lippen, um sie erneut auf ihre zu drücken; sie fanden nur leere Luft. »Simeon, nein! Laß mich!« Sie versuchte, sich aus seinen Armen zu winden.

»Was denn?« Ein frustrierter Schrei riß in seiner Kehle.

»Das ist nicht recht«, keuchte sie. »Laß mich los, sofort!«

»Das ist Liebe! Wenn du Liebe willst ...«

»*Das* ist *nicht* Liebe! Ich kann das nicht!«

»Natürlich kannst du das!«

»Nein! Das verstehst du nicht! Du verstehst überhaupt nichts!«

Er ließ sie los, frustriert und sprachlos. Sie sprang wie ein verängstigtes Tier zur Tür und knallte sie hinter sich zu. Er hörte ihr Schluchzen, als sie den Riegel vorschob.

»Mandisa!« Mit pochenden Adern ging er zur Tür und drückte gegen sie. »Sei doch nicht so scheu! Du bist doch kein Kind und keine Jungfrau mehr.«

»Das verstehst du nicht«, flüsterte sie wieder durch ihre Tränen. Wenigstens war sie noch vor der Tür.

»Was hast du denn? Ich war doch gar nicht grob!« Er preßte die Zähne zusammen gegen seinen aufsteigenden Zorn. »Frau, wenn ich dir was Böses wollte, hätte ich dich jederzeit nehmen können!«

Er hörte ein neues Aufschluchzen, dann das Geräusch ihrer fliehenden Schritte.

Vierundzwanzig

Er fluchte, bis ihm keine Worte mehr einfielen, dann tigerte er hin und her, bis er glaubte, vor Frust verrückt zu werden. Die Sonne ging unter, und die Geräusche der Wesirsvilla ebbten ab zur Stille der Nacht. Simeon hielt ein Auge auf die Tür gerichtet. Würde Mandisa Tarik schicken, um ihn zu rügen oder zu bestrafen? Aber niemand kam, der Flur war still.

Als die Nacht die Villa vollständig eingehüllt hatte, streckte er sich auf dem zu kurzen Bett aus und schloß die Augen. Er fiel in einen leichten Schlummer. Das Geräusch des Türriegels ließ ihn mit einemmal wieder hellwach werden.

Er schlug die Augen auf, nervös und wütend. Hatte Mandisa es sich anders überlegt? Jetzt wollte er sie nicht haben, nicht für alles Silber und Gold im Schatzgrab des Pharao. Aber Mandisa würde niemals in der Nacht zu ihm kommen. Der Mensch da vor der Tür mußte Tarik sein, der ihn mit großem Vergnügen bestrafen wollte, weil er eine Dienerin des Wesirs beleidigt hatte.

Seine Hand schloß sich um den Dolch. Mit einem einzigen Schwung rollte er von dem Bett und sprang auf die Füße. Er verspürte Angst, aber gleichzeitig eine wilde Erleichterung. Endlich war sie da, die Chance, endlich konnte er sich beweisen, dem Feind zu fairen, gleichen Bedingungen gegenübertreten.

Seine Brust wollte platzen, als die Tür aufging. Er hielt den Atem an. Gleich würde er sie in dem Mondlicht sehen, die kompakte, muskulöse Gestalt des Hauptmanns. Doch nein, in der Tür stand eine verschleierte Frau.

Die Stimme war unverkennbar. »Hast du mich nicht so bald erwartet?« schnurrte Tizara.

»Nein.« Simeon räusperte sich, sein überhitztes Gehirn beruhigte sich. »Ich hatte dich heute nacht noch nicht erwartet.«

»Nach deinem verrückten Nachmittag wohl nicht, das glaub ich auch«, antwortete sie. Ihre Augen glühten unter dem Schleier hervor. Sie hob ihn mit beiden Händen und warf Simeon einen bewundernden Blick zu. »Und ich dachte, Simeon, dein Herz brennt nur für mich.«

»Hat das ganze Haus das gehört?« fragte er, plötzlich entnervt.

Sie lächelte. Selbst das war aufreizend sinnlich. »Nein, nur ich. Ich war draußen vor deinem Fenster, um dich vielleicht vorzuwarnen, aber Mandisa hat den anderen nichts erzählt.«

Simeon nickte beruhigt. Die Demütigung, daß jeder Bescheid wußte, würde Mandisa also erspart bleiben. Nicht, daß es ihn gejuckt hätte, aber für Adom war es sicher besser, wenn nicht das ganze Haus wußte, was zwischen dem Gefangenen und seiner Mutter vorgefallen war.

Tizara neigte ihren Kopf zur Seite, ihr Lächeln wurde eine Spur boshaft. »Dieser schwatzhafte alte Verwalter hat mir erzählt, daß du schon zweimal verheiratet warst, Simeon. Ich staune, wie wenig du über das schwache Geschlecht weißt. Hat keine deiner Frauen dir gesagt, daß die Verbindung eines Mannes und einer Frau wenig mit Liebe zu tun hat?« Ihre eine Augenbraue ging schräg nach oben, ihre Stimme wurde trockener. »Glaube mir, ich kenne mich da aus.«

Sein Kinn schob sich nach vorne. »Frauen sind Dummköpfe, denen man es nie recht machen kann.«

Ihr leises Lachen wärmte den Raum. »Ich würde das gleiche von den Männern sagen, aber darüber können wir uns unterwegs noch streiten. Gehen wir, solange das Haus ruhig ist. Bis auf ein paar Wächter schläft alles. Bist du bereit?«

Er sah sich um. Er hatte keine Besitztümer, nichts als den improvisierten Dolch. Er steckte ihn in den Gürtel seines Schurzes und fing den schweren Mantel auf, den Tizara ihm zuwarf.

»Bald werden die Wachen abgelöst«, flüsterte sie, während sie ihn in den Flur führte. »Am besten schlüpfen wir jetzt an ihnen vorbei, wo ihre Augen schwer sind und sie schon von ihren Betten träumen.«

Simeon nickte, sein Mut und seine Entschlossenheit wie ein Fels in seiner Seele. »Gehen wir.«

Tarik setzte sich auf, atemlos und in kalten Schweiß gebadet. Langsam kehrte die Realität in sein Bewußtsein zurück. Mit zusammengepreßten Lippen lauschte er in das dunkle Haus hinaus. Er hörte nichts als das Hämmern seines eigenen Herzens. Er wischte sich ein paar kleine, glitzernde Schweißtropfen von seiner Oberlippe. Der Alptraum war vorbei, verdünnt zu einem grauen Phantom der Angst, einer dumpfen Unglücksvorahnung.

Ein Schatten bewegte sich in der Dunkelheit. Tarik griff nach dem Dolch neben seinem Bett.

»Ich bin's ... Ani!«

Der alte Verwalter trat in das kleine Mondlichtviereck in der Nähe der Mitte des Raumes. Der pulsierende Knoten in Tariks Magen löste sich. Er senkte die blitzende Klinge und schwang seine Füße auf den Fußboden. »Ani, was machst du hier?«

»Spürst du es nicht?« Der Alte schaute um sich und schnupperte die Luft, wie ein Spürhund. »Als ich gestern nachmittag Öl in die Wahrsageschale des Herrn goß, sah ich einen Augenblick lang die Gestalt des Anubis. Der böse Feind umlauert diese Nacht unser Haus, Tarik. Ich dachte, du spürst es vielleicht auch.«

»Ich habe einen Alptraum gehabt«, sagte Tarik. Er stand von seinem Bett auf, steckte den Dolch in seinen Schurz und schnallte sich seinen Schwertgürtel um. Ein Augenblick, und er hatte eine Lampe angezündet und ging in den Flur, gefolgt von dem Verwalter.

»Sei leise und wecke nur den Herrn, aber nicht den Rest der Familie«, sagte er Ani. »Ich hole ein paar Extra-Wachen aus ihren Betten, sie sollen sich an den Umfassungsmauern der Villa postieren. Wir werden die Wache verdoppeln und die ganze Nacht aufbleiben, wenn es sein muß.«

Ani nickte, sein Gesicht eine Maske der Wachsamkeit.

Tizara hatte an alles gedacht. Nun ja, nicht ganz. Während sie durch die leeren Flure schlichen, berichtete sie Simeon, was sie alles besorgt hatte: Proviant, zusätzliche Kleider, feste Ledersandalen und mehrere Kürbisflaschen mit Wasser. Es war ihr sogar gelungen, einen Esel aus der Herde herauszuholen und an dem Tor des Stallhofes anzubinden. Sie lächelte Simeon zuversichtlich an. »Den Proviant hab ich beim Brunnen versteckt. Sobald wir alles haben ...«

»Aber der Brunnen liegt auf der einen Seite der Villa, und die Ställe auf der anderen!« Simeon blieb abrupt stehen und funkelte sie an.

Wie bei allen ägyptischen Villen war das eigentliche Wohngebäude von mehreren offenen Höfen umgeben, die es von den Geräuschen, Gerüchen und dem Anblick der Quartiere der Dienerschaft, der Kornspeicher, Ställe, Küchen und Gärten abschirmten. Die Stallungen und der Hof für das Vieh lagen auf der Südwestseite der Villa, so daß die vorherrschenden Winde die Gerüche wegtrugen, aber der Brunnen lag auf der Ostseite, und zwar, wenn Simeon sich recht erinnerte, ganz in der Nähe der Wohnräume des Wesirs, damit seine Diener nicht zu weit laufen mußten, um ihrem Herrn das Badewasser zu schöpfen. Simeon und Tizara müßten geradewegs an den Ohren des schlafenden Wesirs vorbei!

»Dummheit, dein Name ist Frau«, murmelte er. Er ließ die Hure in dem tiefen Schatten stehen und marschierte in Richtung Brunnen.

Schreie und Rufe. Mandisa schreckte hoch, als habe ihr jemand den Schlaf aus dem Magen geboxt. Ein Gedanke durchriß den Nebel der Benommenheit wie ein Blitz. *Sie haben ihn getötet!* Dann hörte sie Simeons zorniges Gebrüll und wußte, daß Tarik sich zurückgehalten hatte. Gnädiger Gott ...

Sie zog sich hastig an, beugte sich kurz über ihren schlafenden Sohn und ging, wie die Pflicht es verlangte, in das Zimmer ihrer Herrin. Auch Asenat war aufgewacht und in ein Gewand geschlüpft. Sie schien bemerkenswert ruhig, als sie eine brennende Lampe nahm und ihren Kopf zu dem Flur hin neigte, der zu den Gemächern des Herrn führte. »Sie werden ihn zu meinem Gemahl bringen, und dann werden wir alles erfahren«, sagte sie und trat in den Flur.

Mandisa folgte ihr, dankbar, daß sie keine Bemerkung über Simeons Naivität und Dummheit gemacht hatte. Wie war er aus dem Zimmer gekommen? Und warum hatte er sein Leben riskiert? Wieder und wieder hatte sie ihm doch versichert, daß seine Brüder wiederkommen würden, bevor die Hungersnot zu Ende war. Zafenat-Paneach hatte es doch vorhergesagt, und er hatte sich noch nie getäuscht, wenn sein Gott ihm etwas geoffenbart hatte.

Der Herr war ebenfalls wach und angezogen, als die Frauen hereinkamen. Seine Bettdecke sah unberührt aus. Wenn er überhaupt geschlafen hatte, ließ er es sich nicht anmerken. Er begrüßte seine Frau mit einem Kuß auf die Wange. Asenat murmelte etwas zur Erwiderung und ließ sich neben dem geschnitzten Stuhl am Bett nieder.

Mandisa wollte sich in eine Ecke zurückziehen, aber Zafenat-Paneach sah sie an. »Komm ruhig näher, Mandisa«, sagte er. Es klang freundlich-besorgt. »Glaube nicht, daß ich nicht wüßte, was du für deinen Schützling fühlst.« Die Andeutung eines Lächelns glitt über sein Gesicht. »Du liebst ihn, wie ich auch, aber er stellt unsere Geduld auf harte Proben.«

»Ja, Herr«, flüsterte sie. Eine Welle der Erleichterung spülte durch ihre Seele. Sie trat neben die Herrin Asenat und hatte gerade noch Zeit, sich zu fassen und eine feste Miene aufzusetzen, bevor die Doppeltüren des Zimmers aufflogen und ein Dutzend Wachen hereinmarschiert kamen, angeführt von Tarik und gefolgt von Ani. In ihrer Mitte waren zwei Gefangene. Simeons Gesicht hatte Mandisa erwartet, aber ihre Beherrschung war fast dahin, als sie neben ihm Tizara sah.

Simeon blieb vor dem Wesir stehen, die Füße auseinandergestellt, der Kopf trotzig zurückgeworfen. Seine schwarzen Augen musterten die kleine Versammlung heftig, dann konzentrierten sie sich auf Zafenat-Paneach. Mandisa spürte die Wucht ihres Hasses wie eine unsichtbare Faust.

Tizara lächelte den Herrn schamlos an; es schien sie nicht zu kümmern, daß nur ein paar Schritte entfernt seine Frau saß. Sie erwiderte seinen musternden Blick, doch dann ging ein plötzliches Zittern über ihre Marmorlippen und sie hob errötend ihre Augen zur Decke und starrte ins Nirgendwo.

Zafenat-Paneach setzte sich auf seinen geschnitzten Stuhl und nahm die Hand seiner Frau. »Warum wolltet ihr aus meinem Haus fliehen?« fragte er auf ägyptisch. Mandisa übersetzte rasch; fast hätte sie vergessen, daß Simeon ja noch nicht wußte, wer ihr Herr war.

Keiner der beiden Gefangenen antwortete, und der Wesir drehte sich zu Tarik hin. »Ist jemand von deinen Männern verletzt worden?«

»Nur ein Stalljunge, mit dem Ding hier.« Tarik hielt ihm den abgebrochenen Zeiger einer Schattenuhr hin. Mandisa erkannte ihn sofort und schloß verzweifelt die Augen. Ihr Geschenk hatte Simeon als Waffe benutzt. Gegen einen Jungen.

»Wird er durchkommen?«

»Ja.« Tarik nickte. »Die königlichen Ärzte kümmern sich gerade um ihn.«

Die Augen des Wesirs huschten über die beiden Gefangenen. »Ich könnte euch beide in Pharaos Gefängnis werfen lassen, weil ihr diesen Jungen verletzt habt. Aber ich bin ein neugieriger Mensch, und ihr habt mir immer noch nicht geantwortet. Warum wolltet ihr fort?«

Mandisa übersetzte wieder, und diesmal sprach Simeon. Er spuckte die Worte förmlich. »Wenn du wüßtest, was Gefangenschaft heißt, würdest du nicht so eine dumme Frage stellen.«

Mandisa rang ihre Hände und übersetzte rasch. Bis jetzt war der Wesir gnädig gewesen, aber seine Geduld würde nicht ewig währen. Jeder Diener in diesem Haus und die meisten aufgeklärteren Bürger in Theben wußten, daß der Herr selber einmal ein Sklave und ein Gefangener gewesen war. Wann würde Simeon es endlich lernen, sich zu zügeln? Sein Zorn war wie ein Windstoß, der die Lampe seines Verstandes ausblies.

»Wenn ich der Gefangene gewesen wäre, hätte man mich wohl kaum so gnädig behandelt wie dich«, sagte Zafenat-Paneach, ohne seine Stimme zu heben. »Hat man dich je ausgepeitscht? Oder angekettet, bis deine Hände bluteten? Hast du in deinem eigenen Dreck liegen müssen, bis die Maden dein Fleisch zu fressen begannen? Bist du – bis auf das, was du dir selber zugefügt hast – ohne menschliche

Gesellschaft gewesen, ohne ein liebes Wort und eine freundliche Stimme?«

Der Wesir fuhr fort. Von Zeit zu Zeit hielt er an, damit Mandisa übersetzen konnte. »Ich weiß sehr wohl, was Gefangenschaft heißt. Gefangenschaft und Sklaverei können der Mühlstein sein, mit dem Gott einen unmöglichen Menschen zermahlt, der sich einer unmöglichen Aufgabe stellen muß. Wirst du dich von Gott mahlen lassen, Simeon? Oder wirst du seinem Willen widerstehen und dein Herz noch mehr verhärten?«

Der Wesir sah Tizara an. »Und du, junge Frau: Bist du mißhandelt worden in diesem Haus? Hat dich ein Mann sich zu Willen gemacht? Hat eine Frau dich mit grausamem Spott verfolgt? Du brauchtest dringend Liebe und Barmherzigkeit, als du zu uns kamst. Wir haben dir beides großzügig gegeben, aber hast du es angenommen?«

Die Galle des schlechten Gewissens wollte in Mandisa hochkommen bei den Worten ihres Herrn. Wie oft war sie Tizara aus dem Weg gegangen, hatte sie verachtet, über sie geschimpft? Schön, in ihrer Gegenwart hatte sie nie etwas Grobes gesagt, aber in der Küche und am Brunnen hatte sie mit ihrer Meinung nicht hinter den Berg gehalten. Tizara war kein Dummkopf. Der Herr selber war wohl barmherzig gewesen, aber seine Diener hatten seine Erwartungen nicht erfüllt. Und speziell Mandisa hatte doch versprochen zu helfen, daß die junge Frau sich wohlfühlen konnte.

Tizara antwortete dem Herrn nicht, sondern schaute zu Boden, während er sie weiter befragte. Als er fertig war, hob sie ihre Augen wieder. Sie glitzerten schmerzlich. »Es ... tut mir leid, Herr.« Sie flüsterte es kaum. »Ihr habt recht. Ihr habt mich viel besser behandelt, als ich verdiene.«

Zafenat-Paneach lächelte sie versöhnlich an, dann stand er auf. »Tarik, bringe diesen Mann zurück in sein Zimmer und verriegele die Tür. Peitsche ihn nicht aus, bestrafe ihn nicht. Morgen werden wir weiter auf seine Brüder warten.«

»Die kommen nie!« brüllte Simeon. Seine Arme rissen an den Fesseln, mit denen sie zusammengebunden waren.

»Sie werden kommen«, erwiderte Zafenat-Paneach. Einen Augenblick lang fragte Mandisa sich, ob er es aus Überzeugung oder nur aus dem Mut der Verzweiflung heraus sagte. Der Wesir hob eine Hand und zeigte auf die Tür. »Bringt ihn fort.«

Tarik und die Wachen zogen Simeon aus dem Raum; die Helligkeit der zwölf Fackeln war fort. Zafenat-Paneach sah wieder Tizara an. »Und du kannst zurück auf dein Zimmer«, sagte er einfach. »Du schläfst doch in dem Raum neben meinen Söhnen?«

Sie nickte hölzern. In ihren Wimpern klebten Tränen, die Farbe um ihre Augen war verschmiert.

»Geh zurück an deine Arbeit«, fuhr der Herr fort. »Morgen werden wir nicht mehr darüber reden.« Seine Stimme klang merkwürdig sanft und tröstlich in dem stillen Zimmer, und Mandisa schöpfte Hoffnung. Wenn er Tizara einen Fluchtversuch vergab, würde er auch ihr vergeben, daß sie so lieblos gewesen war.

Tizara drehte sich steif um und ging durch die Tür hinaus. Als sie fort war, warf der Herr seiner Frau ein helles Lächeln zu. »Das ging doch ganz gut, nicht wahr?« sagte er, plötzlich richtig unbekümmert. »Ich hatte Angst, daß einem von den beiden etwas passieren würde.«

Asenat sah ihn überrascht an. »Wußtest du etwa, daß sie versuchen würden zu fliehen?«

»Es hätte mich gewundert, wenn sie es nicht versucht hätten.« Zafenat-Paneach ließ sich zurück auf seinen Stuhl sinken, streckte entspannt die Beine aus und wies auf Ani. »Mein kluger Hausverwalter hat es auch geahnt und dafür gesorgt, daß sie ihre Flucht ohne Probleme vorbereiten konnten und ohne Blutvergießen gestoppt wurden.«

»Ihr und Euer Verwalter seid beide sehr weise, Herr«, sagte Mandisa, das gedankenverlorene Lächeln des Wesirs wie von selber erwidernd. Sie trat erleichtert hinter Asenats Stuhl hervor.

»Danke, Mandisa«, sagte Zafenat-Paneach. »Ani, ich muß dir für deine Aufmerksamkeit danken. Und jetzt, wo die Aufregung vorbei ist, können wir beruhigt wieder ins Bett gehen.«

Mandisas Lächeln wurde noch heller, sie sah ihre Herrin an. Aber Asenat sah nicht glücklich aus; ihr Gesicht war auf einmal wie leer. »Herrin«, flüsterte Mandisa, »fehlt dir etwas?«

Zafenat-Paneachs Lächeln verblaßte. »Asenat, Liebste«, sagte er, »fehlt dir etwas?«

»Nein, mein Gemahl.« Sie flüsterte es wie erstickt. »Wir bekommen ein Kind.«

Fünfundzwanzig

Mandisa ging hin und her in ihrem Zimmer, die Hände auf den Mund gepreßt, um den Schrei zu ersticken, der hervorbrechen und Adom aufwecken wollte. In tausend Jahren hätte sie sich nichts so Schreckliches ausmalen können wie den Augenblick, wo Asenat Zafenat-Paneach eröffnete, daß sie wieder ein Kind bekam. Selbst Ani hatte die Nachricht schockiert. Sie wußten alle vier, daß dem Wesir das Leben seiner Frau zu sehr am Herzen lag, als daß er der Vater sein konnte. Falls nicht die Götter Menschengestalt angenommen und die Herrin besucht hatten, wie angeblich bei der Zeugung der Pharaonen, war die Herrin ihrem Mann untreu geworden – und er wußte es.

Ein Zucken war über Zafenat-Paneachs Augen gegangen bei Asenats Worten, sie hatten sich mit einer verletzten Sehnsucht gefüllt. Mandisa schloß die Augen, um das Bild abzuschütteln. Dieses Elend. Ihre Zähne klapperten, ihr ganzer Körper zitterte. Wie mußte die Seele ihres Herrn jetzt zittern?

Zafenat-Paneach hatte nichts gesagt auf die Worte seiner Frau. Er hatte sich zurückgelehnt und die Augen geschlossen, sein Gesicht plötzlich wie leer. Ein Nebel der Peinlichkeit hing in dem Zimmer, so dick, daß einer den anderen fast nicht mehr sehen konnte. Asenat murmelte etwas davon, daß die Götter endlich ihre Bitte um einen weiteren Sohn für den mächtigen Zafenat-Paneach erhört hatten, aber niemand hörte ihr zu. Mandisa hatte die Rückenlehne ihres Stuhles gepackt; ihre eigenen Gefühle waren wie ein hilfloses Stück Treibholz auf den Fluten des Nils gewesen.

Auf den Fluchtversuch von Tizara und Simeon war der Herr vorbereitet gewesen. Aber auf den Verrat durch den Menschen, der seinem Herzen am nächsten war?

Nach einer grausam langen Schweigepause hatte der Wesir sich erhoben und seiner Frau die Hand hingestreckt. Asenat hatte zitternd die ihre darauf gelegt und ihre Augen geschlossen, während er sich zu ihr herunterbeugte und sie auf die Stirn küßte. Ohne ein Wort hatte er ihre Hand erst an seine Wange gehoben und dann in Mandisas Hand gelegt. In eisiger Stille hatte die Zofe ihre Herrin aus dem Zimmer des Wesirs hinausgeführt.

Mandisa hatte versucht, einen Glückwunsch zu formulieren, aber Asenat hatte ihr mit einer Handbewegung Schweigen geboten. »Ich möchte jetzt nicht mehr reden«, hatte sie geflüstert. Ihr Gesicht hatte plötzlich viel älter ausgesehen als ihre vierundzwanzig Jahre. Sie hatte es noch nicht einmal zugelassen, daß Mandisa sie ins Bett brachte, sondern sie mit einem raschen Händedruck entlassen; es war dieselbe Hand gewesen, die der Herr gestreichelt hatte.

Die Erinnerung ließ Mandisa ihre zitternde Hand an ihre Stirn pressen. Erst zwei Tage zuvor hatte sie Ani erzählt, daß der Herr und die Herrin eine Liebe vorlebten, wie sie sie noch nirgends gesehen hatte. Aber offenbar hatte die Liebe des Herrn seiner Frau nicht gereicht.

Und jetzt würde er sie also verstoßen.

Liebe – es war doch nicht mehr als ein Dunst über dem Wasser.

JAKOB

Die Hungersnot aber war schwer im Land.
Und es geschah,
als sie das Getreide völlig aufgezehrt hatten,
das sie aus Ägypten gebracht hatten,
da sagte ihr Vater zu ihnen:
Geht zurück, kauft uns ein wenig Nahrung!
Da sagte Juda zu ihm:
Der Mann hat uns nachdrücklich gewarnt und gesagt:
Ihr sollt mein Gesicht nicht sehen,
es sei denn euer Bruder bei euch.
Wenn du unseren Bruder mit uns senden willst,
dann wollen wir hinabziehen und dir Nahrung kaufen;
wenn du ihn aber nicht sendest,
ziehen wir nicht hinab ...

(1. Mose 43,1-5)

Sechsundzwanzig

Der Himmel über Hebron wölbte sich stahlblau von Norden nach Süden, nur im Westen hielt sich noch ein schmaler violetter Dämmerungsstreifen. Mit steifen Schritten und auf seinen Stock gestützt, ging Jakob zu der Eiche vor dem Zeltlager. Der gelbe Tag hatte friedlich begonnen, aber schon bald würde der Rauch der Hitze durch die Luft flimmern. Unerbittlich wie ein Schmiedehammer würde die Hitze herabschlagen, daß die kahlen Hügel um Hebron zittern würden.

Im Schatten des mächtigen Baumes angekommen, setzte Jakob sich umständlich hin und versuchte, die Verzweiflung in seiner Kehle hinunterzuschlucken. Heute würde sie kommen, die unausweichliche Konfrontation. Sie hielten ihn für alt und blind, aber als gestern Dina bemerkt hatte, daß die Frauen den letzten Kornsack geöffnet hatten, hatte er sie deutlich gesehen, die besorgten Blicke, die Ruben, Juda und Levi austauschten.

Ihre Vorräte waren fast aufgebraucht. Wenn Israel und seine Kinder die kommenden Monate überleben wollten, mußten sie wieder nach Ägypten, um Korn zu kaufen.

Eine unsichtbare Faust preßte sein Herz zusammen. Seit Monaten hatte er Angst gehabt vor diesem Tag. Tausendmal hatte er Gott gebeten, Simeon fliehen zu lassen, endlich Regen zu schicken, oder einen Plan, wie man woanders Korn kaufen konnte als in dem furchtbaren Schwarzen Land, dessen Wesir Simeon gefangenhielt. *Die Könige des*

Ostens haben doch bestimmt auch Getreidevorräte, hatte er Gott Shaddai vorgehalten. *Oder die Könige von Mitanni ...*

Als Gott ihm keine Antwort gab, war Jakob selber zur Tat geschritten. Monatelang hatte er diskret Diener nach Togarma im Norden, nach Sinear im Osten, ja nach Uz im Süden geschickt, aber die Hungersnot hatte alle diese Länder genauso im Griff wie Kanaan; auch ihre Bewohner gingen nach Ägypten, um Korn zu kaufen.

Jakob hatte den Kopf geschüttelt vor ungläubigem Erstaunen, daß nur ein einziges Reich genügend Weisheit besessen hatte, sich auf das Unheil vorzubereiten. Daß Ägypten so mächtig war, machte die Sache noch komplizierter, denn ein dichtes Netz von unbestechlichen Gouverneuren, Amtmännern und Schreibern verband die ägyptischen Städte und Provinzen mit der Hauptstadt Theben. Nur den allergeschicktesten Spionen konnte es gelingen, in irgendeinem Vorposten an der Grenze Korn zu kaufen, ohne daß der allmächtige Wesir es erfuhr; und Jakobs Söhne taugten nicht zu Spionen, sie hatten Mühe genug, Brüder zu sein.

In der Ferne kreisten zwei Geier über einem Kadaver, aber Jakob beachtete sie nicht; er war in seine eigenen Gedanken versunken. Wie konnte Gott Shaddai das zulassen – eine Hungersnot in der ganzen Welt? Noch nie in der Menschheitsgeschichte waren alle Reiche der Erde auf ein einziges Land angewiesen gewesen, um dem Hungertod zu entgehen. Und Jakob mußte zugeben: Auch wenn der Wesir Simeon festhielt, er war großzügig. Er gab den hungernden Völkern, die da zu ihm kamen, mit ausgestreckter Hand zu essen, obwohl er sie ohne weiteres in die Sklaverei und Unterwerfung hätte zwingen können. Er fuhr seinem Pharao satte Profite ein, sicher, aber die Schwäche der hungernden Nationen schamlos ausnutzen – nein, das tat der Wesir nicht.

Aber warum hatte dieser so weise Mann seinen Söhnen nicht geglaubt? Warum hatte er darauf bestanden, die Wahrheit ihrer Worte zu prüfen?

Da war er wieder, der alte, bohrende Verdacht. Vielleicht hatte der Mann einen sechsten Sinn für Falschheit, so wie Jakob einst den Geruch des Verrats an seinen Söhnen wahrgenommen hatte, so stark wie ein billiges Parfüm. Aber das war vor über zwanzig Jahren gewesen. Seit Josephs Verschwinden war Jakob zu einem wackligen Waffenstillstand mit seinem Verdacht gekommen, so wie er es gelernt hatte, sein leeres Zelt mit der Trauer und der Einsamkeit zu teilen.

Er rieb sich über die Brust, wie um das Herz zu schützen, in das nur Rahel und Joseph je ganz hineingekommen waren. Und dann waren sie ihm entglitten, wie der Dampf aus einem kochenden Topf, und hatten das Beste seines Lebens mitgenommen, daß die Scherben seiner Träume und Hoffnungen seine Seele wundrissen. Was war denn geblieben von der Bundesverheißung? Ein Flecken verdorrtes Land und ein Haufen zankender Söhne. Ganz Kanaan hatte El Shaddai Abraham verheißen und diesen Bund mit Isaak erneuert. Dann hatte er mit Jakob gerungen und seine Verheißung wieder bekräftigt. In Bethel, dem Haus Gottes, hatte die Stimme Gott Shaddais ihm versprochen, daß durch ihn und seine Nachkommen alle Geschlechter auf Erden Segen finden würden. *Siehe, ich bin mit dir*, hatte Gott gesagt, *ich will bei dir sein, wohin du auch gehst ...*

»Vater.«

Jakob schaute auf, aus seinen Gedanken gerissen. Vor ihm standen Levi, Juda, Ruben und Dan, eine Abordnung der ältesten Söhne. »Wir haben keine Vorräte mehr«, begann Ruben. »Wir müssen wieder nach Mizraim.«

»Dann geht.« Jakob nickte langsam, gebot den letzten Widerstandsstimmen in ihm zu schweigen. »Zieht hin und kauft uns zu essen.«

Juda breitete die Hände zu einer Geste der Hilflosigkeit. »Aber der Wesir hat uns ausdrücklich gesagt, daß wir nicht mehr zu ihm dürfen, wenn wir nicht unseren Bruder Benjamin mitbringen. Wenn du Benjamin mitschickst, dann werden wir hinziehen und kaufen, was wir brauchen, aber wenn du ihn nicht ...«

Jakobs Hände fuhren an seine Ohren. »Warum habt ihr mir das angetan? Warum mußtet ihr diesem Mann sagen, daß ihr noch einen Bruder habt? Wenn er es nicht gewußt hätte, hätte er niemals nach Benjamin verlangt!«

»Der Wesir hat uns sehr genau ausgefragt«, antwortete Levi. Seine Stirn runzelte sich. »Er fragte, ob unser Vater noch lebte und ob wir noch einen Bruder hätten. Wir haben ihm wahrheitsgemäß geantwortet. Wir konnten doch nicht wissen, daß er uns befehlen würde, unseren jüngsten Bruder zu holen.«

Jakob ließ seine Hände wieder sinken und sah zur Seite.

Juda ging auf ein Knie. »Vater«, sagte er, »gib Benjamin in meine Obhut, und dann laß uns ziehen, damit wir alle leben. Wenn wir nichts mehr zu essen haben, werden du und die Kinder sterben. Ich selber verbürge mich für Benjamins Sicherheit. Wenn wir ihn dir nicht wohlbehalten zurückbringen, soll es für immer meine Schuld sein!«

»Wenn du uns erlaubt hättest zu gehen, als wir dich das erste Mal baten«, fügte Ruben hinzu, »könnten wir jetzt schon zweimal wieder zurück sein.«

Jakob drehte sich unwillig zurück und sah Juda an, lange und stumm. »Ich bin ein alter Mann«, flüsterte er endlich. Seine Stimme brach, seine Augen sahen an seinen Söhnen vorbei in die Vergangenheit, wo Joseph und Rahel waren. »In meiner Jugend habe ich eine Frau geliebt und sie verloren. Ich liebte einen Sohn und verlor auch ihn. Nur ein Sohn von Rahel bleibt mir noch. Wenn ich Benjamin auch verliere, werde ich nur noch die offenen Wunden eines blutenden Herzens haben.«

Er sah Ruben an, seine Stimme wurde fester. »Wenn ihr denn gehen müßt, nehmt dem Mann ein paar Geschenke mit, vom Besten, was wir haben: etwas Balsam und Honig, kostbare Harze und Myrrhe, Pistazien und Mandeln. Und nehmt doppelt soviel Silber mit wie das letzte Mal, damit ihr das Geld, das man euch aus Versehen wieder in eure Säcke legte, zurückgeben könnt.«

Sein Blick ging zu den schmutzigbraunen toten Bergen. Der Tod streckte seine Hand nach ihnen aus, langsam-erhaben und unerbittlich, und er vermochte nichts gegen ihn. Es gab keinen Ausweg mehr – außer einem.

»Nehmt auch euren Bruder mit«, flüsterte er. Seine Kehle wollte sich schließen. »Kehrt zu dem Wesir zurück. Möge El Shaddai es schenken, daß er barmherzig zu euch ist und euch Simeon und Benjamin mitgibt. Und ich ...« Er schloß die Augen. »Wenn ich meine Kinder nicht mehr habe, dann habe ich nichts mehr.«

Siebenundzwanzig

Mit einem Seufzer nahm Mandisa das Frühstückstablett, das ihre Herrin nicht angerührt hatte. Der Morgenhimmel wölbte sich makellos blau von einem Ende des Gartens bis zum anderen, der Sonnenschein floß wie himmlischer Honig durch die Luft. Gewöhnlich hätte Asenat sich über einen solchen Tag gefreut, doch heute lag sie still auf ihrer Liege, eine Hand auf ihrem Magen, ihr weiches Gesicht von der Übelkeit verzogen.

»Liebes«, sagte Zafenat-Paneach gerade, während er über Asenats freie Hand streichelte, »ich muß wissen, ob du zu dem Fest zu Ehren von Königin Tiy kommst oder nicht. Da Pharaos neue Braut eine Nichtadlige ist, will er so viele hohe Herrschaften einladen wie nur möglich. Die Gästeliste wird hochkompliziert sein ...«

Asenat reagierte nicht, und er verstummte. Zwei tiefe Sorgenfalten gruben sich in seine Stirn, dann sah er Mandisa an. Die schüttelte stumm den Kopf, und der Hoffnungsschimmer in seinen Augen verblaßte.

Mandisa schnalzte in stummem Mitleid mit der Zunge. In den Monaten seit Asenats schockierender Eröffnung hatte der Herr sich edelmütiger gezeigt, als sie erwartet hatte, ja er hatte das genaue Gegenteil von dem getan, was jeder andere betrogene Ehemann getan hätte. Anstatt seine Frau zu verstoßen, hatte er ihre so offensichtliche Untreue mit keinem Wort erwähnt. Mit unbegreiflicher Geduld war er stets zärtlich und rücksichtsvoll zu ihr, auch wenn sie mit der Übelkeit und Erschöpfung der Schwangerschaft kämpfte.

Man kam aus dem Staunen nicht heraus bei dem Wesir. Er war Mandisa ein immer wieder faszinierendes Rätsel. Er war jetzt noch öfter und länger an Asenats Seite als früher. Er sorgte dafür, daß ihr Zimmer stets gut mit den blauen Lotussträußen, ihrer Lieblingsblume, versehen war, und bat Tizara, die Jungen mit etwas Ruhigem zu beschäftigen, wenn Asenat übel war oder sie sich ausruhte.

Die Sklaven, Diener und Besucher, die nicht in die Wahrheit eingeweiht waren, errieten schon bald, daß Asenat wieder ein Kind erwartete. Es lief Mandisa merkwürdig den Rücken hinunter, als sie das erste Mal Zeuge wurde, wie Zafenat-Paneach mit seinem üblichen vollendeten Charme eine Gratulationsrunde entgegennahm. Doch gleich danach sah sie ihn wieder, als er sich einen Augenblick lang unbeobachtet fühlte, und der wilde Schmerz in seinen Augen wollte ihr das Herz zerreißen. Was war das Herzeleid, das sie wegen Simeon durchgemacht hatte, im Vergleich zu der Qual, die ihr Herr jetzt mitmachte?

Sie nahm das Tablett von dem Ständer neben dem Stuhl ihrer Herrin fort. Sie wollte gerade ein paar belanglose nette Worte murmeln, um die gedrückte Stimmung zu heben, als Ani in den Garten gerannt kam. Zafenat-Paneach blickte auf. Selbst Asenat drehte ihren Kopf in die Richtung des Verwalters und hob eine Augenbraue.

»Leben, Gesundheit und Wohlstand meinem Herrn und meiner Herrin!« rasselte Ani herunter. Seine Taille knickte sich zu einer Andeutung einer vollen Verneigung, aber er hatte sichtlich keine Zeit für Formalitäten.

»Bleib stehen, Ani, und sage mir, was deine alten Beine in solch einer Eile zu mir bringt«, sagte Zafenat-Paneach. Ein freundliches Lächeln überzog sein Gesicht.

»Die Kanaaniter aus Hebron«, keuchte der Alte, das Gesicht halb ungläubig. »Sie stehen in diesem Augenblick vor den Toren Eures Hauses.«

Der Herr starrte seinen Hausverwalter sprachlos an. Mandisa schnappte nach Luft. Ani wußte immer noch nicht, in welcher Verbindung die Brüder zu dem Wesir standen. Sie fand ihre Stimme wieder. »Simeons Brüder?« fragte sie.

Anis Kopf hüpfte wie ein Korken auf dem Fluß. »Jawohl, die bärtigen Verwandten von dem Lauten. Zehn, mein Herr!«

»Zehn?« Die Farbe wich aus dem Gesicht des Wesirs. »Sagtest du zehn?«

»Jawohl.« Ani grinste wie ein wohlgenährter Fuchs. »Die neun, die schon einmal hier waren, und ein Zehnter, ein jüngerer Mann.«

Ein Muskel zitterte an Zafenat-Paneachs Kiefer. »Sage dem Torwächter, er soll sie noch nicht ins Haus lassen. Und schicke sofort Tarik in meine Gemächer; ich komme auch dorthin.«

Der Wesir drückte kurz seine Hand auf die Asenats, dann erhob er sich und ließ die Frauen im Garten allein.

Tarik prüfte die Aufstellung seiner Männer, dann drehte er sich zakkig um und nickte dem Torwächter zu. Die Doppeltorflügel schwangen auf, und die zehn Kanaaniter gingen, mit großen Augen vorsichtig um sich blickend, über den Hof und auf den vorderen Säulengang des Wesirshauses zu.

Tarik beobachtete sie mit staunenden Augen. Diese Schäfer, die das letzte Mal so bestimmt und aufgebracht vor seinem Herrn gestanden hatten, waren zurückgekehrt, gerade so, wie der Wesir es verlangt hatte. Die willensstarken Brüder, die Zafenat-Paneach ein halbes Leben zuvor so verworfen und erst vor ein paar Monaten mit ihm gestritten hatten, waren da, um sich vor ihm zu demütigen.

Vor ein paar Minuten hatte Zafenat-Paneach Tarik seine Anweisungen gegeben: »Halte sie in dem Säulengang fest, damit ich sie von meinem Balkon aus beobachten kann«, hatte er gesagt, eine kaum zu meisternde Erregung in seiner Stimme. »Wenn sie es darauf ankommen lassen wollen oder wenn mein Vater sich geweigert hat, meinen jüngeren Bruder ziehen zu lassen, wollen sie uns womöglich einen Betrüger unterjubeln. Aber wenn der junge Mann tatsächlich Benjamin ist ...«

Der Herr hatte den Satz nicht beendet, und Tarik hatte sich verneigt und war gegangen. Er hatte gewußt, was er zu tun hatte. Jetzt sah er die staubbedeckte Schar, die da durch das Tor kam, mit unverhohlener Neugierde an, während sein Herr hinter den Palmen auf seinem Balkon stand und sie ebenfalls musterte.

»Halt!« befahl Tarik. Er hoffte, daß sein bißchen Kanaanitisch ausreichen würde. »Stellt euch in einer Reihe auf, damit wir prüfen können, ob ihr nicht heimlich Waffen ins Haus des Wesirs bringt.«

Die Brüder bildeten gehorsam eine Reihe, Schulter an Schulter. Tariks Männer traten zu ihnen und beklopften mit einstudierter Gewissenhaftigkeit ihre dicken Gewänder mit den flachen Klingen ihrer Schwerter. Tariks Augen wanderten zu dem jüngeren Mann hin, der mit hängenden Armen etwas verloren in der Mitte der Gruppe stand. Seine Wangen brannten halbrot, die Lockenpracht seines schwarzen Haares glänzte in der hellen Morgensonne. Seine Kleidung war schlicht, aber gut. Sein Kopf hing leicht nach vorne, wie bei jemandem, der sich ständig verlegen fühlt. Die dunklen Augen lagen in einem angenehmen viereckigen Gesicht.

»Beim Atem des Seth, diese Augen!« murmelte Tarik. »Genau wie die meines Herrn!«

Nach einem Augenblick kam Anis dünne zittrige Stimme von dem Balkon herab. »Der Herr sagt, sie sollen hereinkommen!« rief er Tarik zu. »Ich soll ein Lamm schlachten, die Männer werden zusammen mit Zafenat-Paneach zu Mittag essen.«

Levis Kopf pochte, als er die fein behauenen Stufen zum Eingang der Wesirsvilla hinaufstieg. Er hatte wenig geschlafen auf der Reise. Wie die anderen, hatte er Angst, daß der Ägypter jetzt womöglich auch noch Benjamin festhalten würde. Und warum hatte man Simeon noch nicht zu ihnen hinausgebracht?

»Was, wenn dieser Wesir unseren Simeon an irgendwelche Sklavenhändler verkauft hat?« flüsterte Asser, die Arme um seine Brust geschlagen. »Vielleicht hat er gemerkt, daß er kein Silber für unser Korn bekommen hat, und hat Simeon verkauft, um sich schadlos zu halten.«

»Was, wenn er auch Benjamin verkaufen will?« fragte Naftali, das Kinn vorgeschoben. »Oder gleich uns alle? Das gefällt mir nicht, daß er uns alle zu sich herein befiehlt. Wenn alles in Ordnung wäre, hätte er unser Silber genommen, uns Simeon und unser Korn gegeben und uns wieder fortgeschickt.«

»Dieser Ägypter ist unberechenbar«, antwortete Ruben. Er fuhr sich mit den Händen durch sein Haar, während sein Blick durch die große Empfangshalle ging. »Aber egal, was jetzt passiert, wir werden es verdient haben.« Er sah Levi an, eine tödliche Ruhe in seinem Blick. »In den letzten Monaten habe ich oft daran denken müssen, wie wir Joseph damals in die Sklaverei verkauften. Kann einer von uns behaupten, daß wir nicht dasselbe verdient haben?«

»Psst, Benjamin hört dich!« zischte Juda. Aller Augen drehten sich zu dem jüngsten Bruder hin. Benjamin, wie immer für sich, wanderte durch die herrliche Halle, die Hände hinter dem Rücken verschränkt, die Augen zu den so fremdartig schönen Wandmalereien erhoben.

»Was ist denn das?« Dan nickte zur anderen Seite des Raumes hin, wo gerade durch eine andere Tür eine ganze Gesellschaft in vornehme kurze weiße Gewänder mit Goldkragen gekleideter Ägypter den Saal betrat. Als sie die Brüder sahen, blieben sie stehen. Levi erwiderte heftig das Starren ihrer angemalten Augen. »Die gucken uns an, als ob wir ein Misthaufen sind«, murmelte er wütend. »Ich würde gerne mal 'nen Ringkampf mit dem Großen mit dem Ohrring machen; würde dem Fatzke gern zeigen, daß wir mehr als ein paar stinkende Kuhhirten sind.«

»Ruhig, Levi«, flüsterte Juda und zeigte auf den Haupteingang. »Da kommt jemand.«

Ein Sandalenpaar schlurfte durch die Tür, dann stand der kahlköpfige Drahtige, der von dem Balkon herab gesprochen hatte, vor ihnen. »Grüße von meinem Herrn Zafenat-Paneach, dem Ernährer Ägyptens und der Welt und Hüter des Stabes des Pharao«, sagte er auf kanaanitisch, die Worte überdeutlich aussprechend. »Ihr seid eingeladen, das Mittagsmahl mit meinem Herrn einzunehmen.«

»Das Mittagsmahl?« Judas Augenbrauen gingen hoch. »Wir haben wohl Nachrichten für ihn, aber wir möchten nicht seine Zeit in Anspruch nehmen.«

»Ihr werdet mit ihm speisen«, antwortete der kleine Mann. »Mein Name ist Ani, ich bin Zafenat-Paneachs Hausverwalter. Wenn mein Herr sich Zeit für euch nimmt, nimmt er sie sich.« Er schaute an ihnen vorbei in die Vorhalle und den Hof dahinter, dann legte er seine Hand auf seine dürre Vogelbrust. »Mein Herr hat mir aufgetragen, dafür zu sorgen, daß eure Esel mit Futter versehen und eure Füße gewaschen werden.« Er klatschte in die Hände, und hinter ihm erschien ein halbes Dutzend mit Wasserbecken, Handtüchern und Schöpfkrügen bewaffneter Diener.

Die Falten auf dem Gesicht des Verwalters ordneten sich zu einem sorgfältigen Lächeln. »Braucht ihr sonst noch etwas?«

»Ja, unseren Bruder«, sagte Levi und trat aus dem Kreis heraus. »Was ist mit Simeon?«

Der Verwalter verneigte sich. »Er macht sich gerade für euch fertig, ihr werdet ihn bald wiedersehen.«

»Und noch etwas.« Juda trat vor. »Als wir von unserer ersten Reise nach Theben nach Hause zurückkamen, stellten wir fest, daß jemand unser Silber zurück in unsere Säcke gelegt hatte. Wir haben es nicht genommen, wir wollen das, was wir gekauft haben, ehrlich bezahlen. Wir haben das Silber, das wir Euch schulden, heute wieder mitgebracht, und dazu das, was wir brauchen werden, um neues Korn für unsere Familien zu kaufen.«

»Wir haben auch Geschenke dabei«, unterbrach ihn Ruben, ernst nickend. »Für Euren Herrn.«

Der Alte lächelte wieder; es sah halb vorsichtig, halb amüsiert aus. »Habt keine Sorge«, sagte er mit einem leichten Nicken. »Euer Gott und der Gott eures Vaters hat euch den Schatz in euren Säcken geschenkt. Euer Silber hattet ihr mir gegeben. Doch jetzt entschuldigt mich, bitte. Hier kommt euer Bruder.«

Der Verwalter drehte sich um und trat zur Seite. Ein Wächterquartett marschierte rasch durch die Tür und trat nach rechts und links ab. Hinter ihnen erschien nicht der mächtige Wesir, wie Levi halb erwartet hatte, sondern Simeon, groß und selbstbewußt wie eh und je.

»Simeon!« rief Levi aus, alle Ängste für den Augenblick vergessen.

Die Augen des Zerschmetterers blitzten anerkennend auf. »Bruder! Du siehst gut aus!«

Die Diener und die vornehmen Ägypter waren vergessen. Mit lautem Hallo, Schulterklopfen und Umarmungen drängten die Brüder sich um Simeon. Er nahm ihre Begrüßung ungewohnt gutgelaunt entgegen, dann legte er seinen massigen Arm um Benjamin. »Kleiner Bruder«, sagte er, und seine buschigen Brauen gingen erfreut nach oben, »so gerne wie dich habe ich noch nie jemand in meinem Leben gesehen.«

»Haben sie dich gut behandelt?« – »Warst du in den Gefängnisgruben?« – »Du siehst wohlgenährt aus!« – »›Wohlgenährt‹ ist gar kein Ausdruck, ›verwöhnt‹ würde ich sagen!« – Sie lachten, witzelten, gaben sich spaßhafte Rippenstöße.

Nach einem Augenblick löste Levi sich aus dem allgemeinen Hallo und trat etwas zurück, um seinen Bruder genauer in Augenschein zu nehmen. Er und Simeon waren immer besonders dicke Freunde gewesen. »Ihr seid aus dem gleichen Holz geschnitzt«, hatte ihre Mutter immer gesagt. Sie verstanden einander, ohne ein Wort sagen zu müssen.

Aber dies – nein, dies war nicht mehr der Zerschmetterer, den sie vor Monaten hier hatten zurücklassen müssen. Etwas war anders geworden an ihm. Das Holz, aus dem er geschnitzt war, war gleichsam weicher geworden. Der alte Simeon wäre mit Racheschreien auf den Lippen aus dem Gefängnis gestürmt, zum Krieg gegen die Ägypter hätte er sie aufgerufen ...

»Was schaust du mich so an, Levi?« fragte Simeon, ein Lachen in seiner Stimme. Die anderen wurden plötzlich still. Acht überraschte Augenpaare drehten sich zu den beiden hin.

»Ich dachte, du bist froh, mich wiederzusehen«, fuhr Simeon fort, »aber jetzt guckst du mich an, als ob mir auf einmal Hörner gewachsen sind.«

Levi spürte den gähnenden Abgrund zwischen ihnen wie eine offene Wunde. Hatten sie Simeon gefoltert? Das konnte es erklären – die merkwürdig weiche Stimme, den plötzlichen jungenhaften Humor, die halb väterliche Art, wie er seinen Kopf zu Benjamin hin neigte. Obwohl keinerlei Narben oder Striemen an ihm zu sehen waren. Aber vielleicht hatten die Ägypter ihn auch mit ihren Zauberkünsten traktiert oder ihn gezwungen, ihren schmutzigen Götzendienst mitzumachen; er hatte sich natürlich gewehrt, aber selbst die Kraft des Zerschmetterers hatte ihre Grenzen.

Aber das würde er natürlich nie zugeben. Niemals würde er bekennen, daß man ihn zerbrochen hatte. Aber wenn sie erst einmal wieder in den Zelten von Hebron waren, würde Simeon heil und wieder der Alte werden.

»Ist schon gut«, murmelte Levi. Er versuchte ein Lächeln, dann winkte er beschwichtigend mit der Hand und zuckte die Achseln. »Du siehst halt anders aus. Trägst einen Schurz und nicht ein langes Gewand. Und die Haare geschnitten haben sie dir auch.«

»Ja, leider. Die Ägypter spinnen mit ihrer Haarmode.« Simeon verzog das Gesicht. Die anderen lachten. »Wenigstens haben sie mir meinen Bart gelassen. Aber das ist erledigt, Brüder, jetzt freue ich mich auf zu Hause.«

»Gut«, antwortete Levi. Er lächelte nachdenklich.

Mandisa reihte sich neben Tarik in das Gefolge des Wesirs ein. Sie widerstand dem Impuls, dem Hauptmann einen fragenden Blick zuzuwerfen. Der Wesir hatte ihnen strikte Anweisungen gegeben. »Ich muß meine Brüder prüfen«, hatte er erklärt, während er mit auf dem Rücken gefalteten Armen durch sein Zimmer gewandert war. »Sie haben Benjamin mitgebracht, und das ist gut, aber wie soll ich wissen, daß sie ihn nicht wegwerfen, wie damals mich? Wenn ihre Herzen nicht recht sind, muß ich zur Stelle sein, um ihn aufzufangen. Ich muß wissen, wie ernst es ihnen ist und ob ihre steinernen Herzen weicher geworden sind.«

Der Herr hatte nicht gesagt, *wie* er seine Brüder prüfen wollte, aber Mandisa wußte, daß der ausgeklügelte Plan beim Essen beginnen würde. Sie und Tarik hatten vor der Leibwache des Wesirs in den Saal zu treten; sie würde sich als Dolmetscherin zur Rechten Zafenat-Paneachs setzen, während Tarik verteidigungsbereit zu seiner Linken stand.

Einer der jungen Fächerträger hustete leise, als er sich hinter ihr aufstellte, und Mandisa schaute kurz zurück. Hinter den Fächersklaven stand Zafenat-Paneach, sein Gesicht eine Maske königlicher Würde. Ihr wurde mitleidig zumute, als sie ihn ansah. Seine Augen begegneten den ihren, und einen Augenblick lang wurde sein Blick wehmütig-verloren. Dann lächelte er. »Er ist bereit«, flüsterte sie Tarik zu.

Eine Trompete erscholl. Wie Schauspieler in einem Drama gingen sie den Flur entlang und in die Empfangshalle hinein. Die Diener hatten ihre Schuldigkeit getan und jeden der Gäste mit einem Stuhl, einem Fußschemel und einem leeren Tablett auf einem Tischchen versehen. Hinter jedem der Stühle stand ein dienstbarer Geist mit einer Amphore parfümierten Wassers, einem kupfernen Handwaschbecken und frischen Leinentüchern zum Abtrocknen.

Zafenat-Paneachs Anweisungen bezüglich der Kanaaniter waren sehr präzise gewesen. Sie hatten weit entfernt von den ägyptischen Gästen zu sitzen, und auch ihre Sitzordnung untereinander war genau festgelegt. Ruben, der Älteste, hatte am weitesten entfernt vom Wesir zu sitzen, Benjamin dagegen, der Jüngste, gleich zu seiner Rechten neben Mandisa.

Beim Einzug des Wesirs und seines Gefolges erhoben sich die Gäste, Ägypter wie Kanaaniter, von ihren Stühlen und warfen sich auf dem polierten Marmorboden nieder. Während Mandisa sich zu ihrem Platz begab, zwischen dem Wesir und seinem jüngeren Bruder, bellte Tarik den Befehl, der es den Gästen erlaubte, wieder aufzustehen.

Mandisa sah den jungen Kanaaniter neben ihr an. Mit einem gelinden Schock bemerkte sie, wie ähnlich er ihrem Herrn sah, bis auf die Perücke und die Augenschminke natürlich. Bestimmt würden auch die anderen die Ähnlichkeit bemerken, wenn sie nur etwas genauer hinsahen.

Zafenat-Paneach löste sich von seinen Wachen und ließ sich auf dem vergoldeten Sessel auf der Estrade nieder. Das Mahl konnte beginnen. Doch da trat der älteste der Brüder von seinem Platz nach vorne und legte einen schweren Sack vor dem Wesir auf den Boden. »Wenn Ihr erlaubt, Herr«, sagte er, während er ihn öffnete und mehrere kleinere Beutel herauszog, »so bittet unser Vater Euch, diese Geschenke aus dem Lande Kanaan entgegenzunehmen. Wir haben Euch Balsam und Honig, kostbare Harze und Myrrhe, Pistazien und Mandeln mitgebracht.«

Mandisa beeilte sich mit ihrer Übersetzung. Schon kamen ihrem Herrn die ersten Tränen in die Augen. Wenn er nicht aufpaßte, würden diese Männer merken, daß er jedes ihrer Worte verstand. Sie haspelte sich durch die Liste der Geschenke, dann faltete sie ihre Hände, während ihr Herr einem Diener wie nebenbei befahl, die Geschenke fortzubringen. Kanaans Schätze! Sie ließ ihren Blick rasch sinken, um ihre Enttäuschung zu verbergen, obwohl sie den Verdacht hatte, daß Zafenat-Paneachs Herz sich genauso wie ihres danach sehnte, diese Geschenke von zu Hause zu berühren, zu riechen und zu schmecken.

Jetzt beugte er sich nach vorne und sah Ruben forschend an. »Als ihr das erste Mal kamt, erwähntet ihr euren alten Vater. Geht es ihm gut?«

Mandisa übersetzte die Frage und die Antwort: »Ja, Herr.«

»Und dies ...« Der Herr zeigte auf den Mann direkt neben Mandisa. »Ist dies der jüngste Bruder, von dem ihr spracht?«

»Jawohl, Herr.«

Fast ohne die Übersetzung abzuwarten, beugte Zafenat-Paneach sich zu dem jüngeren Mann hin und schaute ihn direkt an. Benjamin errötete heftig. Mandisa senkte ihre Augen. Ihr Herz schmerzte vor Mitgefühl. Ihr Herr schluckte heftig, Tränen zurückbeißend. »Möge Gott dir seine Gnade schenken, mein Sohn«, flüsterte er gepreßt. Und dann sprang der Wesir von ganz Ägypten von seinem goldenen Thron auf und rannte aus dem Saal.

Tarik folgte ohne zu zögern, und nach einer Schrecksekunde, in der die ganze Versammlung erstarrte, ging auch Mandisa. Sie fand den Herrn und seinen Hauptmann in den Gemächern des Wesirs, wo Zafenat-Paneach erneut von seinen Gefühlen überwältigt worden war. Eine Viertelstunde schluchzte er haltlos, dann hob er den Kopf, wischte sich mit einem Tuch über sein verschmiertes Gesicht und bat Mandisa, seine Augen neu zu schminken. Er sprach nicht, während sie ihres Amtes waltete, und Mandisa betete stumm zu dem Allmächtigen Gott, daß er ihrem Herrn die Kraft geben möge, auch diese neue Krise in seinem Leben durchzustehen.

Als sie ihm versicherte, daß er wieder genauso würdevoll und erhaben aussah wie zuvor, ging er zurück in den Bankettsaal, gefolgt von Tarik und ihr.

Ohne ein Wort der Erklärung nahm der Wesir seinen Platz wieder ein und befahl, mit dem Auftragen zu beginnen. Die hungrigen Kanaaniter, die die ägyptischen Sitten, die solch ein Essen zu einem zwei- bis dreistündigen Ritual machen konnten, nicht kannten, rutschten nervös auf ihren Stühlen. Jedes Gericht mußte zuerst dem Herrn angeboten werden, der es dann entweder behielt oder kostete und sodann an die anderen Gäste weiterreichte, so daß jeder der Gänge buchstäblich von der Hand des Wesirs kam.

Während Zafenat-Paneach so tat, als ob er das Festessen aus gebratener Ente, Lammschmorbraten, eingeweichtem frischen Brot, mit Öl angemachten Bohnen und ihn Honig gebackener Gazelle kostete, lauschte Mandisa auf die Fetzen, die sie vom Gespräch der Kanaaniter erhaschen konnte. Die Brüder, nach wie vor voller Freude über ihre Wiedervereinigung mit Simeon, ließen sich über den so reich gedeckten Tisch aus und stellten mit Erstaunen fest, daß der Ägypter, ohne es zu wissen, ihre Sitzordnung exakt nach der Reihenfolge ihrer Geburt festgelegt hatte.

Aus Angst, daß ihre Augen womöglich zuviel von ihrem Herzen verrieten, vermied Mandisa es, Simeon anzusehen, und zwang sich, sich auf den Herrn zu konzentrieren. Aber Simeons dröhnende Stimme, seine weit ausholenden Gesten und sein sonores Lachen schienen den Raum zu füllen, daß ihr unerklärliches Leere-Gefühl noch stärker wurde.

Seit Simeons Fluchtversuch war sie nicht mehr in seinem Zimmer gewesen. In den Wochen nach dieser bizarren Nacht hatte die Herrin Asenat sie gebraucht, ja Zafenat-Paneach hatte sie ausdrücklich gebeten, bei seiner Frau zu bleiben. Die Aufgabe, Simeon sein Essen zu bringen und sich seine Klagen anzuhören, was Tizara zugefallen, und Mandisa war sicher, daß jetzt das Bild der Ex-Hure sein Herz füllte.

Harfen spielten, Tänzerinnen zeigten ihre Kunst. Die Gäste nahmen das Essen aus der großmütigen Hand des Wesirs entgegen und füllten ihre hungrigen Mägen. Mandisa warf Tarik einen verschmitzten Blick zu, als sie merkte, daß dies kein gewöhnliches Bankett war. Halima und die anderen Küchensklaven mußten wie verrückt geschuftet haben, um in so kurzer Zeit ein so großes Mahl für so viele Menschen zu bereiten! Und immer noch kamen neue Schüsseln aus der Küche: mit Kreuzkümmel und Rettichöl zubereitetes Schmalz, braune Bohnen, Kichererbsen mit Lotussamen und Majoran. Andere Sklaven brachten Krüge mit frischem, mit Granatäpfeln, Feigen, Minze und Honig gesüßtem Traubensaft. Nach den Fleisch- und Gemüsegängen kamen die Nachtische: Schüsseln mit glänzenden Granatäpfeln, Weintrauben, Datteln, Honigkuchen, Knoblauch und pikanten Maulbeerfeigen.

Obwohl die Sitte es verlangte, daß er wenigstens so tat, als ob er jedes Gericht kostete, aß der Herr wenig. Statt dessen sah er sich an seinen Brüdern satt, vor allem an dem jüngsten. Jede zweite Schüssel landete bei Benjamin, bis eine ganze Schar von Serviererinnen um ihn versammelt war. Die ägyptischen Gäste flüsterten untereinander über diese merkwürdige Gunstbezeigung, aber Zafenat-Paneach schien alles vergessen zu haben außer dem schüchternen jungen Mann zu seiner Rechten.

Versuchte er womöglich, die anderen eifersüchtig zu machen? Oder war sein Herz nur so überwältigt von der Sehnsucht nach diesem Bruder, der wie ein lange verlorener Schatten seiner selbst war? Mandisa wußte es nicht. Aber als sie die Gesichter der Speisenden im Bankettsaal musterte, begriff sie: Zum ersten Mal seit über zwanzig Jahren waren alle zwölf Söhne Jakobs an einem Ort vereint.

Und nur einer von ihnen wußte es.

Achtundzwanzig

Benjamin hob abwehrend die Hand, als eine dunkeläugige Sklavin mit der nächsten Schüssel von dem Wesir kam. »Nein, danke«, sagt er, halb entschuldigend. Er strich sich mit der Hand über seinen Bauch und lächelte. »Es ist köstlich, aber ich kann nicht mehr.«

Sie war ihm peinlich, die Großzügigkeit des Wesirs. Wahrscheinlich kam er deswegen in ihren Genuß, weil er dem großen Mann am nächsten saß. Die ägyptischen Gäste, die links vom Wesir saßen, hatten vergleichsweise wenig bekommen; offensichtlich interessierte der Wesir sich mehr für die Männer aus Kanaan. Hielt er sie immer noch für Spione? Oder war es ihm nur sonderbar, daß sie alle elf die Söhne desselben Vaters waren? Ruben hatte ihn vor der Launenhaftigkeit des Wesirs gewarnt, aber bisher war Benjamin nichts Negatives an ihm aufgefallen.

Sein Blick traf sich mit dem des Wesirs, und er drehte rasch seinen Kopf zur Seite. Er spürte, wie er wieder rot wurde. Einen Augenblick später unterbrach die leise Stimme der Dolmetscherin seine Gedanken. »Mein Herr, Zafenat-Paneach, sagt, daß du nicht genug gegessen hast. Möchtest du noch etwas?«

»Nein.« Benjamin blickte auf, in die dunklen Augen des Mannes hinein. Er sah keine Feindseligkeit in ihnen, nur eine mitfühlende, alles beherrschende Freundlichkeit. »Sagt ihm meinen Dank, aber ich habe genug gegessen.«

Die Frau übersetzte, und ein merkwürdiger, eine Spur aufgeregter Blick blitzte in den Augen des Ägypters auf. Er sprach wieder, und die

Frau wiederholte seine Worte: »Mein Herr fragt, ob es dir gut geht. Was denkst du über Ägypten? Wie viele Kinder hast du?«

Benjamin mußte lachen, erstaunt darüber, daß der große Mann sich für solch banale Dinge interessierte. »Es geht mir gut, ich staune über alles, was ich hier sehe, und ich habe neun Söhne«, sagte er. Er spürte förmlich den Blick des Wesirs. »Gerade erwartet meine Frau wieder ein Kind.«

»Neun Söhne«, kam die Antwort des Wesirs über die Frau. »Versuchst du, ganz allein den Erdkreis mit Nachkommen Abrahams zu bevölkern?«

Nanu, was hatten seine Brüder diesem Ägypter bei ihrem ersten Besuch noch alles erzählt? Wie kam es, daß er von Abraham wußte? Jakobs Großvater hatte sich wohl eine Zeitlang in Mizraim aufgehalten, aber die Menschen des Schwarzen Landes konnten unmöglich von El Shaddais Verheißung wissen, Abrahams Nachkommen so zahlreich zu machen wie den Sand am Meer.

Benjamin drehte sich so, daß er den Wesir direkt ansehen konnte. »Mein Herr, wie kommt es, daß Ihr so viele Dinge wißt? Ihr habt uns unsere Plätze nach der Reihenfolge unserer Geburt angewiesen und scheint viel über unseren Vater und unser Volk zu wissen, obwohl Ihr uns doch gar nicht kennt.«

Der Wesir schaute Benjamin wie in Gedanken verloren an, während die Frau übersetzte, dann antwortete er: »Wer außer Gott kann die Wahrheit offenbaren?« Seine Finger spielten mit einer zierlichen silbernen Schale, während er sprach. In die Schale waren die Bilder ägyptischer Götter graviert; ähnliche Schalen hatte Benjamin in den Zelten vieler Nomadenstämme gesehen. Natürlich – das war eine Wahrsageschale. Der Bittsteller füllte sie mit Wasser, dann goß er Öl darauf. Während er sodann die Götter anrief, offenbarten diese in den Mustern und Figuren, die das fließende Öl schuf, die Zukunft.

»Gott hat mir all diese Dinge gezeigt«, fuhr der Wesir fort und sah wieder Benjamin an. »Und noch mehr, das du erfahren wirst, wenn die Zeit da ist.«

Benjamin fiel keine passende Antwort ein, und der Wesir lächelte und wandte sich wieder ab. Nachdem er eine Hand erhoben und auf ägyptisch irgendeinen Segen gesprochen hatte, erhob Zafenat-Paneach sich und verließ den Raum, gefolgt von seinem Hofstaat.

»Schon wieder ein Kind unterwegs? Benjamin, du bist zuviel zu Hause!« Simeon kniff den jungen Mann in den Arm. Man hatte den Brüdern ein großes Zimmer in der Wesirsvilla als Nachtquartier angewiesen.

»Dafür bin ich noch kein Großvater!« witzelte Benjamin zurück. »Dein Ältester, Jemuel, ist gerade dabei, sich eine Frau zu suchen. Bis die nächste Ernte kommt, wirst du zwei Knie voll Enkelkinder haben!«

Simeon drehte sich auf seinen Bauch. »Jemuel ist ein Narr. Heiraten ist was für Männer, die keine andere Wahl haben.« Er stützte sich auf einen Ellbogen, dankbar, daß man ihnen Decken und Felle gegeben hatten anstelle der weichlichen ägyptischen Betten. Seine Brüder würden ihn ewig und drei Tage lang aufziehen, wenn sie erfuhren, in was für einem stinkfeinen Zimmer er seine Gefangenschaft verbracht hatte.

»Tut's dir etwa leid, daß du geheiratet hast?« fragte Levi.

»Ein Mann darf heiraten, wenn er einen Sohn braucht, aber ich hab schon sechs Stück«, antwortete Simeon, den Kopf auf die Hand stützend. »Macht fünf Erben zuviel. Ich werde nie mehr heiraten.«

»Aber Männer brauchen Frauen«, protestierte Benjamin und setzte sich auf. »Vater sagt, daß Gott Shaddai gesagt hat, daß es nicht gut für den Mann ist, wenn er allein ist.«

»Für das, was die Männer brauchen, gibt's immer eine Frau«, schnaubte Simeon. Er hob eine Augenbraue. »Stimmt's, Juda?«

Eine plötzliche Stille legte sich wie eine Decke auf sie. Alle wußten, daß Juda einmal, ohne es zu wissen, seine eigene Schwiegertochter als Prostituierte angeheuert hatte.

»Ja, schon«, erwiderte Juda nach einem Augenblick unwirsch. »Aber in der Wüste gibt's auch Schlangen, und ich würde niemandem empfehlen, mit einer zu schlafen.«

Mehrere der Brüder lachten, die Stimmung lockerte sich wieder. Simeon schaute in die Runde, dankbar für jedes dieser bärtigen und sonnenverbrannten Gesichter. »Aber jetzt erzählt mal«, sagte er und sah Levi an. »Vater geht's also gut. Und was macht unsere Schwester?«

Juda vergrub aufstöhnend seinen Kopf in den Fellen unter ihm. Levi grinste säuerlich. »Dina ist Dina«, sagte er achselzuckend. »Sie hat sich nicht verändert, Simeon.«

»Hat sie geheiratet?« Simeon versuchte, seine Stimme unbeschwert zu halten.

»Nein.« Levi schüttelte den Kopf. »Das wird sie auch nie tun. Meist sitzt sie allein im Zelt unserer Mutter, außer wenn die Mägde kommen, um ihr zu helfen. Manchmal näht sie, manchmal macht sie Babykleider.«

Simeon starrte wortlos auf seine Hände – die Hände, die Dina in ihre Vergangenheit eingesperrt hatten; die Hände, die ihr Kind genommen und im Wüstensand abgelegt hatten ... Der plötzliche Reuestich in seiner Seele war nur das eine Ende eines langen, langen Gewissensrisses, der bis zurück nach Sichem ging.

»Vergiß Dina«, sagte Levi. Er streckte seine breite Hand aus und ließ sie auf Simeons Arm fallen. »Erzähl mir lieber was über die hübsche Frau, die für den Wesir übersetzt. Du hast es vielleicht nicht gemerkt, aber sie hat dich immer so angesehen.« Er lächelte hintergründig. »Oder vielleicht hast du es doch gemerkt.«

»Und ich dachte, die guckt mich an!« Ruben versuchte, enttäuscht zu klingen.

»Nein.« Juda hob seinen Kopf, plötzlich hellwach. »Sie hat unseren Simeon angeschaut. Komm, Zerschmetterer, erklär uns, warum du auf einmal so rot wirst! Du bist lange in diesem Haus gewesen, du mußt den Namen dieser Frau wissen.«

Ob ich ihren Namen kenne? Ich kenne noch viel mehr, aber in der Nacht, wo ich fliehen wollte, hab ich es alles verspielt. Sie wird mich nie mehr so anschauen wie früher, sie wird nie mehr so über mich denken.

Simeon schloß seine Hände. »Ihr Name ist Mandisa. Sie ist die persönliche Dienerin der Herrin Asenat.«

»O.« Levi grinste. »Und was findet eine Kammerzofe an dir?«

»Sie war auch ...« Simeon suchte nach dem passenden Wort für die Beziehung, die er selber nicht ganz verstand. »Sie war auch meine ... Zimmerfrau. Sie spricht Kanaanitisch, und da haben die Wächter sie gebeten, sich um mich zu kümmern, und so sind wir« – er hielt wieder inne und zuckte die Achseln – »Freunde geworden.«

»Freunde?« Allgemeine Heiterkeit. Levi krümmte sich vor Lachen. »Simeon«, protestierte er, als er sich wieder gefaßt hatte, »du bist noch nie der *Freund* einer Frau gewesen! Eine Frau kann deine Mutter, deine Schwester, deine Ehefrau oder deine Liebhaberin sein. Und da wir wissen, daß diese Ägypterin weder deine Mutter noch deine Schwester ist ...«

»Und sie ist auch nicht meine Frau oder Liebhaberin oder ägyptisch«, unterbrach Simeon ihn. Er schaute wieder auf seine Hände. »Sie ist kanaanitisch, und sie ist eine Freundin, Brüder, und damit hat sich's.«

Etwas in seiner Miene und Stimme ließ sie verstummen. Draußen wisperte der Wind, irgendwo begannen ein paar Diener zu lachen, aber in dem Raum war es still, bis Benjamin seinen Kopf hob. »Nimmt sie es schwer, daß du morgen gehst?« fragte er. Seine dunklen Augen blickten plötzlich besorgt. »Vielleicht solltest du dich unter vier Augen von ihr verabschieden, solange du noch kannst.«

»Nicht nötig«, erwiderte Simeon. Er drehte sich auf den Rücken und legte die Hände hinter seinen Kopf. »Sie ist halt nur eine Freundin, sie bedeutet mir nicht mehr als der Koch oder der Wächter, der mein Zimmer bewachte. Ich will nach Hause, Brüder, und ich schlage vor, jetzt schlafen wir.«

Die anderen murmelten etwas und streckten sich zum Schlafen aus. Aus der Ferne kamen die vertrauten Geräusche des Hauses: Löffel, die Essensreste aus Schüsseln kratzten, die Fontänen im Garten. Würde er diese Laute je wieder hören? Mit dem vorfreudigen Warten auf Mandisas sachtes Klopfen an der Tür war es jedenfalls vorbei. Vielleicht würde er sogar ihre stets schlagfertige scharfe Zunge vermissen.

Er lag lange wach und dachte nach.

Etwas bewegte sich in der Dunkelheit, und Mandisa setzte sich auf, um zu sehen, was da gerade wie ein Dolch ihren Schlaf zerrissen hatte. »Wer ist da?« flüsterte sie, während sie die leinene Zudecke über ihre Brust zog. Dann erinnerte sie sich an Adom, und ihre Hand ging zu ihm, um ihn zu wecken.

»Psst! Weck den Jungen nicht auf!«

Es war Simeons Stimme; sehen konnte sie ihn in der Dunkelheit nicht. Ein Augenblick schwarzer Panik durchschoß sie – war er gekommen, um sich für seine Gefangenschaft zu rächen? Dann riß sie sich zusammen. »Was willst du hier? Komm her und zeige dich, oder ich schreie und wecke die Wächter auf.«

Er trat aus dem Schatten der Wand in das kleine matte Lichtviereck, das der abnehmende Mond durch das Fenster warf. In dem Halbdunkel war er ein sehniger Koloß von einem Mann, stärker und entschlossener als jeder andere, den Mandisa je gesehen hatte.

»Am besten schreie ich auch so«, flüsterte sie. Ihr Gesicht wurde heiß bei der Erinnerung an ihr letztes Zusammensein.

»Mandisa, ich will dir nichts tun«, sagte er und trat noch einen Schritt näher.

»Du hast dich bestimmt im Zimmer geirrt. Wolltest du nicht eigentlich zu Tizara?« Der bittere Ton ihrer Stimme ging ihr wie ein Reibeisen durch die Seele. »Ich weiß, was du von einer Frau willst, Simeon, und Tizara hat mehr Erfahrung als ich, und williger ist sie bestimmt auch.«

Seine Lippen wurden ein zorniger Strich. »Frau, bist du einmal still und hörst mir zu?«

Adom bewegte sich auf seinem Bett. Sie erstarrten beide und sahen sich an; der Raum wurde zum Greifen still. Keiner wollte den Jungen aufwecken. Der drehte und streckte sich, weiter tief schlafend. Mandisa ballte die Faust und hob sie vor Simeons Gesicht. »Du hast nicht mehr Verstand als ein Stein, daß du mitten in der Nacht ins Zimmer einer Frau kommst! Wenn du ein Diener wärst oder sogar ein Wächter, würde Tarik dich dafür prügeln lassen.«

»Ich bin jetzt kein Gefangener mehr«, sagte Simeon. »Und meine Absichten sind vollkommen ehrenhaft. Ich wollte dich fragen, ob du morgen mit mir gehen willst. Adom natürlich auch. Es ist Platz für euch beide in meinem Zelt.«

Sein fürsorglicher Gesichtsausdruck überraschte sie noch mehr als die Worte. »*Was* willst du von mir?« stieß sie hervor. »Ich soll mit dir ziehen? Nach Kanaan?«

»Ja.« Seine Miene wurde ruhiger und noch ernster. »Es wäre nicht recht, wenn ich dich zurücklassen würde. Ich bin jetzt frei, und du solltest auch frei sein.«

Sie war zu überrascht, um zu antworten. Simeon kniete sich neben ihrem Bett hin, hob ihre Hand und drückte sie an seine Brust. Mit einem Blick, der ihr den Atem nahm, flossen seine Augen in die ihren. »Mandisa«, sagte er, und seine Stimme klang plötzlich belegt, »ich verdanke dir so viel. Es tut mir leid, wenn ich mich falsch benommen habe, aber du mußt verstehen, daß ich als Gefangener nicht in der besten Verfassung war. Aber jetzt bin ich wieder frei. Zieh morgen mit uns und verlaß dieses Schwarze Land. Kehr zurück nach Kanaan, wo du geboren bist.«

»Simeon.« Ihre Hand drehte sich und packte die seine. Durfte sie ihren wirbelnden Gefühlen trauen? War dies vielleicht nur ein Traum? Aber nein, sein Fleisch war warm, die Hand war echt. Sie sah ihn einen langen Augenblick an. »Soll das heißen, daß du mich bittest, deine Frau zu werden?«

»Beim Himmel, nein.« Er ließ ihre Hand so entschlossen los, wie er sie gefaßt hatte. »Ich heirate nie mehr, Mandisa. Ich habe zwei Frauen gehabt, und beiden hab ich das Leben zur Hölle gemacht. Und da ich einen rechtmäßigen Sohn und Erben habe, brauche ich auch keine Frau mehr.«

Ihre Gedanken wollten sich verwirren. »Und als was soll ich dann mit dir leben? Etwa als deine *Konkubine*?«

Er zuckte seine eine Achsel. »Wir werden es so halten, wie du wünschst, aber heiraten werde ich dich nicht. Du hast mir von dem Elend in deiner ersten Ehe erzählt, und ich habe gesehen, wie mein Vater meine Mutter quälte. Du sollst frei und ungebunden bleiben. Ich werde dich und Adom beschützen und für euch sorgen; das ist das Mindeste, das ich tun kann, um meine Dankbarkeit zu zeigen. Die Ehe macht die Menschen nur unglücklich. Du sollst die Freiheit haben, jederzeit wieder zu gehen.«

»Und du auch, nicht wahr?« Sie preßte ihre Lippen zusammen, kämpfte um ihre Selbtbeherrschung. Auch er würde jederzeit gehen können. Hatte er nicht schon einmal versucht zu fliehen und sie für immer zu verlassen? Er würde sie genauso sitzenlassen wie damals Idogbe.

»Du irrst dich, Simeon«, antwortete sie. Mit brennenden Wangen sah sie zu ihm hoch. »Die Ehe macht die Menschen nicht unglücklich, sondern die Menschen ruinieren ihre Ehen; und du, Simeon, Jakobs Sohn, hast mir schon mehr Elend gebracht als hundert Ehemänner!«

»Was?« Seine Augen weiteten sich in ehrlicher Überraschung. Dann ging ein versonnenes Lächeln über sein Gesicht. »Überlege dir mein Angebot gut, Mandisa. Ich weiß, daß du mich liebst.«

»Dich lieben?« Sie preßte ihre Hand auf ihre Stirn; sie konnte es nicht glauben, was sie da gerade hörte. »Wie könnte ich einen Mann lieben, der so randvoll von Wut und Bitterkeit ist, daß er Gottes Wahrheit nicht auf zwei Schritt Entfernung sehen kann?«

»Hier geht's nur um *eine* Wahrheit.« Er packte ihren Arm. »Du liebst mich, und du brauchst jemand, der für dich und den Jungen sorgt.«

»Adom und mir ging es gut, bevor du kamst, und wenn du wieder weg bist, wird es genauso sein.«

»Du bist eine *Sklavin*, Mandisa! Kriegst du das nicht in deinen hübschen Schädel hinein?«

»Ich bin keine Sklavin! Ich bin eine Freie!«

»Das bist du nicht! Du bist so fest an Zafenat-Paneach, seine Frau, seine Kinder und sein Haus gebunden, als wenn du eiserne Ketten um deine zarten Fußknöchel hättest! Dein Herr sagt: ›Tu dies‹, und du tust es. Deine Herrin sagt: ›Ich will das‹, und du würdest zum Mond fliegen, um es ihr zu beschaffen. Du weinst die Tränen deines Herrn und feierst seine Freuden, anstatt dir selber welche zu machen!«

»Sein Leid ist mein Leid.« Sie keuchte, als ob er sie in den Magen geboxt hatte. »Und die Freuden meiner Herrin sind meine Freuden, weil ich sie liebe, Simeon. Wenn du nur lieben könntest, würdest du das verstehen!«

Seine schwarzen, wutblitzenden Augen schienen Nägel durch ihren Körper treiben zu wollen. Er hob sein Kinn und ließ ihren Arm los. »Du bist verrückt, Mandisa! Ich biete dir die Freiheit zu gehen, wohin du willst, und zu tun, was dir beliebt, und du willst nicht. Ich biete dir meine Dankbarkeit, und du verachtest sie. Nun gut. Denke manchmal an mich, wenn du dich für deinen großen Wesir in ein frühes Grab schuftest.«

»Ich werde an dich denken, Simeon«, antwortete sie. Ihre Haut brannte, wo er sie berührt hatte. »Jedesmal, wenn ich höre, wie einer der Wachen die Beherrschung verliert, und jedesmal, wenn Tarik einen Sklaven bestrafen muß.« Die Worte schossen wie ein unaufhaltsamer Wasserfall aus ihrem Mund. »Du bist unmöglich! Erst beleidigst du mich, indem du mich zur Konkubine haben willst, und dann bildest du dir auch noch ein, daß ich dich liebe! Wie könnte ich? Keine Frau in der Welt könnte einen Mann wie dich lieben, weil du nicht weißt, was Liebe ist! Du denkst, Liebe findet man nur in den Armen einer Frau, aber am tiefsten findet man sie an ihrer Seite – indem man gemeinsam durch Dick und Dünn, Gut und Böse geht. Aber deine Sorte will den Sturm stillen, indem sie noch lauter brüllt. Du trampelst wie ein Elefant durchs Leben, quer über die Herzen der Menschen, die dich lieben würden, wenn du sie nur lassen würdest.«

»Liebe!« Das Wort fiel wie ein Fluch von seinen Lippen. »Jakob liebte Rahel, und damit waren wir übrigen erledigt.«

»Wenn dein Vater unrecht gehandelt hat, Simeon, brauchst du noch lange nicht so weiterzumachen! Lerne von seinem Fehler, reich ihm deine Hand, öffne ihm dein Herz!«

Er lachte bitter. »Wie soll ich jemand mein Herz öffnen, dem ich egal bin?«

»Das habe ich mich auch schon gefragt«, antwortete sie, von einer tiefen, unausgesprochenen Sehnsucht geschüttelt. »Und ich habe eines erkannt: Die geballte Faust kann keine Liebe geben. Liebe will frei gegeben sein. Ich habe versucht, dir Liebe zu geben, Simeon, aber du wolltest nicht.«

»Du weißt nicht, wovon du redest.« Er stand auf. Seine Augen starrten schwarz und trotzig. »Du bist diejenige, die sich nicht lieben lassen will. Du versteckst dich hinter diesen Mauern, hinter dem großen, edlen Zafenat-Paneach. Du verwirfst die Freiheit, um dein Leben lang einem Mann zu dienen, für den du nie mehr als eine Sklavin sein wirst.«

»Nein.« Sie schüttelte den Kopf. »Das stimmt nicht.«

»Doch, das stimmt.« Er beugte sich nach vorne, bis sein Gesicht nur ein paar Fingerbreit von ihrem entfernt war. »Wenn du in den einsamen Jahren, die auf dich zukommen, an mich denkst, dann vergiß nicht, daß ich mich ehrenhaft verhalten habe. Aus lauter Dankbarkeit habe ich dir angeboten, dich aus dem Schwarzen Land hinauszubringen, und du wolltest nicht.«

»Ich werde diese Nacht mein Lebtag nicht vergessen«, flüsterte sie. Sie wandte ihr Gesicht ab. »Aber ich werde nicht einsam sein ohne dich, Simeon.«

Sie bekam nicht mit, wie er ging, aber plötzlich fuhr ein kalter Windstoß durch das Zimmer, und sie zitterte und fühlte sich plötzlich einsamer als je zuvor in ihrem Leben.

Neunundzwanzig

Eine Stunde bevor die Barke des Sonnengottes ihre Reise über den Himmel begann, hielt Tarik die Lampe in seiner Hand vorsichtig gerade und wartete, bis der Docht aus gedrehtem Papyrus richtig brannte, dann hob er die Lampe hoch und ging über den dunklen Hof, um zu prüfen, ob die Anweisungen seines Herrn befolgt worden waren. Zafenat-Paneach hatte alles haarklein vorgeschrieben. Die Säcke der Kanaaniter waren bis zum Rand mit Korn zu füllen; obenauf kam das Silber, das jeder der Männer mitgebracht hatte. Tarik persönlich hatte die kostbare Wahrsageschale des Herrn in dem Sack des jüngsten Bruders zu verstecken.

Da waren die Esel. Tarik tätschelte beruhigend ihre Flanken und inspizierte jeden Sack, bis er alle elf durch hatte. Dann holte er aus einem Beutel unter seinem Mantel die Silberschale und vergrub sie in dem Sack des letzten Esels.

Alles war vorbereitet.

Die Wasseruhr zeigte eine halbe Stunde später an, als Ani neben Tarik in der Vorhalle stand und zuschaute, wie die elf Jakobssöhne aus der Villa heraus und in den Hof traten. Die Palmen an den Mauern stachen ihre schwarzen Silhouetten in den heller werdenden Himmel hinein. Die Brüder nahmen die Zügel ihrer Esel. Ani räusperte sich und trat vor, um sich von den Brüdern zu verabschieden. Zafenat-Paneach, so sagte er ihnen, wünschte ihnen eine sichere und gute Reise. Ruben dankte im Namen der anderen Ani für die Gastfreundschaft seines Herrn und versprach, ihrem alten Vater die Grüße des Wesirs auszurichten.

Der Laute, Simeon, blieb noch einen Moment in dem Hof stehen und sah sich um, als wolle er die Villa seinem Gedächtnis einprägen, dann winkte er Ani und Tarik flüchtig zu. »Auf Wiedersehen, Ägypter!« rief er mit einem verbissenen Lächeln. »Entschuldigt, aber ich hoffe, wir sehen uns nie wieder.«

»Das hoffe ich auch«, rief Tarik zurück, seine Hände auf seinem Schwertgürtel. Dann murmelte er: »Wenn der wüßte.«

Was wüßte? Ani sah den Hauptmann der Wache fragend an, doch Tarik hielt seine Augen auf die aufbrechenden Männer geheftet und sagte nichts mehr.

Als der letzte Esel durch das Tor verschwand, zerbrach ein leises Geräusch die Stille des frühen Morgens. Ani drehte sich in die Richtung. Im Schatten einer papyrusförmigen Säule stand Mandisa und weinte. Offenbar hegte sie immer noch tiefe Gefühle für den Kanaaniter, auch nach seinem unverschämten Fluchtversuch mit Tizara.

Ani trat zu der jungen Frau. »Mein liebes Kind«, sagte er, »wenn du ihn liebtest, warum hast du es ihm nicht gesagt?«

»Ich habe es gesagt«, flüsterte sie, während ihr Handrücken über ihre nasse Wange fuhr, »aber er hat es nicht begriffen.«

Der Finger der Schattenuhr schien festzukleben, aber endlich erreichte er den nächsten schwarzen Meßstrich auf dem waagrechten Stab. Eine Stunde war vergangen seit dem Aufbruch der Brüder. Mit angespannten Nerven – halb vor Erwartung, halb vor Angst – drehte Joseph sich zu Tarik hin. Sein Herz hämmerte, als sein Blick sich mit dem des Hauptmanns traf. »Es ist Zeit«, sagte er. »Macht euch auf.«

Tarik drehte sich salutierend um und rannte zu seinen Männern, die im Hof bereitstanden. Joseph trat auf seinen Balkon. Unten standen über zwanzig Streitwagen, jeder mit einem Wagenlenker und einem geübten Bogenschützen. Die Pferde scharrten ungeduldig mit den Hufen, die Köpfe nach vorne gestreckt, die Rücken gekrümmt.

Würde diese Machtdemonstration seine Brüder dazu bringen, Benjamin fallenzulassen? Einen Augenblick lang fragte Joseph sich, ob sein Plan nicht unfair war. *Wollte* vielleicht ein Teil von ihm, daß sie Benjamin fallenließen, damit er ihn bei sich in Ägypten behalten konnte, als Ausgleich für die gestohlenen zweiundzwanzig Jahre?

Aber wenn sie Benjamin herausgaben, würden sie schon vor lauter Scham und Schande nie mehr dem Wesir von Ägypten unter die Augen treten, und Jakob und seine Kinder würden verhungern. Joseph konnte sich nicht vorstellen, daß Gott Shaddai so etwas zulassen würde.

Aus dem Augenwinkel heraus sah er, wie Tarik über den Sand des Hofes sprintete. Er schrie den Befehl zum Aufsteigen und sprang auf seinen eigenen Wagen. Die anderen Wagenlenker schauten zu, wie er mit der einen Hand die Standarte des Wesirs hochhob und mit der anderen das Seitengeländer des Wagens packte. Die Tore der Villa öffneten sich weit, Peitschenknallen zerriß die Luft. In einem Wirbel aus Staub und Lärm setzte Tariks Wagen sich in Bewegung, die anderen folgten in einem martialischen Spektakel.

Ein merkwürdiges Grollen begann über den Boden zu kriechen, als ob ein Sturm aus der Sahara kommen wollte. Eine plötzliche, unerklärliche Angst legte sich auf Simeon. Er hielt an und hob eine Hand, um seinen Brüdern Schweigen zu gebieten, aber sie waren schon verstummt. Ihre Gesichter überzogen sich besorgt, als sie sich in dem Sand umdrehten, um zurückzuschauen, nach Ägypten.

Jetzt zitterte die Erde leicht. Galoppierende Pferdehufe. Die Ohren der Esel zuckten nervös vor der Aussicht, gleich ihren vornehmen Vettern zu begegnen. Und da, aus einer flachen Sandsenke, kam die Quelle des Geräusches in Sicht. Eine ganze Streitwagenflotte, die in V-Formation und in einer riesigen Staubwolke auf die Brüder zuschoß. Die reichen Verzierungen der Wagen glitzerten und sprühten in der Sonne. Das Grollen wurde zu einem lauten Donnern, aber lauter noch war das Hämmern von Simeons Herz in seinen Ohren.

Was für eine Teufelei war das? Würden sie nie mehr frei sein von der Macht des Schwarzen Landes?

Bevor er seine Brüder fragen konnte, hatten die Ägypter sie schon umzingelt. Während die übrigen Söhne Israels wie benommen dastanden, grub Simeon seine Füße tiefer in den Sand und stemmte kampfbereit die Hände in die Hüften. Er hatte die Weichheit Ägyptens fortgeworfen wie ein unbequemes Kleidungsstück, die alte Energie und Leidenschaft regte sich in seinem Blut. Wenn die Ägypter kämpfen wollten, hatten sie sich genau den richtigen Ort ausgesucht – seine Heimat, die Wüste.

»Nicht jetzt, Bruder!« rief Juda ihm zu. Simeon blieb abwartend stehen.

Der Kreis der Ägypter öffnete sich, und Tarik fuhr in einem goldglänzenden Streitwagen herbei. Sein Mund war ein ärgerlicher Strich.

Ruben, Levi und Juda sahen Simeon an. *Du kennst ihn,* schienen ihre Blicke zu sagen. *Mach du das.*

»Leben und Gesundheit sei dir, Tarik«, rief Simeon. Er ließ die Zügel seines Esels fallen und machte einen Schritt nach vorne. Die beiden Männer tauschten ein argwöhnisches Lächeln aus. »Warum treffen wir uns schon so bald wieder?«

Tarik beugte sich nach vorne und legte die Hände auf den vorderen Rahmen des Wagens. »Mein Herr Zafenat-Paneach schickt mich zu euch, um euch etwas zu fragen.«

»Und das wäre?« fragte Simeon, ein ungeduldig ärgerlicher Unterton in der Stimme.

Tariks stolze kalte Augen fuhren über die Brüder. »Warum habt ihr Gutes mit Bösem vergolten? Mein Herr hat euch unter seinem Dach mit Speise, Trank und Bett versorgt, aber einer von euch hat die Silberschale, die er zum Weissagen benutzt, gestohlen. Ihr habt eine schändliche Tat begangen.«

»Wie kommt dein Herr zu solch einer Klage gegen uns?« Simeon starrte den Hauptmann ungläubig an. »Wir würden ihm niemals etwas stehlen. Wir sind keine Diebe; wenn es anders wäre, hätten meine Brüder das Silber, das sie nach der Rückkehr nach Kanaan in ihren Säcken fanden, nicht zurückgebracht. Warum sollten wir etwas aus dem Haus des Wesirs stehlen wollen?«

Simeon spürte eine Hand auf seinem Arm. Juda war neben ihn getreten. »Ihr könnt uns gern durchsuchen«, sagte Juda mit ruhiger

Stimme. »Und wenn Ihr wirklich die Schale Eures Herrn bei uns findest, dann soll der Schuldige sterben und der Rest von uns deinem Herrn als Sklaven dienen. Denn ich spreche die Wahrheit: Wir haben die Schale nicht.«

»Ich *werde* euch durchsuchen«, antwortete Tarik mit einem trokkenen Lächeln. Er winkte seinen Männern zu, die von ihren Wagen abstiegen und den Kreis um die Brüder noch enger zogen. »Und der Schuldige soll für seine Tat bezahlen. Der Mann, bei dem ich die Schale finde, wird der Sklave meines Herrn werden. Doch die anderen von euch dürfen frei ausgehen.«

Simeon blieb reglos stehen, während seine Brüder hastig begannen, ihre Säcke zu öffnen. Die Ägypter sahen ihnen aufmerksam zu. Tarik bestand darauf, jeden Sack persönlich zu inspizieren. Mit dem ältesten Bruder, so verkündete er, würde er beginnen, und dann der Reihe nach weitermachen bis zum Jüngsten, damit er auch bestimmt niemanden ausließ.

Er schaute in Rubens Sack. Oben auf dem Korn lag das Doppelte des Silbers, das Ruben nach Ägypten gebracht hatte.

Tarik sah Simeon an. »Soso, ihr seid also keine Diebe?«

Simeon starrte das Silber an. Würden sie jetzt alle ins Gefängnis kommen? Aber Tarik sagte nichts weiter und trat zu Simeons Esel. Offenbar war Zafenat-Paneach sein Geld egal; er hatte seinen Hauptmann nur wegen seiner Wahrsageschale ausgeschickt.

Als Tarik zu Benjamin kam, hatte Simeon seinen Esel bereits wieder beladen. Er rief den anderen zu, sich zu beeilen. Er war gerade zu Levi getreten, um ihm mit einem störrischen Gurt zu helfen, als er Rubens Schrei hörte.

Er wirbelte herum. Tarik stand neben Benjamins Esel und hielt die Silberschale hoch. Ihre eingravierten Zeichen blitzten in der Sonne. Simeon erstarrte, der Hoffnungsfunke in ihm war mit einem Mal ausgelöscht.

Tarik ließ die Schale sinken und klemmte sie wie beiläufig unter seinen Arm. »Nur dieser hier muß mit mir zurückkommen«, sagte er. Der Blick in seinen Augen war merkwürdig forschend. »Ihr anderen dürft zu eurem Vater nach Hebron.«

»Nein!« Judas Stentorstimme donnerte durch das erschrockene Gemurmel der anderen. »Lieber sterbe ich in Ägypten, als daß ich meinem Vater ohne meinen Bruder unter die Augen trete!«

»Allmächtiger Gott, warum?« jammerte Ruben und riß an seinem Mantel. »Der eine war ein arroganter Pinsel, der andere ist ein Dieb. Warum sind Rahels Söhne solch ein Fluch über uns?«

»Das ist jetzt egal!« sagte Simeon und hob Levis Sack mit einem entschlossenen Schwung auf den Rücken des Esels. Er zog die Sattelgurte fest. »Wir gehen zusammen mit Benjamin nach Theben zurück. Ich war lange im Haus des Wesirs; vielleicht hört er auf mich und ist unserem Bruder gnädig.«

Und wenn nicht, dachte er, die Augen gegen einen plötzlichen Windstoß zusammenkneifend, *kann ich vielleicht jemand anderes dort dazu bringen, ein Wort für uns einzulegen – wenn ich sie nicht zu sehr beleidigt habe.*

Dreißig

Mandisa war gerade dabei, Asenats Augenbrauen mit der neuen Bronzepinzette auszudünnen, als der Herr in das Zimmer der Herrin trat. Sie hielt inne, bereit, sich zu verneigen oder Instruktionen entgegenzunehmen, doch er begann sofort, hin und her durch den Raum zu gehen, die Hände hinter dem Rücken verschränkt, seine Gedanken weit weg. Asenat wartete einen Moment, dann bedeutete sie Mandisa, weiterzumachen.

Während die winzige Pinzette weiter flink die Brauen der Herrin entlangfuhr, unterhielten sich die Frauen im Flüsterton. Wann würde der Herr endlich sprechen? Asenat versuchte, ihn mit ein paar Fragen aus seiner Reserve zu locken. Wie ging es der Frau des Pharao? Wer würde alles zu dem Geburtstagsfest der Königin kommen? Aber der Herr gab nur einsilbige Antworten.

Warum redet er nicht? fragte Mandisa sich, während sie die Pinzette auf dem Tisch ablegte und ihrer Herrin einen Bronzespiegel reichte. *Will er Asenat nicht mehr die Geheimnisse seines Herzens anvertrauen? Oder geht es ihm genauso nach wie mir, daß seine Brüder wieder fort sind?*

Asenat mußte wohl ähnlichen Gedanken nachhängen, denn Mandisa sah, wie das Wasser in ihre Augen stieg, wie ein langsamer Springbrunnen.

Sie lächelte ihre Herrin an. »Hab keine Sorge, Herrin«, flüsterte sie. Sie nahm Asenats juwelenbesetzten Lieblingskragen in die Hand. »Der Herr hat halt an vieles zu denken.«

Sie hatte ihr den Kragen gerade fertig angelegt, als der Wesir mitten im Schritt anhielt und seinen Kopf lauschend zum Fenster hin neigte. Mandisa hielt inne und horchte ebenfalls. Näherkommendes Hufgetrappel. Sie spürte, wie es ihr kalt den Rücken hinablief.

Zafenat-Paneachs Augenbrauen zogen sich wie gequält zusammen. »Schnell, Mandisa, geh an das Fenster«, sagte er, die Stimme spröde und hart. »Sag mir, was du siehst.«

Spiegelte seine bange Hoffnungsmiene sich in ihrem eigenen Gesicht? Sie wagte nicht, ihn zu fragen, sondern packte einen Stuhl und schob ihn unter das hohe Fenster. Sie stieg auf den Sitz und sah hinaus. »Ich sehe Pferde, Herr«, rief sie über ihre Schulter. Sie konnte die Erregung in ihrer Stimme kaum zügeln.

»Tarik und seine Wagen?«

»Ja.« Sie seufzte zufrieden auf. »Und Esel.«

»Wie viele Männer sind auf den Eseln? Einer – oder elf?«

Ein verstehendes Lächeln bog ihren Mund, als sie sich umdrehte. »Es sind elf, Herr. Alle Eure Brüder sind zurückgekehrt.«

Die starre Miene des Wesirs löste sich in freudige Erleichterung auf. Er sah kurz zu Boden, als ob er seinem Gott ein Dankgebet zuflüsterte, dann schaute er Asenat an. »Sie sind zusammen zurückgekommen!« Seine Stimme wollte brechen. Er ging zu seiner Frau, beugte sich zu ihr hinunter und nahm eine lose Haarsträhne von ihrer Stirn zwischen seine Finger. »Freue dich mit mir, Liebes«, flüsterte er und preßte einen Finger auf ihre zitternden Lippen. »Die Herzen meiner Brüder werden anders.«

Er schaute wieder hoch, zu Mandisa hin. »Wenn Tarik zu dir kommt, sag ihm, er soll in die große Empfangshalle gehen, sofort. Ich werde auch dort sein.« Er sagte es laut und befehlend. Er küßte seine Frau rasch auf die Stirn, dann eilte er aus dem Zimmer. Vor lauter Aufregung wäre Mandisa ihm fast gefolgt, doch dann erinnerte sie sich, daß sie ja die Toilette der noch perückenlosen Asenat beenden mußte.

Sie trat zurück an Asenats Frisiertisch. »Entschuldige bitte, Herrin«, sagte sie. »Du willst sicher so schnell wie möglich auch dorthin.«

»Nimm dir ruhig Zeit«, antwortete Asenat, die Stimme so flach wie ihre Augen. »Es hat keine Eile. Er will, daß ich mich mit ihm freue, aber ich kann nicht.«

Mandisa wollte gerade die schwere Perücke von ihrem Ständer heben, aber sie hielt inne, überrascht von den Worten ihrer Herrin. Sie machte ihre Stimme so ruhig, wie es ging. »Er hat doch seine lange verlorenen Brüder wiedergefunden, und da er dein Mann ist, sind es auch deine Brüder. Gewiß kannst du dich mit ihm freuen!«

»Ich begreife nicht, wie jemand es toll finden kann, Verwandte aus Kanaan wiederzufinden«, grummelte Asenat. Sie zupfte ungeduldig an ihrem Kleid. »Dieser Gefangene, den wir im Haus hatten, hat nur Unruhe gebracht. Und Hirten stinken gerade so wie Schafe, wenn sie in einem Raum zusammen sind. Er will, daß ich dieselben Brüder willkommen heiße, die ihm einst den Tod wünschten. Ich kann sie nicht mit seinen Augen sehen! Ich liebe sie nicht, ich schaffe das nicht.«

Bitterheiße Tränen flossen Asenats Wangen hinab, daß Mandisa konsterniert die Luft einsog. Mit keiner Geste hatte Asenat je angedeutet, daß sie die Brüder des Herrn nicht annehmen würde. Mandisa hatte nichts anderes gedacht, als daß sie begeistert wäre – für ihren Mann.

»Du bist so eine liebevolle Frau«, flüsterte Mandisa. Sie ließ die Perücke auf ihrem Ständer und kniete sich vor ihrer Herrin hin. »Wer dich sieht, Herrin, findet dich reizend, und du bist der Schatz im Herzen meines Herrn. Aber in der letzten Zeit geht es dir nicht gut.«

»Da hast du wohl recht; es geht mir wirklich nicht gut«, wiederholte Asenat dumpf. Sie schloß die Augen. »Und ich habe etwas Furchtbares getan.« Sie holte Luft, als wollte sie weitersprechen, schien es sich jedoch anders zu überlegen. »Meine Perücke, bitte, Mandisa«, sagte sie schließlich, ihr Gesicht stumpf und verhärmt.

Mandisa stand auf, hob die Perücke vom Haken, schüttelte sie auf und setzte sie ihrer Herrin auf. Asenats Miene veränderte sich nicht, aber die Atmosphäre im Zimmer wurde plötzlich kälter, als ob ein Regenwind durch das Haus blies.

»Wenn das alles ist, Herrin, will ich jetzt schauen, ob der Herr mich braucht«, sagte Mandisa. Sie verneigte sich, die Hände vorschriftsmäßig auf die Knie legend.

»Warte.« Mandisa blickte hoch. Ein trauriger Schleier war vor Asenats Augen getreten. »Hast du gemerkt, Mandisa, daß der Herr ... nicht glücklich ist über das Kind, das unterwegs ist?«

Mandisa zögerte, innerlich hin- und hergerissen. Glaubte die Herrin wirklich, daß sie den Menschen, die sie wie keine anderen kannten, etwas vormachen konnte? Gegen alle menschliche Sitte und Vernunft hatte ihr Mann zu ihr gehalten. War seine Liebe nicht genug? Erwartete sie etwa, daß er über ihre Untreue in Freudenschreie ausbrach?

Aber es stand Mandisa nicht zu, den Schleier zu zerreißen. »Der Herr liebt dich über alles, Herrin«, antwortete sie wahrheitsgemäß. Sie nahm Asenats Hand. »Und weil er dich liebt, wird er auch jedes Kind lieben, das aus deinem Leib kommt. Aber bestimmt hat er Angst um deine Gesundheit.«

»O«. Asenat preßte ein dünnes Erleichterungslachen hervor. »Ich habe angeordnet, daß Taweret, der Göttin der werdenden Mütter, ständig Opfer dargebracht werden. Das Kind und ich werden es schaffen – diesmal.«

»Ich bete, daß du recht hast, Herrin«, sagte Mandisa. Sie verneigte sich erneut, ihre Aufgewühltheit überspielend. Asenat brauchte so sehr jemanden, der sie trösten und leiten konnte, jemand, der ihr ungeschminkt die Wahrheit sagte, aber Mandisa glaubte nicht, daß ihre Herrin auf eine bloße Dienerin hören würde.

Und Simeon und seine Brüder warteten. Mandisa ließ ihre Herrin allein in dem Zimmer und ging.

Einunddreißig

Zafenat-Paneach, Tarik und ein ganzer Schwarm von Wächtern und Dienern waren bereits in der Empfangshalle versammelt, als Mandisa erschien. Ani und die Brüder waren noch nicht zu sehen, und Mandisa begriff, daß sie einmal mehr eine Rolle in diesem sich entfaltenden Drama zu spielen hätte. Doch heute würde das Drama seinen Höhepunkt erreichen. Die Bühne sah zwar so aus wie immer, doch jeder in dem Saal merkte, daß eine entscheidende Wendung bevorstand. Mandisa konnte die Erregung des Wesirs förmlich spüren, riechen, tasten.

Zafenat-Paneach lächelte ihr dankbar zu, als sie ihren Platz zu seiner Linken einnahm. Dann trat Ani herein und verneigte sich nervös vor dem Wesir. »Sie sind in der Vorhalle, Herr, und so aufgeregt wie ein Huhn, das nur noch ein Küken hat«, sagte er. Seine hellen Augen hoben sich. »Soll ich die Kanaaniter hereinschicken?«

Der Wesir kreuzte seine Fußknöchel und packte die Armlehnen seines Sessels. »Ja.«

Ani huschte fort, und Mandisa drehte sich zu Tarik hin und sah ihn an. Die Augen des Hauptmanns blitzten spitzbübisch. Sie holte Luft. Was würde jetzt kommen? Wer hatte den Text dieses Dramas geschrieben? Tarik schien ihn zu kennen, vielleicht auch Ani, aber sie hatte keinen Schimmer, was in den nächsten Augenblicken geschehen würde. Ob sie Simeon wieder festhalten würden?

Sie schloß die Augen. *Schluß! Wünsche dir nicht so etwas! Dein Herz ist ihm egal, er liebt dich nicht! Er weiß überhaupt nicht, was Liebe ist.*

Die Türen zur Vorhalle öffneten sich, und die Brüder kamen, nein rannten fast herein, ihre höfliche Ehrerbietung wie weggefegt von nackter Aufregung, ja Angst. Der Jüngste, Benjamin, war von zwei Wächtern eingerahmt. Seine Hände waren lose zusammengebunden, um seine Fußgelenke lag ein kräftiges Papyrusseil. Einer von Tariks Offizieren trat mit der Silberschale vor Zafenat-Paneach und stellte sie fast ehrfürchtig auf ein Tischchen neben dem Thron. Beim Anblick des wartenden Wesirs, dessen Gesicht in strenge Falten gelegt war, fielen alle elf Brüder auf dem Fußboden nieder.

»Was ist das für eine Tat, die du begangen hast?« Zafenat-Paneach stellt die Frage über Mandisa an Benjamin. »Wußtest du nicht, daß Gott zu mir spricht? Du hättest mir nie entrinnen können.«

Benjamin hob seinen Kopf, um zu sprechen, aber einer der älteren Brüder gebot ihm zu schweigen und erhob sich auf seine Knie. »Was können wir Euch sagen, Herr?« begann er, die Hände in einer bittenden Geste ausbreitend. »Ich bin Juda, und ich habe keine Worte der Erklärung. Was können wir sagen? Wie können wir uns rechtfertigen? Gott hat das Vergehen Eurer Diener aufgedeckt!« Er ließ seinen Kopf sinken. Die grauen Strähnen in seinem Haar glänzten silbrig in dem diffusen Licht des Saals. »Hier sind wir, die Diener meines Herrn, wir und der, in dessen Hand die Schale gefunden worden ist.«

Mandisa erstarrte, als Zafenat-Paneach nicht auf ihre Übersetzung wartete. »Da sei der Himmel vor, daß ich euch dies antun sollte«, antwortete er in fließendem Kanaanitisch. »Der Mann, in dessen Besitz die Schale gefunden wurde, soll mein Sklave sein, ihr anderen dürft in Frieden zu eurem Vater ziehen.«

Juda schüttelte seinen buschigen Kopf und stand vollends auf. »Bitte, Herr«, sagte er, offenbar zu aufgeregt, um zu bemerken, daß der Wesir auf einmal seine Sprache wie ein Einheimischer sprach, »laßt Euren Diener ein Wort in Eure Ohren sagen. Und laßt nicht Euren Zorn gegen mich entbrennen, denn wir wissen, daß Ihr dem Pharao ebenbürtig seid. Niemals würden wir versuchen, Euch zu übervorteilen.«

Mandisa sah ihren Herrn an. Der nickte langsam und königlich, und Juda trat näher, bis er nur noch zwei Schritte von dem Thron des Wesirs entfernt stand. Die beiden Männer sahen sich an, Auge in Auge.

Judas Stimme wurde leiser. »Mein Herr hat seine Diener gefragt, ob wir einen Vater und noch andere Brüder hätten, und wir antworteten Euch: ›Ja, wir haben einen Vater, und er hat noch einen jungen Sohn seines Alters. Dessen Bruder ist tot, so daß er allein von seiner Mutter übriggeblieben ist, und sein Vater liebt ihn.‹ Darauf sagtet Ihr zu uns: ›Bringt ihn zu mir, daß ich ihn sehen kann.‹ Aber wir sagten Euch, Herr: ›Der Junge kann nicht weg von seinem Vater, denn wenn er ihn verließe, würde sein Vater sterben.‹ Aber Ihr sagtet: »Wenn euer jüngster Bruder nicht mit euch kommt, dürft ihr mein Angesicht nicht mehr sehen.«

»Warum erzählst du mir, was ich längst weiß?« unterbrach Zafenat-Paneach ihn. Seine dunklen Brauen zogen sich zusammen. »Ich bin kein vergeßlicher alter Mann, daß du mich daran erinnern müßtest.«

»Vergebt mir«, antwortete Juda und ließ seinen Kopf hängen, »aber die Geschichte geht noch weiter. Es gibt etwas, das Ihr noch nicht gehört habt.«

»Erzähl es mir«, erwiderte Zafenat-Paneach. Sein Kinn wurde noch härter.

Juda schob die Arme hinter seinen Rücken, wie um sich abzustützen. »Als wir zu Eurem Diener, meinem Vater, zurückkehrten, sagten wir ihm Eure Worte. Und nach einer Weile sprach unser Vater: ›Geht wieder nach Ägypten und kauft uns etwas zu essen.‹ Doch wir sagten: ›Das können wir nicht. Nur wenn unser jüngster Bruder mit uns zieht, werden wir gehen, denn wir dürfen das Angesicht des Ägypters nicht mehr sehen, wenn nicht unser jüngster Bruder mit uns ist.‹«

Juda verstummte. Sein Körper zitterte unter der Wucht der Erinnerungen. »Dann sprach Euer Diener, unser Vater, zu uns: ›Ihr wißt, daß meine wahre Frau mir zwei Söhne gebar, und der eine ging von mir, und ich sagte: ›Ein Tier hat ihn zerrissen!‹, und ich habe ihn nie mehr gesehen. Und wenn ihr mir diesen auch nehmt und es stößt ihm etwas zu, werdet ihr meine grauen Haare in Kummer und Elend ins Totenreich bringen.‹«

Die Stille dröhnte durch den Saal, als Juda wieder innehielt. Zafenat-Paneach saß reglos da, die Augen schmal, sein Körper wie ein Bogen gespannt. Mandisa merkte: Hier war ein Vulkan, der kurz vor dem Ausbruch stand.

Juda holte tief Luft und fuhr fort. »Wenn wir also zu Eurem Diener, unserem Vater, zurückkehren und der Sohn, an dessen Leben sein eigener Lebensodem hängt, ist nicht dabei – wenn er also sieht, daß er nicht mehr ist, dann wird er sterben, und wir haben das graue Haar unseres Vaters in großem Elend ins Grab gebracht. Aber ich habe mich meinem Vater als Unterpfand für den Jungen gegeben, und darum bitte ich Euch: Laßt mich vor Euch und vor meinem Vater die Schuld für diese Tat tragen, für immer und ewig.«

Juda fiel auf seine Knie, seine Stimme wurde ein brüchiger Hauch. »Bitte, Herr, laßt mich hierbleiben anstelle des Jungen. Ich will Euer Sklave sein, wie es Euch beliebt, nur laßt Benjamin mit seinen Brüdern ziehen.«

»Du bist bereit, an seine Stelle zu treten?« fragte Zafenat-Paneach, seine Stimme halb erstickt.

»Ja.« Juda hob seine Augen und Hände in einer von Herzen kommenden Bittgeste. »Wie soll ich meinem Vater unter die Augen treten, wenn ich den Jungen nicht dabeihabe? Ich könnte es nicht ertragen, das Übel mit anzusehen, das dann über ihn kommen wird. Ich kann nicht zusehen, wie mein Vater vor Gram stirbt.«

Stille. Wie ein schwerer Nebel hing sie zwischen ihnen. Juda schien immer kleiner zu werden vor dem durchdringenden Blick in Zafenat-Paneachs Augen.

»Tarik«, sagte Zafenat-Paneach, ohne daß seine Granitaugen die Judas losließen. »Schicke alle hinaus, bis auf diese Männer.«

Tariks Gesicht zog sich enttäuscht zusammen, als er den Befehl gab. Die Fächerträger, Wachen, Diener und Weihrauchträger verließen in schweigendem Gänsemarsch den Saal. Mandisa zögerte, nicht sicher, ob sie bleiben sollte oder nicht, doch dann hörte sie, wie ihr Herr leise zu ihr sagte: »Mandisa, deine Herrin wird dich jetzt brauchen.«

Sie schlüpfte leise aus dem Raum, hinter Tarik. Die Doppeltüren hatten sich kaum hinter ihnen geschlossen, als das laute Weinen des Herrn die angespannte Stille in der Empfangshalle zerriß.

»Ich hab's doch gesagt, der ist verrückt.« Simeon hob seinen Kopf, als der Wesir in ein lautes herzzerreißendes Schluchzen ausbrach. Wofür dieses Theater? Fluchen sollte dieser Zafenat-Paneach, nicht losheulen. Er hätte sie alle ins Gefängnis werfen sollen, aber statt dessen hatte der Großwesir von ganz Ägypten soeben seine Arme um Juda geworfen und weinte, als ob das Ende der Welt da war.

»Was sollen wir machen?« fragte Levi, vorsichtig aufstehend. »Ist der wirklich wahnsinnig? Was, wenn er uns angreift?«

»Psst, der versteht euch«, sagte Dan. »Habt ihr nicht gehört, wie er gerade kanaanitisch gesprochen hat? Der hat uns hinters Licht geführt, Brüder.«

Simeon stand auf. »Wir sind elf gegen einen.« Er legte seine Hand auf seinen Gürtel und betrachtete die unerklärliche Szene vor ihm. Juda, eingesperrt in der Umarmung des Wesirs, drehte halb seinen Kopf und warf Simeon einen perplexen Blick zu, während er dem Wesir auf den Rücken klopfte, wie eine Mutter, die ein Kind tröstet.

»Macht noch nichts«, flüsterte Ruben. »Er hat uns nichts getan.«

Der Wesir ließ Juda los und drehte sich zu den anderen hin. »O, meine Brüder, ich kann euch nicht böse sein, wenn ihr mich für wahnsinnig haltet«, sagte er, während er sich die Tränen abwischte. Er breitete seine Hände aus. »Seht ihr nicht?« Sein Blick war wild vor Freude. »Hört ihr nicht, daß ich genauso gut Kanaanitisch spreche wie ihr? Kennt ihr mich wirklich nicht mehr?«

Simeon sah Levi an. Der kniff die Augen zusammen.

»Ich kann euch wohl wirklich nicht böse sein«, fuhr der Wesir fort, »ich habe mich ja so verändert.« Die starre Strenge in seinem Blick war spurlos verschwunden. »Ich bin Joseph. Euer Bruder.«

Der Schock traf Simeon wie eine Brandung, eine Welle nach der anderen. Joseph. Diese Stimme, diese merkwürdige Vertrautheit. Er hätte es merken müssen, es *sehen* müssen. Wer außer einem Sohn Israels erzählte seinen Dienern von El Shaddai? Aber nein, es war unmöglich!

»Das ist ein Trick«, sagte Levi und stolperte zurück.

Simeon starrte angestrengt den Mann an, der ihn gefangengehalten hatte.

»Schau her, Simeon, erkennst du mich nicht?« Der Wesir rieb seine Augenschminke fort. »Hier.« Er riß sich die Perücke vom Kopf, sein kurzgeschnittenes Haar wurde sichtbar. Dann ließ er in einer fast demütigen Geste seine Hände zur Seite fallen. Als er wieder sprach, war seine Stimme leise und rauh. »Ich bin euer Bruder Joseph, den ihr nach Ägypten verkauft habt.«

»Er ist es! Das ist Joseph!« rief Benjamin. Er rannte zu der Estrade. Der Wesir warf auflachend seine Arme um ihn und drückte ihn an seine Brust, daß ein freudiges Herz gegen das andere hämmerte.

»Ich kann's nicht glauben«, murmelte Levi, seine Augen schmal und mißtrauisch. »Joseph war doch halbtot, als wir ihn den Sklavenhändlern gegeben haben. Wie kann einer aus dem Grab auf einen Thron steigen?«

»Durch die Macht Gottes«, antwortete Juda, auf dessen Gesicht die Sonne aufging. Er trat zurück zu dem Wesir, klopfte ihm auf den Rücken und mischte sich in die Umarmung.

Die Stimmen der anderen waren wie ein Nebel um Simeon. »Kann das wahr sein?« – »Über zwanzig Jahre ...« – »Er war erst ein Junge ...«

»Und wir haben ihn fast umgebracht.« Levis Stimme klang immer noch eine Spur argwöhnisch.

Simeon trat näher, um zu hören, was der Wesir gerade zu Benjamin sagte. »Erinnerst du dich, wie du immer mit den Älteren auf die Felder wolltest, aber Vater wollte, daß du bei mir bliebst?« fragte Zafenat-Paneach, seine Augen noch dunkler vor Rührung. »Was haben wir Bilha und Silpa geärgert, bis selbst Tante Lea uns fast aus dem Lager jagte. Aber wie geht es den Frauen überhaupt? Wie geht es meiner Schwester Dina?«

»Beim Himmel«, murmelte Simeon, »es ist wirklich Joseph.« Er hatte bei Mandisa zwar oft die Namen der Frauen Jakobs erwähnt, aber nie die ihrer Mägde, die Jakobs Konkubinen geworden waren. Wie wollte der Wesir, wenn er nicht Joseph war, wissen, daß Jakobs und Leas Söhne zur Arbeit auf die Felder geschickt wurden, während Rahels Jungen in der Sicherheit des Lagers blieben?

Sein Gewissen stach ihn plötzlich. Hatte er nicht in der Tiefe seines Herzens die Wahrheit geahnt? Jedenfalls hatte er Zafenat-Paneach mit der gleichen Energie gehaßt, mit der er einst Joseph gehaßt hatte. Und jetzt öffnete dieser ägyptische Wesir, der Simeons Leben in seiner Hand gehalten hatte, seine Arme, um die Brüder willkommen zu heißen, die ihn in die Sklaverei verkauft, ja ihm den Tod gewünscht hatten.

»Grämt euch nicht, daß ihr mich nach Ägypten verkauft habt«, sagte der Wesir. Seine sonore Stimme war so ganz anders als die Stimme Josephs, die Simeon im Gedächtnis hatte, und doch so gleich. »Gott hat mich vor euch hergesandt, um euer Leben zu erretten. Denn zwei Jahre schon dauert die Hungersnot, und noch weitere fünf wird es keine Saat und keine Ernte geben. Der Allmächtige Gott hat mich vor euch hergesandt, damit ihr am Leben bleibt und ein großes Volk auf Erden werdet.«

»Aber ... wir haben dich verkauft!« Juda schüttelte seinen massigen Kopf.

»Nicht ihr habt mich hierhergesandt, sondern Gott.« Die Stimme des Wesirs war sanft, seine Augen leuchteten. »Gott Shaddai hat mich zum Vater des Pharao, zum Herrn über sein ganzes Haus und zum Herrscher über ganz Ägypten gesetzt.« Ein Lächeln ging über sein tränenverschmiertes Gesicht. »Kehrt schnell zurück zu meinem Vater und erzählt ihm alles, was mit mir geschehen ist. Sagt ihm, daß Gott mich zum Herrn über ganz Ägypten gemacht hat und daß ich auf ihn warte. Er soll in Goschen wohnen, wo es gute Weide gibt. Er soll in meiner Nähe sein, er und seine Kinder und Kindeskinder, seine Herden und Tiere und alles, was er hat. Ich will für euch sorgen in den fünf Hungerjahren, die noch kommen, damit ihr nicht verarmt.«

»Kann es sein?« flüsterte Levi, seine Stimme immer noch schwer von Zweifel.

»Ja«, erwiderte Joseph. Der Blick seiner geschminkten Augen traf sich mit den grauen Augen Levis. Er streckte seine Hand aus. »Deine Augen und die meines Bruders Benjamin sehen, daß es Joseph ist, der zu euch spricht. Und jetzt erzählt meinem Vater von meiner Erhöhung in Ägypten, und von allem, was ihr gesehen habt. Geht schnell zu ihm und bringt ihn hierher zu mir.«

Und während Simeon staunend dastand und immer noch nicht wußte, ob er wachte oder träumte, warf Zafenat-Paneach – nein, *Joseph – sich um Benjamins Hals und weinte wieder, und Benjamin weinte an seinem Hals. Und dann traten Juda und Ruben, Issachar, Sebulon, Gad, Asser, Dan, Naftali und Levi zu Joseph, einer nach dem anderen.*

Simeon war der letzte, der seinen Bruder begrüßte. Wie die anderen, küßte er ihn auf beide Wangen, und seine Tränen mischten sich mit denen des Wesirs.

Zweiunddreißig

Ani schielte auf die Tonscherbe in seiner Hand. Er hatte mehrere Notizen darauf gekritzelt – lauter Dinge, die erledigt werden mußten, bevor die Brüder des Herrn nach Kanaan aufbrachen.

Was für eine Hektik. Und was für eine Überraschung! Niemals hätte er erraten, daß der edle Zafenat-Paneach aus der gleichen Familie kam wie die kanaanitischen Hirten. Aber als der Wesir mit ihnen zusammen war, entdeckte Ani eine gewisse Familienähnlichkeit. Kein Zweifel, der Wesir war ein Morgenstern, der weit heller strahlte als die anderen; aber der jüngste Bruder, Benjamin, hatte eine ähnliche Wärme und Weitherzigkeit ...

Ani schnalzte mit der Zunge. Zurück zu den Pflichten! In aller Eile hatte man ein Zweitagesfest auf die Beine gestellt, um die Brüder des Wesirs in Theben willkommen zu heißen. Selbst der Pharao und sein Haus waren informiert worden, damit auch sie dieses große Ereignis feiern konnten. Und der junge Pharao war über die Maßen gütig gewesen und hatte der Sippe des Wesirs das beste Land in Ägypten angeboten, wo sie sicher vor der Hungersnot wären. Er hatte den Brüdern auch eine ganze Wagenflotte angeboten, um ihre Frauen und Kinder in den Reichtum des Schwarzen Landes zu holen.

Auch der Wesir war mehr als großzügig gewesen. Jedem seiner Brüder schenkte er ein Festgewand, aber Benjamin schenkte er dreihundert Silberstücke – etwas viel Wertvolleres und Selteneres als Gold – und fünf Festgewänder. Seinem Vater wollte er zehn Esel mit Weihrauch, aromatischen Ölen und Heilkräutern schicken – das Beste, was Ägypten zu bieten hatte –, dazu zehn Eselinnen mit Korn und Brot als Proviant für die Reise nach Ägypten.

Das Haus des Wesirs war von der unglaublichen Neuigkeit auf den Kopf gestellt worden. Ani war erst etwas verstimmt gewesen, als er erfuhr, daß Tarik und Mandisa schon die ganze Zeit um die Beziehung des Wesirs zu den Kanaanitern gewußt hatten, aber es ging ihm gleich besser, als Zafenat-Paneach ihm auf die Schulter klopfte und ihm sagte, daß es für jemanden mit seinem Scharfsinn doch viel schöner war, selber der Wahrheit auf die Spur zu kommen, als sie fertig serviert zu bekommen.

»Ihr habt recht, Herr, wie immer«, hatte Ani geantwortet. »Eigentlich hatte ich schon gemerkt, daß es mit diesen Männern etwas auf sich hatte. Meine Götter hätten mir Euer Geheimnis sicher bald enthüllt.«

Das ganze Haus freute sich über Zafenat-Paneachs Glück und die Freundlichkeit des Pharao. Aber Ani bemerkte mit einiger Sorge, daß keine Freudenzeichen aus den Gemächern der Herrin kamen. Nach einem kurzen Höflichkeitsbesuch bei den Brüdern ihres Gemahls hatte die Herrin Asenat sich in ihre Gemächer zurückgezogen – angeblich, um ihrem Mann Gelegenheit zu geben, ungestört mit seinen Brüdern zusammenzusein.

Und Asenat war nicht die einzige Frau, die den Brüdern aus dem Weg ging. Auch Tizara und Mandisa ließen sich nicht blicken. Tizara, so spekulierte Ani, wohl deswegen, weil sie die Gunst des Herrn, der ihr so gnädig gewesen war, nicht verlieren wollte; Mandisa dagegen wollte wahrscheinlich Simeon aus dem Weg gehen.

Ani machte sich Sorgen um Mandisa. Unter weniger hektischen Umständen wäre er zu ihr gegangen und hätte ihr seinen väterlichen Rat angeboten, aber jetzt hatte er keine Zeit für Herzensangelegenheiten. Esel mußten beladen, Wagen geölt und inspiziert werden, und halb Ägypten lechzte nach Informationen über die Sensation im Hause des Wesirs. Nein, die Frauen mußten für diesmal selber mit ihren Problemen fertig werden.

Es war kurz vor Sonnenaufgang, am Abreisetag der Brüder. Mandisa stand in dem noch dunklen Gang, der zum Garten und dem dahinter liegenden Küchenflügel führte. Das Schilf am hinteren Ufer des Garteneichs surrte und summte von Insekten, die Blätter der Akazien flüsterten ihren Beifall. Ansonsten lag dieser Teil des Anwesens noch still da. Nach zwei Tagen fast ununterbrochenen Feierns schliefen der Wesir und seine wilden Brüder.

Sie war durch den Hof gekommen, wo zahlreiche Wagen und frisch getränkte und aufgezäumte Esel für die Reise bereitstanden. Sie hatte gehört, daß die Brüder gleich nach Sonnenuntergang zu Bett gegangen waren, damit sie früh aufstehen und noch in der Morgenkühle aufbrechen konnten. Der spöttische Schauer einer Vorahnung lief durch ihren Körper. So eine Aufbruchszene hatte das Haus schon einmal gesehen, aber in der letzten Nacht war Simeon nicht in ihr Zimmer gekommen, um sie zu bitten, mit ihm zu ziehen, ja in den letzten beiden Tagen hatte er überhaupt nicht mit ihr gesprochen. Jetzt, als Bruder des großen Wesirs, würde er sich bestimmt eine attraktivere Konkubine suchen.

Sie ging weiter und huschte durch den Garten. Die Sterne verblaßten schon in dem dunkelblauen Himmelssamt; sie mußte sich beeilen, wenn sie sich und Adom ihr Frühstück holen wollte, bevor die Brüder aufwachten und bedient werden mußten.

Sie hatte gerade den Garten hinter sich und betrat den Gang, der zur Küche führte, als eine große kanaanitisch aussehende Gestalt ihr in den Weg trat. »Entschuldigt«, sagte sie, ohne aufzuschauen, »ich wollte nicht stören.«

»Mandisa.« Simeons Stimme war kühl und eine Spur vorwurfsvoll. »Ich dachte schon, ich sehe dich gar nicht mehr, bevor wir aufbrechen.«

Sie stählte ihr Herz und hob ihr Kinn. »So?«

Er sah ihr in die Augen und lächelte sie an, daß ihre Barrieren ins Wanken gerieten und ihr Herz losraste. Es lag etwas in seinem Blick, das ihre Gefühle aus der Bahn warf, und einen Augenblick lang hoffte sie, daß er sie wieder bitten würde, mit ihm zu ziehen.

Seine Finger bogen sich unter ihr Kinn. »Meine zärtliche Gefängniswärterin«, flüsterte er, während sein Daumen sanft an ihrem Bakkenknochen und Kiefer entlangfuhr. »Ich habe nachgedacht in den letzten beiden Tagen.«

Sie nickte knapp. »Das ist gut, Simeon. Und mal was Neues für dich, nicht wahr?«

»Ruhig, Frau.« Das Glitzern seiner halbgeschlossenen Augen war eifersüchtig und sanft anklagend zugleich. »Ich war doch nie wirklich in Gefahr, oder? Du mußt die ganze Zeit schon gewußt haben, wer ich war, du hättest den Bruder des Wesirs nicht verhungern lassen. Und Tarik hätte mir nie was getan, noch nicht mal bei einem Fluchtversuch.«

Sie zuckte die Achseln. Das Prickeln, das sie durchfuhr, ärgerte sie. »Nein, ich hätte dich nicht verhungern lassen«, antwortete sie mechanisch. Wann wäre er endlich fertig?

»Du *hast* es also gewußt! Du wußtest, daß der Wesir mein Bruder war, und hast kein Wort gesagt.«

»War das so schlimm?« fragte sie. Ihre Augenbrauen gingen hoch. Sie schmerzte und sie ärgerte sie, diese Begegnung mit ihm so kurz bevor er ging. »Ich hatte Anweisung, dir nicht zu verraten, was ich wußte.«

»Und als Sklavin hast du natürlich gehorcht. Und doch war ein besonderes Band zwischen dir und mir; ich hatte das Gefühl, daß du mir alles sagen konntest.« Das Wiehern eines Pferdes kam vom Hof, der einzige Laut in der Morgenstille. Mandisa versuchte, zur Seite zu schauen, aber er hielt ihre Augen fest. »Wir haben Geheimnisse ausgetauscht, du und ich. Warum hast du mir nicht gesagt, daß der Wesir mein Bruder war?«

»Wir haben uns nicht alle unsere Geheimnisse gesagt, Simeon.« Sie zwang sich, nachzudenken. Es war schwierig, einen klaren Kopf zu bewahren, wenn er so nah bei ihr stand. »Und meine Freundlichkeit zu dir hatte nichts mit deiner Beziehung zu meinem Herrn zu tun. Ich habe mich um dich gekümmert, weil du Hilfe brauchtest. Und weil mein Herr es wünschte.«

»War das der einzige Grund? Halima hat auch nach mir gesehen, aber als ich ... unerträglich wurde, wollte sie nicht mehr kommen.«

»Ich kann mehr ertragen als Halima.«

»Dann hast du dich mit mir abgegeben, um deine Ausdauer zu testen?«

»Nein, sondern weil ich eine Dienerin bin, die ihrem Herrn gehorchen möchte. Das war der Grund, das ist er und das wird er immer sein. Deswegen diene ich auch der Herrin Asenat und kümmere mich um die Jungen.«

»Jetzt lügst du, Mandisa. Du hast mir selber gesagt, daß du deinem Herrn und deiner Herrin gehorchst, weil du sie liebst – so wie du mich liebst.«

»Du schmeichelst dir.« Ihr Blut hämmerte, ihr Gesicht brannte vor Demütigung.

»Doch, du liebst mich. Und trotzdem willst du nicht mit mir kommen. Warum?«

»Das habe ich dir gesagt. Ich will keine Konkubine sein.«

»Und wenn ich dich bitte, mich zu heiraten?«

Sie biß sich auf die Lippe, überrumpelt von der plötzlichen Dringlichkeit in seiner Stimme. Machte er einen Spaß? Nein, seine dunklen Augen suchten ernst in den ihren, wollten eine Antwort. Seine Hand ging an ihren Arm und glitt zu ihrem Handgelenk hinunter. Seine Finger schlossen sich um ihre Hand.

Hatten die letzten beiden Tage ihn wirklich verändert? Nein, wahrscheinlicher war, daß er plötzlich in höheren Sphären schwebte. Für den Bruder des Wesirs von Ägypten tat es keine Konkubine mehr, er brauchte eine richtige Frau ...

Besser die Wahrheit sagen. »Ich kann dich nicht heiraten, Simeon«, sagte sie, seinen Blick fest erwidernd. »Ich kann mich nicht einem Mann hingeben, dessen Herz voll von Zorn und Haß ist.«

»Ich war doch nur wütend, weil ich Zafenat-Paneach haßte«, sagte er. Er zuckte fast beiläufig die Achseln. Der feste, gleichmäßige Klang seiner Stimme gab ihr Hoffnung. »Und jetzt, wo ich weiß, daß er mein Bruder ist, kann ich ihn nicht mehr hassen. Es ist alles vergeben; was vergangen ist, zählt nicht mehr.«

Er trat noch näher zu ihr, daß sie zwischen seiner Brust und der Wand gefangen war. Er strömte eine Lebenskraft aus, die sie anzog wie der Mond das Meer. Sein Griff um ihre Hand wurde fester. »Komm mit mir, Mandisa«, sagte er langsam. »Der Wagen ist schon beladen, aber es ist Platz für dich und Adom. Oder sage, daß du auf mich wartest, denn sobald wir zu Hause alles gepackt haben, kommen wir zurück.«

Sie schloß ihre Augen. Ihr Herz schwamm durch einen Nebel von Gefühlen und Sehnsüchten. Soviel sie es auch ableugnen wollte, sie mochte Simeon; das Leben im Haus des Wesirs wäre die große Langeweile ohne seine energische Gegenwart. Und sein Haß auf ihren Herrn schien tatsächlich fort zu sein seit der großen Offenbarung. Aber zwei kurze Tage, nein, sie reichten nicht, um die harten Schalen seines Herzens wirklich aufzubrechen. Die Wurzeln seiner Bitterkeit gingen tiefer als seine Eifersucht auf einen jüngeren Bruder.

Er war noch nicht der Mann, der sie so lieben konnte, wie sie es brauchte. Beim ersten Anlaß würde er explodieren und um sich schlagen. Seine Kanten waren etwas weicher geworden, aber sein steinernes Herz war unverändert.

Und sie wußte auch, wie sie sich das beweisen konnte.

Sie öffnete die Augen wieder. »Nein, Simeon, ich ziehe nicht mit dir«, flüsterte sie. »Du hattest ja recht: Adom und ich brauchen einen Mann in der Familie. Aber wir sind kein Beutegut. Ich werde mich nie mit weniger zufriedengeben als mit einem Mann, der mich als ebenbürtig anerkennt und liebt. Zafenat-Paneach hat meine Schulden bezahlt und mich vor der Sklaverei bewahrt, und ich will nie mehr etwas anderes sein als eine freie, unabhängige Frau. Ich brauche einen Mann, der stark ist, der durch Dick und Dünn zu mir hält.«

»Stark?« Er ließ ihre Hand fallen, die Muskeln in seinem Gesicht spannten sich. »Behauptest du etwa, ich sei nicht stark? Ich bin zweimal so groß wie der ägyptische Wächter, den du so magst. Und was Dick und Dünn angeht, haben Levi und ich einmal die Männer einer ganzen Stadt getötet, um unsere Schwester zu rächen.«

Sie erzitterte unter dem heißen Licht seiner Augen. »Ein Mann, der leicht wütend auf schwächere Männer wird, beweist damit nur seine eigene Schwäche«, flüsterte sie, den Kopf bereit zum Einziehen, falls er ausfällig würde. »Du gehst in deiner Wut blind auf jeden los, von den Sklaven bis zum Wesir persönlich.« Sie legte den Kopf zurück und sah in seine Augen hoch. »Nur ein wirklich starker Mann kann die sanfte Art Liebe geben, die Adom und ich verdienen. Vielleicht wirst du später einmal zu dieser Liebe fähig sein, Simeon, aber jetzt möchte ich lieber hier unter Zafenat-Paneachs Schutz dienen als mit dir gehen. Solange du nicht anders wirst, kann ich dir mein Herz nicht geben.«

»Eine Frau verlangt nicht von einem Mann, sich zu ändern«, schnappte er, die Arme über der Brust gekreuzt. Seine Nasenflügel waren wütend gebläht. »Entweder sie liebt ihn so, wie er ist, oder sie läßt es bleiben.«

Sie fühlte sich plötzlich schwach vor der Wucht seines Zornes. »Simeon, ich wollte nicht ...«

»Sei still.« Er trat zurück, die Augen zornig glänzend. »Du hast meine Kraft und meine Ehre beleidigt.«

»Simeon, es tut mir leid«, flüsterte sie. Ihr Herz wollte brechen. »Körperlich *bist* du stark, deine Schwäche liegt innen drin. Du mußt stark genug sein, um deine Wut zu zügeln, anstatt von ihr beherrscht zu werden. Vergib mir, wenn ich dir gerade wehgetan habe; ich habe es nur getan, um dir zu zeigen, daß ich recht habe.«

»Dir vergeben?« Sein bitteres Lachen riß über ihr Herz. »Niemals! Ein Mann hat seine Grenzen.«

Ohne ein weiteres Wort drehte er sich um und ging. Sie blieb unschlüssig stehen. Sollte sie still sein? Oder hinter ihm herrennen und ihm versichern, daß sie ja vieles an ihm doch liebte?

Aber wenn er sie auch früher geliebt hatte – jetzt haßte er sie. Kraft und Loyalität waren seine beiden großen Stärken, und ihre scharfe Zunge hatte gerade beides beleidigt.

Doch so unweise ihr Experiment auch gewesen war, es hatte ihren Verdacht bestätigt. Simeon der Zerschmetterer war immer noch der gleiche brüllende Löwe, den sie vor fast einem Jahr kennengelernt hatte.

»Lebt wohl, Brüder!« Josephs Augen strichen freundlich über jedes der Gesichter, als die Karawane sich im Hof formierte. »Bittet meinen Vater, schnell zu mir zu kommen, und streitet nicht auf dem Weg. Die Stärke Israels liegt in eurer Einheit, und euer einziger Feind ist die Zwietracht. Haltet von heute an Frieden miteinander; als Brüder können wir zusammenleben.«

Benjamin ließ seinen Esel stehen und rannte zu ihm, um ihn ein letztes Mal zu umarmen, und Joseph hielt ihn einen Augenblick fest und sog seine Kraft ein.

»Geh schnell zurück«, sagte er, als Benjamin ihn losließ.

»Wird gemacht.« Noch ein letzter Blick, und Benjamin ging zu seinem Packesel zurück. Ruben gab das Kommando, und die Karawane setzte sich in Bewegung. Joseph verließ den Säulengang und ging zurück in seine Gemächer, sein Herz zu voll für Worte.

Dreiunddreißig

»Mandisa, du bist so langsam heute.« Die Herrin Asenat winkte träge mit der Hand. »Ich dachte, du wärest erleichtert, daß dieser Verwandtenhaufen endlich wieder weg ist.«

»Das bin ich auch, Herrin.« Mandisa zwang sich zu einem Lächeln und drehte sich zu der Liege hin, auf der Asenat lag. »Aber jetzt, wo sie weg sind, kommt einem das Haus richtig leer vor. Findest du nicht auch?«

»Ich finde Ruhe herrlich.« Asenat hob ihren Kopf, damit Mandisa noch ein Kissen darunterlegen konnte. »Wenn nur mein Gemahl bald wieder vom Palast zurück wäre. Der Pharao beansprucht ihn zu sehr in der letzten Zeit.«

»Der Pharao ist ein vielbeschäftigter Mann«, antwortete Mandisa, während sie sich auf einen Stuhl neben Asenat setzte. Der Bauch der Herrin war rasch gewachsen in den letzten paar Wochen, und das Ausgehen war zum Problem geworden. Ihre wie eine zweite Haut geschnittenen Kleider nahmen keine Rücksicht auf ihre Wölbung, und da die in den höheren Kreisen der Stadt als Schwangerschaftskleider akzeptierten Faltengewänder Asenat nicht zusagten, saß sie meistens in einem weitgeschnittenen Gewand zu Hause.

»Sobald Zafenat-Paneach kommt, schick einen Laufburschen zu ihm, damit er ihn hierher holt«, sagte Asenat. Sie schloß die Augen und faltete aufseufzend die Hände über ihrem Bauch. »Dies ist der siebte Monat, Mandisa. Merkst du etwas? Die Kinder, die ich verloren habe, starben im vierten Monat. Diesmal sind die Götter mir gewogen. So wie sie bei der Empfängnis ein Wunder taten und den Samen meines Gemahls in mir wachsen ließen, obwohl es nicht die Zeit war...«

»Er weiß Bescheid, Herrin.« Mandisa biß sich erschrocken auf die Lippe; die Worte waren ihr herausgerutscht, bevor sie nachdenken konnte. Sie war zu müde – das war das Problem. Die ganze Woche schon fühlte sie sich so lustlos. Seit die Brüder abgereist waren, brannten ihre Augen vor Schlaflosigkeit, lebte sie wie in einem Nebel der Benommenheit.

»Wer weiß Bescheid?« Asenats Kopf ging hoch. Ihre Augen waren in falscher Unschuld geweitet, aber ihre Stimme war belegt und wacklig.

Mandisa seufzte. Im letzten Monat war sie fast ständig bei ihrer Herrin gewesen; sie fühlte sich allmählich wie eine Mutter, die ein ungezogenes Kind am Hals hatte. Der Selbstbetrug der Herrin hatte ihr die letzte Kraft geraubt.

Sie nahm ihren Mut zusammen und beugte sich nach vorne. »Darf ich wie eine aufrichtige Freundin zu dir sprechen, Herrin Asenat?«

Die Frau auf der Liege runzelte die Stirn und nickte.

»Dein Gemahl, mein Herr, weiß, daß das Kind nicht von ihm ist.«

»Du lügst!« Das zarte Gesicht der Herrin wurde plötzlich wütend. »Das Kind *ist* von ihm! Die Götter haben ein Wunder getan! Und mein Mann glaubt an Wunder, er redet doch dauernd von den Wundern seines Gottes!«

»Dies ist kein Wunder seines Gottes«, antwortete Mandisa. Plötzliche Tränen bissen in ihre Augen. »Und dein Gemahl weiß das.«

Asenat holte Luft, wie um sich zu verteidigen, dann hielt sie abrupt inne und ließ den Kopf zurück auf die Kissen fallen. Einen langen Augenblick schwieg sie, dann preßte sie ihre Hand auf die Stirn, und große Tränen rollten langsam ihre Wangen hinab. »Mandisa, ich habe etwas Furchtbares getan«, flüsterte sie. »Ich bin zu einem Priester im Tempel der Min gegangen.«

Mandisa schüttelte den Kopf. »Diese Göttin kenne ich nicht.«

»Sie ist die Göttin der Fruchtbarkeit und Manneskraft. Sie ist die Göttin, die der durstenden Erde Regen bringt und Leben im Leib der Frau schafft.«

Eine dumpfe Vorahnung kroch Mandisa über den Rücken. »Und dieser Göttin hast du geopfert?«

»Ja. Ich habe ihr Silber geopfert ... und ... mich selber. Der Priester versprach mir, daß ich empfangen würde, und schwor mir, daß nur er, Min und ich darum wissen würden.« Sie drehte sich zu ihrer Zofe hin, nackte Verzweiflung in ihren dunklen Augen. »Und jetzt erzählst du mir, daß mein Gemahl es weiß! Wie kann das sein? Und wenn er es wirklich weiß, warum ist er dann so freundlich zu mir?«

Mandisa suchte nach den richtigen Worten. »Dein Gemahl«, sagte sie, »liebt dich wie sein eigenes Fleisch. Wie hätte er es nicht merken sollen, daß du zu einem anderen gegangen bist? Aber er ist weiter freundlich zu dir, weil er dich liebt.«

Asenat warf ihr einen raschen verneinenden Blick zu, dann schaute sie zur Seite. Ein Dutzend Gefühle – Ableugnung, Wut, Angst, Verzweiflung – flackerten über ihr zartes Gesicht, dann sah sie Mandisa wieder an, mit Augen, die zerbrechen wollten. »Warum?« flüsterte sie, die Stimme erstickt vor plötzlicher Ehrlichkeit. »Warum liebt er mich noch? Wie ... kann er das noch?«

»Weil«, flüsterte Mandisa, und die Worte kamen aus einer Tiefe jenseits aller Logik und gesunden Menschenverstandes, »weil Leidenschaft nicht immer vernünftig ist.« Sie holte tief Luft und lächelte. »Du brauchst keine Angst zu haben, Herrin. Ich kenne Zafenat-Paneach. Zuerst dachte ich, er würde dich verstoßen, aber jetzt weiß ich, daß er dich nie verlassen wird. Du bist eine glückliche Frau, Herrin.«

»Glücklich?« echote Asenat bitter. Ihre Hand hörte auf, über ihren Bauch zu streichen. »Wird mein Mann sich *glücklich* fühlen, wenn er für das Kind eines anderen sorgen muß?«

Der Schmerz in den Augen der Herrin war wie ein brennender wunder Finger. »Zafenat-Paneach liebt alle Kinder«, flüsterte Mandisa schließlich. »Habe keine Angst vor dem, was in seinem Herzen ist, Herrin. Aber sei barmherzig zu meinem Herrn und verlange nicht von ihm, daß er so tut, als ob.«

Als Asenat endlich eingeschlafen war, verließ Mandisa ihre gewissensgeplagte Herrin und ging in den Garten, um über sich selber nachzudenken. Wenn alles gutging, würde die Reise von Theben nach Hebron ungefähr zwei Wochen dauern; folglich würde es mindestens einen Monat dauern, bis Simeon wieder zurück war. Aber natürlich würden die Brüder in Hebron erst einmal ausgiebig erzählen und Pläne machen, so daß aus einem Monat leicht zwei oder drei werden konnten. Doch auf jeden Fall würden Simeon und die Seinen noch vor Ende der Shemu-Trockenzeit wieder in Ägypten sein, und obwohl die Israeliten in Goschen wohnen sollten, würde Simeon vielleicht das Haus Zafenat-Paneachs besuchen. Und Mandisa einen dritten Antrag machen. Vielleicht würde er sogar versuchen, ihr zu beweisen, daß er sich geändert hatte. Oder er würde ihr ihre Beleidigung heimzahlen und mit einer kanaanitischen Frau an seiner Seite erscheinen ...

Ob so oder so – sie konnte ihm nicht noch einmal gegenübertreten. Aber was sollte sie machen? Sofern sie die Herrin Asenat nicht zu einem längeren Besuch in Heliopolis überreden konnte, hatte sie keine Möglichkeit, Theben zu verlassen. Und Asenat klagte schon seit Wochen über Schmerzen und war nicht reisefähig.

Ein Schrei vom Wesirsbalkon riß sie aus ihrem Grübeln. »Mandisa!« rief Tizara, ihr Gesicht aschfahl in der hellen Sonne. »Komm, schnell! Und bring Ani mit! Die Wehen haben angefangen!«

Das Kind wollte nicht kommen. Stunde um Stunde rissen die Wehen an Asenats zartem Körper, aber das Kind weigerte sich, geboren zu werden. Ani sandte nach den Priesterinnen der Göttin Taweret, und sie kamen und tanzten durch den Raum und schwangen ihre Dolche gegen unsichtbare Geister, aber Asenat wurde immer bleicher und schwächer. Die Bettücher schwammen in Blut. Mandisa hatte versucht, sie zu wechseln, aber Asenat schrie und weinte vor Schmerz, sobald man versuchte, sie zu bewegen.

Zafenat-Paneach, den man vom Haus des Pharao herbeigeholt hatte, als klar wurde, daß seine Frau in Gefahr war, bestand darauf, an ihrer Seite zu bleiben. Er saß am Kopfende des schmalen Wehenbettes, hielt Asenat die Hand und flüsterte ihr beruhigend ins Ohr.

Als es dunkel wurde, hörte Mandisa die Stimme der Hebamme durch das Kreischen und Heulen der Priesterinnen: »Dankt Euren Göttern, Herrin, Ihr habt einen Sohn!« Mandisa sah, wie Zafenat-Paneach plötzlich erbleichte – und begriff, was die Worte der Hebamme bedeuteten. Wenn das Kind noch nicht aus dem Leib der Mutter heraus war, aber die Hebamme sein Geschlecht sehen konnte, dann war dies eine Steißgeburt.

»Meine Mutter«, flüsterte Zafenat-Paneach Mandisa zu, und seine Augen schimmerten wie zwei schwarze Teiche der Angst. »Sie starb, als Benjamin so geboren wurde.«

»Habt keine Angst, Herr«, murmelte Mandisa. Ihr Lächeln war zuversichtlicher, als sie sich fühlte. »Asenat ist in Gottes Hand.«

»Meinst du?« flüsterte der Herr zurück.

Asenats Wehen gingen weiter. Als die Sonne des nächsten Tages aufgehen wollte, überließen die erschöpften Taweret-Priesterinnen die Frau des Wesirs ihrem Schicksal. Die übermüdete Hebamme wurde grob und versuchte, ihre Hand in Asenats Leib zu zwingen, um das Kind zu drehen. Der Schmerz ließ Asenat ohnmächtig werden. Dann hörte die Nabelschnur, die man durch die Geburtsöffnung sehen konnte, auf zu pulsieren.

Als klar war, daß das Kind gestorben war, nahm Zafenat-Paneach den Kopf und die Schultern seiner Frau in seine Arme und flüsterte ihr Worte des Trostes und der Ermutigung zu.

Am frühen Morgen des dritten Tages wußte jeder im Haus, daß die Herrin an der Schwelle zur Totenwelt stand. Eine leise weinende Tizara brachte Ephraim und Manasse, um sich von ihr zu verabschieden. Sie umarmten ihre Mutter und küßten sie auf die Wange, bevor Tizara sie wieder wegführte. Tarik, Halima und zahllose andere Diener kamen und versprachen der Herrin, ihr Bestes zu tun, um sie auf ihr ewiges Leben vorzubereiten, aber sie hatte schon ihre Augen geschlossen und schien ihre Beteuerungen nicht mehr zu hören.

Am Nachmittag des dritten Tages waren Mandisa und der Herr so erschöpft, daß sie keinen klaren Gedanken mehr fassen konnten. »Warum gehst du nicht auf dein Zimmer und schläfst etwas?« fragte der Herr. Er trat von Asenats Bett weg zu dem hohen Fenster, scheinbar vertieft in den Sonnenstreifen, der schräg von ihm herabfiel und den Staub tanzen ließ.

»Wenn Ihr es erlaubt, Herr, bleibe ich hier bis zum ... bis sie mich nicht mehr braucht«, sagte Mandisa.

Sie warteten weiter, eine Stunde lang, still und stumm. Sie tauschten die Plätze; Mandisa stellte sich unter das Fenster, in ihre eigenen Gedanken versunken, während Zafenat-Paneach sich wieder an Asenats Bett setzte, das Bild seiner geliebten Frau, die immer noch das Ungeborene in sich trug, seinem Gedächtnis einprägend.

Plötzlich schlug die Herrin die Augen auf. »Mein Gemahl?« Die Worte kamen schartig und kratzig, wie von einem Messer zerschnitten.

»Hier bin ich, Liebes.« Zafenat-Paneach hob seinen Kopf und nahm sanft ihre weiße Hand in die seine.

»Ich bin so dumm gewesen, mein Gemahl. Ich dachte, noch ein Kind würde dich glücklich machen.«

»Ich habe immer nur dich gewollt, Asenat. Kinder sind ein Segen, den Gott dazuschenkt.«

Ihre Stimme war ein zittriges Flüstern. »Ich habe mit einem anderen Gott gehurt ...«

»Psst, Asenat. Sprich jetzt nicht.« Zafenat-Paneachs Gesicht ging zu dem seiner Frau hinab, und Mandisa trat zurück in die Schatten des Zimmers, um die beiden allein zu lassen.

Der sengende Schmerz in ihren Lenden war zu einer fernen Erinnerung verblaßt, und ihre Arme und Beine waren so kalt wie ein leeres Bett. Asenat fühlte sich überraschend leicht und unbeschwert. Das Gewicht, das ihr auf Bauch, Rücken und Beine gedrückt hatte, war weg. Die einzige Last, die sie noch spürte, war die ihrer Schuld. Aber Zafenat-Paneach war an ihrer Seite, seine dunklen Augen nur ein paar Fingerbreit von den ihren, sein Blick forschend bis in ihre Seele hinein.

»Ich habe etwas getan«, begann sie. Sie mußte die Worte ihrer Zunge abzwingen.

»Ich weiß, was du getan hast, Liebes«, sagte Zafenat-Paneach, der Ton seiner Stimme unverdrossen geduldig und mitfühlend. »Du wolltest nicht darüber reden in den letzten Monaten, aber ich war bereit, dir zuzuhören, wann immer du wolltest. Ich würde dich nie verlassen, egal, was du getan hast.«

»Ich war so selbstsüchtig. Als Gott Shaddai mir nicht das gab, was ich wollte, habe ich ihn für einen anderen Gott verlassen.«

Seine Finger legten sich auf ihren Mund. »Du mußt nicht sprechen, Asenat.«

Sie schloß die Augen, zu schwach, um sich zu wehren. »Bitte.« Seine Finger hoben sich wieder, und sie fuhr mit der Zunge über ihre ausgetrockneten Lippen, suchte nach Worten. »Ich habe deinen Gott, den Allmächtigen, verlassen, weil er mir so fern und zögerlich vorkam. Er tat nicht, was ich wollte, er sagte mir nein.«

Zafenat-Paneach antwortete nicht, und sie öffnete mühsam die Augen, um ihn anzusehen. Seine gewöhnlich so lebhaften Augen waren von Müdigkeit überzogen. Sie blinzelte überrascht, als sie sah, daß er ihre Hand an seine Wange hielt. Sie hatte den Druck seiner Haut gegen ihre nicht gespürt.

»Liebste Frau«, sagte er, »Gott ist dem bußfertigen Herzen gnädig.« Es schwang plötzlich etwas Dringliches in seiner Stimme, obwohl sie keine Spur lauter geworden war.

»Ja, ich weiß.« Es waren keine Schatten mehr über ihrem Herzen, nur ein tiefes Gefühl des Glücks. »Als du mich nicht verworfen hast, Liebster, da wußte ich, daß dein Gott mich auch nicht verlassen würde.«

Er zog sie in seine Arme, und sie schloß die Augen und badete in der süßen Zweisamkeit.

Nein! Nein! Asenats Atem rasselte und stockte, und dann kam nichts mehr als Stille und das Hämmern von Josephs eigenem schmerzenden Herzen.

»Liebes?«

Ihr Mund war so bleich wie ihre Wangen, ihre Augen zum ewigen Schlaf geschlossen. Joseph setzte sich auf, ihre eisigen Hände noch in den seinen, in seiner Seele eine Leere jenseits aller Tränen.

Warum? Warum hatte sie nicht seiner Liebe vertrauen können? Die letzten Jahre seines Lebens hatte er damit verbracht, sie zu schützen, zu bewahren, sie davon zu überzeugen, daß sie der kostbarste Mensch in seiner Welt war – und sie hatte ihm nicht geglaubt. Er hatte ihn gesehen, den Schmerz in ihren Augen, wenn er ihr ihren Wunsch verweigerte, und er hatte ihn doch nur aus Liebe verweigert!

»O, Asenat«, flüsterte er, »wie ein Kind warst du! Wußtest du nicht, daß ich eher mein eigenes Leben drangegeben hätte, als dich so leiden zu lassen?«

Irgendwo draußen begannen zwei Diener sich lautstark zu streiten, wie um den Protestschreien, die stumm in Josephs Kehle saßen, ein Ventil zu geben. Er drückte Asenat an sich und sog ein letztes Mal den Geruch ihrer Haut und ihres Haares ein, dann brach er laut in die Totenklage aus.

Mandisa sah, wie ihr Herr und die Herrin miteinander flüsterten. Die Worte verstand sie nicht, aber nach einem Augenblick neigte Zafenat-Paneach seinen Kopf und zog seine Frau, sie halb vom Bett hochziehend, in die Arme, und sie wußte, daß Asenat keine Schmerzen mehr hatte.

Und zum zweiten Mal in einem Monat erzitterte das Haus, als es das laute Weinen des Herrn hörte.

Tarik stand militärisch stramm neben dem Torwächterhaus. Seine Augen musterten jeden neuen Gast. Hunderte waren schon durch die Villa defiliert, um Zafenat-Paneach ihr Beileid über den Tod seiner Frau und des ungeborenen Kindes auszudrücken.

Zuerst waren die Amun-Priester gekommen, um die Herrin Asenat zur Mumifizierung vorzubereiten. Mandisa hatte ihnen geholfen, den Leichnam zu waschen, das Kind herauszuholen und die Haut mit

Ölen und Salben einzureiben. Auch das winzige, schöne Kind wurde gewaschen und in ein Leinentuch gehüllt. Man würde den namenlosen Sohn in Asenats Arme legen, und gemeinsam würden sie in ihrem Sarg schlafen, der in einen Sarkophag käme und der Sarkophag in ein Grab.

Welch große Trauer nach so großer Freude! Steif und stolz stand Tarik da, ganz der Krieger, aber in ihm tobte ein Krieg, der heftiger war als alle körperlichen Kämpfe, die er je erlebt hatte. Die Gerüchte, die durch das Haus liefen, steigerten seine Unruhe noch. Einige der Diener tuschelten, die Herrin habe versucht, die Wehen künstlich herbeizuführen, nachdem sie entdeckt hatte, daß der Vater ein kanaanitischer Hirte war. Besonnenere Stimmen hielten dagegen, daß die Ärzte schon lange gesagt hatten, daß noch eine Schwangerschaft der Herrin Asenat das Leben kosten würde; die Ärzte hatten recht gehabt, das war alles.

Wie konnte ein so Mächtiger so von der Faust des Leidens getroffen werden? Nie hatte Tarik sich vorstellen können, daß der Tod eines geliebten Menschen einen in solch bodenlose Trauer stürzen konnte, aber er litt mit seinem Herrn. Und Zafenat-Paneach litt furchtbar. Das Licht war fort aus den Augen des Wesirs, und obgleich er weiter mit Elan die Vorbereitungen für die Ankunft seiner Sippe in Goschen vorantrieb, hatte die Trauer erbarmungslos ihre Furchen in sein starkes Gesicht geschlagen, daß er um Jahre älter aussah. Würde der Schatten des Schmerzes je wieder von ihm weichen?

Aber bei all dem betete Zafenat-Paneach weiter seinen unsichtbaren Allmächtigen Gott an. Tarik wußte: Wäre er selber von Wepwawet durch solch ein Leiden geführt worden, er hätte den Gott verflucht und sich einen anderen gesucht. Doch der Wesir verfluchte seinen Gott nicht, sondern hielt still und treu an ihm fest. Die lautstarken ägyptischen Zeremonien, die Asenats Weg in die andere Welt beschleunigen sollten, mied er und zog die Stille vor.

Blieben die traditionellen siebzig Trauertage, die Vorbereitung des Grabs der Herrin, das mit allem in der anderen Welt Nötigen versehen werden mußte, und die Mumifizierung des Leichnams. Tarik fand es schade, daß die Herrin jetzt nicht mehr Jakob, den edlen Vater Zafenat-Paneachs, kennenlernen würde. Nun ja, vielleicht würden die ägyptische Adlige und der kanaanitische Fürst in der anderen Welt gute Freunde werden.

Vierunddreißig

»Sie sind da!«

Der Schrei kam von einem der Enkelkinder. Jakob hob seinen Kopf von seinem Lager hoch und setzte sich mit einiger Mühe auf. Seit fast vierzig Tagen waren seine Söhne fort, mehr als genug für die Reise nach Mizraim und zurück, und jeder neue Tag hatte sein Herz tiefer in den Sumpf der Verzweiflung gedrückt.

Er schluckte das dankbare Schluchzen, das aus seiner Kehle herauf wollte, hinunter und humpelte zum Eingang seines Zeltes. Am hügeligen Horizont war eine Karawane schwerbeladener Wagen und Esel zu erkennen.

Er runzelte die Stirn. Die Kinder mußten sich irren. Seine Söhne hatten nicht das Geld mitgenommen, um solche Reichtümer zu kaufen. Dies war eine gewöhnliche Handelskarawane, die nach Aram oder Uz unterwegs war. Aber vielleicht wüßten die Händler, wie es seinen Söhnen ging und ob Benjamin noch unter ihnen war.

Er trat aus dem Zelt, auf die nächste Enttäuschung gefaßt.

Simeon sah den alten Mann als erster. Er erkannte seinen unverkennbaren tapsigen Gang, die Art, wie er auf seinen Hüften schaukelte, als seien sie steif. »Der ist bestimmt nicht draußen«, hatte Ruben gesagt, aber Ruben hatte keine Ahnung. Fast ein Jahr war Jakobs Zweitgeborener jetzt fort gewesen, und bestimmt platzten Jakob, die Kinder und die neugierigen Diener vor ungeduldiger Erwartung.

Simeons Lippen kräuselten sich zufrieden, als er das weiße Haar und den wallenden Bart seines Vaters sah. Jakob war vor das Zelt getreten, um ihn willkommen zu heißen. Vielleicht hatte Mandisa recht, und der alte Mann schätzte ihn doch.

Seine alte Skepsis schmolz in einem Augenblick weg. »Vater!« rief er und winkte mit dem Arm, von plötzlicher Zuversicht erfüllt. Er sprang von dem Wagen, auf dem Levi und er saßen, und rannte über den harten Boden, bereit, die Vergangenheit zu vergessen und den Mann zu umarmen, mit dem er so viele Mißverständnisse gehabt hatte.

Jakobs Augen hoben sich. Sein Kopf drehte sich in die Richtung des Sohnes, der da seinen Namen rief.

»Vater!«

Eine andere Stimme schnitt durch den Tumult der Begrüßungen, und jetzt erstrahlte Jakobs Gesicht in jubelnder Freude. »Benjamin!« rief er, zitternd die Arme hochreißend. »Gesegnet sei der Allmächtige! Er hat dich mir zurückgebracht!«

Simeon hielt abrupt an, nach vorne gebeugt und heftig atmend, während Benjamin in die väterlichen Arme rannte. Die Frauen, Kinder und Diener kamen herbeigelaufen. Nach einem Augenblick hörte Simeon Levis Stimme an seinem Ohr: »Laß ihm Zeit für den Jungen, Simeon. Er wird dich auch noch begrüßen, jetzt hat er nur Augen für seinen Jüngsten.«

Simeon nickte stumm. Da war er also wieder, der dumpfe Schmerz, den er fast vergessen hatte, wie eine Narbe, die sich meldet, wenn das Wetter sich ändert. Er stieg zurück auf den Wagen.

Später, als sie zusammenkamen, um ihre erstaunlichen Nachrichten zu erzählen, gönnte Jakob auch Simeon eine flüchtige Umarmung. »Joseph lebt«, wiederholte Juda, als sie im Zelt des Vaters zusammensaßen. Jakob, dessen Arm fest um den Benjamins lag, schüttelte ungläubig den Kopf.

»Jawohl, und er herrscht über ganz Ägypten«, fügte Ruben hinzu, sich eifrig vorbeugend.

»Warum sollten die Götzendiener einen Sohn Abrahams erhöhen?« sagte Jakob, während er Benjamins Arm beklopfte, wie um sich zu vergewissern, daß sein Jüngster wirklich wieder da war.

»Wie könnten wir mit solch schönen Wagen und den Schätzen Ägyptens zu dir kommen, wenn es nicht stimmte?« Judas Hand wies nach draußen, wo die Kinder und Frauen fröhlich dabei waren, die Lasten der Esel zu plündern. »Joseph läßt dir ausrichten, daß die Hand El Shaddais ihn dorthin gebracht hat. Gott selber hat ihn aus der Sklaverei erhoben und auf einen Thron gesetzt, der dem des Pharao ebenbürtig ist, damit wir nicht umkommen sollten in dieser Hungersnot.«

Jakob schüttelte seinen ergrauten Kopf, immer noch ungläubig. Judas Augen gingen hilfesuchend in die Runde. Sein Blick traf sich mit dem Simeons, aber der kratzte nur seinen Bart und schüttelte kaum merklich den Kopf. *Du bist unser Sprecher, rede du für uns*, schien sein Lächeln zu sagen.

Über eine Stunde hatten sie schon auf Jakob eingeredet. Sie hatten ihm gestanden, was in Dothan wirklich geschehen war, und waren dann schnell zu der Herrlichkeit übergegangen, in der Joseph jetzt lebte. Wie ein Stein war Jakob dagesessen; weder auf ihr furchtbares Geständnis noch auf das Unerhörte, das ihnen bei ihrem zweiten Besuch in Ägypten widerfahren war, hatte er eine Reaktion gezeigt.

Judas Stimme wurde bittend. »Glaube uns doch, Vater. Wir sollen hier weg und zu Joseph ziehen, damit wir unter seiner Hand Gedeihen haben.«

»Wie können wir das Land verlassen, das Gott uns verheißen hat?« Jakobs Hand zeigte auf die verdorrten Felder draußen vor dem Zelt. »Wie können wir die Höhle verlassen, in der unsere Väter und Mütter begraben liegen?«

»Wie können wir hierbleiben, wenn wir hier sterben müssen?« sagte Levi. Seine Stimme wurde lauter. »Du sprichst von Gott, Vater, und Joseph sagt, daß Gott Shaddai einen Weg für uns bereitet hat. Wenn Gott Joseph in dein Leben zurückbringen kann, kann er dich dann nicht auch zurück nach Kanaan bringen, wenn das Land wieder grün ist?«

Jakobs Augenlider senkten sich. Simeon wußte nicht, ob er plötzlich eingeschlafen war, betete oder einfach über ihre Worte nachdachte.

»So ist Gott Shaddai – er tut das Gegenteil von dem, was wir erwarten«, murmelte er endlich und sah wieder auf. Seine Augen schienen in eine weite Ferne zu starren, und als er wieder sprach, war seine Stimme fest, ja inbrünstig. »Es ist genug. Mein Sohn Joseph lebt noch. Ich will hingehen und ihn sehen, ehe ich sterbe.«

Er lebt! Die Wucht der Erkenntnis traf Jakob erneut. Joseph war nicht tot, er lebte! Und in Ägypten!

Er hatte gewartet, bis seine Söhne aus dem Zelt waren, dann hatte er seinen Stock genommen und war, so schnell seine alten Knochen es zuließen, auf den Hügel gestiegen, von dem aus man nach Süden sah. Und jetzt stand er dort und starrte in die Richtung, in der Ägypten lag, und sein Herz schlug einen neuen, verwegenen Takt. Ein heulender Wind kam aus der Wüste herauf, und in sein Toben hinein flüsterte Jakob diese zwei Worte: »Er lebt!«

Jubel. Tränen der Freude. »Meinst du, ein toter Mensch wird wieder leben?« murmelte er, mit Worten, die Hiob, der große Weise aus Uz, gesprochen hatte. »Alle Tage meines Kampfes will ich harren. Denn ein Baum hat Hoffnung, auch wenn er abgehauen ist; er kann wieder ausschlagen, und seine Schößlinge bleiben nicht aus. Vom Geruch des Wassers grünt er wieder und treibt Zweige wie eine junge Pflanze.«

Er schloß seine Augen und sog die Stille der Hügelkuppe ein. Weil sie die ganze Zeit die heimliche Last des Wissens, daß Joseph nicht tot war, getragen hatten, würden seine älteren Söhne sie nie verspüren, die unbeschreibliche, unergründliche Wonne, die jetzt aus seiner Seele stieg – den Jubel der Auferstehung.

Der Sohn, den er für tot gehalten hatte, saß zur Rechten des Pharao von Ägypten und herrschte über ganz Ägyptenland.

Ein abgrundtiefer Friede erfüllte seine Seele. Das Lachen der Freude sprudelte von seinen Lippen. Jakob hob seine schwachen Arme zum Himmel hoch, und seine Füße schlurften langsam über den Sand. Ein Sonnenstrahl brach durch die Wolken, und in seinem Licht drehte Jakob sich, das Herz übervoll, im Taumeltanz der Freude.

Während die anderen ihre Frauen und Kinder um sich sammelten und die Vorbereitungen für die große Reise begannen, streifte Simeon durch das Lager, um die Eindrücke und Erinnerungen wieder aufzufrischen, die er in die hinteren Ecken seines Gedächtnisses geschoben hatte. Das einst so grüne Land lag wie eine ausgedörrte Steppe vor ihm. Die paar Blätter, die noch an den Bäumen hingen, waren gelbbraun und vom Tod gefleckt. Noch etwas länger, und alles hier wäre tot. Wenn Joseph die Wahrheit sagte, dann würde in fünf Jahren keiner mehr am Leben sein in den benachbarten Städten.

Er ging langsam, den Blick auf seine Sandalen geheftet, die sich knirschend ihren Weg durch den trockenen Sand bahnten. Vor der Reise nach Ägypten hatte er seinen Vater für einen Fürsten unter den Menschen gehalten, aber jetzt schien Jakob ihm ein alter Mann zu sein, dessen Leben sich um einen untertänigen Sohn und ein Stück trockener Erde ohne Speise und Wasser drehte.

Jakob war der Fürst eines toten Landes. Kein Wunder, daß Mandisa nicht mehr nach Kanaan zurück wollte. Wer, der einmal die Fülle und Pracht Ägyptens geschmeckt hatte, wollte noch in dieser trostlosen Einöde leben? Aber Jakob war geblieben, weil er glaubte, daß er damit Gottes Willen folgte ...

Ein heißer Windstoß fuhr vorbei, und Simeon hielt an. Josephs Worte kamen ihm wieder in den Sinn: *Gott hat mich vor euch hergesandt, um euer Leben zu erretten.* Joseph war wie Jakob; er glaubte, daß El Shaddai ein persönliches Interesse an den Söhnen Abrahams hatte. Aber stimmte das? Simeon wußte, daß Gott Shaddai lebte, daß er mehr war als die steinernen Götzenbilder Ägyptens. Aber konnte einem allmächtigen Gott ein einzelner Mensch wichtig sein? Ging es ihm nicht doch nur um Opfer und Gehorsam?

Mandisa glaubte offenbar, daß man den Gott ihres Herrn ganz persönlich kennenlernen konnte. Abraham hatte Träume und Visionen gehabt, Jakob hatte eine ganze Nacht lang mit Gott gekämpft.

Aber Simeon hatte seine Stimme noch nie gehört, und er rechnete auch nicht damit.

Fünfunddreißig

Tizaras ständiges Heulen ging Mandisa auf die Nerven. Zafenat-Paneach und die anderen trugen ihre Trauer mit stoischer Fassung, wußten sie doch, daß sie ihren Tränen freien Lauf lassen würden, wenn die Herrin Asenat in ihrem Grab beigesetzt war. Doch Tizara konnte jedesmal, wenn sie Ephraim oder Manasse sah, ihre Tränen nicht zurückhalten. »Diese mutterlosen kleinen Jungen«, schnüffelte sie in ihr Tuch hinein. »Ich weiß so gut, was sie jetzt durchmachen, ich war ja selbst ein mutterloses Kind.«

In den Tagen direkt nach Asenats Tod hatte Mandisa ihr sanft erwidert, daß sie doch immerhin noch einen Vater und eine Kindermagd hatten. Als diese Taktik Tizaras Tränenflut nicht stoppte, versuchte Mandisa ihr mehr Arbeit zu geben, damit sie weniger Zeit zum Trauern hatte. Aber wo man Tizara auch sah, hatte sie ihr Tuch dabei, meistens frisch an die Nase gedrückt.

Mandisa merkte, wie sie Lust bekam, ihre Zunge an dem heulenden Elend des Mädchens zu schärfen. *Das wäre was für Simeon*, dachte sie, als sie zu Tizara trat, die gerade mit roten Augen in der Empfangshalle der Frauen umherging. *Ich predige ihm, daß das, was man im Zorn beginnt, in Schande endet, und hier stehe ich und bin drauf und dran, mir meine eigene Schande zu bauen. Vor kurzem hatte ich noch ein schlechtes Gewissen, weil ich dem Mädchen aus dem Weg ging, und jetzt sehe ich sie überall.*

»Tizara«, sagte sie, so freundlich wie es ging, »ich glaube, ich bringe Ephraim und Manasse eben in den Garten, um mit Adom zu spielen. Wenn du mich brauchst ...«

Zafenat-Paneach trat in den Raum, und sie hielt inne und verbeugte sich bis auf den Fußboden, wie die Etikette es verlangte.

Der Wesir hieß die beiden Frauen aufstehen, dann begrüßte er seine Söhne. Er hörte sich ein paar Augenblicke ihr munteres Geplappere an, dann schickte er sie zum Spielen hinaus. »Ich bin froh, daß ich euch beide hier sehe«, sagte er, als die Jungen fort waren. »Ich wollte mit euch über die vor uns liegenden Monate reden.«

Tizara hob ihre verweinten Augen zu ihrem Herrn hoch. Mandisa seufzte irritiert auf. Würde Tizara jetzt wieder ihre Trauer zur Schau stellen? Aber in ihren Augen stand nur Vertrauen und Mitleid zu lesen, und mit einemmal erkannte Mandisa, daß das Mädchen ja einen ganz anderen, schöneren, gewinnenderen Gesichtsausdruck hatte als früher. Dies war nicht mehr die alte Tizara.

Wann war diese Veränderung geschehen? Und warum hatte Mandisa sie bis jetzt noch nie bemerkt?

»Du kannst aufstehen, Tizara«, sagte Zafenat-Paneach, und sein Gesicht wurde erinnerungsweich. »Heute gebe ich dir deine Freiheit. Ich glaube, du hast jetzt genug gelernt, um richtig mit ihr umzugehen.«

»Meine Freiheit?« Eine plötzliche Angst trat auf das Gesicht des Mädchens. »Muß ich dann hier weg?«

Der Wesir setzte sich auf einen Stuhl. »Nein«, antwortete er. »Ich hoffe sogar, daß du bleibst und weiter nach meinen Söhnen siehst. Sie mögen dich sehr, und jetzt brauchen sie ja mehr denn je jemanden, der sich um sie kümmert.«

Tizaras Augen schimmerten feucht, aber diesmal ließ sie sich nicht gehen. Statt dessen beugte sie sich mit einem ehrfürchtigen Dankbarkeitslächeln nach unten, um den Fuß ihres Herrn zu küssen. »Ich werde Euch nie genug danken können«, sagte sie, seine Sandale festhaltend, als sei sie ein Rettungsanker. »Ich werde Euch und Euren Söhnen dienen, solange ich Atem in meinem Leib habe.«

»Das ist schön«, antwortete der Herr, dann drehte er sich zu Mandisa hin, und ein melancholisches Lächeln glitt über sein Gesicht. »Deine Herrin ist fort, und der Mann, für den du gesorgt hast, auch«, sagte er. Er schien seine Worte sorgfältig abzuwägen. »Was möchtest du tun, Mandisa? Du bist eine Freie. Würde dir eine Anstellung im Palast des Pharao gefallen?«

»Ich habe nachgedacht«, antwortete sie, während sie in die Hocke ging. Sie faltete die Hände und biß sich auf die Lippe. Wie sollte sie Zafenat-Paneach erklären, daß sie Angst davor hatte, Simeon wiederzusehen? Es wäre nicht recht, wenn sie dem Wesir verriet, daß sein Bruder ihr das Herz gebrochen hatte. Er wußte zwar von ihrer Zuneigung zu Simeon, aber wenn sie jetzt davon anfing, konnte das wie eine Bitte um Mitleid klingen oder gar, als ob Zafenat-Paneach ihr etwas schuldete. Und *sie* schuldete *ihm* doch alles. Nein, besser die Vergangenheit hinter sich lassen.

Sie nahm ihren Mut zusammen und sah ihm direkt in die Augen. »Mein Herr, darf ich Euch fragen, was Ihr über das Leben nach dem Tod glaubt – über die andere Welt?«

Zafenat-Paneach neigte überrascht seinen Kopf zur Seite. Offenbar hatte er die Frage nicht erwartet. »Warum fragst du?«

»Ich möchte gerne wissen, Herr, was mit der Herrin Asenat geschieht, wenn ich nicht mehr die vollen siebzig Trauertage hierbleibe. Ich bin ja ihre Zofe, und wenn ich nicht hier bin, um sie sicher ins Grab zu geleiten, wird sie dann ... leiden? Ich möchte ihr um nichts in der Welt wehtun, aber ein Teil von mir möchte dieses Haus schon bald verlassen.«

Falls der Wesir ihre Motive erriet, sagte er es jedenfalls nicht. Stattdessen schloß er seine Augen. »Ich glaube«, sagte er, während er den Kopf in seine Hände sinken ließ und seine Stirn runzelte, »daß Gott Shaddai für die, die ihm vertrauen, eine Wohnung bereitet hat. Ich glaube, daß jeder Mensch mit einer unsterblichen Seele geboren wird, ähnlich dem *Ka* der Ägypter, die in alle Ewigkeit besteht.« Er ließ seine Hände sinken und sah Mandisa an. »Ich glaube nicht, daß wir all die Gegenstände und Speisen brauchen, die die Ägypter ihren Toten ins Grab legen; sie sind bloße Äußerlichkeiten, die nichts mit dem Leben selber oder mit Gott zu tun haben.«

Er lächelte müde. »Wenn es dich beruhigt, Mandisa, dann wisse, daß Asenat schon jetzt in der anderen Welt ist. Sie ist bereits vom Tod ins Leben übergegangen. Bevor sie starb, machte sie ihren Frieden mit Gott ... und mit mir.« Er beugte sich nach vorne, seine Stimme wurde noch sanfter. »Wenn du mein Haus verlassen möchtest, wird deine Herrin nicht leiden deswegen.«

Sie nickte langsam, ein Seufzer der Erleichterung ging über ihre Lippen. »Dann möchte ich Euch verlassen, Zafenat-Paneach«, flüsterte sie. »In Dankbarkeit und Ehererbietung möchten mein Sohn und ich Euch Lebewohl sagen.«

»Halima, ich möchte mit dir reden, bevor ich gehe.«

Die Augen des Mädchens wurden naß, sie faltete ihre mehlbestaubten Hände. »Mandisa, das darf doch nicht wahr sein, daß du gehst!«

»Ich muß«, antwortete Mandisa, während sie ihren Blick ein letztes Mal durch die wohlgefüllte Küche des Wesirs streichen ließ. An den Wänden stand die Parade der Honig-, Dattel- und Rosinenkrüge, auf dem Tisch lagen die frisch gefangenen Fische dieses Tages zum Braten bereit. Sie und Adom würden sich so richtig satt essen heute; wer wußte, wann sie das nächste Mal ein solches Essen bekämen?

Halima zwang ein zittriges Lächeln auf ihr Gesicht. »Dann laß mich dir wenigstens einen Korb mitgeben, Mandisa. Du warst meine beste Freundin hier. Manchmal denke ich, du bist meine einzige.«

»Danke, ein Korb mit Brot wäre nett«, antwortete Mandisa. Sie setzte sich auf einen Schemel vor dem Herd. »Aber ich habe noch eine Bitte an dich.«

»Und was ist das?« Die Augen des Mädchens wurden rund vor Neugierde.

»Sei lieb zu Tizara. Erst habe ich sie genauso wenig gemocht wie alle anderen auch, aber dann zeigte Zafenat-Paneach mir, daß ich ihr aus Liebe zu ihm zu dienen hatte und nicht wegen der Dinge, die sie getan oder nicht getan hatte. In den letzten paar Wochen habe ich versucht, ihr zu helfen, aber ich habe bestimmt noch nicht genug getan. Sie hat sich sehr verändert seit der Nacht, wo sie fliehen wollte.«

»Ich *der* helfen?« Halimas Stimme wurde bestürzt. »Mandisa, das kann ich nicht.«

»Sie ist nicht mehr so wie früher.«

»Mir ist egal, wie sie war! Sie ist immer noch schön, und schau dir an, wie ich aussehe! Ich bin eine einfache Küchensklavin, und« –

ihr Gesicht wurde noch röter – »dick bin ich auch! Wie soll ich bei ihr den Mund aufkriegen, und warum sollte sie auf mich hören?«

Mandisa beugte sich näher. »Du hast ein weiches und mitfühlendes Herz«, sagte sie. »Und du kennst dich ein wenig aus mit gebrochenen Herzen. Ich weiß doch, wie du Tarik ansiehst, wenn du meinst, daß niemand es mitbekommt.«

Halima sagte nichts, aber legte ihre Hand auf den Mund.

»Bitte, Halima. Siege du, wo ich verloren habe. Diene unserem Herrn, indem du Tizaras Freundin bist. Gott Shaddai wird dich segnen dafür.«

»Gott Shaddai?« murmelte Halima. Ihre Augenbraue ging skeptisch hoch. »Was soll der für mich tun?«

»Mehr als du dir vorstellen kannst, Halima«, antwortete Mandisa. Sie stand auf und drückte kurz auf die Schulter des Mädchens. »Mehr als du denkst.«

IDOGBE

Und ich will ihnen ein anderes Herz geben
und einen neuen Geist in sie geben
und will das steinerne Herz wegnehmen aus ihrem Leibe
und ihnen ein fleischernes Herz geben,
damit sie in meinen Geboten wandeln
und meine Ordnungen halten und danach tun.
Und sie sollen mein Volk sein,
und ich will ihr Gott sein.

(Hesekiel 11,19-20 Luther)

Sechsunddreißig

Ein heißer Wind blies durch das triste Tal von Hebron. Simeon drehte seinen Kopf in ihn hinein, um den heißen Atem auf seinem Gesicht zu spüren. Er mußte allein sein mit sich selber. Zum ersten Mal in seinem Leben fühlte er sich im Lager der Sippe so beengt wie eine Henne in einem überfüllten Hühnerhof.

Er ging zu einem Hang außerhalb des Lagers, weg von dem Tohuwabohu dieses Aufbruchs, in welchem fast drei Jahrzehnte Leben aufgeräumt, abgebrochen und eingepackt werden mußten. Hundert Gerüche und Geräusche drangen auf ihn ein: das Quengeln eines Kindes, das scharfe Aroma des Eselpferchs, keifende Stimmen, die sich stritten.

»Ihr braucht nichts mitzubringen«, hatte Joseph gesagt, »alles, was ihr braucht, kriegt ihr in Ägypten.« Aber die Frauen konnten sich von so vielem nicht trennen. Rubens Frau weigerte sich lautstark, die Krippe dazulassen, in die sie ihre Söhne gelegt hatte. Am Rande des Lagers bemühten Assers und Dans Frauen sich, ein Bündel Schaffelle auf einen bereits proppenvollen Wagen zu laden.

Simeon kreuzte aufseufzend die Arme über seiner Brust. Er hatte keine Frau, die sich mit ihm streiten konnte, keine sentimentalen Bande verbanden ihn mit diesem Ort hier. Oder mit anderen. Sein Vater hing an Hebron, weil er hier, wo schon Abraham geweilt hatte, aufgewachsen war. Hier hatte er Esau um seinen Erstgeburtssegen betrogen, und aus diesem fruchtbaren Tal war er vor Esaus Zorn geflohen.

Simeons Blick ging zu dem fernen Horizont hin. Wie mochte es seinem Onkel jetzt gehen? Esau und seine Leute waren nach Südwesten gezogen, jenseits des Berges Hor, und hatten wenig Kontakt zu Jakob. Beide Brüder waren aus dem Land, das El Shaddai Isaaks Nachkommen gegeben hatte, ausgezogen, doch nur Jakob war zurückgekommen, um es in Besitz zu nehmen. Und jetzt – ein flüchtiges Lächeln ging über Simeons Lippen – war Jakob dabei, wieder aus dem Land seiner Geburt aufzubrechen, wohl wissend, daß er womöglich nie mehr zurückkehren würde. Nun ja, er verließ seine geliebte Heimat, um bei seinem noch geliebteren Sohn zu sein, soviel glaubte Simeon zu verstehen. Aber wenn seine Augen sich dann vollgesogen hätten mit der Herrlichkeit des so lange vermißten Lieblingssohnes, wie sollten sie dann noch einen wohlgefälligen Blick übrighaben für die anderen Söhne, die weniger herrlichen, die er nur duldete?

Mandisa hat nicht recht gehabt. Simeon hob seine Augen zu der brennenden Sonne hoch, badete sein Gesicht in der herben Hitze. *Mandisa sagte, ich sollte mit meinem Vater reden, dann würde er mir versichern, daß er mich liebt. Aber so leidenschaftlich sie auch selber ist, sie könnte nie begreifen, wie sehr Jakob Rahel geliebt hat und wie egal ihm Lea war. Mandisa ist eine liebevolle Mutter, sie wird nie verstehen, was für einen bitteren Haß mein Vater auf mich hat. Denn ich war schuld an Rahels Tod, und das wird er nie vergeben und vergessen.*

Eine tiefe, trostlose Verzweiflung schoß durch ihn, und er rieb sich über die Brust, wie um die Gewissenswunde zu massieren, die dort pochte. Ein Hunger nach Mandisa nagte an seinem Herzen, und er ballte die Faust dagegen. Er war zu oft allein. Die Einsamkeit seiner ägyptischen Gefangenschaft hatte ihn mehr geprägt, als er wahrhaben wollte.

Er ging zurück zum Lager. Er brauchte plötzlich einen Menschen. Ein Zelt stand stumm in der Hitze, unberührt von der fröhlichen Aufbruchstimmung. Es war Leas Zelt, und seit ihrem Tod wohnte Dina dort, ein grauer Schatten ihrer Mutter.

Simeon ging zu dem Zelt, durch ein Meer von heimeligen Geräuschen und Gerüchen: Dungfeuer, auf denen Speisen bereitet wurden, das monotone Lied einer Axt, das Aroma von Holzspänen. Es war Zeit, daß er Dina besuchte. Seit seiner Rückkehr war er noch keinen Augenblick bei seiner Schwester gewesen. Ob sie ihn überhaupt vermißt hatte?

Leas Zelt war schwerer und älter als die anderen. Simeon hob die Eingangsklappe hoch und runzelte die Stirn. Die Luft drinnen war dick, als sei sie zu oft eingeatmet worden. Er schielte in die Dunkelheit hinein. Da stand Dina, neben einem Fellstapel, groß und hochgewachsen. Das Weichste an ihr war der Glanz ihres Lächelns.

»Simeon«, flüsterte sie wie beiläufig.

Sie war kein Mädchen mehr, sondern eine reife Frau. Das dunkle Haar, das in seidigen Strähnen von ihrem Kopf herabfloß, zeigte an den Schläfen die ersten grauen Flecken. Ihr Gesicht war viereckig und strahlte Stärke und Unnahbarkeit aus, aber zum ersten Mal bemerkte Simeon ein beginnendes Doppelkinn.

»Dina.« Er versuchte, seinen Ton locker zu halten. »Wie geht's meiner Lieblingsschwester?«

»Deiner einzigen Schwester, meinst du wohl«, antwortete sie mit dem alten ironischen Lächeln. Das Gold ihrer Augen flatterte interessiert, als er nähertrat. »Du bist dicker geworden, Simeon. Hast du zu viel gegessen auf den ägyptischen Festen?«

»Ich bin nicht dicker, die anderen sind zu dünn«, antwortete er. Er setzte sich auf eine Decke. Sie setzte sich ebenfalls, und einen Augenblick schwieg er, dann sagte er: »Du hast sicher gehört, daß Joseph lebt und über ganz Ägypten herrscht?«

»Ja.« Ihr Gesicht faltete sich zu einem plötzlichen Lächeln. »Ich habe die ganze Zeit gewußt, daß er noch lebt.«

Simeon streckte sich auf der Decke aus und stützte den Kopf auf seinen Ellbogen. »Soso«, sagte er, »wie das? Es hat doch keiner von uns gewußt, was aus ihm geworden war.«

»Ihr schon ein bißchen«, antwortete sie, mit einer Stimme, die keine Diskussionen zuließ. »Als ihr damals Vater eure Geschichte erzähltet, sah ich das schlechte Gewissen in euren Augen. Einen Augenblick hatte ich Angst, ihr hättet ihn umgebracht, aber ich wußte, daß Gott Shaddai Joseph beschützen würde. Einer wie Joseph konnte einfach nicht so früh sterben!«

»Umgebracht?« Er sah sie fest an und strich sich über seinen Bart. »Wie kamst du denn darauf?«

»Weil ihr auch meinen Sichem umgebracht hattet.« Sie hob die eine Schulter etwas. Ihre Stimme klang nicht nach bitterer Anklage, sondern nach nüchterner Wahrheit. »Und dann hast du mir mein Kind genommen und es in der Wüste ausgesetzt. Ich wußte, daß ein Herz, das hart genug war, um meinen Mann zu töten und ein unschuldiges Kind in der Wüste verdursten zu lassen, nicht zögern würde, auch meinen Bruder umzubringen.«

Ihre Worte schnitten tief in sein Gewissen, aber er wischte sie beiseite und sah sie aus schmalen Augen an. »Der Gestank hier drinnen hat dir wohl den Kopf aufgeweicht«, murmelte er. Er setzte sich auf. »Dieser Mann aus Sichem hat dich wie eine Hure behandelt, Dina! Und das Kind war ein uneheliches Balg, das nie hätte geboren werden dürfen!«

»Sichem hatte mir einen ehrenhaften Heiratsantrag gemacht«, sagte Dina ruhig, aber betont. »Und das unschuldige Kind war gerade so ein Nachkomme Abrahams wie *du*, Simeon. Du hast unrecht getan, es mir zu nehmen.«

»Vater hat mich nicht daran gehindert.«

»Vater.« Sie wiederholte das Wort in einem leicht verächtlichen Ton und winkte wegwerfend mit der Hand. »Vater hat viel zu oft nichts getan, während seine Söhne taten, was in Gottes Augen böse war. Aber ich habe gebetet, Simeon, ich habe gerungen mit dem Geist Gott Shaddais, und seit vielen Jahren weiß ich, daß Joseph lebt – und daß auch mein Kind lebt.«

Sein Schock wurde rasch zu Wut. »Schwester, du bist verrückt!« Er richtete sich halb auf, kroch an ihre Seite und packte ihre Schultern. Er hatte Lust, sie so lange zu schütteln, bis sie keuchend alles zurücknahm. Es konnte nicht lebendig sein, dieses Kind, nichts konnte überleben in der Wüste! Es war kurz nach Rahels Tod geboren worden, und Jakob war so von Trauer überwältigt gewesen, daß er weder Zeit noch Willen hatte, die Tochter seiner Tochter auch nur anzusehen. Rahels Magd Silpa hatte alle Hände voll zu tun gehabt mit dem neugeborenen Benjamin, und Lea konnte Dina und das Kind nicht anschauen, ohne loszuheulen.

Simeon hatte getan, was zahllose andere vor ihm getan hatten. Während Dina schlief, hatte er das Kind von ihrer Seite genommen und war auf einem Esel fortgeritten, weit weg vom Lager. Als er sicher war, daß niemand ihm folgte, war er in die Richtung auf den Begräbnisplatz der Familie abgebogen – die Höhle bei Machpela, vor den Toren der Stadt Mamre, die Abraham dem Hetiter Efron abgekauft hatte. Als er die Höhle erreicht hatte, war er abgestiegen und hatte das Kind in den Schatten einer großen Terebinthe gelegt. Hier im Schatten, hatte er gedacht, würde das Kind nicht ganz so jämmerlich sterben wie in der glühenden Sonne auf den Felsen.

»Dina, hör mir zu«, sagte er, innerlich geschüttelt von einer urwüchsigen Trauer. »Du hast nie ein Kind gehabt!«

»So wahr Gott lebt, doch!«

»Aber es hätte nie geboren werden dürfen! Du mußt es vergessen, Dina. Du hast zu lange über die Vergangenheit nachgegrübelt. Den ganzen Tag sitzt du hier im Zelt und kommst nur heraus, wenn die Frauen dich dazu drängen. Du tust nichts, als Kleider für andere Kinder zu nähen. Du solltest längst verheiratet sein und deine eigene Familie haben!«

»Ich hatte eine Familie, Simeon.« Sie ließ ihre Hände sinken und schoß ihm einen traurigen Blick zu. »Ich hatte einen Mann, ich gehörte zu einer Stadt. Und dann kamt ihr, du und Levi, und schnittet mit euren blutigen Schwertern mein Leben ab. Als ich dann spürte, wie das Kind sich in mir bewegte, dachte ich, es gäbe immer noch ein Glück für mich. Aber auch das hast du mir gestohlen. Jetzt habe ich nichts mehr. Meine Träume sind zusammen mit Sichem in der Erde begraben.«

Ihr Blick bohrte sich in ihn. Er ließ ihre Schultern los und ballte die Fäuste, wütend, daß ihre Pfeile immer so trafen. »Und die Schuld gibst du also mir?« flüsterte er gebrochen. Sie war eine Frau und eine halbverrückte dazu, es hatte ihm egal zu sein, was sie dachte. Aber er konnte sie nicht abschütteln, ihre Worte. »Wenn du einen Schuldigen suchst, Dina, dann nimm unseren Vater! Er war derjenige, dem du egal warst! Ich habe vieles auf dem Kerbholz, aber das Verbrechen, nicht zu lieben, hat nur er begangen!«

»So? Sag mir doch, Simeon, wen du jemals geliebt hast!«

Er sprang auf die Füße und begann, wütend hin- und herzulaufen. »Unser Vater hat dich nicht verteidigt, als Sichem und Hamor kamen! Das Kind war ihm scheißegal, als es geboren wurde! Er hat sich nie etwas aus dir gemacht – oder aus mir oder aus uns allen, weil wir nicht von seiner geliebten Rahel abstammen, seiner wahren Frau!«

Er drehte sich um und sah sie siegessicher an. Konnte sie ihm darauf etwas erwidern? Aber sie konnte. »Unser Vater war vielleicht nicht vollkommen, Simeon, aber er hat nie einen anderen Menschen getötet«, antwortete sie ruhig. »Er hat dir vielleicht nicht die Liebe gezeigt, die du verdient hattest, aber gehaßt hat er dich nicht. Er war traurig über deine Fehltritte, es tat ihm weh, wenn du den Lüsten deines eigenen Herzens folgtest, anstatt mit El Shaddai zu gehen.«

Simeon erwiderte trotzig ihren Blick. »Hast du ganz vergessen«, murmelte er, »wie unsere Mutter in ihre Kissen weinte, wenn Vater schon wieder die Nacht in Rahels Zelt verbrachte?«

»Nein.« Dina sah ihn mit einem merkwürdig forschenden Blick an. »Aber siehst du wirklich nicht, was seit Rahels Tod geschehen ist?«

»Was soll ich sehen?« schrie er. »Ich sehe einen alten Mann, der Joseph angehimmelt und Benjamin wie einen Schoßhund an die Leine genommen hat!«

»Nein, Simeon«, flüsterte Dina, die Andeutung einer Bitte in ihrem Gesicht. Sie beugte sich nach vorne, ihre Augen bohrten sich unverwandt in ihn. »Öffne deine Augen, Simeon der Zerschmetterer, öffne dein Herz.«

Er spürte, wie er innerlich zurückwich vor ihrem so wachsam hellen Blick. Mit einem Schauer auf dem Rücken merkte er, daß sie die Oberhand gewonnen hatte.

»Unsere Mutter nannte ihren Erstgeborenen Ruben – ›Gott hat mein Elend angesehen‹«, fuhr Dina fort, ihr Gesicht voller selbstbewußter Kraft. »Dich nannte sie Simeon – ›Der Herr weiß, daß ich nicht geliebt bin‹.«

»Von was schwafelst du da?« Simeon spuckte die Worte aus. »Ich weiß, was mein Name bedeutet.«

»Ihren dritten Sohn nannte unsere Mutter Levi – ›Jetzt wird mein Mann mir zugetan sein‹«, fuhr Dina fort. Sie hob ihren Finger hoch. »Und Juda bedeutet ›Ich will den Herrn preisen‹.«

»Und?«

»Siehst du es nicht, Simeon?« Dina legte ihren Kopf zurück und warf ihm ein plötzliches, fesselndes Lächeln zu. »Unsere Mutter hat schließlich angenommen, wer und was sie war. Als sie aufhörte, mit unserem Vater und Gott zu hadern, hörte ihr Leid und ihre Eifersucht auf. Aber da waren du und die anderen schon halb erwachsen und draußen auf den Weiden. Und als Rahel starb, hatte unser Vater nur noch Lea. Er hat auch sie geliebt – nicht so leidenschaftlich wie Rahel, aber anders, stärker, praktischer.«

Dinas kantiges Gesicht wurde plötzlich weich und einfühlsam. »Als Mutter starb«, fuhr sie nach einem Augenblick fort, »hat Vater sie in aller Stille betrauert, und dann befahl er, sie in der Höhle von Machpela neben Abraham und Sara, Isaak und Rebekka beizusetzen. Dort im Grab unserer Vorväter wartet sie nun auf den Mann, der sie lange, nachdem du das Zelt verlassen hattest, lieben lernte. Unsere Mutter war geachtet, Simeon, sie war geliebt.«

Simeon schaute zur Seite, sein Kopf ein Durcheinander der Gefühle. Ein halbes Leben hatte er damit verbracht, Jakob zu hassen, um seiner Mutter willen – und jetzt hatte Jakob Lea also doch geliebt? Über vierzig Jahre Einsamkeit und Bitterkeit zusammengepreßt zu einer auflodernden Sehnsucht – Sehnsucht wonach? Nach seiner Mutter? Oder nach der Sicherheit, die die Bitterkeit und die Wut ihm boten? Aus den Steinen der Reue, des Schmerzes, der Angst und der Scham hatte er sich eine Fluchtburg vor seinem Vater gebaut – und jetzt kam Dina und schlug in einem Augenblick eine Bresche in ihre Mauern.

Er nahm all seine Kraft zusammen. »Das ist doch alles Quatsch«, erwiderte er scharf. »Du hast wohl den Verstand verloren, Dina, falls du je welchen hattest.«

»Ich hatte nicht erwartet, daß du mich verstehen würdest, aber ich habe darum gebetet«, flüsterte Dina, betroffen den Kopf schüttelnd. »Siehst du es wirklich nicht? Ich hasse dich nicht. Du hast mir mein Kind genommen und meinen Mann getötet, aber ich hasse dich nicht. Gott Shaddai, der Ewige, hat mir Frieden gegeben in dem Wissen, daß er alle meine Wege lenkt.«

»Was soll das für ein Gott sein, der dir befiehlt, den ganzen Tag zu Hause zu sitzen und zu schmollen?«

Sie erwiderte ruhig seinen Blick. »Ich schmolle nicht, ich bete. Aber solange dein steinernes Herz nicht anders geworden ist, Simeon, wirst du den Unterschied nicht begreifen.«

Er stürmte nach draußen, zu dem Schuppen, der seinen Brüdern als Eselstall diente. Er nahm eines der Tiere, legte ihm einen Zügel an, stieg auf und stieß ihm die Füße in die knochige Seite. Er ritt nach Osten, wo die Höhle von Machpela und die Terebinthe lagen.

Über ihm ließ sich ein Geier von dem warmen Aufwind tragen, auf der Suche nach dem nächsten Opfer der Trockenheit. Die grauen Stämme vertrockneter Bäume kamen in Sicht. Die Welt war kahl und trostlos wie ein verlassenes Schlachtfeld. Wo früher Gras gewesen war, trieben braune Staubwirbel, und dünne Wolkenfetzen ließen ihre Schatten wie graue Katzen über den leblosen Boden schleichen.

Über dem Horizont brütete der milchig-rote Backofen der Sonne. Wie konnte ein Baby in der Wüste überleben? Aber Dina war schon immer eine Träumerin gewesen; in der Hinsicht war sie gerade wie Joseph. Ihre Überzeugung, daß Joseph lebte – wenn sie sie denn wirklich gehabt hatte –, hatte sich auf Wunschdenken gegründet, und sonst nichts. Und unmöglich konnte ihr Kind die Hitze des Tages, die Kälte der Nacht oder die Zähne der Schakale überlebt haben.

Schwitzend und die Sonne verfluchend ritt Simeon ein Stück, dann hielt er an und schaute sich um. Im Norden lag das Land flach wie ein ausgebreitetes Tuch da, geplagt von der Sonne und dem heulenden Wind. Keine Terebinthen, keine sichtbaren Pfade, keine Wadis. Aber rechts von ihm begann das Land sich aufzufalten. Felsige Bergwände erhoben sich über der Einöde, und mitten in ihnen glaubte Simeon die vagen Umrisse einer Höhle zu erkennen.

Er stieg ab und zog den protestierenden Esel zu den Felsen hin. Keine Bäume mehr, kein Schatten. Ein paar vertrocknete Stümpfe waren alles, was übrig war. An dem Stumpf, der dem Höhleneingang am nächsten stand, kniete Simeon sich hin. Wenn das Kind gestorben war, mußten seine Knochen hier unter dem Sand begraben liegen – wenn nicht die Geier und die Schakale sie zerstreut hatten.

Er stach einen Finger in den Boden und schob etwas von dem trockenen Sand beiseite.

Nichts.

Er benutzte beide Hände, grub ein ansehnliches Loch und ließ den groben Staub durch seine Finger rinnen.

Wieder nichts.

Er schrie wütend auf, stieß seine Hände bis zum Ellbogen in den Sand, hebelte die Erde nach oben, grub und suchte und suchte, um einen winzigen Knochen zu finden, einen Splitter, den er Dina zeigen konnte, um ihr zu beweisen, was für ein sinnloser Unfug ihre Traumtänzereien waren.

Die Klauen des Windes rissen an ihm, aber er grub verbissen weiter. Der Dreck flog ihm in die Augen, die Haare, die Zähne. Er spuckte und fluchte und warf weiter den Sand über seine Schultern, grub tiefer um den Stamm des toten Baumes herum. Die aus dem Sand strahlende Hitze griff ihn an wie ein böser Feind, drang ihm in Mund und Nase, daß er nach Luft keuchte. Der heiße Sand unter seinen Händen und Knien riß selbst durch den Stoff seines Gewandes hindurch Blasen in seine Haut; er achtete nicht darauf.

Wenn er nur etwas finden konnte hier, und wenn es ein halbzerfallenes Stoffstück war, konnte er Dina versichern, daß dieses Kapitel ihres Lebens für immer abgeschlossen war. Sie hatte ihn beschuldigt, in einer vergangenen Welt zu leben, in der Jakob Lea nicht liebte, aber lebte sie nicht selber in einer selbstgebastelten Phantasiewelt? Wenn sie nur einsah, daß ihr Kind tot war, könnte sie ihre Augen für die wirkliche Welt öffnen. Aber dazu mußte sie erkennen, daß Gott Shaddai keine Wunder tat, daß man die Vergangenheit nicht ändern konnte, daß Simeon das Ungeheuer war, das ihr Kind ermordet hatte, daß er die elende Last, die er mit sich herumschleppte, *verdiente* ...

Er fand etwas Weißes und zog es hervor, aber es war nur der zerbrochene Knochen eines Tieres, wohl eines Löwen. Dina würde nicht hereinfallen auf so einen großen Knochen, sie würde weiter an Hoffnung, Vergebung, vielleicht sogar Auferstehung glauben.

»Gott Shaddai!« schrie er und ließ seine Ellbogen sinken. Er preßte seine mit Sand verschmierten schwitzenden Hände an seine nasse Stirn. »Wenn du allmächtig bist, warum hast du mir nie geholfen? Mein Vater sagt, du hast ihn geführt, Dina sagt, du hast Joseph bewahrt – und mir machst du immer nur alles zunichte!«

Der blendend helle Sand unter ihm wurde plötzlich dunkel, und er sah auf. Eine schwarze Wolkenmasse rollte über dem Horizont herbei. Der Esel brüllte und rollte die Augen nach hinten, dann kam wie aus dem Nichts ein Donnerschlag, daß das Tier davongaloppierte, seinen eigenen Spuren entlang.

»Bleib stehen!« schrie Simeon. Er sprang auf, um hinter dem Esel herzurennen. Der Sturm riß ihm die Stimme aus dem Mund. Nach einem Augenblick hielt er wieder an; das verschreckte Tier war nicht einzuholen. Über ihm riß ein Blitz den Himmel entzwei, aber Simeon wußte, daß er keinen Regen bringen würde. Jakobs allmächtiger, unberechenbarer Gott hatte dieses Land verlassen; er liebte jetzt Ägypten und nicht Kanaan. So wie Jakob Rahel geliebt hatte und nicht Lea, und Rahels Söhne und nicht die Leas. Jakob hatte es sogar hingenommen, daß sein zweiter Sohn den Namen *Simeon* erhielt – »Der Herr weiß, daß ich nicht geliebt bin«.

Das brütende Elend in Simeon schien zu wachsen und zu gären, auszutreiben und sich zu verzweigen, bis es eins war mit dem angesammelten bodenlosen Schmerz von Lea, Ruben, Levi, Juda, Issachar, Sebulon, Gad, Asser, Dan, Naftali und Dina.

»Warum, Vater?« schrie er in den Wind, in einem Abgrundstrudel der Gefühle taumelnd. Er sank auf den Sand und preßte die Hände vor das Gesicht. Die Bitterkeit und die Reue sprangen ihn an wie ein wildes Tier. »Warum konntest du uns nicht lieben?«

Der wilde Wind heulte auf, wie um ihn zu verspotten. Dann brach ein grauer Lichtstrich durch die schwarzen Wolken und begann langsam über die Ebene zu wandern. Was war das? Müde und stumpf schaute Simeon durch seine Finger hindurch zu, wie das Licht näherkam, bis es genau auf ihn zeigte.

Eine verzehrende Hitze wollte ihm Kopfhaut und Schultern versengen. Er keuchte auf und sah nach oben. Über ihm hing ein wirbelnder Feuerball im Himmel, der so hell war wie tausend Sonnen. Simeon spürte, wie ihm der Schweiß von der Stirn und aus den Achselhöhlen lief. Dann zerschmetterte eine Stimme den Rest seiner Fassung.

Ich liebe dich.

Unter seinem feuchten Haar prickelte die Kopfhaut. Panische Angst kroch aus seiner Kehle. War er dabei, verrückt zu werden? Er schluckte einen Schrei zurück. Angst, Angst. Angst wie noch nie in seinem Leben. Der Sturm um ihn herum steigerte sich zu einem brüllenden Toben.

Er preßte sich auf den Boden, schloß die Augen, senkte den Kopf, versuchte den letzten Fetzen klaren Verstand festzuhalten. Die Sonne hatte seine Augen verbrannt, der Sandsturm seinen Kopf verwirrt. In so einem Sturm wie diesem hatten schon mehr Menschen ihren Verstand verloren ...

Seine Muskeln wurden zu Wasser, als die Stimme wieder sprach.

Ich bin El Shaddai. Ich liebe, die mich lieben. Der Gott deiner Väter ist heilig und gerecht, eine verzehrende Flamme, die man nicht berühren kann. Neige dein Herz, Simeon, Israels Sohn, und wisse, daß du auf heiligem Boden kniest.

Ehrfurcht. Heilige Scheu. Sie packte ihn, hielt ihn fest. Und er wußte, wer da zu ihm sprach. Niemand konnte die Stimme Gottes hören, wenn er sie nicht suchte, und in der letzten Stunde war Simeon offener für Gottes Reden gewesen als in den ganzen sechsundvierzig Jahren seines Lebens. Nein, er war nicht dabei, verrückt zu werden. Er hatte Gott gesucht, und Gott hatte ihn seine majestätische Gegenwart finden lassen. Gott Shaddai – der Unsichtbare, der Allmächtige, der Eine. Jetzt gab es kein Zurück mehr.

Er blinzelte zu dem brennenden Himmel hoch, seine Knie wie festgewachsen im Boden. »El Shaddai?« flüsterte er. Er mußte die Augen schließen vor den weißglühenden Flammen. Daß der Allmächtige persöhnlich ihn rief – weder Mandisa noch sein Vater hatten ihn je darauf vorbereitet.

Sei still und erkenne, daß ich Gott bin.

Die Stimme war unmißverständlich. Simeons Herz wurde zu Blei, daß er seinen Körper nicht mehr bewegen konnte.

Fürchte dich nicht, nach Ägypten hinabzuziehen, denn dort will ich euch zu einem großen Volk machen. Doch dient nicht den Göttern aus Holz und Stein, die von Menschen gemacht sind, die nicht sehen und hören, nicht essen und riechen. Suche den Herrn, deinen Gott. Du wirst ihn finden, wenn du ihn von ganzem Herzen und von ganzer Seele suchst. Wenn du im Elend bist, kehre zurück zum Herrn, deinem Gott, und höre auf seine Stimme. Denn der Herr, dein Gott, ist ein barmherziger Gott; er wird dich nicht verlassen noch vertilgen noch den Bund vergessen, den er deinen Vätern geschworen hat.

Die Stimme verschlang den Wind. Als sie verstummte, hob Simeon seine Augen. Der Feuerball war verschwunden, die Erde war mit einemmal weich und still, die Luft roch nach Regen. Die Felsen tanzten in der dampfenden Hitze, und von irgendwoher glaubte Simeon den Gesang eines Vogels zu hören.

Und dann, wie Tränen aus dem Paradies, köstlich und segnend und kühl, fiel Regen von dem wieder blau werdenden Himmel. Er mischte sich mit Simeons Tränen und wusch den Staub der Niederlage von seinem Gesicht.

Siebenunddreißig

Ani und einige andere Fromme, die treu die Götter Ägyptens verehrten, fanden, daß Zafenat-Paneach das ewige Wohl seiner verstorbenen Frau erschreckend egal zu sein schien.

»Ich habe sie geliebt, als sie lebte, und ich weiß, daß ich sie in der anderen Welt wiedersehen werde«, sagte der Wesir Ani eines Nachmittags. »Aber ich glaube nicht, daß man in der Geisterwelt irgendeinen Nutzen von Gegenständen und Speisen hat.«

Eine wahrhaft schockierende Meinung. Und was würden die anderen sagen? Nach einigen Überredungskünsten erhielt Ani schließlich von dem Wesir freie Hand, Asenats Grab doch ganz nach den ägyptischen Riten und Gebräuchen vorzubereiten. Auch wenn Ani persönlich wußte, daß Asenat ihre Seele in die Hände des unsichtbaren Gottes ihres Mannes gelegt hatte – die Bürger von Theben bekämen Zweifel an der Liebe des Wesirs zu seiner Frau und zu seinem Gott, wenn er sie nicht anständig begraben ließ. Ihre Glaubenswelt war nun einmal sehr praktisch und konkret, mit Göttern und einer Totenwelt zum Anfassen.

Und so fiel die ganze Verantwortung für die Vorbereitung der Herrin zu ihrem Begräbnis auf Anis Schultern. Das Grab der Herrin lag auf dem Westufer des Nils, jenseits der ausgetrockneten Felder, die jetzt eigentlich in frischem Grün hätten prangen sollen, und der Parade der Tempel im Totental. Wie in der Aristokratie üblich, hatte man für Asenat bei ihrer Heirat eine Mastaba bestellt – ein freistehendes rechteckiges Grabhaus mit flachem Dach. Es gehörte zu einer ganzen

Straße solcher Gebäude, und die Straße war nur eine von vielen in der großen Totenstadt.

Die Leute von Theben glaubten, daß bei jedem Sonnenuntergang die Geister der Toten aus ihren Gewölben heraufstiegen und sich in die Türen ihrer Totenhäuser stellten. Mit Hilfe von Zauberformeln und Amuletten konnten sie über den Fluß zur Stadt der Lebenden hinschauen. Sie sahen ihre Lichter, spürten den Atem des Windes, der über den Lebensfluß herüberwehte, rochen den süßlichen Duft der blühenden Felder und das Aroma der Abendmahlzeiten.

Ein Begräbnis war eine ernste Angelegenheit. Ani hatte dafür zu sorgen, daß Asenats Grabkammer reichlich mit Essen, Möbeln und den Lotusblüten, die sie so geliebt hatte, versehen wurde. Ihr Grabestempel war zum Fluß hin ausgerichtet, und schmale Gänge verbanden ihn mit der eigentlichen Grabkammer und einem Vorratsraum.

Auch Diener gehörten zu einem richtigen Begräbnis dazu. Da Asenats Seele in der Totenwelt gerade so leben und arbeiten würde wie in der irdischen, brauchte sie unbedingt Diener. Freilich kam in der 18. Dynastie kein kultivierter Mensch mehr auf die Idee, lebendige Sklaven zusammen mit ihrem Herrn zu begraben; statt dessen stellte man mit besonderen Zeichen versehene kleine Figuren, die *Ushabti*, in das Grab. Die Ägypter glaubten, daß sie in der anderen Welt lebendig werden und ihrem Herrn dienen würden.

Da die Herrin Asenat ganze Scharen von Dienern und Sklaven zur Verfügung gehabt hatte, beauftragte Ani nicht weniger als zehn Bildhauer mit der Herstellung der Ushabti: Köche, Sänftenträger, Wächter, Kornmahler, Hirten, Viehhüter, Tänzerinnen und Mägde, alles in Miniaturformat.

Die Grabkammer lag unter der Bodenoberfläche, und jeden Morgen stiegen an die zwanzig Arbeiter in sie hinein, um sie auf ihren ewigen Gast vorzubereiten. Ein Team der besten Maler schmückte die Wände mit Hieroglyphentexten und Bildern, die die Höhepunkte von Asenats Leben festhielten. Eine Bilderserie zeigte sie, wie sie an der Seite ihres Mannes, Zafenat-Paneach, in einem Segelschiff über den Nil fuhr, auf anderen Bildern hatte sie Ephraim und Manasse auf den Knien. Das Bild des Wassers war sehr wichtig, denn ihre Seele brauchte Wasser zum Trinken, und das Segel würde dem Atem ihrer *Ka* (Seele) helfen, zurückzukommen.

Auf den meisten Grabgemälden war der Verstorbene neben dem Gott oder der Göttin, die er zu seinen Lebzeiten verehrt hatte, abgebildet. Als der Maler zu Ani kam und um Instruktionen bat, kratzte der Alte seinen kahlen Schädel. »Der Gott meiner Herrin?« murmelte er. Er wußte, daß die Herrin einmal zum Tempel der Fruchtbarkeitsgöttin Min gegangen war, aber eine innere Stimme sagte ihm, daß sie nicht die ganze Ewigkeit hindurch von dieser Göttin angestarrt werden wollte.

»Male das Zeichen für Neter, den unsichtbaren Gott«, sagte Ani dem Künstler schließlich.

Die Wand am Fuß des Sarkophags war für eine besonders kunstvolle Inschrift reserviert, die die Herrin Asenat an die Pracht ihrer Leichenprozession erinnern sollte. In sorgfältig gemalten Hieroglyphen beschrieb der Text, was in ein paar Tagen geschehen würde:

> *Ein stattliches Begräbnis kommt in Frieden, nachdem die siebzig Tage Deiner Einbalsamierung vollendet sind. Deine sterbliche Hülle wird auf die Bahre gelegt, die von jungen Stieren auf Kufen gezogen wird. Auf der mit Milch geöffneten Straße erreichst Du die Tür Deines Grabes. Dein Gemahl und Deine Kinder, zusammen vereint, weinen aus liebendem Herzen. Der Priester, der die heiligen Texte verliest, öffnet Deinen Mund, und der Sem-Priester nimmt Deine Reinigung vor. Neter rückt Deinen Mund zurecht und öffnet Deine Augen und Ohren. Dein Fleisch und Deine Knochen sind vollständig in allem, was zu Dir gehört. Zaubersprüche und Lobpreis werden für Dich aufgesagt. Ein Opfer, wie der König es gibt, wird für Dich dargebracht. Dein eigenes Herz ist wahrlich bei Dir, das Herz deines irdischen Lebens; Du bist wieder wie an dem Tage, an dem Du geboren wurdest. Den Sohn, den Du liebst, bringt man zu Dir, die Höflinge bringen ihre Reverenz dar. Du betrittst ein Land, das der König gegeben hat, das Grab des Westens.*[1]

Obwohl die Begräbnisvorbereitungen gut liefen, wurde Ani mit jedem Tag nervöser. Die Brüder des Herrn konnten jetzt jederzeit zu-

---

1 Nach einer Grabinschrift in: A.J. Spencer, *Death in Ancient Egypt* (New York: Penguin Books, 1982), S. 52.

rückkommen, und noch waren die siebzig Trauertage für die Herrin Asenat nicht vorbei. Was, wenn die Kanaaniter mitten in die Begräbnisfeierlichkeiten platzten? Würden sie Anstoß nehmen an den ägyptischen Trauersitten? Der bloße Gedanke zerriß Anis Seelenfrieden. Er hatte schon so jeden Morgen genügend Probleme, er brauchte nicht noch neue dazu.

An diesem Morgen stand Ani gerade auf dem Deck der Feluke, die ihn täglich über den Nil brachte, als einer der Steinmetze mit einem Korb zu ihm trat. »Ich habe eine Frage zu dieser Statue«, sagte er, während er den schweren Korb vorsichtig absetzte.

»O nein«, stöhnte Ani. Er schaute in den Korb. In ihm stand eine schöne Ushabti-Statue, die eine kniende Frau darstellte. Auf dem Sockel der Statue waren Asenats Name und eine magische Formel, die die Figur im Jenseits zum Leben erwecken sollte, eingraviert.

Anis Besorgnis schlug sofort in Erleichterung um. »Na, die ist doch perfekt! Wo ist dein Problem?«

»Wer ist das?« fragte der Mann.

Erst jetzt sah Ani zu dem Gesicht des Mannes hoch. Es sah zerklüftet aus, wie eine nicht ganz fertig gewordene Skulptur, und als ob es jeglicher angenehmen Regungen unfähig war. Der breitschultrige Körper des Mannes steckte in einem einfachen Arbeitsschurz aus Leinen. Seine schwieligen, schmutzigen Hände lagen fast wie beschützend auf dem Kopf der Statue.

»Das ist eine Zofe«, sagte Ani, in einem Ton, als ob er ein begriffsstutziges Kind vor sich hatte.

»Das weiß ich auch«, antwortete der Mann, Anis Blick hochmütig erwidernd. »Aber *wer* ist das?«

»Die Zofe der Herrin Asenat.«

Der große Kerl wurde Ani unheimlich, und er wollte sich abwenden, aber der Mann packte ihn am Arm. »Diese Statue sieht aus wie jemand, den ich kenne. Hat diese Zofe einen Namen?«

Ani drehte sich zurück. »Die Zofe meiner Herrin heißt Mandisa«, sagte er, kalte Verachtung in der Stimme. »Nicht, daß das einen einfachen Arbeiter wie dich etwas angehen sollte. Mandisa ist eine Dame.«

»Eine Dame?« Ein zynisches Grinsen schoß über das Granitgesicht des Mannes. »Das glaub ich sofort. Sie und ihre Tochter.«

»Ihre Tochter?« Ani schüttelte mit einem triumphierenden Lächeln den Kopf. »Da liegst du falsch. Mandisa hat keine Tochter. Sie hat nur einen Sohn, Adom.«

Das Grinsen des Mannes war mit einemmal weg. Er schien zu erstarren, sein quadratischer Kiefer schob sich nach vorne.

Da war das andere Ufer. Ani trat von der Bordwand der Feluke zurück. Der Bursche gefiel ihm nicht. »Guten Tag«, sagte er einfach und richtete seinen Blick auf die kleinen Wellen, die auf dem Fluß tanzten.

Je eher Asenat begraben ist, dachte er, *um so schneller wird das Leben wieder normal.*

Tarik entließ die Wachen im Hof des Wesirs mit einem kurzen Befehl und wandte seine Aufmerksamkeit der Liste zu, die Ani diktiert hatte. Es gab Änderungen im Hause Zafenat-Paneachs, und Tarik war sich nicht sicher, ob sie alle zum Besten waren. Die Erziehung der Söhne des Wesirs lag seit dem Tod der Herrin ganz in Tizaras willigen Händen, und Mandisa und Adom hatten sich still verabschiedet und das Haus verlassen. Der Verwalter, den Tarik immer für unerschütterlich gehalten hatte, war ohne eine Herrin, die er jeden Tag fragen konnte, auf einmal reizbar und nervös. Und Zafenat-Paneach, der an tausend Dinge gleichzeitig denken mußte, verbrachte den Großteil seiner Zeit in Goschen oder im Palast des Pharao, und wenn er zu Hause war, lief er mit einem abwesenden Gesichtsausdruck durch die Flure. Ohne Zweifel dachte er viel an das Begräbnis seiner Frau und die bevorstehende Ankunft seiner Familie aus Kanaan, aber Tarik fragte sich, wieviel an der Stille seines Herrn Konzentration war und wieviel auf das Konto der Trauer ging.

Einer des Sklavenjungen vom Torwächterhaus kam über den Hof gesprungen, ein gerötetes Lächeln auf seinem Gesicht. »Sei gegrüßt, Tarik, Hauptmann der Wache! Anhur vom Torhaus grüßt dich!«

»Was ist, Junge?« fragte Tarik, dem nicht nach dem Austausch von Höflichkeiten zumute war.

»Am Tor steht ein Fremder, der nach Mandisa fragt.«

»Die Dame wohnt nicht mehr hier. Schick den Mann fort.«

»Das hat mein Herr Anhur dem Mann auch schon gesagt, aber er will nicht gehen. Er verlangt eine Audienz beim Wesir.«

»Der Wesir kann sich nicht um solche Kinkerlitzchen kümmern«, sagte Tarik. Er stieg die Stufen zur Eingangshalle hoch, mit einer Handbewegung, als verscheuche er eine Fliege. »Mandisa ist nicht mehr hier, und wir wissen nicht, wohin sie gegangen ist.«

Der Junge ruckte seinen Kopf hoch und folgte ihm. »Das hat mein Herr Anhur dem Mann auch gesagt, aber der sagte, er bleibt hier, bis der Wesir ihn anhört. Sein Name ist Idogbe, und er sagt, er geht erst, wenn der Wesir ihm seine Frau zurückgegeben hat!«

Tarik blieb überrascht stehen. »Seine Frau? Mandisa ist doch eine Witwe!«

Der rasierte Kopf des Jungen ruckte wieder. »Das hat mein Herr Anhur dem Mann auch gesagt, aber der Fremde ist kein Geist, Hauptmann. Er ist echt und hat fast die Hälfte der Feigen in der Frühstücksschüssel meines Herrn aufgegessen.«

Tarik beugte sich entnervt zu dem Jungen hinunter. »Und was hat dein Herr Anhur dem Mann *nicht* gesagt?«

Der Junge erblaßte und machte einen Schritt zurück. »Äh ... nichts, Hauptmann.«

»Das dachte ich mir«, seufzte Tarik. »Also gut, sag deinem Herrn, er soll den Mann festhalten, bis ich mit Ani gesprochen habe. Dann werden wir Anhur sagen, was er machen soll.«

»Er sagt, Mandisa ist seine Frau?« Anis helle Augen weiteten sich erstaunt. »Aber sie hat uns doch erzählt ...«

»Sie dachte, er sei tot«, unterbrach Tarik ihn. Er hatte Ani in Zafenat-Paneach Privatgemächern gefunden, wo er mit dem Herrn die letzten Einzelheiten von Asenats Begräbnis besprach. »Aber der Mann lebt, und er ist hier und verlangt, Euch zu sprechen, Herr.«

Er hatte erwartet, daß der Wesir den Fremden mit einem höflichen Wort des Bedauerns abwimmeln würde, doch Zafenat-Paneachs Augen blickten interessiert, als er von seinen Schriftstücken aufblickte. »Schickt ihn nur herein«, sagte er. Seine Miene wurde streng-entschlossen. »Ich möchte mich gerne einmal mit einem Mann unterhalten, der sich eine Frau kauft und sie prompt verläßt, als sie schwanger wird.«

Idogbe trottete hinter den Wachen her und versuchte, den Luxus der prächtigen Villa nicht zu auffällig anzugaffen. Hier also hatte Mandisa gewohnt? Undenkbar, daß so eine halbe Portion eine so hohe Stellung bekommen hatte! Warum, um alles in der Welt, hatte sie den Posten wieder aufgegeben?

Die Wachen drehten sich abrupt um, und hinter ihnen wurde die Empfangshalle sichtbar, wo auf einer Estrade eine imposante Gestalt thronte. Idogbe nahm seine guten Manieren zusammen, ging in die Halle hinein und warf sich, wie ein Schwimmer, der in den Nil springt, auf den polierten Fußboden.

»Leben, Gesundheit und Wohlergehen sei Euch, o großer Zafenat-Paneach!« rief er in einem, wie er hoffte, höflich-festen Ton. Bei der Ehre des Sebek, dies hier mußte ihm gelingen!

»Wer bist du, und was ist dein Wunsch?« Der Ton des Wesirs war kühl und abweisend.

Idogbe hob unbeirrt seine Augen zu der einsamen majestätischen Figur auf dem vergoldeten Sessel hoch. »Eine Frau, o Herrlicher! Seit vielen Tagen suche ich die kanaanitische Frau, die sich Mandisa nennt, und Sebek, der Gott meiner Kraft, hat mich zu Eurem edlen Haus geführt. Hätte ich gewußt, daß sie hier diente, wäre ich schon früher gekommen, aber erst seit ich ihre Gestalt unter jenen sah, die Eurer Gemahlin in ihrer ewigen Ruhestätte dienen sollen, erfuhr ich, daß Mandisa hier gewohnt hat.«

»Du hast sie neun Jahre lang nicht gesucht«, antwortete der Wesir. Er beugte sich mit einem muskulösen Ruck nach vorne. »Mandisa hat mir ihre Geschichte erzählt, bevor sie in mein Haus kam. Du hast sie verlassen, als sie dir sagte, daß sie ein Kind erwartete.«

»Wie sollte ich wissen, daß sie einen Sohn gebären würde?« Idogbe lächelte ungerührt und breitete seine Hände zu einer Geste der Hilflosigkeit. »Ein Seher im Tempel des Sebek versicherte mir, daß sie ein Mädchen bekommen würde.«

»Und da hast du sie verlassen?« Die linke Braue des Wesirs hob sich ein Stückchen. »Du hast also eine Frau aus ihrem Volk und Heimatland weggeführt, hast ein Kind in sie gelegt, und dann bist du gegangen.« Sein edles Gesicht faltete sich zu einer Maske der Wut. »Ich würde einen Hund nicht so behandeln, wie du diese Frau behandelt hast, die du deine Ehefrau nennst. Das Gesetz sagt, daß der, der seine Frau verläßt, sich damit von ihr scheidet und daß ein Drittel von seinem Besitz ihr zufällt.«

»Aber, o Herrlicher, ich hatte sie nicht zu meiner Frau gemacht«, sagte Idogbe. Er machte sein Lächeln noch etwas breiter, senkte seine Stimme und trat näher, als könne er sich dem Wesir so besser erklären. War dieser Zafenat-Paneach nicht ein Mann von Welt, hatte er nicht gerade so viele Frauen und Konkubinen wie der Pharao, ja vielleicht noch mehr, da Amenhotep ja noch ein Kind war?

»Eigentlich war Mandisa mehr eine Konkubine«, fuhr Idogbe fort. Seine Miene wurde kumpelhaft-vertraulich. »Ein hübsches Ding, das ich mir zum Vergnügen kaufte. Ich habe nicht versprochen, sie zu lieben, und das Silber, das ich ihrem Vater zahlte, war kein Brautpreis. Schließlich war sie« – er rümpfte leicht die Nase – »eine Kanaaniterin, frisch von den Feldern.«

Die Hand des Wesirs knallte auf sein Knie. »Du hast sie nicht verdient!« schnappte er. »Und du hast kein Recht, zu wissen, wo sie ist.« Er nickte den Wachen an seiner Seite zu. »Dieser Mann ist entlassen.«

»Aber ein Mann hat doch wohl ein Recht auf seinen Sohn«, protestierte Idogbe, noch weiter nach vorne tretend. »Auch der Sohn einer Konkubine gehört dem Mann, der ihn gezeugt hat.«

Zwei Wachen packten mit unbewegter Miene Idogbes Arme. »Halt, ich bin noch nicht fertig!« rief er und stieß sie beiseite. »Bei der Zerstörermacht des Sebek und seinem Namen, der Junge ist mein, ich habe ein Recht auf ihn! Beim Leben des Pharao, Ihr müßt mich anhören!«

Aber die Aufmerksamkeit des Wesirs war schon woanders, und weitere Wachen sprangen herbei, bereit, Idogbe aus der Villa hinauszuwerfen. Ein Dutzend Hände fielen auf ihn, und obwohl er jede einzelne von ihnen mit Leichtigkeit hätte wegschlagen können, ließ er sich von den Wachen aus der Halle ziehen.

»Verprügeln braucht ihr mich nicht«, sagte er, als sie ihn in dem Sand des Hofes abgesetzt hatten. Er stand auf, wischte sich den Dreck von den Knien, sah den federgewichtigen Hauptmann, der ihn zum Wesir geführt hatte, kalt an und zwang seine Lippen zu einem steifen Lächeln. »Die Frau ist vielleicht nicht meine Ehefrau«, sagte er, »aber der Junge ist mein Sohn, und so wahr Sebek der Herr des Flusses ist, ich werde ihn finden.«

Irgendwo im Herzens Thebens ging Idogbe langsam eine dunkle Straße entlang, auf der Suche nach einem Markt, wo er sich ein Bier oder etwas Stärkeres kaufen konnte. Die Szene im Wesirspalast hatte einen Feuerball der Wut in ihm entzündet. Die Passanten gingen ihm ängstlich aus dem Weg. Er wußte, daß er furchterregend aussah; wenn er gefrustet war, wurde sein Gesicht immer extrahart.

Er würde sich nicht stoppen lassen von der mächtigen Marionette des Pharao! Ein Mann konnte nur wenige ewige Dinge besitzen im Leben: seinen Namen, seine Seele und seine Söhne. Weder der Wesir noch selbst der Pharao persönlich hatte ein Recht oder einen Grund, Idogbe seinen Sohn vorzuenthalten.

Er bog nach Westen ab, wo der Fluß lag. Von dem Verwalter mit dem Vogelkopf hatte er erfahren, daß seine Frau die Zofe der Herrin Asenat gewesen war, und er wußte auch, daß *diese* edle Dame still in ihren Gemächern lag und noch auf ihr Begräbnis wartete. Wenn Mandisa tatsächlich das Haus des Wesirs verlassen hatte, konnte sie noch nicht weit gekommen sein.

Und alles benutzte den Fluß. Auch jetzt, wo er so wenig Wasser führte, war der Nil die Lebensader Ägyptens, die Menschen auf ihrem graugrünen Rücken trug, die Erde bewässerte, einem ansonsten vertrockneten Land Leben und Nahrung brachte. Niemand reiste, ohne auf den Ufermärkten Proviant zu kaufen. Wo Mandisa auch hingegangen war, sie war dem Nil gefolgt. Und da sie sicher nicht nach Norden, nach Kanaan gehen würde, war sie nach Süden unterwegs.

Zuversichtlich pfeifend marschierte Idogbe auf den Fluß zu.

Achtunddreißig

Der lange Ochsenwagentreck kroch von einem Horizont zum anderen. Jakob und seine Söhne, ihre Frauen, Kinder und Herden – sie alle zogen von Hebron nach Mizraim. Hinter ihnen lag ein zertrampeltes Stück trockener Erde mit leeren Schaf- und Ziegenpferchen, ein ödes Land, wo Leben und Glück nicht mehr möglich waren.

Simeon wußte: Sie würden das Doppelte der sonst üblichen siebzehn Tage für die Reise brauchen. Die Frauen hatten es nicht gerne schnell, und die kleineren Kinder klagten über die Hitze und den ungewöhnlichen Tagesablauf. Viele der Tiere waren von Hunger und Durst geschwächt, etliche brachen tot zusammen auf dem Weg. Ruben befahl, die toten Tiere liegenzulassen und nicht zu häuten – eine Riesenverschwendung, hätte Joseph nicht versprochen, sie alle zu versorgen.

Simeon übergab seine Herden in die Obhut seiner Söhne, dann ging er zu dem Wagen seines Vaters. Dina saß hinten unter einem Schattendach, ihr Gesicht durch einen dicken Schleier vor dem Staub geschützt – oder vielleicht vor der Welt? Simeon war sich nicht sicher.

»Dina?«

»Ja, Simeon?« antwortete sie, gesetzt und ruhig.

Er schielte zum Horizont hin, dann zum Hinterkopf seines Vaters. Jakob hatte sich nicht umgedreht; wahrscheinlich schlief er in der Hitze.

»Vor unserem Aufbruch bin ich an der Begräbnishöhle unserer Familie gewesen.«

Sie hob ihren Schleier nicht, und einen Augenblick fragte er sich, ob sie ihn überhaupt gehört hatte. Er konnte ihre Augen nicht sehen, nur das leichte Flattern ihres Schleiers, wenn sie atmete.

»Und was hast du dort gesucht?«

Er lachte kurz und verlegen auf. Er hatte einen Beweis gesucht, daß ihr Glaube an Gott sinnlos war – und hatte statt dessen erkannt, daß sie die Wahrheit sprach.

»Ich habe nicht das gefunden, was ich erwartet hatte«, antwortete er. Er wischte sich den Schweiß von der Stirn. »Aber ich habe ... etwas anderes gefunden.«

Sie rutschte etwas unter dem Schleier, der Wagen ächzte und holperte. »Willst du es mir sagen?« fragte sie schließlich. Es klang bittend.

Sein Puls begann zu stolpern bei der Erinnerung an die Szene. »Ich fühlte mich«, begann er, »wie jemand, der sein ganzes Leben lang in die Welt hinausgeschaut hat und denkt, daß seine Augen die allerschärfsten sind. Und dann sprach eine Stimme zu mir, und so, wie das Auge eines Menschen trübe wird, wenn es in die helle Sonne schaut, mußte ich auf einmal zugeben ... daß ich gar nichts gesehen hatte und daß ich alles, was ich je gedacht und geglaubt habe, ganz neu sehen muß in diesem neuen Wissen, daß ... ich Gott Shaddai wichtig bin.«

Dina antwortete nicht, und Simeon hatte das auch nicht erwartet. Er ging einige Augenblicke schweigend weiter. Er wußte: Sie verstand ihn. Sie, die Verzweiflung und Schmerz schon vor Jahren zu Gott Shaddai getrieben hatten.

»Hattest du Angst?« fragte sie schließlich.

»Ja, unglaublich«, antwortete er. »Und doch wieder nicht. Er sagte mir ... daß ich geliebt bin.«

Er sah den Schimmer eines Lächelns unter ihrem Schleier. »Ja, so ist er«, flüsterte sie. Sie faltete ihre Hände. »Wer mit ihm Gemeinschaft hat, der erfährt Kraft, Herrlichkeit, Schmerz, Verwirrung und Furcht – und braucht doch keine Angst zu haben. Er ist unaussprechliche Liebe, Simeon. Und wenn die ganze Welt um dich herum brennt, er liebt dich.«

Ein Knäuel aus Gedanken und Gefühlen stürmte auf ihn ein. Er verstand nicht alles, was sie meinte, aber er nickte und verlangsamte seinen Schritt, bis der Wagen davonfuhr.

Von allen seinen Geschwistern schien allein Dina zu verstehen, warum der Besuch bei der Begräbnishöhle ihn so erschüttert hatte. Er hatte zahllose Geschichten darüber gehört, wie Gott zu Abraham und Isaak gesprochen hatte, und Jakob hatte oft von der Nacht erzählt, wo er mit dem Engel Gottes rang und den Namen *Israel* bekam – »Der mit Gott kämpft«. Aber bis zur Höhle Machpela hatte Simeon noch nie selber die Stimme Gottes gehört, hatte sich nicht vorstellen können, daß er selber auf eine völlig andere Art mit Gott kämpfen würde.

Das Erlebnis hatte ihn gedemütigt, seinen zornigen Geist zerbrochen. Die Begegnung mit Gott hatte ihm gezeigt, daß seine Wut ein Wahnsinn war, der nichts als Schmach und Schande brachte, ja der unbeherrscht zum Tod führte. Aber Gott war gnädig, Gott vergab.

Auf dem langen Fußmarsch zurück von der Höhle zum Lager hatte Simeon erkannt, was Mandisa gemeint hatte, als sie ihm sagte, daß sie einen Mann wie ihn nicht lieben konnte. Aber wenn Gott Shaddai treu war, würde Simeon ihr beweisen, daß er anders geworden war. Doch zuerst mußte er andere Wunden verbinden.

Er beschleunigte seinen Schritt, bis er wieder neben dem Wagen seines Vaters lief. Jakob saß vorne, sein faltiges Gesicht zur Sonne erhoben, die Augen geschlossen.

Simeon kam näher, fiel in den Trott der Ochsen. »Vater?«

»Ja, mein Sohn?« Jakobs Augen öffneten sich nicht, und einen Augenblick fragte Simeon sich, ob es dem alten Mann überhaupt wichtig war, welcher der Lea-Söhne ihn da ansprach. Für Benjamin hätten diese trüben Augen sich geöffnet, für Joseph gar geweint.

Genug. Er war gekommen, um Frieden zu machen, und nicht, um alte Eifersucht aufzuwärmen.

»Vater, ich habe die Stimme El Shaddais gehört.«

Jetzt öffneten Jakobs Augen sich, und er schaute Simeon an, sein Gesicht ein Ausrufezeichen des Erstaunens. »*Du*, Simeon?«

»Ja.« Simeon überhörte die Herabsetzung in der Frage.

»Und was«, fragte sein Vater, die Stimme voller Ehrfurcht, »hat der Allmächtige zu dir gesagt?«

»Der Gott deiner Väter«, antwortete Simeon, den Blick auf den staubigen Weg unter seinen Füßen geheftet, »sagte mir, daß wir keine Angst haben sollen, nach Ägypten zu ziehen. Und daß wir keine Götter aus Stein oder Holz anbeten dürfen.«

Jakob drehte sein Gesicht zurück zur Sonne, sein Profil stark und starr. »Und weiter?«

Simeon befingerte einen Augenblick seinen Bart und sah nach vorne. »Die Stimme sagte mir, daß ich El Shaddai finden werde, wenn ich ihn von ganzem Herzen und ganzer Seele suche. *Wenn du im Elend bist,* sagte er, *kehre zurück zum Herrn, deinem Gott, und höre auf seine Stimme. Denn der Herr, dein Gott, ist ein barmherziger Gott; er wird dich nicht verlassen noch vertilgen.*«

Einen Augenblick schien Jakob mit seinen Gedanken woanders zu sein, als ob ihm plötzlich eine Erinnerung kam, dann legte er seine Hände auf die Knie und schenkte Simeon ein seltenes Lächeln. »Auch zu mir hat El Shaddai geredet, gestern abend in Beersheba«, sagte er leise. »Er versprach mir, uns nicht zu verlassen in Ägypten. Wir ziehen jetzt nach Mizraim hinab, aber zu seiner Zeit wird Gott uns wieder zurück nach Kanaan bringen. Und dann« – seine Stimme wurde versonnen – »verhieß El Shaddai mir, daß Joseph mir meine Augen schließen wird.«

Die Sonne ging auf in dem Gesicht des Alten, und einen Augenblick lang erhob die alte Doppelschlange des Hasses und Neides wieder ihren Kopf in Simeons Brust. Er schlug mit seinem Stock auf den Sand, um die Gefühle, die ihm die Stimme nehmen wollten, niederzukämpfen. Er war zu diesem Wagen gekommen, um Frieden zu machen.

»Vater, du mußt mir vergeben«, sagte er einfach.

»Dir vergeben, Simeon?«

»Ja. Weil ich dich gehaßt habe.« Simeon hörte eine Spur von dem alten Gift in seiner Stimme, aber er war machtlos dagegen. »Ich habe dich gehaßt, weil du meine Mutter nicht geliebt hast. Und weil du Joseph vorgezogen hast, und dann Benjamin. Ich habe dich gehaßt, als du meine Mutter und meine Brüder vor Rahel stelltest, als wir Esau entgegenzogen. Und als du Dina nicht gegen Sichem verteidigtest.« Die Bitterkeit und Reue eines ganzen Lebens stiegen hoch und zerrissen seine Stimme. »Und am meisten haßte ich dich, als du mich nicht stopptest, als ich Dinas Kind in der Wüste aussetzte.«

Simeon wartete auf eine Antwort. Als keine kam, sah er zu seinem Vater hoch. Jakob saß reglos in dem Wagen, sein Kinn störrisch vorgeschoben, sein Gesichtsausdruck schmerzlich, als ob etwas ihn verwundet hatte.

»Vater, vergibst du mir?«

Eine lange, spröde Stille. Dann sagte Jakob: »Ich bin müde, Simeon.« Er starrte zu dem südlichen Horizont hin.

Hatte er kein Wort mitbekommen? Oder waren ihm Simeons tiefste Gefühle bewußt egal?

In diesem Augenblick begriff Simeon beides: die Befreiung, die kommt, wenn man um Vergebung bittet, und den Stachel, wenn sie einem versagt wird.

Ob Mandisa sich auch so gefühlt hatte, als er ihr im Haus des Wesirs den Rücken zukehrte? Er hatte sehr wohl gespürt, daß sie nicht seine Kraft und Loyalität hatte beleidigen wollen – und hatte es genossen, ihr die Freiheit der Vergebung vorzuenthalten. Und so hatte er sie erneut verletzt, so wie jetzt Jakobs Schweigen ihn verletzte.

Starr und still saß Jakob auf dem Wagen, den Blick leer über die Köpfe der Zugochsen nach vorne gerichtet. Dann sog er tief die Luft ein und beugte sich, auf beide Hände gestützt, nach vorne.

»Ich habe ein langes Leben gelebt«, sagte er, und seine Stimme war bekümmert und grau. »Mit manchem, was ich tat, habe ich Gott geehrt, aber oft habe ich in meiner Schwäche und Verblendung seinem Namen Unehre bereitet. Ich verkleidete mich in meinen Bruder, um ihm seinen Erstgeburtssegen zu stehlen. Später verkleidete Lea sich in Rahel, um meine Liebe zu stehlen. Gott hat mich nicht ungestraft entkommen lassen, und ich fürchte, ich habe den Preis für meine Fehler bei dir bezahlt, Simeon.«

»Vater, ich ...«

Jakob gebot ihm mit einer Geste, zu schweigen. »Ich habe als Sohn versagt, und ich habe als Vater versagt. Ich bin nicht vollkommen. Und du bist es auch nicht.«

Er drehte sich zu Simeon hin, sein Blick war abwägend. »Ich mußte Frieden halten zwischen zwei Frauen, Simeon, und du hast keine. Ich mußte Frieden halten zwischen zwölf Söhnen, und du hast nur sechs.

Kannst du ohne Frau und mit der Hälfte der Söhne ein besserer Vater und Ehemann sein als ich?«

Ein Muskel zuckte in seinem Kiefer, als er sich wieder zum Horizont hindrehte. »Richte dein eigenes Haus, bevor du meines richtest, Simeon. Bringe dein Leben in Ordnung, und wenn du ein vollkommener Mann geworden bist, dann komm wieder zu mir.«

Neununddreißig

Mandisa schluckte heftig und hob ihre Schultern, zwang sich, die nächsten fünfzig Schritte zu laufen. Zu ihrer Rechten glitzerte bleich und grau der Fluß. Die Sterne des frühen Abends warfen einen silbernen Lichtstreifen über das schmale Wasserband. »Nur noch ein wenig weiter, Adom«, sagte Mandisa. Ihre Stimme klang müde, dünn und hohl. Adom klagte nicht, obwohl sie den ganzen Tag unterwegs gewesen waren. Sie fühlte sich, als ob sie ihr ganzes Leben nur gelaufen war.

Drei volle Wochen waren vergangen, seit sie das Haus des Wesirs verlassen hatten, und in den letzten zwanzig Tagen waren sie durch Hierakonpolis, eine fast ebenso bunte und reiche Stadt wie Theben, und ein halbes Dutzend kleinere Städte gekommen. In jeder der Städte hätten sie sich gut niederlassen können, aber Mandisa wollte bis Elephantine gehen, einer Inselstadt beim ersten Nilkatarakt. Wenn El Shaddai die Erde wieder mit Wasser segnete, wäre Elephantine die erste Stadt, die den Segen der jährlichen Nilüberschwemmung empfangen würde.

Wie Mandisa sich danach sehnte, wieder Grün zu sehen, wenn sie ihren Blick nach Osten und Westen hob. Bis auf einen schmalen Schilfgürtel am Flußufer war alles grau und braun. Die Emmerweizenfelder, von denen die Sonne immer ihren Dampf getrunken hatte, waren kahl und leer. Selbst der Himmel hatte sich verändert in den Dürrejahren. Die Wildgänse-, Spießenten-, und Pfeifentenschwärme, die früher über das Land gezogen waren, waren verschwunden, als wüßten die Vögel, daß sie nicht mehr am Busen des Landes nisten konnten.

Adom gähnte laut, und Mandisa verspürte einen mitleidigen Stich. Nicht mehr in einem luxuriösen Palast zu leben, war eine harte Umstellung für den Jungen. In dem Haus, das sie ihm bieten konnte, würde es keine Gärten und keine Diener geben. Sie war froh, daß sie den Wesirspalast jetzt verlassen hatte, wo Adom noch jung war. Er war jetzt fast alt genug, um sich einen Beruf zu suchen, und eine praktische, normale Einstellung zum Leben würde ihm guttun. Sie mußte selber lernen, sich durchzuschlagen, und er auch.

Als die Sonne in den Westen hinabsank, zeigte Mandisa auf eine kleine Baumgruppe. »Da drüben können wir übernachten, Adom«, sagte sie, während ihre Augen das Ufer absuchten, um sicherzugehen, daß keine Krokodile oder Flußpferde sich dieses Fleckchen ausgesucht hatten. Die Dürre hatte die Raubtiere des Wassers hungrig und unruhig gemacht. Mehr als einmal war Mandisa gewarnt worden, daß gefährliche Tiere in dem Schilf am Flußufer lauerten und darauf warteten, daß jemand im Dunkeln stolperte und fiel.

Aber die schütteren Bäume lagen dreißig Schritte vom Ufer entfernt auf einem hohen grauen Erdhügel. »Hier, Adom.« Sie fand eine geschützte Stelle unter den Zweigen einer noch grünen Akazie. Sie fuhr mit ihrer Sandale über den Boden, um sicher zu sein, daß keine Spinnen oder Skorpione in dem trockenen Gestrüpp hausten, dann setzte sie sich, mit dem Rücken gegen den dünnen Baumstamm. Adom setzte sich neben sie, die Hände um die Knie gelegt. Sie wußte: Noch ein paar Augenblicke, und der Junge in ihm würde den werdenden Mann überwältigen und sein Kopf würde auf ihre Schulter oder ihren Schoß fallen. Komisch, wie Sorgen und Müdigkeit einen Mann zum Kind machten. Bei Simeon war es ganz ähnlich gewesen.

Da wurde Adoms Atem schon langsamer und tiefer, sein Kopf fiel auf ihre Schulter. Sie seufzte auf, erleichtert, daß er so schnell eingeschlafen war, und sah zu dem Himmel hoch. Das Silber des Viertelmondes, der wie ein gescheckter Knochen im Osten hing, spielte mit den Zweigen der Bäume. In dem Papyrusdickicht am Flußufer summte leise die Insektenwelt, dahinter schimmerte vor einem endlosen kobaltfarbenen Himmel das graue Silber des Nils. Mandisa schloß ihre Augen und dankte dem Allmächtigen Gott, daß er sie wieder einen ganzen Tag behütet hatte.

Denn es war El Shaddai, der sie sicher durch das Land geführt hatte, und kein anderer Gott. Keiner der ägyptischen Götter hatte die Macht, die Hungersnot vorherzusagen oder für die Speise zu sorgen, die sie und Adom gegessen hatten. Sie hatten Datteln gefunden, die man bei der Ernte übersehen hatte, und wilde Weintrauben am Flußufer. Ein Händler, der gerade seine restlichen Honigkuchen den Krokodilen hinwerfen wollte, hatte es sich anders überlegt und sie statt dessen Mandisa und Adom geschenkt.

Nein, keiner der ägyptischen Götter sorgte so für die Menschen wie El Shaddai, aber sie waren so zahlreich wie Flöhe auf einem Hund. Das Ufer des Flusses war eine einzige Kette von Tempeln, Statuen und Schreinen. Die besseren Schreine waren aus Stein und mit kunstvollen Malereien verziert, während andere nur aus einer kleinen Figur bestanden, über die man eine Hütte aus Ästen und Zweigen gebaut hatte.

Die Jahre im Haus des Wesirs mußten wohl Mandisas Erinnerung an den riesigen ägyptischen Götterhimmel stumpf gemacht haben. Obgleich Ani und ein paar von den Dienern gewisse Götter besonders verehrten, hatte Zafenat-Paneach in seinem Wohnhaus und in seinem Tempel keine Götterbilder erlaubt.

Die Hungersnot schien zu einer religiösen Erweckung geführt zu haben. Jede Stadt hatte bei ihrem Tor eine Statue ihres Schutzgottes aufgestellt, um Übel und Not auszusperren, und am Türpfosten eines jeden Hauses stand mindestens eine Nachbildung einer Lieblingsschutzgottheit Wache.

Ein plötzliches Platschen ließ Mandisa zusammenfahren. Sie suchte mit angehaltenem Atem die Wasseroberfläche ab, bis sie es sah, das Ungeheuer, das mit gierigen Kiefern seine Beute kaute. Sie atmete langsam aus. Das Tier glitt an ihr vorbei, ein schwarzer Schatten mit hellgoldenen Augen, einem steingleichen Maul und einem breiten Rumpf. Der gewaltige Schwanz, der so lang war wie Mandisas ganzer Körper, schlug langsam vor und zurück durch das silbrige Wasser und schob das Untier fort.

Sebek, der Krokodilgott. Sie schloß die Augen. Idogbe war ein treuer Anhänger des Gottes gewesen. Vor der Tür ihres kleinen Hauses hatte eine Krokodilstatue gestanden, und einmal im Jahr war Idogbe nach Crocodilopolis gereist, einer von Sebeks heiligen Stätten, um das Urkrokodil zu verehren, das am Beginn der Welt aus dem Chaoswasser hervorgestiegen sein sollte.

Aber Idogbe gehörte nicht mehr zu ihrem Leben, und Sebek war kein Gott. Warum sahen die Leute nicht ein, wie sinnlos es war, behauene Steine und geschnitzte Holzklötze anzubeten?

Zafenat-Paneach verehrte El Shaddai und hatte klar und deutlich gesagt, daß der Allmächtige Gott und kein anderer Ägypten vor dem Untergang bewahrt hatte, doch die Ägypter hatten nicht auf die Stimme ihres Wesirs gehört. Mandisa wußte, daß Thutmosis IV., der Vater des jetzigen Pharao, auf Zafenat-Paneachs Worte gehört hatte, aber der neue König ehrte zwar seinen Lehrer und Wesir, aber er besaß nicht den Mut, mit den alten Sitten und mit den Priestern, die ihn berieten, zu brechen. Die große Mehrheit des Volkes hielt mit tiefer Frömmigkeit an den alten Göttern seiner Häuser und Städte fest. Und wahrscheinlich, fand Mandisa, war dem Pharao die alte Religion schon deswegen lieber, weil er in ihr selber den obersten Platz in dem bunten Götterhimmel einnahm; denn nach den Überlieferungen war der amtierende Pharao die Inkarnation des Gottes Horus; er war selber göttlich, und nur er hatte das Recht, die Götter im Gebet anzurufen.

»Aber das stimmt nicht«, flüsterte Mandisa, während ihre Augen schwerer wurden. »Ich habe die schützende Hand des Allmächtigen erlebt. Er hat Zafenat-Paneachs Stimme erhört, und er wird auch meine erhören.«

Sie sog tief die kühle Abendluft ein. Es war gut, nur einen Gott zu haben, und nur logisch, daß nur einer der oberste Gott sein konnte. Sie hatte El Shaddais Hand in Zafenat-Paneachs Wiedervereinigung mit seinen Brüdern erlebt, und in den vergangenen Tagen hatte er überreichlich für sie und Adom gesorgt. Aber warum nur wußte sie nicht, was sein Wille für Simeon und sie war?

Daß sie Theben verlassen hatte – es war das einzig Richtige gewesen, denn wie sollte sie Simeon gegenübertreten, wenn er wiederkam? Er weigerte sich doch, sie zu lieben. Er suchte doch förmlich nach Vorwänden, nicht für sie sorgen zu müssen. Und sie konnte keinen Mann lieben, dessen Herz so von Haß und Eifersucht verhärtet war.

Sie öffnete ihre Augen und schaute zu dem schwarz werdenden Himmel hoch. »Allmächtiger Gott«, flüsterte sie, »wo immer du auch bist, halte deine Hand über uns auf unserem Weg zu unserem neuen Heim. Tröste du Zafenat-Paneach in seiner Trauer, und Ephraim und Manasse. Aber vor allem Simeon; o Gott ... heile du die Wunden seines Herzens.«

Unter der endlosen Weite des Abendhimmels schlief Mandisa ein.

Idogbe faßte das Paddel des kleinen Bootes, das auf der sachten Strömung des Flusses schaukelte, fester. Jawohl, sie war es. Seit Tagen war er dem Fluß gefolgt, von einem Dorf zum anderen. Er hatte ganz darauf gesetzt, daß Mandisa instinktiv in die Kanaan entgegengesetzte Richtung fliehen würde. Die Wüste war nichts für eine alleinstehende Frau mit einem Jungen, und mit Sohn, aber ohne Ehemann zu ihrem Volk zurückkehren wollen würde sie nicht. Und da im Osten und Westen nur Wüste war, mußte sie folglich nach Süden.

Mit vorsichtigen Paddelschlägen, die das abendstille Wasser kaum kräuselten, lenkte Idogbe das Papyrusboot näher zum Ufer hin. Der Junge lag neben ihr auf dem Boden, ein Arm lose in ihrem Schoß. Idogbes Mund zog sich verärgert zusammen. Konnte sie nicht besser sorgen für ihren Sohn, der neun Jahre in der Villa eines Wesirs verbracht hatte? Der Junge war bestimmt nicht dumm, vielleicht hatte er schon die Grundbegriffe des Schreibens aufgeschnappt. In der Schreiberschule würde er mehr lernen; ein paar Jahre, und er könnte im Tempel des Sebek in Crocodilopolis dienen.

Ein Mann brauchte einen Sohn, der dafür sorgte, daß es ihm an nichts fehlte, wenn er in die Totenwelt ging. Bis zu dem Tag, wo er von der Existenz des Jungen erfuhr, hatte Idogbe Sorge gehabt, daß er eines Tages unbekannt und unbegraben sterben und seine unsterbliche Seele wie ein Dampf verschwinden würde. Aber jetzt hatte er einen Sohn, und einen klugen dazu, den er dem wilden, starken Sebek weihen konnte, um sich seinen Segen in diesem Leben und in dem kommenden zu sichern.

Seine Augen wanderten von dem schlafenden Jungen zu der Mutter, und er lächelte. Er mußte daran denken, wie er sie kennengelernt hatte. Stets ruhelos und nach neuen Ufern strebend, war er schon damals ein Wandervogel gewesen, einer von vielen Kaufleuten einer Expedition in das Land Sinear. Vor einem kleinen Zeltdorf hatte die zurückkehrende Karawane angehalten, und dort, neben dem Brunnen, hatte er sie gesehen. Sie trug ein assyrisches Kleid, dessen bunte Muster und Farben ein heftiger Kontrast zu den gebleichten Leinengewändern der Ägypterinnen waren. Ihr dunkles Haar fiel, so ganz anders als die starre Pracht der ägyptischen Perücken, frei auf ihren Rücken. Eine störrische Locke ringelte sich über ihre Stirn und verzauberte ihn.

Er hatte noch nie daran gedacht, sich eine Frau zu nehmen, aber in diesem Augenblick wußte er: *Die muß ich haben!*

Er wußte kaum, wie er die Worte fand, aber ein Dolmetscher führte ihn zum Zelt ihres Vaters. Eine Stunde später hatte er dem Hirten zehn Deben Silber geboten, und noch bevor die Sonne unterging, hatte er das Mädchen zusammen mit seinen anderen Besitztümern auf ein Lasttier gesetzt und war nach Ägypten zurückgekehrt.

Sie war majestätisch schön, aber selbst in der Aura des Sonnenlichts schien ein Schatten über ihr zu sein. Sie weinte viel, aber schien nicht offen dagegen zu protestieren, daß ihr Vater sie fortgeschickt hatte, und jedesmal, wenn Idogbe zu ihr kam, weiteten ihre hellen Augen sich wie von einem verborgenen Schrecken. Es zeigte sich, daß sie eine flinke Zunge hatte, und sie lernte die ägyptische Sprache rasch; sechs Monate nachdem er sie in sein Haus gebracht hatte, war Mandisa wie die anderen ägyptischen Frauen geworden; sie schimpfte darüber, daß er zu viel von zu Hause fort war, und erinnerte ihn oft daran, daß er irgend etwas Wichtiges vergessen hatte. Als sie ihm eröffnete, daß sie ein Kind erwartete, hatte er einem Sebek-Priester ein hübsches Sümmchen dafür bezahlt, aus der Wahrsageschale das Geschlecht des Kindes vorherzusagen.

Der Priester hatte gelogen. Vielleicht hatte Mandisa ihn bestochen, vielleicht hatte er seine eigenen Gründe gehabt, Idogbe hinters Licht zu führen. Idogbe hatte jedenfalls keine Lust verspürt, zwei Frauen im Haus zu haben und sich in ein frühes Grab nörgeln zu lassen. Und er hatte sein Silber genommen und Theben verlassen; sollte Mandisa glauben, daß er tot war …

Eigentlich war sie nicht oft lästig, dachte er, als er sie im Mondlicht betrachtete. Ihre weichen elfenbeinweißen Schultern, die er durch ihr Leinenkleid ausmachen konnte, weckten lange vergessene Erinnerungen in ihm. Ihr Haar war kürzer, aber immer noch lockig und so schwarz wie eine mondlose Nacht. Selbst aus dieser Entfernung konnte er die Schatten auf ihrem Hals sehen; er stellte sich vor, wie schön es wäre, sie wegzuküssen … Aber er war nicht für *sie* so weit gefahren, und wenn es ihm gelingen sollte, den Jungen zu holen, durfte Mandisa nicht wissen, daß er noch lebte. Sie mußte glauben, daß ihr Sohn so verschwunden war wie damals ihr Mann, genauso spur- und grundlos.

Er mußte es sorgfältig planen. Er blickte auf. Weiter westlich war eine kleine Lagune, die in besseren Jahren zur Bewässerung der Felder eines ganzen Dorfes gedient hatte. Er schürzte seine Lippen und paddelte in die Richtung, bis das Boot die Flußströmung verließ und in das stille Wasser der wartenden Lagune glitt.

Vierzig

»Vater, schau!« Sebulon, der die Zugochsen von Jakobs Wagen trieb, zeigte nach Süden. »Mizraim! Das Schwarze Land!«

Gegen das Klopfen seines Herzens ankämpfend, drückte Jakob sich von dem Fellager hoch, auf dem er lag. Tagelang waren sie durch graue, totenstille Wüste gezogen, aber jetzt erschien in der Ferne grünes Land. Jakobs Wangen röteten sich freudig. Wie gut war Gott, daß er ihm fruchtbares Land schenkte – und Joseph dazu!

Ruben, der neben dem Ochsenwagen auf einem Esel ritt, hob seinen Kopf. »Was ist das?« fragte er und zeigte in die gleiche Richtung. Am Ende der großen grünen Ebene stand eine langgezogene Reihe ägyptischer Streitwagen. Jetzt löste sich einer der Wagen aus dem Verband und kam in einer großen Staubwolke auf Israels Karawane zugeschossen.

»Wer ist an unserer Spitze?« fragte Jakob, plötzlich einen Klumpen im Magen. »Benjamin?«

Ruben sah angestrengt nach vorne. »Nein«, antwortete er. »Da ist Juda. Hab keine Angst, Vater, ich kümmere mich darum.«

Er rammte dem Esel die Beine in die Flanken und sauste fort. Jakob setzte sich auf und faltete die Hände, sein Magen plötzlich ein brodelnder Kessel. Obwohl El Shaddai ihn geheißen hatte, keine Angst vor Ägypten zu haben, ließ der Gedanke, daß er jetzt dieses große heidnische Land betreten würde, alte Ängste und Zweifel wieder hochkommen. In Ägypten hatte Abraham um ein Haar seine Sara verloren, und Joseph hatten die Eingeweide des Landes über zwanzig

Jahre lang verschluckt. Was, wenn es Jakob und die Seinen völlig aufsaugen, bei lebendigem Leib fressen würde, daß sie nie mehr als eigenes Volk wieder herauskämen?

Aber Gott hatte ihm befohlen, sich nicht zu fürchten. Sogar durch Rahel hatte der Allmächtige gesprochen. Sie hatte nur an ein Wortspiel gedacht, als sie ihren Erstgeborenen *Yosef* nannte – das Wort für »hinzufügen«, das dem Wort für »wegnehmen« so ähnlich klang. »Gott hat meine Schande weggenommen – *asaf*«, hatte sie gesagt, als die Hebamme das schreiende Neugeborene aus ihrem Leib hob. »Möge Shaddai mir noch einen Sohn dazugeben – *yosef!*«

»Ah, Rahel«, murmelte Jakob, Tränen in den Augen bei der Erinnerung an Rahel und ihre Liebe. »Gott hat unseren Joseph hinweggenommen und dann wieder hinzugefügt. So wie er jetzt unser Volk aus Kanaan nimmt, um es wieder zurückzubringen. Ich will mich nicht fürchten, sondern auf Gott Shaddai vertrauen.«

Ruben kam zurückgeritten. »Vater!« rief er. »Die Streitwagen kommen von Joseph. Er hat sie ausgeschickt, um uns entgegenzufahren. Sie werden uns nach Goschen führen, wo er auf uns wartet.«

Jakob hielt zur Antwort eine Hand hoch, zu überwältigt, um zu sprechen. Die Ochsen zogen wieder an, und er ließ sich zurück auf seine Felle sinken, eingesponnen in einen Seidenkokon der Vorfreude.

Vier Stunden später kam eine zweite Streitwagenflotte auf sie zugeschossen. Die Hufe der Pferde donnerten wie eine Herde Elefanten über den trockenen Boden. Näher und näher kamen die Ägypter, zum Schwindeln schnell. Ihre weißen Kleider und die von kunstvoll aufgezäumten Hengsten gezogenen Wagen blitzten in der Sonne.

Jakob rutschte nervös auf seinem Lager. Was würde er in Josephs Gesicht sehen? Einen götzendienerischen Ägypter oder den Sohn, den er gelehrt und geliebt hatte? Wie viele Jahre hatte er mit sich gekämpft, hatte versucht, endlich einzusehen, daß sein geliebter Joseph tot war – und jetzt kämpfte er darum, sich vorstellen zu können, daß Joseph lebte, vierzig Jahre alt und Herrscher über ganz Ägypten war! Besaß dieser Zafenat-Paneach noch die Eigenschaften, die Joseph so liebenswert gemacht hatten? Jakob war nicht sicher, daß er die Enttäuschung verkraften könnte, wenn dieser reife Mann nicht mehr dem schönen jungen Mann ähnelte, dessen Bild er in seinem Herzen hatte.

Jetzt lösten sich drei Wagen aus der herankommenden Phalanx. Sie bogen scharf in V-Formation zur Seite, dann begann der erste langsam die Karawane Israels entlangzufahren; die beiden anderen folgten. In dem ersten Wagen waren zwei Männer; der eine hielt die Zügel der Pferde, während der andere hochaufgerichtet stand, die Hände auf dem Rand des Gefährts, seine Augen fest auf die Karren der Karawane geheftet. Der Mann war hochgewachsen und olivenhäutig und trug eine Perücke im ägyptischen Stil, einen wehenden Purpurmantel und ein makelloses weißes Gewand.

Als er zu Jakobs Wagen kam, hielt er abrupt an. Der große Ägypter sprang ab. Jakob starrte wortlos und mit hämmerndem Herzen zu ihm hin.

Der Ägypter beugte sich in den Wagen, dann legten seine Hände sich warm um die Jakobs. »Vater«, sagte der Mann, die Stimme reif und rauh vor Rührung. Bevor Jakob reagieren konnte, fiel er ihm um den Hals und küßte ihn weinend.

Jakob blinzelte verblüfft. »Joseph?« fragte er mit belegter Stimme. Er legte seine Hände auf die Schultern des Ägypters und drückte sie leicht. Als der Wesir von ganz Ägypten sein Gesicht hob, kaum zwei Handbreit von Jakobs entfernt, suchte der Vater nach einem Zeichen, das ihm sagte, ob dies wirklich sein vermißter Sohn war.

Die geschminkten Augen, die Perücke, die geölte Haut – nichts wollte zu dem Joseph in Jakobs Erinnerung passen. In dem edlen Gesicht des Mannes leuchtete eine Art leidenschaftliche Schönheit, die unerreichbar war für einen Siebzehnjährigen. Aber in den Augen war etwas ...

Eine heiße, jubelnde Träne rollte Jakobs Wange hinab, als er seine zitternde Hand auf das Gesicht des Ägypters preßte. Er spürte, wie sein Herz sich hob, so wie damals immer, wenn Rahel ihn angeschaut hatte, mit diesem gleichen bittend-liebenden Blick. »Rahels Augen«, murmelte er. Seine Fingerspitzen fühlten die Tränen des Wesirs. »Du hast Rahels Augen.« *Meinst du, ein toter Mensch wird wieder leben?* Ja! Preis sei Gott Shaddai!

»Vater«, rief der Ägypter wieder aus, und diesmal warf Jakob die Arme um den Sohn, den er so lange tot geglaubt hatte.

»Jetzt kann ich in Frieden sterben, denn ich habe dein Angesicht gesehen«, flüsterte er, Joseph in den Armen. Er badete in dem Gefühl. »Ich kann sterben, denn ich weiß, daß du lebst.«

Josephs Glieder hingen zitternd an seinem Vater. Er wünschte sich, daß sie ewig dauern könnte, diese so langersehnte Umarmung. Gott war so gut! Sein Vater lebte noch – schon das war ein halbes Wunder –, und jetzt hatten Jakobs Augen ihn *erkannt*, hatten ihn willkommen geheißen, als sei er nur ein paar Stunden weg gewesen und nicht über zwanzig Jahre.

»Du wirst nicht sterben, Vater«, sagte Joseph. Sein Ton war halb scherzhaft, aber er meinte jedes Wort ernst. »Du sollst mit mir in Ägypten leben. Gott wird dir noch viele Jahre schenken, in denen wir zusammensein können. Du wirst meine Kinder kennenlernen und sehen, warum Gott Shaddai alles so geführt hat.«

Endlich lösten sie sich aus ihrer Umarmung. Joseph wischte sich ohne Scham die Tränen ab; seine Augen verließen Jakob keinen Augenblick. »Du warst immer in meinem Herzen«, sagte er mit erstickter Stimme. »Und ich habe nie vergessen, was du mich über Gott Shaddai gelehrt hast.«

»Gepriesen sei sein Name!« rief Jakob. Seine Arme schlossen sich erneut um Joseph.

Die Freudentränen kamen so heftig, daß Joseph schluchzend in den Armen seines Vaters lag. Und Jakob hielt ihn fest und murmelte die leisen Worte, die ein Vater seinem verletzten und tief geliebten Sohn schenkt.

Noch am gleichen Tag lernte Jakob Ephraim und Manasse kennen. Danach führte Joseph persönlich die Kinder Israels in das Land Goschen, den Ort, den er für sie bereitet hatte. »Ich werde zu Pharao gehen und ihm melden, daß ihr da seid«, sagte er. »Er weiß bereits, daß ihr Hirten seid.«

»Erwartet er, daß wir mit seinem Volk verkehren?« fragte Jakob, dem es immer noch nicht geheuer war, in diesem Land voller Götzendiener zu leben.

»Nein«, erwiderte Joseph, und ein Lächeln schlich sich in seine Mundwinkel. »Die Ägypter verachten Hirten, sie sind ihnen ein Greuel.«

»Wie sie uns!« lachte Levi. »Sie sollen ruhig bleiben, wo sie sind. Ich habe keine Lust, ihre sündigen Städte zu besuchen.«

Jakob warf ihm einen strengen Blick zu. »Wir bleiben hier in diesem gutbewässerten Land Goschen«, sagte er. Er drehte sich zurück zu dem erhabenen Mann, der sein Sohn war. »Und wann darf ich die Mutter deiner beiden hübschen Jungen kennenlernen, Joseph?«

Eine traurige Wolke glitt über das Gesicht des Wesirs, er seufzte schwer. »Meine liebe Asenat haben wir vor ein paar Tagen in ihr Grab gelegt, Vater. Du wirst sie erst in der anderen Welt kennenlernen.«

Jakob nickte stumm. Der Schmerz seines Sohnes schien echt zu sein. Offenbar hatte er die Ägypterin, die er da betrauerte, wirklich geliebt. So wie Jakob Rahel geliebt hatte – und Lea. »Es ist gut, *Yosef*«, flüsterte er. Seine Zunge fühlte sich wie altes Papier an, trocken vom Staub der Erinnerungen.

Mit einem warm-vertraulichen Lächeln legte Joseph seine Hand auf Jakobs Schulter. »Vielleicht wird der Pharao dir einen Höflichkeitsbesuch abstatten«, sagte er, und seine Stimme spiegelte die Wärme seines Lächelns. »Wenn er dich fragt, was euer Beruf ist, sage ihm wieder, daß ihr Hirten seid. Dann wird er euch in Ruhe lassen, und ihr werdet in keiner Weise belästigt werden und könnt so leben, arbeiten und anbeten, wie ihr wollt.«

»Und du, Joseph?« Jakob faßte seine Hand. »Mußt du weiter in Theben wohnen?«

Die großen schwarzen Augen des Wesirs, die so sehr denen Rahels glichen, schienen sich mit wandernden Sternen zu füllen. »Gott hat mich an einen anderen Platz gestellt«, sagte er, die Stimme sanft, aber fest. »Auch wenn mein Herz immer bei euch ist, muß ich doch die Arbeit tun, in die der Allmächtige mich gerufen hat.«

Jakob spürte einen raschen Stich der Enttäuschung, aber er lächelte seinen geliebten Sohn an und nickte aufmunternd. »Dann geh mit Gott«, sagte er, und er hielt Josephs Hand fest, bis sie sich trennen mußten.

Einundvierzig

Simeon stellte erleichtert fest, daß es seiner Familie in Goschen gefiel. Im Norden vom Mittelmeer begrenzt, das die Ägypter *Wadj-ur* (»Das große Grüne«) nannten, gehörte das Nildelta, das das Land Goschen ernährte, zu Unterägypten. Das von sieben Mündungsarmen des Nils bestens bewässerte Gebiet war mit seinen dicken Schlickschichten ideales Acker- und Weideland. Es war groß und kaum besiedelt und genoß ständige Feuchtigkeit, sanfte Winde und Stille.

Der mehr als großzügige Joseph versorgte die Kinder Israels mit Speise, den nötigen Werkzeugen zum Bau von Hütten wie denen, die sie in Kanaan gehabt hatten, und zusätzlichem Vieh, um die auf der Reise verendeten Tiere zu ersetzen. In der ersten Woche nach ihrer Ankunft wohnte der Wesir von ganz Ägypten zusammen mit ihnen in einem Zelt, um sich persönlich davon zu überzeugen, daß sein Vater und seine Brüder sich gut einlebten und es ihnen an nichts fehlte. Aber obwohl alle Joseph mit offenen Armen empfingen, spürte Simeon, daß er nie ganz zu ihnen gehören würde. Einerseits war er immer noch Joseph, der Sohn von Jakob und Rahel, aber der helle Schein seiner herrlichen Erhöhung hielt ihn gewissermaßen auf Abstand. Selbst Jakob, der den jungen Joseph getadelt hatte, als ihm träumte, daß seine Brüder und Eltern sich vor ihm verneigten, warf sich Zafenat-Paneach zu Füßen und nannte ihn »mein Herr«.

Vielleicht weil er so lange im Haus des Wesirs gefangen gewesen war, war Simeon weniger von Ehrfurcht ergriffen als die anderen. Zwei Wochen nachdem er seinen Söhnen ihr neues Zuhause gezeigt hatte, sagte er seiner Familie auf Wiedersehen, bestieg einen Esel und ritt den Fluß hinauf nach Theben – offiziell, um Joseph eine Nachricht von Jakob zu überbringen, aber eigentlich, um eine Gelegenheit zu suchen, mit Mandisa zu sprechen. Würde sie ihn noch einmal anhören?

Es war so viel geschehen, seit er sie das letzte Mal gesehen hatte. Er hatte die Stimme El Shaddais gehört, und sein Gespräch mit Jakob hatte endlich die Zornesflammen in ihm erstickt. Wenn Mandisa ihn nur lange genug anhören würde, so daß er sich erklären konnte ...

Im Wesirspalast begrüßte Ani ihn wie einen alten Freund, und selbst Tarik hatte ein Lächeln übrig für seinen ehemaligen Problemgefangenen. »So, so, Simeon der Möbelzertrümmerer ist wiedergekommen«, sagte Ani, immer noch über die ungewohnten kanaanitischen Worte stolpernd. »Was willst du diesmal zertrümmern?«

»Nichts«, erwiderte Simeon. Er nahm bereitwillig Anis ausgestreckte Hand. »Und du kannst jetzt ägyptisch mit mir reden, Ani. Ich habe jetzt genug gelernt, um in diesem Land zurechtzukommen.«

»Nach einem Jahr in diesem Haus solltest du es so gut können wie der Herr«, witzelte Tarik und schlug ihm auf die Schultern. »Aber wenn du den Wesir sprechen willst, mußt du warten. Er ist gerade im Haus des Pharao und spricht mit Gesandten aus Babylon. Ein König dieser Stadt will seine Tochter mit unserem göttlichen Amenhotep verheiraten.«

»Aha«, antwortete Simeon, während er Tarik zum Küchenflügel folgte. »Die nächste Königin!«

Ani sah ihn an, das Gesicht auf einmal düster. »Das mit der Herrin Asenat hast du sicher gehört?«

Simeon nickte. »Ja, der Wesir hat es uns erzählt, als er meinem Vater seine Söhne vorstellte. Es tat mir sehr leid, das zu hören.«

Der Mund des Verwalters bog sich zu einem freudelosen Lächeln. »Es ist vieles anders geworden. Tizara kümmert sich um die jungen Herren, wenn sie nicht bei ihrem Vater sind.«

»Ich dachte, das macht Mandisa«, sagte Simeon und sah sich um. »Sie kann es doch am besten mit den Kindern.«

»Ja, hast du das noch nicht gehört?« Tarik hielt abrupt an.

Simeons Magen sackte wie ein Gehenkter nach unten. »Ist Mandisa was passiert?«

»Das wollen wir nicht hoffen«, sagte Tarik. Seine Augen wurden schmaler, er kreuzte seine Arme. »Sie ist drei Wochen nach dem Tod der Herrin gegangen. Kurz danach kam ein Ägypter namens Idogbe, der sie suchte.«

»Der Herr hat ihn sofort abgewiesen«, fügte Ani nervös hinzu, »und er ist gegangen. Aber er schien ziemlich entschlossen zu sein, Mandisa zu finden.«

»Nicht, daß er sie wirklich wollte«, fuhr Tarik fort, »denn der Herr befand, daß sie nicht seine rechtmäßige Frau war. Der Mann war hinter Adom her. Er sagte, daß er Mandisa verlassen hatte, weil er glaubte, daß sie ein Mädchen bekommen würde. Sobald er hörte, daß sie einen Jungen hatte ...«

Tarik brauchte seinen Satz nicht zu vollenden. Simeon wußte nur zu gut, daß Söhne viel mehr geschätzt wurden als Töchter. Das hohe Ansehen, das Jakob in Kanaan genossen hatte, beruhte zum Teil schlicht darauf, daß er zwölf Söhne gezeugt hatte, die wieder weitere Söhne zeugten.

Simeon atmete tief ein und betete, daß er nicht zu viel von seiner Aufregung zeigen würde. »Wo ist sie hin?«

»Das weiß keiner«, antwortete Tarik. »Aber ich glaube nicht, daß sie in Theben bleiben wollte. Sie hat ja hier keine Verwandten.«

»Ich hatte den Eindruck, daß sie auf keinen Fall dich noch einmal sehen wollte«, sagte Ani. Seine hellen Augen zogen sich zu fragenden Schlitzen zusammen. »Warum hatte sie Angst vor dir, Simeon, Jakobs Sohn?«

Simeon fühlte sich plötzlich unendlich müde. »Ich war der Zerschmetterer«, murmelte er.

Für den Abend lud Zafenat-Paneach Simeon zum Essen ein, und zwar, wie der frühere Gefangene erfreut feststellte, zu einem ungezwungenen Mahl in den Privatgemächern des Wesirs. Einen Augenblick war er jedoch sprachlos, als er hörte, wie Joseph Tarik anwies, auch einen Stuhl für Tizara zu holen; sie würde zwischen ihm selber und Simeon sitzen.

»Willst du im Ernst, daß ich mit einer Hure am Tisch sitze?« fragte Simeon leise, als Tarik gegangen war. »Hat die Frau dir jetzt doch den Kopf verdreht mit ihrer Schönheit, Joseph?«

»Du wolltest einmal mit ihr durchbrennen«, antwortete Joseph, den Blick seines älteren Bruders fest erwidernd. »Warum willst du auf einmal nicht mit ihr essen?«

»Das war was anderes damals.« Simeon zuckte die Achseln. »Ich war ein Gefangener und sie eine Sklavin, und wir hatten uns gegen dich zusammengeschlossen.«

Joseph lächelte, aber sein Gesicht war kühler geworden. »Und jetzt bist du der Bruder des Wesirs von ganz Ägypten«, sagte er, während er sich setzte, »und ein viel zu wichtiger Mann, um neben einer Frau mit einer bewegten Vergangenheit zu sitzen?«

»Ich meine nicht das, was sie getan hat, ich meine das, was sie *ist!* Hast du sie noch nie angeschaut? Du bist doch nicht blind, Joseph, und wenn du noch so tust!«

»Nein, ich bin nicht blind.« Josephs Stimme war leise und mokant. »Ich sehe viel mehr, als du denkst, Simeon. Und in Tizara sehe ich eine junge Frau, um die sich keiner kümmert, eine Frau, die Freunde und eine Familie braucht.«

»Hast du ihre Vergangenheit vergessen? Sie war eine Hure, und wenn sie könnte, würde sie sofort wieder eine werden.«

»Ist deine eigene Vergangenheit so rein?«

Simeon zuckte zusammen, überrascht, daß die Worte so saßen. Manchmal vergaß er, daß Joseph ja alles wußte – über Sichem, über Dinas Kind und natürlich über Dothan.

»Tizara wird heute abend zwischen uns beiden sitzen, und du wirst nicht unfreundlich zu ihr sein«, fuhr der Wesir mit königlich befehlender Stimme fort. »Du wirst dich von deiner besten Seite zeigen. Vergiß nicht, daß du in meinem Haus bist, Simeon. Ich bin dein Bruder, aber durch die Hand des Allmächtigen Gottes bin ich auch Herr über Ägypten. Ich liebe dich, aber ich muß dich in die Schranken weisen, wenn du die anderen in meinem Haus beleidigst.«

Die Worte und Josephs ganze so kühl-erhabene Art fuchsten Simeon. Er machte es sich auf seinem Stuhl bequem, entschlossen, den Abend über sich ergehen zu lassen und dann so bald wie möglich wieder nach Hause zu reiten. Joseph würde ihm immer ein Rätsel bleiben. Manchmal war er gerade so unverständlich wie die Bilder eines Traumes. Warum mußte er unbedingt eine Beziehung mit diesem Schandweib pflegen? Einen Augenblick lang überlegte Simeon, ob Joseph das Mädchen vielleicht heiraten wollte, aber das war nun gar zu lächerlich. Der edle Zafenat-Paneach eine Hure zur Frau nehmen? Niemals!

Die Türen öffneten sich, zwei Wächter brachten Tizara und die Jungen herein. Ephraim und Manasse fielen vor dem Wesir nieder; ein Wort von ihm, und sie sprangen wieder auf und liefen zu ihm. Nachdem er sie beide mit einer Umarmung und einem raschen Kuß begrüßt hatte, schaute Joseph auf und hieß das Kindermädchen willkommen.

Simeon starrte Tizara an, als habe er noch nie eine Frau gesehen. War – aber das war natürlich nicht möglich – eine andere Seele in ihren Leib geschlüpft, während sie schlief? Denn die gertenschlanke Figur, die jeden Mann in der Villa so magisch angezogen hatte, war zwar die gleiche, aber der Geist dieser Frau war völlig anders geworden.

Mit damenhaft gesenktem Blick trat Tizara zu dem leeren Stuhl zwischen den beiden Männern und setzte sich. Ihre Schönheit war nicht mehr grob verführerisch, sie war faszinierend. Eine fast überirdische Aura umgab dieses Mädchen und zog ihn an wie der Honig eine Fliege.

»Tizara?« fragte er. Er konnte kaum glauben, daß *diese* Frau ihn kennen würde.

»Simeon!« In ihren Augen blitzte die Freude des Wiedererkennens auf. Ihr Lächeln war hell und gelassen. »Wie schön, dich wieder mal zu sehen! Sind die Jungen nicht groß geworden?«

»Ja, doch«, murmelte er, abgelenkt von ihrer Nähe. Dann grinste er breit. »Es hat sich viel verändert hier im Haus.«

»Ja«, sagte sie leise und lächelte ihn wieder an, diesmal trauriger.

Als die letzten Teller wieder abgeräumt wurden, war Simeon überzeugt, daß Joseph vorhatte, ihn mit Tizara zu verkuppeln. Er wartete, bis die ehemalige Sklavin die Jungen ins Bett gebracht hatte, dann sah er seinen Bruder an, den Zorn des Gerechten in den Augen.

»Ich weiß, was du vorhast«, knurrte er ungeduldig. »Für dich ist Tizara nicht gut genug, aber mit mir würdest du sie verkuppeln, wie? Aus Sichem kommt sie auch – paßt gut, nicht? Denkst du etwa, du kannst mir durch eine Braut aus diesem verdammten Loch das Gewissen leichter machen? Du kannst manches, Joseph, aber nur Gott kann vergeben. Keine kanaanitische Frau kann wiedergutmachen, was ich verbockt hab im Leben!«

»Tizara mit dir verkuppeln?« Josephs Mund bog sich belustigt. »Warum sollte ich so etwas wollen? Gute Kindermädchen sind rar.«

»Warum hast du sie dann hereingeholt, um mit uns zu essen? Frauen essen nicht mit Männern zusammen, schon gar nicht bei den Ägyptern.«

»Wer sagt, daß man in der Familie nicht zusammen essen darf?«

»Diener gehören nicht zur Familie. Du hast ja auch nicht Tarik eingeladen, oder Ani, und die stehen dir doch wohl näher als das Kindermädchen.«

»Tizara gehört zur Familie.«

Simeon schaute auf. Was meinte der? Hatte er das Mädchen adoptiert? Oder einem seiner Söhne zur Frau gegeben? Die Ägypter waren komische Leute. Als ägyptischer Zafenat-Paneach war Joseph wahrscheinlich zu allem fähig.

»Komm mit, Simeon.« Joseph stand auf und ging zu der Balkontreppe. Simeon folgte mit schwirrendem Kopf.

Die Hände auf dem Rücken gefaltet, führte Joseph seinen Bruder zu dem Teil des Balkons, von dem aus man in den Garten sehen konnte. »Glaubst du, daß El Shaddai stets seine Hand über uns hält?« fragte er.

Simeon zögerte. Vor ein paar Wochen hätte er noch mit »nein« geantwortet. Aber inzwischen war die Hand Gottes wie ein Sturmwind durch sein Leben gefegt und hatte die alten Bäume des Hasses und Leids entwurzelt.

»Ja«, antwortete er, während er neben Joseph an die Brüstung trat. »Das glaube ich.«

»Dann schau da hinten hin«, sagte Joseph, während er in den Garten hinunterblickte, »und sage mir, was du siehst.«

Einen Augenblick lang sah Simeon dort, wohin Josephs Finger zeigte, nichts, dann kam Tizara in den Lichtkreis einer Fackel am Rande des Teiches. Schlank, geschmeidig und anmutig, tanzte sie zu der Musik der Nacht, daß der Mond mit ihrem Schatten spielte. Ihre frühere grelle, schrille Art war vollständig verschwunden. Sie sah wie ein verspieltes junges Mädchen aus.

»Ich sehe«, murmelte Simeon, eine Spur ungeduldig, »eine Hure, die ihr Herr verwöhnt hat.«

»Du kannst es ruhig zugeben, Simeon: Du siehst eine andere Frau.« Joseph beugte sich über die Balustrade und warf Simeon ein schwer zu deutendes Lächeln zu. »Vergebung und Gnade können ein Leben verändern, Bruder. Eine Hure lockt die Männer von der Liebe Gottes fort, aber Tizara hat keinen einzigen in diesem Haus verlockt. Aber wir haben andere Huren in unserem Leben – andere Götter, denen wir lieber dienen.«

Simeon spürte, wie alles in ihm verstummte.

»Deine Bitterkeit, Simeon, ist solch eine Hure«, fuhr Joseph fort, während er weiter dem Mädchen unten im Garten zuschaute. »Und deine Schuld und deine Wut. Und obwohl ich sehen kann, daß du anders geworden bist, seit du hier gefangen warst ...«

»Ja, das bin ich«, unterbrach Simeon ihn. Er packte das Steingeländer fester.

»Aber der Zorn und das schlechte Gewissen sind wieder in dir hochgestiegen, weil Mandisa fort ist.«

Simeon zuckte zusammen. Wie konnte ein Mensch so viel erraten?

Joseph las die Frage in Simeons Augen. »Ich sehe doch«, sagte er, und es klang kein bißchen großspurig, »daß du Mandisa liebst. Und sie hat dich so sehr geliebt, daß sie lieber hier fortgegangen ist, als dich noch einmal zu sehen.«

Simeon mußte die Luft anhalten. Ein tiefer, unerwarteter Schmerz riß in seiner Brust.

»Geh sie suchen«, sagte Joseph. Seine dunklen Augen schienen durch die Luft zu schneiden. »Und tu es bald, bevor es zu spät ist.«

Etwas – war es Demut? – ließ es nicht zu, daß er widersprach. »Ich gehe gleich jetzt«, sagte Simeon und drehte sich von dem Geländer zurück. Er hatte nur zwei Schritte gemacht, als Joseph ihn anhielt.

»Warte. Es ist noch etwas. Erinnerst du dich, wie Dina aussah, als wir jünger waren?«

Simeon drehte sich zurück und nickte langsam, die Kehle zusammengeschnürt, um zu sprechen. Er wollte jetzt nicht an Dina denken. Sie hatte gesagt, daß sie ihm vergeben hatte, aber der bloße Gedanke daran, was er ihr angetan hatte, erfüllte ihn immer noch mit tiefer Reue.

Aber jetzt, wo Joseph ihren Namen erwähnte, schossen die Erinnerungen durch seinen Kopf wie der Wind über das Wasser: Dina, wie sie in der Oase bei Hebron tanzte, Dina kichernd und rennend, als er sie im Mondlicht durch das Lager jagte, so wie Tizara gerade die warme Schönheit dieser Nacht anlachte ...

Sein Herz erstarrte. Das tanzende Mädchen in dem Garten *war* ja Dina – nicht so, wie sie jetzt aussah, sondern wie sie vor zwanzig Jahren gewesen war: stark, schön, voller Energie. Tizaras Gesichtszüge waren feiner, als ob eine liebevolle Künstlerhand kleine Unebenheiten ausgebügelt hatte, aber die Ähnlichkeit, sie ließ sich nicht leugnen.

Er hörte seine eigene Stimme, unnatürlich erstickt. »Das ist ... ja ein Ding! Tizara sieht ja fast wie Dina aus.«

Eine kurze Stille folgte, in der seine Worte wie zur Begutachtung in der Luft zu hängen schienen. Joseph drehte sich zu ihm hin, mit einem Lächeln, als ob Simeon ein kleines Kind war.

»Ja, Bruder«, sagte er, und der Ton seiner Stimme war wie verfremdet und doch sanft. »Es hat seine Richtigkeit, daß Tizara wie unsere Schwester aussieht.« Flüssige Schatten tanzten in seinen Augen, als sein Blick sich mit dem Simeons traf. »Sie ist Dinas Tochter.«

Unmöglich! Simeon stolperte wie hypnotisiert zu der Balustrade zurück, sein ganzer Körper zitterte. »Das kann nicht wahr sein!« Er starrte das Mädchen an, sein Herz raste, seine Finger flatterten. »Nein. Das Kind ist doch tot. Ich hab's doch ausgesetzt, es war meilenweit keine Menschenseele zu sehen!«

»Gott hat jemanden geschickt«, antwortete Joseph. »So wie er damals jemanden schickte, um Hagar in der Wüste zu versorgen. Wer sind wir, daß er uns Rechenschaft geben müßte?«

Das Mädchen tanzte weiter in dem Mondlicht. Die beiden Männer, die ihm von dem Balkon aus zusahen, bemerkte es nicht.

»Woher weißt du das?« flüsterte Simeon, noch taumelnd vor ungläubigem Erstaunen.

»Ich hatte so einen Verdacht, als Gottes Geist zu meinem Herzen sprach und mir sagte, daß ich sie kaufen sollte«, sagte Joseph, die Augen auf Simeons Gesicht geheftet. »Und sie sah Dina, wie ich sie in Erinnerung hatte, so ähnlich. Ganz sicher wäre ich mir vielleicht trotzdem nie gewesen, aber dann hörte ich, wie Mandisa Halima erzählte, daß Tizara ein ungewöhnliches Muttermal auf ihrer Kopfhaut hatte. Sie hatte es wohl entdeckt, als sie ihr das Haar wusch.«

Simeon schüttelte seinen Kopf. »Das Kind hatte kein Muttermal.«

»Doch«, flüsterte Joseph. »Du hast das Kind nie angeschaut, Simeon. An dem Tag, als du es Dina wegnahmst, spielte ich in ihrem Zelt. Ich weiß noch, wie du das Kind an deine Brust drücktest, als du fortgingst.« Seine Stimme zitterte leicht in der Dunkelheit. »Ich glaube, du konntest es nicht anschauen.«

»Nein, ich konnte es nicht.« Simeon riß seine Augen von dem Mädchen fort und drehte sich um, versuchte den Angstknoten in seinem Herzen zu verstecken. »Warum hast du mir das nicht eher gesagt?«

Ein Stückchen Traurigkeit hing in Josephs Stimme. »Ich war nicht sicher, ob du und die anderen bereit waren, es zu hören.«

Nein, das waren wir nicht. Wie ein Ertrinkender hielt Simeon sich an der Balustrade fest, während in ihm ein Wirbelsturm aus Gedanken und Gefühlen losbrach. Hinter sich hörte er Josephs leise Schritte auf der Treppe, vor ihm verschwamm Tizaras grazile Gestalt mit dem Schleier der Dunkelheit. Er wußte nicht genau, wie lange er so dort stand, wie eine verängstigte Katze an das Geländer geklammert, aber seine Füße versagten ihren Dienst, bis sein Herz endlich begriff, was Josephs Enthüllung bedeutete.

Das Kind war nicht gestorben!

Er starrte schweigend in den mondbeschienenen Garten hinunter. Sein Herz schlug einen hämmernden Takt zu seinen eigenen Worten, die spöttisch vor ihm aufstiegen: *Keine kanaanitische Frau kann wiedergutmachen, was ich verbockt hab im Leben!*

Aber diese kanaanitische Frau gab es. Das Kind hatte überlebt, die Gnade Gottes hatte seine Sünde ausgelöscht.

Seine Haut brannte von der Erinnerung an den heißen Sand an seinen Händen dort vor dem Familiengrab, an die Leere des furchtbaren Augenblicks, als er wie ein Wilder nach einem Beweisstück für sein unaussprechliches Verbrechen gesucht hatte. Er hatte keine Knochen, keine Spuren eines menschlichen Körpers ausgraben können, weil das Baby, das seiner Seele so viel Schuld und Reue eingebrannt hatte, lebte und atmete und tanzte ...

Am Leben! Simeons Daumen schob eine unmännliche Träne aus seinem Auge. Dina hatte geglaubt. Sie hatte gewußt, daß Joseph und Tizara lebten. Sie hatte es gewußt, auch wenn sie keinen Beweis in den Händen gehabt hatte. Dina, die Eigenbrötlerin, hatte so viel gesehen und begriffen, was ihm glatt entgangen war.

Der Nachmittag, an dem er in ihr Zelt gegangen war, sprang in sein Gedächtnis. *Unser Vater hat auch Lea geliebt*, hatte sie gesagt, *nicht so leidenschaftlich wie Rahel, aber anders, stärker, praktischer.*

Ja, auch bei Jakob hatte sie recht gehabt. Jahrelang hatte Simeon seinen Vater gehaßt, hatte der häßlichen Hure des Grolls gedient, die ihn von Gott wegzog und sein Herz gegen alles verhärtete, was gut und wahr und würdig war. Er senkte seinen Kopf. »Vergib mir, Gott Shaddai«, flüsterte er. »Nimm deinen Meißel und schlage alles aus meinem Herzen heraus, was dir nicht gefällt.«

Im gleichen Augenblick schoß eine Woge der Freude durch seine Seele. Erleichterung. Endlich. Er hob seine Augen zu dem Nachthimmel hoch, auf dessen Samt die Sterne wie Juwelen glänzten.

Du kannst das Verlorene zurückholen. Die Intensität der Stimme ließ die Haare auf Simeons Armen hochstehen.

Was zurückholen? Jakob hatte doch seinen Joseph wiederbekommen. Und Lea war tot, es war zu spät ...

Du hast das Kind weggenommen. Du kannst es seiner Mutter zurückbringen.

Ein überraschter Freudenschrei brach von seinen Lippen. Die Freude der Auferstehung. So wie Jakob Joseph wiederbekommen hatte, würde Dina Tizara zurückbekommen. Wie gnädig, wie gut war Gott Shaddai!

Sobald er Mandisa und Adom gefunden hatte, würde er Tizara nach Hause bringen.

Zweiundvierzig

Simeon wußte nicht, was in ihn gefahren war, aber Josephs Enthüllung hatte ein Feuer in seiner Seele entfacht, eine fieberhafte Energie, die nicht ruhen würde, bis er Mandisa gefunden und ihr ein letztes Mal seinen Antrag gemacht hatte. Er rannte von dem Balkon herunter und marschierte zu den Stallungen. Tarik würde ihm ein Pferd geben, vielleicht sogar einen Wagen.

»Tarik!« Simeon hämmerte gegen die Tür der Wohnung des Hauptmanns. Sie flog sofort auf, und Tarik kam heraus. »Was ist?« bellte er, während seine Hände den Schwertgürtel fester um seine Taille zogen.

Offenbar hatte Simeon ihn aus dem Schlaf gerissen, denn seine Augen waren schwer und er hatte sich nicht die Zeit genommen, die Perücke aufzusetzen. »Es ist gut, Tarik«, sagte Simeon. Er versuchte, seine Stimme nicht zu ungeduldig zu machen. »Aber ich brauche ein Pferd. Dein Herr wird es erlauben, du brauchst ihn nur zu fragen.«

»Ein Pferd?« Tarik runzelte die Stirn. »Beim Dreck in Sebeks Zähnen, für was brauchst du ein Pferd?«

»Um Mandisa zu suchen.«

»Gleich jetzt?«

»Ja. Bitte laß einen der Stalljungen ein Pferd für mich satteln.«

Tarik rollte seine Augen, nahm aber Kurs auf die Stallungen. »Du brauchst einen Wagen. Kein Ägypter, der was auf sich hält, reitet. Meine besten Wagenlenker haben zwar schon Feierabend, aber vielleicht finde ich jemand, der bereit ist, dich zu fahren.«

»Nichts da, ich geh allein.«

Der Hauptmann warf Simeon einen frustriert ungläubigen Blick zu. »Du bist verrückt! Du bist doch gar kein Wagenlenker, du kippst in der ersten Kurve um!«

»Dann vergiß den blöden Wagen und gib mir ein Pferd! Ich bin kein Ägypter, mir ist egal, was die Leute sagen, wenn sie mich auf einem Pferd sehen!«

»Schön.« Tarik kreuzte die Arme, seine Miene dienstmäßig streng. »Der Bruder des Wesirs muß es wohl wissen. Sag dem Stalljungen Chuma, er soll den schwarzen Hengst aufzäumen.«

»Gut.« Simeon machte zwei Schritte, dann hielt er an. »Ach ja«, sagte er, »noch was.« Er ging rückwärts weiter. »Darf ich dir einen Rat unter Freunden geben?«

Tarik lehnte sich an die Wand. »Das machst du wohl sowieso, ob du darfst oder nicht.«

»Stimmt.« Simeon hob einen warnenden Finger. »Die Küchensklavin Halima liebt dich. Ein Blinder kann das sehen, nur du nicht. Heirate sie, Freund, solange sie sich noch Hoffnungen macht, oder du wachst eines Tages auf und bist noch einsamer als ich.«

Er drehte sich grinsend um, um zum Stall zu gehen.

Idogbe schlief unruhig. Er durfte nicht zu tief schlafen, wollte er seine Chance nicht womöglich verpassen. Eine halbe Stunde vor Sonnenaufgang, als der östliche Himmel gerade hell zu werden begann, kroch er aus seinem Versteck und lugte durch das Strauchwerk. Die Frau und der Junge schliefen noch, zusammengerollt wie eine Löwenmutter und ihr Junges.

Mit angenehmer Überraschung musterte Idogbe das Gesicht seines Sohnes. Die einsame Haarlocke des Jungen betonte die blasse Schönheit seiner Haut, und in seinen ebenmäßigen Gesichtszügen entdeckte Idogbe die Anfänge echter männlicher Schönheit. Aus diesem Knaben würde einmal etwas Besseres werden als aus den rotznäsigen Kindern, die wie die Flußratten das Nilufer bevölkerten. Doch, dieses Kind war ein würdiges Opfer für Sebek. Der Fürst der Zerstörungsgötter, der Bezwinger von Leben und Tod, würde Idogbe große Gunst dafür gewähren, daß er seinen Sohn seinen Priestern gab.

»O Sebek, Heil sei dir, du großes Krokodil des Landes des Westens und des lieblichen Flusses!« murmelte Idogbe, die Augen auf den Jungen geheftet. »Dein Verwandter bin ich, Sebek! So wahr die Sonne aufsteigt und ihre Scheibe erglänzt und die Gottesdienste in deinem Tempel gehalten werden, wird dieses Kind etwas Besseres werden, als es war, geboren von der Frau Mandisa, gezeugt von Idogbe dem Ägypter! Hilf mir, o Sebek, denn wenn du meine Worte nicht erhörst, so will ich ein Nest voll von deinen Eiern im Vorhof in Crocodilopolis zertreten, und dann wirst du wahrlich aus deinem Tempel kommen, um mir beizustehen, meinen Sohn zu holen, geboren von der Frau Mandisa, geboren für dich, o mächtiger Sebek, Gott meiner Kraft!«

Als ob es Idogbes Gebet gespürt hatte, bewegte sich das Kind und hob seinen Kopf. Idogbe duckte sich hinter ein paar Papyrusstauden. Sein Herz raste. Die Zeit war nahe. Wenn der Junge die Seite seiner Mutter verließ, würde er zu ihm treten und ihn nach dem Weg zum nächsten Tempel fragen – eine freundliche Frage, die keinen Verdacht erregen würde. Vielleicht würde er den Jungen bitten, ein paar Schritte mit ihm zu gehen, und sobald sie außer Mandisas Hörweite waren, würde er ihn packen und in das wartende Boot bringen. Sobald der Junge erst einmal begriff, welche große Ehre Idogbe für ihn bereit hielt, würde er sich glücklich schätzen.

Im nächsten Augenblick hob die Morgendämmerung den Horizont hoch und schickte ihr Licht über die Erde. Mandisa bewegte sich, wischte Sand und Dreck aus ihrem Haar und von den Schultern. Ihr Mund bog sich sanft, als sie zu dem Jungen sprach. Der half seiner Mutter auf die Füße, und sie gingen gemeinsam zum Ufer des Flusses.

Idogbe verfluchte sein Pech. Sie war eine zu fürsorgliche Mutter, Mandisa. Aber sie konnte nicht immer bei dem Jungen sein. Idogbe würde in der Nähe bleiben, wie der Geist des Horus, und in dem Augenblick, wo Mutter und Sohn sich trennten, würde er handeln.

Die Sonne stand milchig und grell in dem weiten Himmel über den beiden Wanderern. Eine erschöpfte Mandisa zwang sich, weiter einen Fuß vor den anderen zu setzen. Wann würde sie umfallen in dieser Hitze? Erst jetzt merkte sie, wie kühl und geschützt es im Haus des Wesirs gewesen war. Die Fächer, die kühlen Fliesen, die hochgelegenen Fenster, die jeden Luftzug einfingen – es war ihr alles selbstverständlich gewesen. Hier herrschte die Sonne als Herr über alles in dem weißlich blauen Himmel, und nur ein paar dünne Wolkenfedern boten den Sterblichen auf der Erde unten einen Fetzen Schatten.

Was für eine Arbeit würde sie annehmen müssen, um sich und Adom durchzubringen? Ägyptische Frauen konnten für gewöhnlich zwischen vier Berufen wählen: Priesterin, Hebamme, Klageweib und Berufstänzerin. Mandisa wußte, daß sie aus dem gelenkigen Tänzerinnenalter lange heraus war, und als Priesterin müßte sie Adom zu lange allein lassen. *Und warum sollte ich eine Priesterin werden für einen Gott, den ich gar nicht verehre*? dachte sie, während ihre Hände über den dunklen Flaum strichen, der Adoms rasierten Kopf zu bedecken begann. El Shaddai dienen – das wäre etwas anderes gewesen, aber der hatte keine Tempel in Ägypten.

Der Beruf der Hebamme hätte ihr vor Asenats Tod gefallen können; sie hatte mit Vergnügen bei der Geburt von Ephraim und Manasse geholfen. Aber die Bilder des Todesdramas ihrer geliebten Herrin hatten sich ihr tief eingegraben, und sie glaubte nicht, daß sie es schaffen würde, noch einmal dabeizusein, wenn eine Frau in den Wehen lag. Sie war zu frisch, die Erinnerung an Asenats Tod.

Blieb der Beruf des Klageweibs. Klageweiber wurden beim Begräbnis hochstehender Personen gebraucht, und ihre Arbeit war gutbezahlt und einfach; eigentlich hatten sie nur zu weinen, zu jammern und in den richtigen Augenblicken ihre Kleider zu zerreißen. Und hatte Mandisa in der letzten Zeit nicht genug Kummer erlebt, um eine sehr überzeugende Klageschau abzuziehen? Vielleicht – ihr Gesicht verzog sich ironisch – hatte Gott Shaddai ihr Herz deswegen brechen lassen, damit sie anderen Trauernden dienen konnte?

Sie hob ihren Kopf, erleichtert, eine brauchbare und ehrenhafte Lösung gefunden zu haben. Kleine Hoffnungsschößlinge brachen durch den trockenen Boden ihrer Verzweiflung. Doch, El Shaddai würde sie nicht im Stich lassen. Wenn sie um eine Anstellung als einfache Kornmahlerin betteln müßte – sie würde es tun. Aber was auch kam, sie würde eine Freie bleiben. Sie würde sich nicht in die Sklaverei verkaufen, auch nicht heiraten, weil sie keine andere Wahl hatte. Nie mehr würde sie es zulassen, daß sie zum Besitz eines Mannes wurde.

Mandisa atmete lange und erleichtert aus, als sie kurz nach Mittag Elephantine erreichten. Nachdem sie von einem mitleidigen Händler etwas Brot erbettelt hatten, bestiegen sie eine Fähre, die sie zu der Inselstadt hinüberfuhr. Adoms Augen waren groß vor Staunen, als sie durch das Getriebe und Geschiebe der Stadt gingen, aber Mandisa erkannte rasch, daß sie in der ummauerten Stadt selbst kein Dach über dem Kopf finden würden. Die einfachen Leute wohnten auf dem östlichen Ufer des Flusses und ruderten jeden Morgen zu ihrer Arbeit bei den vornehmen Inselbewohnern; kurz nach Anbruch der Dämmerung kehrten sie zu ihren Hütten zurück.

Ein müder, aber freundlicher Fischer fuhr sie zurück über den Fluß. Als Mandisa und Adom aus dem Boot heraus in den knöcheltiefen Schlamm stiegen, zeigte er flußaufwärts und sagte: »Meine Schwester hatte dort hinten eine Hütte, vielleicht hundert Schritte von hier. Letzten Monat ist sie am Fieber gestorben. Warum zieht ihr nicht dort ein, du und dein Sohn? Da stört euch keiner.«

»Ist das wahr?« Mandisa spürte, wie es in ihr warm wurde. Schon wieder sorgte El Shaddai für sie!

»Das Haus ist direkt am Fluß«, fuhr der Alte fort, und ein Lächeln kam über sein rundes Gesicht. »An der Tür ist eine Statue des Sebek. Meine Schwester glaubte, daß die Macht des Krokodils ihr Haus beschützen würde.«

»Aber stark genug, um deine Schwester zu bewahren, war er nicht«, antwortete Mandisa nüchtern. Sie dankte dem Fischer nochmals, nahm Adoms Arm und watete mit ihm durch den Schlamm zum Ufer hin.

Die Hütte lag genau an der Stelle, die der Mann beschrieben hatte, hundert Schritte von der Landungsstelle und ganze zehn Schritte von dem Deich, der den Fluß während der jährlichen Überschwemmung in Zaum hielt. Das kleine Haus war aus grauen in der Sonne getrockneten Ziegeln gebaut. Die Tür hing schief in den Angeln. Mandisa zog sie auf und ging hinein. Da hinten in der Ecke konnte man sich gut zum Schlafen hinlegen.

Als sie im Mondlicht dalag und den schlafenden Adom betrachtete, hob sie ihre Augen zu dem Himmel hinter dem Fenster hoch und dankte El Shaddai für seine Hilfe. In einem kleinen Brustbeutel hatte sie noch ein paar kunstvoll gearbeitete Juwelen, die Asenat ihr geschenkt hatte. Sicher würde sich in Elephantine eine vornehme Dame finden, die einen guten Preis zahlen würde für Ohrringe oder Armreifen, die die Frau des Wesirs getragen hatte.

Sie strich sanft über Adoms nackten Rücken. »Wir werden es schaffen«, flüsterte sie. »Wir werden dieses Haus zu unserem Heim machen, und ich werde Arbeit in der Stadt finden. Und du wirst groß und stark werden, Adom. Wir werden frei werden von unserer Vergangenheit. Nichts hier wird uns an die bösen Zeiten erinnern, oder an Kanaan.«

Tränen quollen in ihre Augen, aber sie hielt sie zurück, entschlossen, nicht über das zu trauern, was sich nicht ändern ließ. El Shaddai hatte sie hierhin geführt, sie würde nicht zurückschauen.

Draußen aß Idogbe das Brot, das er von dem Händler in Elephantine gekauft hatte. Er grunzte zufrieden. Was er hier sah, gefiel ihm immer besser. Die Überfahrt nach Elephantine und zurück war lästig gewesen, aber daß Mandisa prompt diese leere Hütte genommen hatte, machte ihm seine Sache denkbar einfach. Sie würde sich bald zu Hause fühlen hier. Sie würde Adom nach draußen schicken, um etwas zu besorgen ... und dann würde Idogbe sich seinen Sohn nehmen.

Er nahm den nächsten Bissen, zufrieden mit sich und der Welt.

»Mutter, muß ich dauernd hierbleiben und arbeiten? Am Fluß sind jede Menge andere Jungen.«

Mandisa stellte aufseufzend den geborgten Besen ab und trat an das Fenster. Trotz der vielen Warnungen vor hungrigen wilden Tieren, die sie gehört hatte, war auf dem Deich und am dahinterliegenden Flußufer eine ganze Armee von Jungen zu sehen. Sie rannten lachend über den Sand. Dann und wann sprangen sie in den Fluß, um die Hitze von ihren braunen Rücken zu spülen. Ihr armer Sohn, der bisher nur kleinere Jungen und ältere Männer als Spielgefährten gekannt hatte, wollte unbedingt zu ihnen.

»Na schön«, sagte sie, kapitulierend. »Aber dreh niemals deinen Rücken zum Wasser hin. Bleib bei den anderen Jungen, such dir einen Freund und geh nicht zu weit weg von unserer Hütte.«

»Mach ich, Mutter!« Adom sauste durch die Tür. Mandisa biß sich fest auf die Unterlippe. Fast sein ganzes bisheriges Leben hatte Adom wohlbehütet in der Wesirsvilla verbracht. Er kannte sich nicht aus mit Flüssen und Krokodilen und Dorfjungen. Nun ja, wenn sie hier am Nil wohnen wollten, mußte er lernen.

»Paß gut auf!« rief sie hinter ihm her.

Sie schaute zu, wie er völlig unbekümmert zu einer der Gruppen am Ufer trat. Die Jungen bildeten prompt einen Kreis um ihn, neugierig wie die Fische des Nils. Mandisa hielt die Luft an. Dann sagte Adom etwas, und im Nu schnatterten sie alle durcheinander wie die Elstern. Mandisa lächelte erleichtert und ging zurück an ihre Putzarbeit.

Idogbes Herz machte einen Satz, als er sah, wie der Junge aus dem Haus rannte – allein. Er lief schnurstracks zu einem Knäuel von Kindern und begann zu reden, ganz der geborene Anführer. Idogbe setzte sich grinsend unter einen Baum, der von dem Flußufer, nicht aber von dem Haus her gut zu sehen war. Sollten die Kinder ihn ruhig sehen. Wenn sein Sohn sich sicher fühlte, könnte er ihn um so leichter packen, wenn der richtige Zeitpunkt da war.

Mandisa arbeitete fleißig, zufrieden vor sich hin summend. Dann und wann ging sie zu den Nachbarhäusern, um Werkzeuge und Vorräte zu borgen; sie versprach, alles ehrlich zurückzubringen oder zu bezahlen. Die Nachbarn waren sämtlich Bauernfamilien, die die Dürre hart getroffen hatte; sie waren freundlich und höflich, doch woher Mandisa kam und was ihre Pläne waren, schien ihnen egal zu sein. Nun ja, die Hungersnot mußte so manche Familie entwurzelt haben. Wahrscheinlich nahmen die Nachbarn an, daß Mandisa eine Weile bleiben und dann wieder gehen würde, wie so viele andere auch.

Das Haus war bescheiden, aber heimelig. Arme Familien hatten keine Möbel, denn Holz war knapp und teuer, aber an der Wand waren zwei Erhöhungen aus Lehmziegeln, die als Betten dienten. Die früheren Bewohner hatten ein paar staubige Vorratskörbe dagelassen, und in einem von ihnen fand Mandisa ein Reibholz und etwas Zunder zum Feuermachen. In die vordere Wand war eine nach oben offene kleine Ziegelkuppel eingebaut – der Ofen und Backherd. Mandisa mußte lächeln, als sie ihn betrachtete. Seit über fünf Jahren hatte sie nicht mehr gekocht; Adom würde ein paar Experimente über sich ergehen lassen müssen, bis sie etwas Eßbares zuwege brachte. Für heute abend, den ersten richtigen Abend in ihrem neuen Heim, hatte sie einen Laib Lotusbrot aufgehoben, den die freigebige Halima ihr mitgegeben hatte.

»Adom?« Sie schaute zum Fenster hinaus. Er stand draußen und winkte einem einsamen Spielgefährten zu, der gerade nach Hause ging. »Adom, wasch deine Hände in dem Eimer neben dem Haus, es ist Zeit zum Essen!«

»Ja, Mutter!« rief er. Er zog mürrisch seine Füße durch den Sand. Mandisa lächelte. So in sein Spiel vertieft sein, daß man am liebsten nicht nach Hause wollte – das war ein rechter Junge ...

Einer der Nachbarn hatte ihr eine Lampe ausgeliehen – eine mit Öl gefüllte Schale, in welcher in Talg getauchte Kleiderfetzen zu einem Docht gedreht waren. Sie zündete den Docht mit einem Funken von dem Reibholz an, dann stellte sie die Schale auf das Fensterbrett. Sie kniete sich auf den harten Lehmboden, packte das Lotusbrot aus und brach es in zwei große Stücke. Ihr Magen knurrte beim Anblick und Geruch des köstlichen Laibs, und sie schickte ein stummes Dankeschön an Halima und Gott Shaddai zum Himmel hoch.

Sie hielt inne, die Hände in ihrem Schoß, und wartete, daß Adom zur Tür hereinkam. Er kam nicht. Sie stand auf, trat an das Fenster und starrte suchend in die rasch dunkler werdende Dämmerung hinaus. Wo war der Junge? Aber sie sah nichts.

Sie nahm die Lampe in die Hand, trat zur Tür und schaute wieder hinaus. Alle Kinder waren nach Hause gegangen, um zu Abend zu essen. Es roch nach frisch gebackenem Brot und Eintöpfen. Sie stellte sich auf die Zehenspitzen, als würde das ihre Stimme weiter tragen. »Adom! Adom! Komm nach Hause!«

Keine Antwort. Die Lampe unsicher in der Hand haltend, trat sie in die Dunkelheit hinaus. Sie versuchte, nicht zu zittern von den gräßlichen Bildern, die plötzlich in ihr hochstiegen.

Eine Stunde später saß sie allein neben einem Feuer am Flußufer, immer noch die brennende Lampe in der Hand. Ihre verzweifelten Rufe hatten zwei Dutzend Nachbarn aus ihren Häusern herbeigeholt. Sie hatten sich ihre stockenden Worte angehört, und dann hatten die Männer ihre Lampen genommen und waren zum Nil hinuntergegangen.

»Krokodil«, sagte eine Frau.

»Ertrunken«, meinte eine andere.

Mandisa schloß die Augen, zitternd vor Kälte und Müdigkeit. *El Shaddai, wo bist du jetzt?*

Die Welt der Nacht entfaltete sich. Ein schwarzer Augenblick ging in den nächsten über, ohne Grenze und Unterschied. Irgend jemand machte aus trockenem Schilf ein Feuer am Flußufer, in der Hoffnung, daß Adom es sehen und zurück nach Hause finden würde. Die Flammen sprangen hoch und warfen die Dunkelheit zurück, doch Adom kam nicht. Mandisa wanderte in einem endlosen Kreis um das Feuer herum, bis jemand sie anhielt und sich setzen hieß.

Und jetzt saß sie reglos in der feuergefleckten Dunkelheit, ihr Rücken zu den Flammen, das Gesicht zum Fluß. Ihr Gehirn summte von Fragen und Selbstvorwürfen. Warum hatte sie Adom nach draußen gelassen? Warum hatte sie nicht fünf Minuten eher nach ihm gesehen? Was für ein Dämon hatte sie besessen, als sie beschlossen hatte, die Sicherheit von Zafenat-Paneachs Haus zu verlassen? Und wo war der allmächtige Gott des Wesirs jetzt, wo sie ihn am meisten brauchte?

Hinter ihr warf jemand einen Haufen Dung in die Feuergrube, und sie zuckte zusammen, als ein Funkenregen zum Nachthimmel hochschoß. Die Schatten des Feuers tanzten auf dem Silberwasser des tückischen Flusses. Mandisa ballte die Faust, verbarrikadierte ihr Herz hinter einer Mauer des Grolls. *Warum, du verfluchter Fluß, warum?* Sie starrte auf das fließende Wasser. *Du hast unser Tal nicht mehr überschwemmt, um unser Volk umzubringen. Willst du jetzt statt dessen einen Jungen töten, weil wir noch leben? Warum hast du dir meinen Adom ausgesucht? Ihre Fingernägel gruben sich in ihre Hand. Bald glaube ich an die bösen Geister des Flusses, des Krokodils und der Sonne. Aber was können sie denn gegen mich haben?*

Von rechts kam ein Geräusch. Selbst durch den Nebel ihrer Verzweiflung hörte sie den stetigen Hufschlag eines Pferdes, einen gedämpften Gruß, heftige Stimmen. Aber sie drehte sich erst um, als ein großer Schatten in den Lichtkreis des Feuers fiel und Simeons Stimme ihren Namen rief.

Es wurde plötzlich dunkel hinter ihren Augen, ein kalter Tau traf ihre Haut. Das mußte ein Traum sein! Adom verschwunden und Simeon auf einmal hier? Es war nicht möglich. Sie senkte verwirrt ihren Kopf.

»Mandisa, ich hab's gerade gehört.« Simeon kniete sich neben sie. Er war es wirklich! Seine Hand, aus echtem Fleisch und Blut, nahm die ihre, seine Augen waren sanft und voller Mitgefühl. »Seit wann ist Adom verschwunden?«

Mandisa hob ihre Hand und suchte nach Worten. »Ich ... ich hab rausgeguckt, und da war er noch da. Einen Augenblick später hab ich die Lampe angezündet und ihn wieder gerufen ...«

»Bei Sonnenuntergang also.« Sein Mund wurde noch etwas fester. »Vor drei Stunden. Er kann nicht weit sein, Mandisa, wir werden ihn finden.«

»Er ist in die Totenwelt gegangen«, flüsterte sie. Sie ließ ihren Kopf auf ihr Kinn sinken und kämpfte gegen die Verzweiflung an. »Adom ist tot.«

»Nein«, antwortete Simeon mit plötzlich belegter Stimme. »Ich bin zwei Tage geritten, um dich zu finden und zu warnen. Dein Mann, Idogbe, weiß, daß es den Jungen gibt, und will ihn holen. Tarik persönlich hat mir gesagt, daß der Bursche in Theben war, in der Villa des Wesirs. Zafenat-Paneach hat deine Heirat für nicht gültig erklärt, aber als Idogbe ging, schwor er, daß er sich seinen Sohn holen würde.«

Sie hörte die Worte wie aus einer unwirklichen Ferne. »Idogbe?«

Simeon packte ihre Arme. »Er ist euch die ganze Zeit gefolgt, Mandisa. In jedem Dorf, wo ich nach dir und dem Jungen fragte, hieß es, daß ein anderer Mann euch ebenfalls suchte. Verstehst du? Adom ist nicht tot, Idogbe hat ihn entführt.«

Sie preßte ihre Hand auf ihren Mund, versuchte seine Worte zu fassen. Idogbe lebte? Und ihren Adom wollte er?

Ihre Verzweiflung wich der Wut. Ein Energiestoß schoß ihren Rücken entlang. Sie faßte Simeons Hand und zog sich auf die Füße. »Ich werde ihn finden«, sagte sie. Ihr Atem ging stoßweise, der Zorn wollte sie schütteln. »Wie kann er es wagen, mir meinen Sohn zu stehlen! Adom ist mein, Simeon, Idogbe hat sich nie um ihn gekümmert!«

»Ich weiß.« Er ließ ihre Hand los, trat zurück und betrachtete sie einen Augenblick gedankenverloren. »Ich bin gekommen, um dir zu helfen. Ich habe ein Pferd, ich kann schneller suchen als du.«

»Ich geh mir dir.« Sie ging auf das Tier zu, bevor Simeon protestieren konnte.

»Warte.« Er faßte ihren Arm und drehte sie zu sich um. »Ich bin nicht nur gekommen, um dich zu warnen, Mandisa, sondern aus noch einem anderen Grund.«

»Das kann jetzt warten«, antwortete sie und machte sich frei. Sie rannte zu dem Pferd. Sie wußte, daß er ihr wohl oder übel folgen mußte.

Dreiundvierzig

Sie ritten durch die Nacht, leise, um nicht Idogbe zu früh aufzuwekken, falls er irgendwo am Fluß schlief. Das hohe Gras schmatzte gegen die Beine des Pferdes. Aus den schwarzen Bäumen am Fluß kam die Nachtmusik der Insekten. Mandisa lauschte angestrengt in die Dunkelheit hinaus, die Ohren zum Zerreißen gespitzt nach Geräuschen, die nicht von dem Fluß, sondern von einem sich wehrenden Zwölfjährigen kamen.

Simeon hatte ihr seinen Mantel gegeben, denn das enge hemdartige Gewand, das sie trug, taugte nicht zum Reiten. Ohne zu diskutieren, hatte sie den Mantel übergezogen, dann hatte sie die Seitennähte ihres Hemdes aufgerissen. Sie hatte noch nie etwas anderes geritten als kanaanitische Esel und fühlte sich unbehaglich auf diesem großen wandelnden Berg aus Pferdefleisch. Aber ihre Arme lagen um Simeons Taille, und er schien gerade so stark und unerschütterlich zu sein wie die Pyramiden. Mandisa war unsagbar dankbar, daß er bei ihr war.

Dann und wann hielten sie an, um das Pferd aus dem mondbeschienenen Fluß trinken zu lassen. »Was meinst du – ist Idogbe zu Fuß oder hat er ein Boot?« fragte Mandisa bei einer solchen Pause, während ihr Blick besorgt über die zahlreichen kleinen Ruderboote fuhr, die überall am Ufer festgemacht waren.

»Er ist dir mit einem Boot gefolgt«, antwortete Simeon, »aber jetzt, wo er den Jungen hat, wird er wohl zu Fuß reisen. Es wäre unklug, einen Zwölfjährigen, und dann noch einen, der nicht freiwillig mitkommt, in so einem engen Ding mitzunehmen. Diese Boote kippen zu leicht, das wird Idogbe nicht riskieren wollen.«

Mandisa nickte, dankbar, daß wenigstens einer von ihnen klar denken konnte. Sie war nicht sicher, wie oder warum Simeon gekommen war, aber sie wußte absolut gewiß, daß El Shaddai ihn geschickt hatte. Sie verspürte eine halbbenommene Geborgenheit hinter seinem Rücken, fast so, als lägen ihre Arme um den Allmächtigen Gott selber.

Die Nacht wich dem Tag, und sie begannen einen langgestreckten Zickzackkurs zu reiten, mal weit weg vom Fluß, dann wieder bis dicht an sein Ufer. Simeon hielt nicht nur jeden Mann mit einem Kind an, sondern musterte auch argwöhnisch so manche Frau. Zuerst begriff Mandisa nicht, warum er das tat, dann schüttelte sie kläglich den Kopf. »Idogbe würde sich niemals als Frau verkleiden, Simeon«, sagte sie. »Niemals. Ich bin sicher, daß er überhaupt nicht verkleidet ist. Er denkt bestimmt, daß ich glaube, daß Adom tot ist.«

»Wahrscheinlich hast du recht«, sagte Simeon, während er das Pferd leicht in die Flanken stieß. »Aber wir müssen ganz sicher gehen. Ich würde es mir nie vergeben, wenn wir dieses Scheusal entwischen ließen.«

Sie klammerte sich noch fester an ihn und schloß die Augen gegen das Gefühl, das heiß und schwer aus ihrer Brust hochstieg.

Drei Tage lang ritten sie langsam flußabwärts. Sie hielten nur an, um zu essen, das Pferd zu füttern und zu tränken und sich im Schatten eines Baumes kurz aufs Ohr zu legen. Simeon bestand darauf, daß sie nachts weiterritten, denn Idogbe hielt bestimmt bei Sonnenuntergang an, um sein Nachtlager aufzuschlagen. Aber in einem Dorf und einer Stadt nach der anderen fanden sie keine Spur von ihm oder von Adom.

Mandisa hing ihren Gedanken nach, während sie ritten. Warum nur war Idogbe so hinter dem Kind her gewesen? »Er wollte immer einen Jungen, das weiß ich genau«, sagte sie. Ihre Worte fielen in den raschen Takt der Pferdehufe. »Er sprach oft davon, wie wertvoll ein Sohn für die eigene Unsterblichkeit ist. Alle ägyptischen Männer wünschen sich ein Haus voller Söhne.«

»Aber warum will er den Jungen ausgerechnet jetzt?« fragte Simeon über seine Schulter. »Er ist ein unsteter Geist, er scheint nicht der

Typ zu sein, der Kindern ein Heim bieten kann. Womit hat er sein Brot verdient, als du ihn kanntest?«

»Mit diesem und jenem«, antwortete sie. »Als ich ihn kennenlernte, war er gerade mit einer Händlerkarawane aus dem Osten zurückgekommen. Als wir in Theben wohnten, kaufte er Korn und Linsen von unseren Nachbarn und reiste damit flußaufwärts, um es zu Wucherpreisen weiterzuverkaufen.« Sie seufzte auf bei der Erinnerung. »Sehr erfolgreich war er nicht.«

»Hat es ihn je nach Höherem gezogen – für sich selber oder für seinen Sohn?«

Sie runzelte die Stirn. Sie öffnete sie nicht gerne, die Tür, hinter der sie so viele Erinnerungen weggesperrt hatte. »Ich weiß nicht ... vielleicht schon. Eine Zeitlang wollte er bei den Steinmetzen arbeiten, die Statuen herstellen. Einmal versuchte er, Laienpriester zu werden, aber seine Vorstellungen waren selbst den Sebekpriestern zu verrückt und altmodisch. Er hat immer die Schreiber bewundert; er behauptete, daß sie die Macht des Gesetzes in ihren Händen hielten.«

»Kann er selber schreiben?«

Sie schüttelte den Kopf. »Nein. Er hatte einen Kopf für Zahlen, aber die Hieroglyphen hat er nie gelernt.« Und dann kam es ihr plötzlich. »Die Tempelschulen!« rief sie aus. Ihr Griff um Simeons Taille wurde fester. »Das ist es! Vielleicht liefert er Adom bei den Priestern ab, damit er nicht selber für ihn sorgen muß. Wenn Adom dann erwachsen ist, geht ein Teil von allem, was er als Schreiber verdient, an Idogbe!«

Simeon zog die Zügel an, daß der Hengst stehenblieb. Während das Tier sich dem neuen Gras zuwendete, das am Flußufer wuchs, drehte Simeon sich im Sattel zu Mandisa um. »Welche Tempelschule?« fragte er sanft. »Es gibt Dutzende von Schulen, Mandisa, Ägypten hat mehr Tempel als ...«

»Nicht für Idogbe«, antwortete sie. Der Wind ließ ihre Augen tränen. »Idogbe verehrt Sebek. Wenn er Adom in eine Tempelschule bringt, dann in die des Sebek-Tempels in Crocodilopolis.«

»Wo ist diese Stadt?«

Sie schloß fest ihre Augen, um nachzudenken. »Sie liegt in der Gegend, die man Land der Seen nennt«, flüsterte sie. Sie versuchte, sich zu erinnern, was Idogbe ihr über seinen Besuch dort erzählt hatte. »Drei Tagereisen nördlich von Theben.«

»Fast in Goschen also«, sagte Simeon. Um seine Augen bildeten sich kleine Lachfalten. »Die Gegend kenne ich, bin auf dem Weg von Goschen nach Theben dort durchgekommen.«

Sie dachte, daß er wieder wegschauen würde, aber er hielt seine Augen auf die ihren geheftet. »Nun?« fragte sie. Sie spürte, wie sie errötete. »Gehen wir oder nicht?«

»Jawohl, die Dame«, sagte er und drehte sich endlich um. Er zog die Zügel fester und trieb den Hengst an. Mandisa schlang ihre Arme wieder um seine Taille und fragte sich, was sie von ihm wollte.

Da durch die Dürre fast ganz Ägypten noch näher zu dem lebengebenden Fluß gezogen war, wollte Simeon ihm bis Herakleopolis strikt folgen. Hätten sie Idogbe bis dahin nicht gefunden, sagte er Mandisa, würden sie dem Flußarm folgen, der nach Westen abging, um das als *Ta-she* (»Land der Seen«) bekannte Gebiet zu bewässern. Hätten sie Adom bis Crocodilopolis immer noch nicht gefunden, würden sie geradewegs in den Sebek-Tempel gehen und dort nach ihm fragen. War der Junge tatsächlich dort, würde Mandisa ihren Fall vor den Wesir bringen, der ohne Zweifel den Priestern befehlen würde, ihren Sohn freizugeben.

Mandisa fand den Plan gut. »Mir ist egal, was aus Idogbe wird«, sagte sie. »Er hat mich und mein Kind nie geliebt, sonst hätte er mich zu seiner Frau gemacht. Und er ist jetzt so lange aus meinem Leben fort gewesen, daß es mir egal ist, wenn er wieder geht. Ich gebe sein Schicksal gerne in die Hände des Wesirs. Aber ich kann nicht ruhen, bis ich Adom wieder habe.«

Das von einem Zweig des Nils bewässerte Land der Seen war die schönste Gegend von ganz Ägypten. Am Nil hatte die Dürre bis auf einen schmalen Uferstreifen alles in eine Wüste verwandelt; im Land der Seen sahen Simeon und Mandisa ganze Wälder von Papyrusstauden, Palmen und Olivenbäumen. Ein von früheren Pharaonen begonnenes ausgeklügeltes System von Deichen, Stützmauern, Schleusen und Kanälen regulierte die Strömung des Flusses und den Wasserstand der Seen.

Ein paar Stunden südlich von Crocodilopolis hielt Simeon kurz nach Sonnenuntergang an. »Ich muß dich eben allein lassen«, sagte er, während er ihr die Hände zum Absteigen hinhielt. »Da drüben ist ein kleines Dorf, die haben vielleicht Hafer für das Pferd. Ich möchte dem Wesir nicht gerne einen halbtoten Gaul zurückbringen.«

Mandisa glitt dankbar von dem Hengst herunter und ging zum Ufer des Flusses. Während Simeon dem Pferd die Vorderfüße zusammenband und es zum Wasser führte, wickelte sie sich fest in seinen Mantel und kniete sich hin, um sich den Staub aus dem Gesicht zu waschen. Das laue Wasser belebte sie. Sie trocknete sich mit dem Saum des Mantels ab und lächelte. Der Mantel roch so wie Simeon – stark, erdig, voller Leben.

Die Schönheit des diamanten glitzernden Wassers war ein Balsam für ihre Seele. Vor ihr leuchtete der volle Mond und warf einen silbernen Rand um ein paar einsame Wolken am östlichen Horizont. Ein Dutzend Lagerfeuer glühten durch die Dunkelheit des Flußufers. Mandisa wußte: Die meisten von ihnen gehörten zu Familien, die auf der Suche nach Essen und Arbeit waren in diesen mageren Jahren.

Etwas flußabwärts bewegte sich ein Schatten. Mandisa schaute hin. Eine junge Frau hielt ihr kleines Mädchen fest und versuchte, es zu baden. Mandisa hörte, wie die plötzliche Kühle des Wassers es aufkeuchen ließ. Die Mutter lachte melodisch sanft, und das Kind quietschte vergnügt und versuchte, in die Arme seiner Mutter zu klettern.

Mandisa drehte ihren Kopf zur Seite und schloß die Augen. Solange ihre eigenen Arme leer waren, konnte sie keine andere Mutter und ihr Kind mehr anschauen, ohne loszuweinen.

Irgendwo weinte ein anderes Kind, ein Mann schrie etwas, jemand brüllte eine Antwort. Mandisa zog sich die Kapuze von Simeons Mantel über den Kopf.

»Mandisa! Stopp ihn!«

Der Ruf kam auf einem Windstoß von irgendwo. Die Stimme gehörte Simeon, aber wen sollte sie da stoppen? Das Pferd? Einen Dieb?

»Mutter!«

Sie erstarrte. »Adom!« Sie stolperte einen Deich hoch, der Stimme entgegen, und dann sah sie ihn. Adom war fünfzig Schritte entfernt. Er kam auf sie zugerannt, auf dem gegenüberliegenden Ufer eines breiten Bewässerungsgrabens. Hinter dem Jungen kam ein massiger Schatten, der nach vorne gebeugt rannte, mit wild pumpenden Armen.

Ihr Atem stockte ihr, als sie ihn erkannte. Idogbe.

»Adom!« schrie sie. Sie warf die Hände hoch und winkte. »Hierher! Ich bin hier!«

Neben dem Kanal verlief ein Damm aus Lehm. Mandisa sprang darauf. Der feuchte Schlamm zog an ihren Sandalen, ihren Füßen, ihren Beinen. Der Schlick war schwer, bei jedem Schritt kam es ihr so vor, als ob unter der Erde jemand war, der ihre Knöchel packte und ausrenken wollte. Sie spürte, wie die dünnen Riemen ihrer Sandalen rissen, dann zog der Schlamm sie nach unten, bis zu den Knöcheln, bis zum Knie.

Adom stand jetzt direkt am Rand des Wassers, seine Augen weit vor Angst. »Mutter!« schrie er wieder. Er schaute auf das fließende Wasser.

Wo war Simeon?

»Adom!« rief sie. Sie kämpfte mit dem Schlick, bekam das eine Bein frei, stolperte vorwärts, hielt wieder an, um das andere Bein aus dem gierigen Schlamm zu ziehen. »Warte!«

Aber hinter Adom kam Idogbe angerannt, flink wie eine Ziege und stark wie der Wind. Adom schaute kurz zurück, dann sprang er in den Kanal.

»Nein, Adom!« schrie Mandisa. Wie tief mochte das Wasser sein? Adom hatte zwar oft im Gartenteich des Wesirs geplantscht, aber sie glaubte nicht, daß er schwimmen konnte. Sie streckte panisch ihre Arme zu ihm aus, rutschte aus, fiel auf ihre Hände. Der Schlamm zog sie nach unten, spritzte zwischen ihren Fingern hoch, klatschte gegen ihre Wange.

»Mutter!« Der Schrei war lauter, schriller. Mandisa zwang ihren Kopf hoch. Adom stand in hüfttiefem Wasser, die Augen in panischem Entsetzen auf etwas gerichtet, das sich in dem Kanal bewegte. Mandisa folgte seinem Blick, und die Angst wollte sie lähmen.

Langsam, aber stetig kam ein Krokodil aus dem Fluß heraufgeschwommen. Sein mächtiger Schwanz schob es in weiten Ruderbewegungen auf den schreienden Jungen zu. Mandisa kämpfte mit ihrer Stimme. Ihre Zunge bildete Simeons Namen, aber es kam kein Laut heraus.

Simeon preßte die Hände auf seine Stirn und versuchte, sein Gehirn klar zu bekommen. Er hatte Adom gesehen und Mandisa zugerufen, und dann war von hinten plötzlich ein Schlag gekommen, daß er bewußtlos wurde. Er spürte etwas Klebrig-feuchtes, Warmes an seiner Stirn, aber der Kerl, der ihn niedergeschlagen hatte, war verschwunden. Verfolgte er jetzt den Jungen?

Simeon drückte sich vom Boden hoch und befahl seinen Beinen, sein Gewicht zu tragen. In seinem Kopf explodierte ein Farbenfeuerwerk, seine Brust wollte sich zusammenziehen. Was, wenn er Adom nicht mehr rechtzeitig erreichte? Wenn Mandisa sich zwischen den Jungen und diesen Wahnsinnigen warf, dann ...

Er biß sich auf die Lippe, um den Schmerz zu betäuben, und stolperte auf den Kanal zu, den er vorhin überquert hatte. Durch einen plötzlichen weißen Schmerznebel hindurch sah er, weit hinten, einen kräftigen Mann. Dann war der Mann verschwunden, und Simeon blinzelte. Hatten seine Augen ihm einen Streich gespielt?

Nein. Mandisas Schreie hallten in seinen Ohren. Der Mann war in den Graben hinuntergerannt, wahrscheinlich verfolgte er den Jungen weiter.

Simeon zwang seine Beine zu laufen, weiter, weiter, durch Schmerz und Blut und Dunkelheit. Seine Sandalen warfen Lehm und Dreck hoch, als er blindlings auf Mandisas Schreie zulief. Dann stand er am Rand des Bewässerungskanals und erfaßte mit einem Blick die Szene.

Mandisa kämpfte hilflos mit dem dicken Schlamm des gegenüberliegenden Ufers, die Hände nach ihrem Sohn ausgestreckt. Idogbe stand auf der Uferböschung des Deichs, eine blutige Streitaxt in der Hand und Ehrfurcht auf seinem Gesicht. Und in dem Wasser drehte Adom sich panisch nach allen Seiten, während die goldenen Augen eines Krokodils von dem Fluß herbeischwammen.

»Laß den Jungen, wo er ist!« rief Idogbe, mit einer Stimme, die aus einem leeren Grab zu kommen schien. »Schau her! Mein Herr Sebek kommt, um sein Opfer zu holen. Er hat meine Treue belohnt! Er wird meine Kraft hundertfach vermehren und mir Macht geben in dem Leben nach dem Tod!«

»Adom!« Mandisa warf ihren Kopf zurück und stieß einen kehligen Entsetzensschrei aus.

»Mutter!« Der Schrei des Jungen ließ Simeon das Mark gefrieren.

»Sehet den Gott meiner Kraft, den Zerstörer!« rief Idogbe, wie ein irrsinniger Dämon auf der lehmigen Uferböschung hüpfend. »Sebek, groß an Schlachten und Furcht! Er wäscht sich in deinem Blut, er badet in dem Blut des Opfers!«

Simeons Blut schoß wie kalte Nadeln durch seine Adern, als er die barbarische Szene betrachtete. Das Krokodil kam stetig näher. Wenn er diesen Verrückten angriff, hätte der Junge keine Chance. Aber wenn er zuerst ins Wasser ging, wären sein Kopf und seine Schultern ein leichtes Ziel für Idogbes Streitaxt.

El Shaddai, gib mir Kraft!

Simeon stieg vorsichtig den rutschigen Lehm des Deiches hinunter, sein Herz fest auf sein Ziel gerichter. Mit jedem Schritt wurde sein Kiefer fester, seine Muskeln gespannter, sein Sinn entschlossener. Wenn er nur für diesen Augenblick geboren worden wäre, seine Seele hätte trotzdem den Allmächtigen Gott gepriesen. Denn Simeon der Zerschmetterer war bereit, sein Leben hinzugeben. Es war besser, daß der unschuldige Adom lebte als einer, der so viele getötet hatte.

Seine Füße fanden festen Stand auf dem ebenen Boden direkt am Wasser. Er sprang an Idogbe vorbei in den Kanal und riß Adom mit einem Arm an sich. Ein Wutschrei von Idogbe wollte sein Trommelfell zerreißen, und er wußte, daß der Wahnsinnige mit seiner Axt angriff. Ein Schlag riß ihn fast von den Füßen, aber es gelang ihm, lange genug stehenzubleiben, um den Jungen in die Sicherheit des anderen Ufers zu stoßen. Dann drehte er sich im Wasser um, um dem tobenden Ägypter entgegenzutreten.

Der kahlköpfige Ex-Priester schien noch größer zu werden, seine flackernden Augen taxierten Simeon wie in einem Streit um einen Seeräuberschatz. »Was willst du hier, Kanaaniter?« fauchte er, sprungbereit im Wasser stehend und die Axt hin und her schwingend. Er kreiste langsam um Simeon, starr in seine Augen sehend. »Was störst du die Begegnung meines Sohnes mit meinem Gott? Sebek hat diese Zeit und diesen Ort erwählt. Der große Zerstörer war bereit, mein Opfer anzunehmen.«

»Ein Mann darf nur opfern, was ihm selber gehört, und nicht, was eines anderen ist«, antwortete Simeon. Er folgte Schritt um Schritt dem Kreisen seines Gegners. »Dein Sohn wird sich seinen eigenen Gott wählen. Laß ihn sein Leben leben, Idogbe.«

Der Ägypter warf seinen Kopf zurück und lachte. »Du kennst meinen Namen! Das ist gut, denn ein Mann sollte wissen, wer es ist, der ihn gleich töten wird.«

»Dann wisse, daß ich Simeon bin, der Sohn Israels«, antwortete Simeon, während er sich vorsichtig durch das hüfthohe Wasser bewegte. Er warf einen raschen Blick in die Runde. Das Krokodil war verschwunden.

Die Axt schwirrte durch die Luft. Simeons Hand schoß hoch, um sie abzufangen. Es gelang ihm, obwohl der Holzstiel mit solcher Wucht gegen seinen Arm prallte, daß der Knochen taub wurde.

Die Axt glitt Idogbe aus der Hand und fiel in das schlammige Wasser. Idogbe schrie wütend auf.

Simeon trat hastig zu der Stelle, wo die Axt verschwunden war. Idogbe durfte sie nicht zu fassen kriegen!

Dann war der Ägypter auf einmal über ihm. Seine Fäuste schlugen unsichtbar, wie Schlangenmäuler. In einem wilden Todestanz kämpften die Männer, daß das Wasser und der Schlamm aufspritzten. Simeon spreizte seine Beine, um ihm Gleichgewicht zu bleiben, und schlug mit seiner guten Hand zu, so oft es ging. Dann schnitt plötzlich etwas Scharfes durch das Leder seiner Sandale und in seinen Fuß.

Die Axt.

Blut und ein Krokodil im Wasser.

Dann waren Idogbes Hände an Simeons Kehle. In einem Chaos von Schreien, die die Sterne erzittern zu lassen schienen, spürte Simeon, wie er nach unten gedrückt wurde, in das Wasser. Er kämpfte um Atem, wehrte sich, aber dann sahen seine Augen nur noch trübes Grau, und das Wasser ging über seinen Kopf, füllte seine Nase, Ohren, Mund ...

Allmächtiger Gott, hilf mir! Ich habe keine Gnade gezeigt in meinem Leben und verdiene keine, aber vielleicht kannst du mir helfen ...

Die Wut, die in Simeons Seele hochgestiegen war, verschwand wie ein flüchtiger Schatten. Ein hitziger Kopf konnte nicht klar denken, und Simeon brauchte jetzt Weisheit, denn sein Gegner war größer, schwerer und stärker als er.

Simeon nahm alle Kraft zusammen und trat nach oben. Sein Fuß fand eine ungeschützte Stelle, denn Idogbe keuchte auf und lockerte seinen Griff lange genug, daß Simeon nach oben schießen und seine Lunge mit Luft füllen konnte.

Der muskulöse Ägypter griff wieder an, so unerbittlich wie die Schuld.

Jetzt.

Simeon gab seinen Widerstand auf und ließ sich fallen, daß der Ägypter mit ihm untertauchte.

Alle irdischen Geräusche außer dem Hämmern von Simeons Herz verstummten in dem dumpfen Geblubbere der Wasserwelt. Simeon kippte zur Seite, daß er seinen Feind neben sich hatte, dann drehte er sich mit einer gewaltigen Kraftanstrengung vollends, so daß sein Feind unter ihm lag.

Ohne Idogbes Kehle loszulassen, drückte er sich hoch und schnappte nach Luft, dann hielt er Idogbe unter dem Wasser fest, bis dessen Arme und Beine schlaff wurden.

Gepriesen sei dein Name, Gott Shaddai! Denn Simeon der Zerschmetterer ist nicht mehr. Ohne deine Hand hätte ich dies nicht geschafft.

Als er sicher war, daß der Ägypter kampfunfähig war, zog er ihn zum gegenüberliegenden Ufer, prüfte, ob er noch atmete, und stolperte durch das Wasser zurück zu Mandisa.

»Simeon!« Ihre Hände streckten sich zu ihm hin, und er sank neben Adom auf den Uferdamm, zitternd von dem überstandenen Kampf. Eine merkwürdige Ruhe strömte in sein Herz, als Mandisas kühle Hand sich auf seine Wange legte. »Geht es dir gut?« fragte sie.

Ihr liebes Gesicht hing wie das eines Engels über ihm. »Du blutest, Simeon!«

»Das macht nichts«, sagte er. Er versuchte zu lächeln. Er hatte kaum die Kraft dazu und begnügte sich damit, Adoms Hand zu nehmen.

»Was machen wir mit ihm?« fragte Adom, der mit klappernden Zähnen in dem Schlamm kniete. Seine zitternde Hand zeigte auf den bewußtlosen Idogbe, der auf dem anderen Ufer lag.

»Wir überlassen ihn seinem Gott«, antwortete Mandisa. Sie tätschelte den Jungen, um ganz sicher zu sein, daß er unverletzt war. Simeon sah ihr zu. Noch nie hatte er eine schönere Frau gesehen.

»Ich dachte, ich würde euch nie mehr sehen«, sagte Adom, während er sich zu Simeon hindrehte. »Ich mochte den Mann nicht, aber er behauptete, er sei mein Vater.«

»Ein Vater ist jemand, der dich liebt«, flüsterte Mandisa. Sie schlüpfte aus Simeons Mantel heraus und breitete ihn über Adoms Schultern und Simeons Brust, so daß er beide wärmte.

»Dann kann Simeon mein Vater sein«, flüsterte Adom. Er ließ seinen Kopf auf Simeons nasse Haut sinken.

Simeon hob seine Hand zu Adoms Kopf. »Wenn deine Mutter einverstanden ist«, sagte er. Seine Stimme war vorsichtig, seine Augen suchten in ihrem Gesicht.

Sie antwortete nicht, aber in ihren Augen leuchtete ein Licht, das heller war als die Fackeln, die jetzt auf den Dämmen um sie herum erschienen. Er spürte, wie ein sachtes, unergründliches Lächeln über sein eigenes Gesicht ging, und ein köstlicher Schauer wärmte seinen Körper, als sie ihre Hand auf seine Stirn legte. »Du bist verletzt«, flüsterte sie, ihre Stimme liebevoll-besorgt, während sie seine Wunde untersuchte. »Wir brauchen einen Arzt für den Schnitt an deinem Kopf. Er ist tief. Ich weiß nicht, wie du das geschafft hast, trotzdem noch zu kämpfen.«

»Das ist nichts«, sagte er. Sein Herz pochte stolpernd. Er konnte den Blick nicht losreißen von ihrem lieben, schlammverdreckten Gesicht.

Sie senkte ihre Augen in die seinen, und er sah eine Tiefe in ihrem Lächeln, das er viel zu lange vermißt hatte. »Simeon, Sohn Jakobs«, murmelte sie, und ihre zierliche Hand hielt zärtlich sein Gesicht. »Ich verdanke dir alles.«

»Das ist nichts«, wiederholte er, während sein Alltagsverstand in die Schatten der Nacht wegrutschte.

»Es ist alles. *Du* bist alles«, antwortete sie. Sie rutschte näher, ihr weicher Atem fächerte sein Gesicht. »An dem ersten Tag, als ich dich sah, wußte ich, daß du großer Taten fähig warst, daß du Mut, Loyalität und ein festes Herz hattest. Simeon, Sohn Jakobs, den sie einst den ›Ich bin nicht geliebt‹ nannten«, flüsterte sie, und ihre Finger flochten sich in sein nasses Haar, »ich habe damals schon dein wahres Herz erkannt. Du mußtest es nur selber entdecken.«

Er spürte, wie ihre Lippen die seinen wie ein Flüsterwort berührten. Und dann fand er in ihren schwarzen Augen plötzlich alles, was er gesucht hatte.

Idogbe torkelte von dem schlammigen Ufer weg, die hilfsbereiten Hände der Umstehenden beiseite schiebend. Ein Blick auf das andere Ufer des Kanals zeigte ihm, daß er gescheitert war, denn ein Menschenknäuel umgab den Mann, die Frau und das Kind, die gerade seine Pläne, groß und unsterblich zu werden, zerrissen hatten.

Er verließ den Kanal und ging zu dem Fluß, entschlossen, den Gott, der ihn im Stich gelassen hatte, zur Rede zu stellen. »Komm hervor, Sebek!« rief er, als er zu dem Uferschilf kam. »Komm zu deinem Erwählten! Du hättest sie beide haben können, den Jungen und den Mann, und statt dessen hast du mich der Schande preisgegeben!«

Es kam keine Antwort von dem Fluß, nichts bewegte sich auf dem silbernen Wasser. Zwei Männer, die sich auf der Uferböschung zum Schlafen hingelegt hatten, erhoben sich, als Idogbe kam, und zogen sich eilig zurück.

Sollten sie ruhig Angst haben. Niemand durfte einen Mann stören, der seinem Gott entgegentrat.

»Bist du da, Sebek?« schrie Idogbe. Er trat in das Wasser. Er bahnte sich einen Weg durch das mannshohe Schilf, die scharfen Halme bissen in seine Schultern. »Ich bin hier, für dich! Nimm mein elendes Leben, da es dir doch zu nichts anderem nützt!«

Das Wasser kroch seine Knöchel hoch, kam zu seinen Knien, zu den Schenkeln, zu den Hüften. Er schrie und brüllte weiter, seine Arme droschen auf das Wasser. Jetzt war es fast an seinem Kinn – und dann war der Schlamm unter seinen Füßen plötzlich weg, der Fluß schloß sich über seinem Kopf. Er versuchte umzukehren zu dem Grund, den er noch vor einem Augenblick gespürt hatte, aber auf allen seinen Reisen hatte er nie schwimmen gelernt. Er tauchte wieder auf, einmal, zweimal, aber die Ufer waren unerreichbar.

Sein letzter Gedanke war, daß irgendwo Sebek war und auf ihn wartete.

Vierundvierzig

Simeon wußte nicht, wie lange er schlief. Waren es Stunden, waren es Tage? Das Fieber brannte durch seinen Körper. Leises Flüstern, sanfte Finger. Jemand goß kühlendes Wasser über seinen Kopf, seinen Nacken, seine Schultern. Er merkte, wie man ihn trug, dann lag er lange Zeit ganz still, in der Dämmerwelt zwischen Wachen und Schlafen, Leben und Tod.

Als er wach wurde, lag er in seinem Gefangenenzimmer in Zafenat-Paneachs Haus. Neben der Tür war ein Tablett mit unberührtem Essen. In der Ecke stand der alte Stuhl. Er lag auf demselben zu kurzen Bett und trug einen Leinenschurz wie den, den Tarik ihm gegeben hatte.

Er reckte sich. Seine Arme fühlten sich steif an. Als er sich aufsetzen wollte, pochte sein Kopf. Verwirrung. Hatte er seine Befreiung nur geträumt, mit Bildern, die der Wirklichkeit zum Verwechseln ähnlich waren? Nein, es war alles anders geworden. Seine Umgebung gehörte zu seinem alten Leben, aber die Augen, mit denen er sie wahrnahm, waren neu.

»Muß krank gewesen sein«, murmelte er. Dieses elende Schwächegefühl. »Ein Fieber hat mir was vorgegaukelt.«

Die üblichen Alltagsgeräusche kamen durch das Fenster. Das Lachen von kleinen Jungen, die gedämpften Stimmen von Sklaven. Von weiter weg kam das aufgeregte Wiehern eines Pferdes und das Muhen von Kühen. Und dann, ganz deutlich, Mandisas vertrautes Klopfen an der Tür.

»Herein«, murmelte er. Sein Magen fühlte sich sauer an.

Der Riegel ging zur Seite, und sie kam herein. Ein Lächeln leuchtete auf ihrem Gesicht. Sie trat rasch zu ihm. »Ich dachte schon, daß es dir heute besser geht«, sagte sie. »Gestern abend hat dein Fieber aufgehört.«

»Ich fühle mich, als ob ich ein ganzes Jahr geschlafen hab«, antwortete er, während er langsam seine Füße auf den Boden stellte. »Bin schwach wie ein Katzenjunges. Sieh dir das an!« Er hob seinen Arm, der sichtbar zitterte. Er senkte ihn wieder, stützte sich auf dem Bettrahmen ab und wollte aufstehen, als er ihr Gesicht sah.

Wie sie ihn ansah – so zufrieden, so stolz, so – ja, halb mütterlich. Er hielt inne, versuchte seine verworrenen Gedächtnisbilder zu ordnen.

Er schloß die Augen, um klarer denken zu können. »Mandisa«, begann er. »Ich bin krank gewesen, und meine Gedanken sind nicht so deutlich, wie ich es gerne hätte.«

»Vielleicht kann ich dir helfen.« In ihrer Stimme klang ein Lachen.

»Ich hab geträumt ... Nein, es war wirklich. Sage mir, Zafenat-Paneach ist doch mein Bruder?«

Er öffnete seine Augen wieder. Ihr Blick war musternd und liebkosend weich. »Wie kommst du denn darauf?« flüsterte sie, ihr Ton leicht und scherzhaft. Aber ihre rechte Hand legte sich auf seine Schulter, und er fragte sich, ob sie es spürte, wie sein Puls schneller wurde.

»Und Idogbe hat Adom entführt, aber du und ich, wir haben den Jungen gefunden.«

»Adom ist in Sicherheit hier in Zafenat-Paneachs Haus, wo er hingehört«, antwortete sie. Ihre Hand glitt von seiner Schulter zu seinem Kinn.

»Und ich hab mit Idogbe gekämpft, und anschließend sagtest du ...«

»... daß ich dich liebe, aber das hast du nicht mehr gehört«, flüsterte sie. Ihre Finger gruben in seinem Haar. »Du bist bewußtlos geworden, weil du so stark geblutet hast. Ein paar Männer vom Flußufer haben deine Wunden versorgt, aber dann bekamst du ein Fieber. Als Zafenat-Paneach davon hörte, schickte er eine Sänfte, die dich hierher brachte.«

Simeon seufzte erleichtert auf und nahm ihre Hände. »Und jetzt sind wir wieder da, wo wir zu Anfang waren.«

»Ja.« Ein Licht tanzte in den Tiefen ihrer schwarzen Augen.

»Nein.« Er hauchte das Wort und zog sie in seine Arme. »Wir sind meilenweit entfernt davon. Simeon den Zerschmetterer gibt es nicht mehr, der ist für immer weg. Jetzt ist Simeon der Vater und Simeon der Ehemann dein Gefangener.«

»Und was soll ich mit diesem Gefangenen machen?« sagte sie und schaute voll in seine Augen. Ein Faden der Unsicherheit ging durch ihre Stimme. »Soll ich ihn freilassen, damit er zu den Seinen in Goschen gehen kann?«

»Nein, laß ihn nie frei«, erwiderte er. Sein Herz tat ihm weh. Er stand auf und drückte sie an sich, stärkte sich an ihrer Kraft. »Du hattest recht, als du ihn erst nicht wolltest. Aber jetzt hat er seine Fesseln zerrissen und ist endlich frei, dich so zu lieben, wie du es verdienst. Laß ihn für immer an deiner Seite sein. Laß sein Volk dein Volk sein.«

»Wie sein Gott mein Gott geworden ist«, erwiderte sie, während ihre Hand über seinen Nacken strich. »Denn keiner der ägyptischen Götter hätte je in die Festung deines Herzens eindringen können.« Sie legte ihren Kopf zurück, um in seine Augen zu schauen. »Du hast mir noch nicht erzählt, Simeon, was in Kanaan geschehen ist, daß du so anders geworden bist.«

Er schaute zur Seite, versuchte seine Gedanken zu ordnen. Er hatte Schläge und Zerbruch, Demütigung und Schwäche, Erhöhung und Vergebung, Ablehnung und Liebe erfahren, und alles durch die Hand des Allmächtigen und Schlag auf Schlag hintereinander. Nur *eine* Macht auf Erden konnte gleichzeitig niederreißen und aufbauen, Schmerz und Licht schicken.

»Ich sah Gott wie ein Feuer«, sagte er einfach und sah ihr direkt in die Augen. »Ein heiliges Feuer, das keiner fassen oder zähmen kann. Und doch finden wir in ihm Zuflucht, Liebe und Leben.«

»Wie anders als die Götter Ägyptens«, flüsterte Mandisa. Sie schlüpfte unter seinen Arm. »Die Menschen bedrängen und bedrohen sie, aber sie schweigen. Die Menschen glauben, daß ihre falschen Götter ihnen geben, was sie brauchen, aber das kann kein Götze.«

»Ich brauche dich, Mandisa«, antwortete Simeon. »Ich habe dich gebraucht seit dem Tag, als ich das erste Mal hierher kam.« Ein neuer, schöner Schauer lief durch seinen Körper. »Ich werde Gott Shaddai ewig danken, daß er so gnädig streng und liebevoll war, dich in mein Gefängnis zu schicken.«

»Selbst mit meiner scharfen Zunge?« Sie drückte sich näher an ihn. »Zuerst hast du sie nicht sehr gemocht.«

»Weil ich nicht wußte, was gut für mich war«, antwortete er. Seine Arme schlossen sich um ihren Rücken. »Es brauchte eine scharfe Zunge, um durch die Tür meines Zorns hindurchzuschneiden.«

Sie hob lächelnd ihr Gesicht, und als Simeon sich zu ihr beugte, um sie zu küssen, spürte er den langsam-stetigen Schlag seines Herzens, und das Herz war nicht mehr aus Stein, sondern eine neue, lebendige Schöpfung.

Ein strahlender Joseph war Zeuge, wie Simeon Mandisa zu seiner Frau und Adom zu seinem Sohn nahm. Tizara weinte fleißig bei der Hochzeit. Sie wußte, daß Simeon sie jetzt bald ihrer Mutter vorstellen würde und einem ganzen Schwarm anderer Verwandter, von denen sie nie etwas geahnt hatte. »Ich fühle mich so wunderbar glücklich«, sagte sie, während sie Joseph mit hellen Tränen in den Augen ansah. »Nur Euer Allmächtiger Gott, Herr, konnte einer wie mir solch eine Gnade und Liebe erzeigen.«

Nach vielen warmen Verabschiedungen und Umarmungen machte sich das Quartett auf den Weg nach Norden, zu den wohlbewässerten Ebenen von Goschen. Zafenat-Paneachs gesamtes Haus – Sklaven, Diener, Wachen, Viehknechte – versammelte sich am Tor der Villa, als sie gingen. Tarik und Halima standen Hand in Hand im Schatten einer der Säulen der Vorhalle, wo neugierige Augen sie nicht sehen konnten.

Joseph stand auf seinem Balkon, mit einer Hand seine Augen beschattend, und schaute hinunter auf sie alle, und sein Herz wurde warm. Wie er seine Leute liebte! Er führte sie so weise, wie er konnte, und doch blieben so viele von ihnen in ihrer Blindheit. Obwohl Gott Shaddai so seine Allwissenheit und Rettermacht demonstriert hatte, betete Ani nach wie vor die Weisheit Thots an. Obwohl Gott sie in der größten Hungersnot reichlich versorgte, rannte Halima immer noch in die Küche und kniete sich vor den Vorratsbehältern hin, um sich frei zu essen von der Angst. Und obwohl Gott Shaddai ihnen die zarteste, beschützendste Liebe erzeigt hatte, die ein Menschenherz sich denken konnte, hatte Asenat seine Hand abgewiesen und war den Weg des Ehebruchs und Untergangs gegangen.

Aber zum Schluß war Asenat zu Gott Shaddai zurückgekehrt, Simeon hatte den Tempel des Hasses und der Bitterkeit in seinem Herzen niedergerissen, und Mandisa hatte gelernt, daß El Shaddai mehr war als noch ein Gott neben all den anderen. Diese drei waren ausgebrochen aus der großen Schar der Verblendeten, die die Illusion eines vertrauten, manipulierbaren Götzen vorzogen, eines dienstbaren Geistes, der nach ihrem Bilde geschaffen war.

»Sie wissen es nicht, die anderen, und sie begreifen es nicht«, murmelte Joseph zu sich selber, als er mit wehem Herzen die Szene im Hof betrachtete. »Sie essen Asche, ihre verblendeten Herzen haben sie in die Irre geführt. Sie können sich nicht selber erlösen und merken nicht, daß die Götter, die sie in ihren Händen halten, eine Lüge sind.«

Was würde er nicht geben, wenn sie nur endlich die Wahrheit suchen würden! Er hatte zu viel gesehen in seinem Leben, zu viel Schmerz erlebt. Gott hatte ihn zum Führer des Volkes berufen, aber es gab Tage, wo er bereit war, den Wesirsmantel abzulegen, um auch nur eine Stunde wieder in Potiphars Haus zu dienen. In jenen Tagen hatte seine ganze Sorge darin bestanden, seinem freundlichen Herrn zu dienen und ein Lächeln von Tuja einzuheimsen, der Liebe seiner Jugend.

Die Erinnerungen umhüllten ihn, füllten ihn mit Sehnsucht nach der Vergangenheit. Aber die sachte Stimme, die er so gut kannte, schubste ihn aus seinem Grübeln heraus. *Warum bist du so verzweifelt? Warum bist du so unruhig? Hoffe auf Gott, denn du wirst mich noch preisen.*

Eine neue Kraft strömte in ihn hinein, und er hob seinen Kopf. Die vier Reisenden gingen gerade durch das Tor, und die Gesellschaft im Hof begann sich zu zerstreuen, Männer und Frauen gingen zurück an ihre Arbeit. Joseph drehte sich um und trat in die Kühle seines Zimmers, dankbar für den Augenblick der Ruhe. Die Villa war merkwürdig still ohne Simeon, Mandisa, Adom, Tizara und Asenat. Er wußte: In den Tagen, die vor ihm lagen, würde sie ihm oft zu schaffen machen, die harte Realität der Einsamkeit.

Aber der Pharao war ein junger Mann, der gerade erst anfing, seine Fähigkeiten zu entfalten. Seine erste Frau, Königin Tuja, war keine Adlige und brauchte dringend eine höfische Erziehung. Und dann natürlich Ägypten selber, dieses trotzige, schamlose Schwarze Land, in das Gott Joseph vor Jahren gerufen hatte.

Hoffe auf Gott, denn du wirst mich noch preisen.

Er würde sich nicht ablenken lassen. Seine Arbeit war noch nicht zu Ende.

Epilog

Jakob war einhundertdreißig Jahre alt, als die Kinder Israels nach Ägypten kamen, und sie blühten in den letzten fünf Jahren der Hungersnot, und als sie vorbei war, blieben sie in Goschen wohnen, und der Pharao war ihnen gewogen.

Als er siebzehn Jahre in Ägypten gewohnt hatte und einhundertsiebenundvierzig Jahre alt war, rief Jakob seine Söhne zusammen. Er nahm Joseph das Versprechen ab, daß er ihn nicht in Ägypten begraben würde, sondern daß seine Söhne seine sterbliche Hülle in die Höhle von Machpela bringen würden, wo Abraham und Sara, Isaak und Rebekka begraben lagen ... und Lea.

Und Jakob ließ seine Söhne zu ihm treten und segnete sie, auch die beiden Söhne Josephs – Ephraim und Manasse. Und da er begriff, daß es Gottes Wille gewesen war, daß Joseph in die Sklaverei verkauft wurde, warf er den Söhnen der Lea ihren Verrat nicht vor. Aber andere Jugendsünden seiner Söhne vergaß er nicht, als er sie segnete.

Ruben verlor seinen Vorrang als Erstgeborener, weil er einst mit der Nebenfrau seines Vaters geschlafen hatte. Simeon und Levi überging er, weil sie Männer getötet und Stiere grausam verstümmelt hatten. Einen besonderen Segen gab er dafür Juda, aus dessen Samen später König David kam und aus David Jesus der Messias. Und das doppelte Erstgeborenenerbe ging an Josephs Söhne, Ephraim und Manasse.

Mandisa und die anderen Frauen standen schweigend dabei, als Jakob seine Söhne segnete. Als er die Sünden Simeons und Levis mit harten Worten verurteilte, fuhr der alte Blick des Ungeliebten über das Gesicht ihres Mannes.

Aber dann bedeutete Jakob seinen Söhnen, niederzuknien, und legte seine segnenden Hände auf jeden der zwölf Köpfe, in einer Geste, die Gunst und Vergebung bedeutete. Als Simeon wieder aufstand, traf sein Blick sich mit dem Mandisas, und ein müdes Lächeln erhellte sein Gesicht. Der Zorn war aus seinen Augen verschwunden, weggewaschen von Vergebung aus einem heiligen Brunnen.

Nach Jakobs Tod wies Joseph die Ärzte Ägyptens an, seinen Vater einzubalsamieren, und die Menschen des Schwarzen Landes trauerten siebzig Tage um Israel. Und als die Tage der Trauer vorüber waren, gingen Joseph und seine Brüder und ihre Kinder und die Diener des Pharao daran, Jakobs letzte Reise vorzubereiten.

Der 3. Teil dieser Trilogie wird im Frühjahr 2000 erscheinen:

Angela Elwell Hunt

Das Vermächtnis vom Alten Fluß

REISE

ISBN 3-931188-36-1

Als der Erzvater Jakob auf seinem Totenbett die Söhne Josephs segnet, entzündet er einen bitteren Konflikt zwischen den beiden Brüdern. Ein erstaunter und verärgerter Manasse erlebt, wie Jakob ihnen seine Hände über Kreuz auf das Haupt legt und den Erstgeburtssegen, der ihm, Manasse, zusteht, dem jüngeren Ephraim gibt.

Ephraim schwelgt in der so unerwarteten Verheißung. Er ist überzeugt, daß er dazu berufen ist, das Werk seines Vaters fortzusetzen und die Hebräer in Ägypten zu halten. Nur durch das mächtige Ägypten, so glaubt er, kann auch Israel groß werden.

Doch Manasse verspürt, als er bei Jakobs Begräbnis zum ersten Mal nach Hebron kommt, wie das Land Kanaan ihn ruft. Er glaubt, daß die Hebräer sofort aus Ägypten in das Land, das Gott Abraham, Isaak und Jakob verhieß, zurückkehren sollten. Warum noch in Ägypten bleiben, jetzt, wo die Hungersnot seit zwölf Jahren vorbei und Jakob tot ist?

Ein Konflikt zwischen zwei Brüdern – nicht nur über Israels Zukunft, sondern auch in der Liebe. Der eine Bruder liebt die schöne Harfenspielerin am Hofe des Pharao, aber der andere besitzt bereits ihr Herz. Der eine hofft, eine hübsche Sklavin zu gewinnen, der andere eine ägyptische Prinzessin. Es geht um das Leben, die Liebe und die Zukunft des Volkes Israel.

Wenn Ihnen dieses Buch gefallen hat, dann lesen Sie doch auch den ersten Band der Trilogie:

Angela Elwell Hunt

Das Vermächtnis vom Alten Fluß

TRÄUMER

ISBN 3-931188-20-5

Tuja, ein Mädchen von geradezu königlicher Eleganz und natürlicher Schönheit, kam als junge Sklavin in das Haus Potiphars. Sie war ein persönliches Geschenk von dem mächtigen Pharao an den Obersten der königlichen Leibwache. Über ihre Herkunft wußte sie nichts, nur daß sie von jeher Sklavin gewesen war.

Noch ein anderer junger Sklave kam zu Potiphar, der von durchreisenden Midianitern verkauft worden war. Trotz des Schmutzes und der Müdigkeit schien Josephs Gesicht von innen heraus zu leuchten. Unbeugsamer Stolz war in diesem hübschen Gesicht eingraviert, neben offensichtlicher Willensstärke. Der Junge würde, richtig angeleitet, mehr als nur einen Teil der zu leistenden Arbeit verrichten können.

Im Haus Potiphars, des Obersten der königlichen Leibwache, fangen Tuja und Joseph an, gemeinsam von besseren Zeiten zu träumen ... von Freiheit ... und von Liebe. Doch genauso schnell, wie ihre beiden Schicksale sich verbinden, werden sie auch wieder auseinandergerissen. Werden ihre Träume sie gar am Ende beide vernichten?